下

援外仁医

桑甜 著

Foreign aid Doctors

重庆出版集团 重庆出版社

目录

Contents

下

第28章　原来是误会啊

在手术室待了五六个小时，知非有些憋闷，她打算出去透透气。被夜风一吹，整个人都精神了。她活动了一下筋骨，在医院前旁的花圃边坐下，揉了揉发酸的肩膀，忽然看到远处停着一辆猛士车，车身上有清晰的NU标识，目光不由得定住了。

她最近也不知道怎么了，一看到这个标识大脑中直接跳出修羽的身影。眼前又浮现出中午的一幕，交替出现十六年前月光下清癯的少年……心神晃了一下。这么多年，她从没想过自己还会跟他再见面，只是从前的少年，除了容貌变了，别的似乎还是一点没变啊。

她待了一阵子，移开视线，一天没有吃东西，饥肠辘辘，从白大褂的口袋里掏出一小包饼干，撕开封口取出一块塞进嘴里，随手将饼干放到旁边，掏出手机看了一眼时间，十点二十分。

手机显示，有三个未接来电和一条微信，微信是陈健发来的："韩晴晴的电话你别接，她说什么你也都别信。"

她看完那句话，点了删掉。

这时，手机屏幕显示有电话呼入，看了看号码，正是[illegible]来电打来的，[illegible]

了断。

手机那头果然是个女人的声音，劈头就问："知非是吧？你以后能别再缠着陈健了好吗？"

知非略顿了一下，冷淡地问："你是韩晴晴？"

电话那边停了五秒，哼了一声："原来你知道我跟他的事啊？是他告诉你的？果然你们一直保持联系。"知非没说话，对于这种无理取闹的人，她向来不屑一顾。韩晴晴以为知非不说话是因为被自己说中了，摆出正牌女友的架势，"既然你什么都知道了，那我警告你，以后离他远一点。"

知非皱皱眉："还有别的事吗？没有的话，我挂了。"说完准备挂断。

"除非你想害死他，那你就继续跟他藕断丝连。这么长时间你还嫌自己害他害得不够吗？"

知非闻言又把电话放到了耳边。

"别人不知道你是什么人，我还不知道？你就会利用别人，你利用完他就把他甩了，他都要被你废了，你还不放过他？你是想亲手葬送了他才满意是不是？"

知非沉默了几秒，问："他是你什么人？"

"男朋友！实话告诉你，你前脚刚从国内离开，他已经和我住到一起了，你还想知道什么？"

"你不用和我说这些。"

"不想听？是因为没想到，还是受刺激了？知非，我不管你用了什么手段让他对你念念不忘，总之，他现在是我的，你离他远点。"

"早就与我无关了。"

她表现出的冷淡彻底刺激了韩晴晴，咬牙切齿地道："我就不明白了，你到底有什么吸引力，分手了他的心还在你身上，高兴吧？满意了吧？"

话很刺耳，知非听了很不舒服："所以，你对男人没有吸引力也要来责问我？"

"真不要脸！知非，你别得意，你以为你玩他，其实他也在玩你。我再警告你一遍，他现在是我男朋友，你要是再偷偷跟他联系的话，我就投诉到你们医疗队去，我让你的领导听听你是怎样一个不要脸的女人……"

知非望着天空，星河璀璨，看来明天不会有风了。

电话那头韩晴晴还在咆哮："除非你保证不再联系他，那我就放你一马，你要是不知悔改，你就等着从Z国滚回来吧。"

知非被她"滚回来"这三个字拉回思绪，语气平静地说："我要是你，我就不会给他的前女友打这通电话来自取其辱，你想投诉我，只管去投诉，知非，援Z国医疗队队员，胸外科主治医生，现在在穆萨城中心教学医院工作，负责胸外科。"她不紧不慢地说完这番话，直接挂了电话。打完了这通电话，她突然觉得有些疲惫，仰头望着夜空，星河依旧灿烂。此刻，她和星空很近，和夜风很近，和国内很远。

那些世俗的纷纷扰扰，世俗的爱恨情仇，从她踏上Z国的班机时起，就已不属于她。

"是知医生吗？"

有人叫她，熟悉的声音。知非浑身一僵，心突然飞快地跳了几下，扭过头，月光下，果然看到修羽站在不远处。黑暗中看不清他的表情，但他的眼神显得特别的幽深。

“哦，是我。”语气很淡。

“原来是你在打电话。”

“你听到了？”

“没有，我刚走到这儿，听到你的声音，就想打个招呼。”

“哦，听到了也没关系，是陈健女朋友打来的。”

“噢。”

“你是过来看望杜峰的吧？他怎么样了？”

“他炸伤了腿，手术刚刚结束，谢医生说他还要再做一次手术。”

知非之前听说只是炸伤了腿，没想到还要再做一次手术，皱了皱眉。

接下来两个人都不说话了，修羽直直地望着远方。

知非看他情绪低落，也不知该怎么安慰，没话找话地问：“你是要回营地吧？”

“不，再等一会儿，马丁、冉毅意他们几个说想多陪他一会儿，我就出来找你。”

知非问：“还是为那事？”

修羽低下头：“不管怎么说，我不该在那么多人的面前训你，你是医生，不是我的兵，我态度不好，对不起。”

“我没那么小心眼。”

修羽稍微朝她走近了一点，但中间还隔着大约五米的距离。两人又都不说话了，看着对方。知非抿着嘴，指甲盖一点一点地抠着饼干。

月光披了她一身，像夏夜里静默的河。远处，传来一两声“咕咕”的鸟叫，身后的医院有隐隐的说话声。夜，越发静了。

过了大约两分钟，知非忽听旁边有沙沙的声音，接着放在身边的饼干盒动了一下，她扭头去看，一条蛇游了过来，吐着芯子，她只觉得头皮一紧，浑身僵硬，赶紧往旁边挪了一下，结果一个不留神从花圃上掉到了地上。知非不怕蛇，她知道蛇是不会主动攻击人的，可这条蛇一眼看去就是一条毒蛇，就算她胆子再大，也被吓出了一身的冷汗。

修羽拔腿过来，右手抓住蛇的尾巴，左手敏捷地按住蛇头，两三下就将蛇打了个结，拎着打结成一团的蛇，问知非："你没事吧？"

知非已经从地上站起来："没事。"接着又问，"你打算怎么处理它？"

"带回去给司务长，他喜欢。"

知非听他说要带回给司务长，以为要带回去炖了，赶忙道："修队，野生动物……不能吃。"

"说得没错，拒绝野味。"他边说边走到猛士车边，打开后备箱拿出一只捕蛇用的箱子，扔了进去，盖上盖子。

知非看着刚刚那条吓得她跌在地上的毒蛇，现在乖乖地躺在塑料箱子里。

"那你是打算给蛇放生了？"

"不放！"

"还是炖了？"

修羽看了她一眼："蛇是个好东西，蛇胆可是一味名贵的中药材，拿来泡酒，很不错的。"

知非头皮发麻，问："你的意思是，蛇也能入药？"

"当然了，早在两千多年前的《神农本草经》中就有蛇类入药的记载，你别看它长得不讨人喜欢，成天藏在角落里，见不得光。可不能小看它，它全身都有药用价值的。蛇肉有活血祛风、除痰祛湿、补中益气的作用，对风湿关节炎、肢体麻木、气虚血亏、惊风癫痫及皮肤瘙痒等症都有较好的疗效。蛇胆、蛇骨、蛇蜕，也就是蛇蜕下去的皮，处方名青龙衣，它对治疗坐骨神经痛，偏头痛、风湿关节痛，还有晚期癌症，都有很好的疗效。所以，这么一说，你还怕它吗?”说完，他将塑料箱扔进后备箱，“啪”地盖上了盖子，拍了拍手。知非确实有了兴趣，双手抱在胸前歪着头看着修羽。

修羽继续说：“记不记得中学时，我们课本上的一篇文章叫《捕蛇者说》，内容大概就是说太医奉皇帝之命，到永州搜寻一种极毒之蛇带回去治病。太医要找的蛇呢，名字叫五步蛇，根据《本草纲目》记载，五步蛇可以治疗麻风病、痉挛病、颈肿、恶疮，消除坏死的肌肉等多种疾病。”

知非怎么可能不记得那篇文章，不过她的点还是在吃这件事上：“你不会真的打算要吃它吧？这东西能好吃吗?”

修羽不开玩笑了：“在生存面前，好不好吃都不值一提，对这边的穷人来说，吃蛇肉是生存需要！”修羽说到这里，眯着眼，望着远处，风摇动树木，树叶哗哗作响，“你问我能不能吃？好不好吃？在没有食物的时候，不吃的话，只能饿死，你说吃不吃?”

知非沉默。

修羽笑了笑：“骗你的，不是要炖了它，司务长拿它来泡酒。蛇酒听说过吧？是祛风湿的灵药。早在唐宋时期就有相关的记载。”

知非长出了一口气，蛇酒她倒是见过，尤其是住在胡同里的老人，家中的玻璃瓶里总是会泡着一条蛇。她问过老人，拿毒蛇泡酒酒里不就有毒了，老人说蛇毒是一种活性蛋白酶。而纯米酒的主要成分之一是乙醇，乙醇作为有机溶剂，活性蛋白酶遇到它就会失去活性，同时还可延缓许多药物的水解，增强药剂的稳定性。所以，喝了毒蛇泡制的酒不但不会中毒，相反，经过酒的溶解作用，变毒为宝。

修羽说："参加野战的时候，为了生存，抓个沙鼠吃个毒蛇那都不叫事，饿起来，看着草叶上的蚂蚱都能馋得流口水，有一回我们五个人执行任务，杜峰饿了就抓蚂蚱生吃了。"说到杜峰，他的情绪又低落了下去，他调整了一下情绪问知非，"是不是觉得我们特别傻？都什么年代了，还能饿得眼冒金星，还能为了在执行任务时，不被饿死吞下所有。我们这么做，社会上的人，很难理解吧？那些在餐桌上浪费粮食的人，更不能体会我们对一个馒头的热爱。"他语气中多少有些感慨，却没有一丝抱怨。

知非看着他的侧影，足足看了有两分钟。他今天没穿制服，穿了迷彩T恤，月光从他头顶倾洒下来，特别有安全感。看着，突然心又跳得飞快。修羽见她半天没说话，扭头看着她，看她盯着自己发呆，以为她是被自己说的这些给吓到了，忙道："我不该跟你说这些，我以为你不介意。"

"旁人可能不太理解，但我能理解。"她的眼神，她的语气，她整个人都是真诚的。

修羽点点头："也是，不然你也不会参加援外医疗队，更不会来到这种地方。你跟绝大部分的人都不一样。"他说完，几下就攀上了车顶，站在车顶上仰头看了一圈，然后看着知非说，"我是说真的，第一眼看你，我就这么觉得，我没看错。"

知非在想，他到底有没有认出自己？

修羽站在车顶上：“今天晚上的月色不错，知医生，要不要上来看看？”

知非早就想上去了，于是他一说，她就往上爬，修羽拉着她的手轻轻松松就将她拉了上去。车顶的风比地面上大一些。修羽干脆躺在车顶上。知非扭过头，问他：“你在想什么？”

“我刚刚去你的办公室找你，看到夏楠和齐天。”

知非盯着修羽：“你的意思是我在制造他们单独相处的机会？”

“我没这么觉得。”

“夏楠喜欢的是你。”

“我这人毛病多，不值得人喜欢。”

“比如呢？”

“睡觉打呼噜。”

“这个简单，鼻息肉割了就行了。”

“在军营久了，看谁都像是上铺的兄弟。”

“这是什么毛病？还有别的吗？”

“下手没轻没重，万一遇到泼辣彪悍的，对方先动手，再打起来，对方吃亏。我不是说打女人，我是说万一对方先动手，而我出于自卫还手。总之，我这个人浑身都是毛病，不值得被人喜欢。”

这个拒绝真是干净利落，她有点自责，居然没有为夏楠感到一丝难过，甚至有一点点释怀。她坐下来，双腿垂下去，手插在白大褂的口袋里，扭头还是看着他。过了有五分钟，知非又问：“喜欢非洲？”

“喜欢。”

“为什么？”

修羽双手叠在一起，放在后脑勺下，睁开眼睛，望着无尽的夜空，琢磨了一会儿，说：“喜欢这里的夜空，很干净很纯粹，你看，这里的银河多美，一颗颗星星那么清晰璀璨，尤其……”他声音突然深沉了下去，喃喃地说，“尤其是喜欢这里的大草原。”

“听说，你最爱说的一句话，是在你死后把骨灰撒在非洲大草原上……”

修羽很自然地接下去：“那样的话，每天醒来，睁开眼睛，就能看到狮子和大象在我身上奔跑。”

知非本来想调侃他几句，可不知道为什么，发觉他完全不是开玩笑的口气，一时间无言以对，抬起头跟他一起仰望星空。

她喜欢星空，也喜欢银河和非洲大草原。

远处传来脚步声和说话声，是夏楠和齐天，两个人一路吵着从门诊处走来。

齐天精神状态明显比之前好了很多，一边走一边比画：“你抽了我那么多的血，我刚挂完水呢，你就赶我走？狠！你真狠！你这是卸磨杀驴。”

夏楠往外拉扯着他：“对对对，你说的都对行了吧？你是驴行了吧？”

“嚯！你这女人两张脸，看看你刚刚对着那位中队长的时候，你说话细声细语，装得特别淑女，再看看你对着我的时候，凶神恶煞！你不就是看上人家了吗，看你口水都要流下来了。”

夏楠恶狠狠地瞅着齐天：“我喜欢谁那是我的自由！修队人家多好，长得帅，家世好，武力值高，最主要人家品学兼优，不像某些人，道德败坏，品德恶劣。”

“巧舌如簧你最行，不就是图人家长得帅。”

“没错，你呢，你有什么？你就是草包！”

“我是草包，那你是什么？三十多岁的大姐，长得又不好看，又没身材，他会看上你？别做梦了。”

夏楠气得咬牙切齿，伸手拎住他的耳朵：“你给我听清楚了，姐姐我今年刚刚三十，你胡说什么三十多。还有，就连我这样没脸没身材的大姐都看不上你，你还有脸来说我，你刚刚对着知医生的时候，那才是口水直流三千尺，说什么我对你仰慕已久，我呸！草包！非非哪会欣赏你这种货色，你就死心吧，地球爆炸宇宙毁灭，山无棱天地合，她都不会看上你，我更不会。赶紧滚，滚滚滚，别在医院给我添堵。”边说边推着齐天往他的车子方向走。她说话跟放鞭炮似的，声音又大，说话又快，齐天连回嘴的机会都没有。齐天不情不愿地被她推着往前走，猛然看见月光下的猛士车车顶上的两个人。

修羽和知非正一齐扭头看向这边。

齐天激动坏了，大声打了个招呼：“嗨，知医生，少校同志，你们在车顶上干什么？”

知非没说话，修羽说：“看星空。”

夏楠再也不管齐天了，心花怒放地朝猛士车跑了过去，说：“我也要上去看星星。”到了车子边，就往上爬。

知非想要帮忙，修羽已经伸过了手，抓着夏楠的胳膊将她拉了上去。

齐天跟在夏楠的后面也想上去，被夏楠故意踩了一脚，手一松又掉了下去，又疼又气，龇牙咧嘴地瞪着她。

夏楠笑眯眯地说：“不好意思，车顶位置不够了，你就在下面待着吧。”

齐天耸了耸肩，在知非面前，他坚决不跟她计较，反正计较也没用。他冲知非问：“知医生，我挂了水之后，头还是有点晕，我是不是明天还要来挂水？”

夏楠瞅着他呆望着知非，提高嗓门：“不用，以后都不用来了。”

知非实在有些不忍心：“你的情况是正常的，回去之后，要补充营养，好好休息几天，多吃一些含铁的食物，像一些动物肝脏，乳制品，很快就能恢复。”她说一句，齐天点一下头，等她说完了，他说：“这样啊，那我每天过来跟你一起吃饭行不行？”

突然吹过来一阵风，知非没听清楚，问：“你说什么？”

齐天说：“我说，我现在感觉自己浑身不舒服，我想申请住院几天，跟你一起在餐厅里吃饭，这样的话，你就可以随时监督我饮食，这样行吗？”

知非没说话，夏楠一口回绝：“不行，绝对不行。你又不是医疗队的人，凭什么去餐厅吃饭？抽个血你还要住院，你要是生个病发个烧，不得把医院住穿了。医院不是疗养院，没有那么多空余病房。”

齐天最怕当着知非的面跟夏楠讲话，一点面子都没有，还不能跟她对着吵，特憋屈。“说谁矫情呢？”齐天放低了姿态。

“你！”

“你才矫情。”

“你矫情！”

两人又吵上了。

知非和修羽都不说话，静静地看着他们。

夏楠吵了几句，觉得没意思，不搭理他了，扭过头看向修羽，喊了一声："修队。"

"嗯?"

"杜峰受伤了，你是不是这段时间会经常过来看他?"

修羽说："也没有很多时间过来，不过我会尽量多过来。"

"你可以早点过来，这样就可以在医院多待一会儿，在我们医院的餐厅用餐。这样可以吧，非非?"

知非望了望修羽，点头。

底下的齐天一听不乐意了："夏医生，怎么还厚此薄彼呢？都是同胞，怎么我去你们餐厅用餐就是不符合规定，修队去餐厅用餐就热烈欢迎，请问，能不能一视同仁?"

夏楠说："哦，你要一视同仁？我请问你上过几次战场？你为了国家和人民流血牺牲过吗？都没有吧!"

齐天拿眼角瞅着她："可我为国家GDP的增长做过贡献，我消费拉动内需算不算?"

"要脸不要脸？花钱就说花钱，还拉动内需……"

知非看他们说着说着又要吵起来了，从车顶上一跃而下，往医院走去："时间不早了，大家早点回去休息。"

齐天马上跟上去："知医生，我今天恐怕走不了，太晚了，不安全，并且我晕，开不了车。"

"这倒是实话，现在回去确实不安全，不过没有宿舍给你，你可以睡在车里，也可以在我的办公室凑合一宿，随便你。"

夏楠赶紧又接上："办公室可不行，那是公共场所，给他住，万一他梦游什么，破坏了公共设施怎么办?"她一心只想跟修羽说话，"修队，喏，给你介绍一下，这位就是齐源集团的太子爷，知名恶少，在国内惹了一堆的风流债，从小缺管教，要不你带回去，好好教教他怎么做人。”

白天在草原上修羽就看出来这小子对知非有意思，再听夏楠这么一说，担心他留下来纠缠知非，知非会吃亏，他从车顶跳下来，说：“这样也好，齐天，你跟我回营地，我们那儿有住的地方，条件还可以，还能洗澡。”

齐天想了想，觉得这个提议不错，何况他也不是什么能吃苦的人，再加上维和步兵营离医院又近，也不耽误他明天继续追求知非，便很乐意住到那边去。不过同时，他又想提醒修羽一下：“修队，你以后少来这边，有人想要吃了你，千万不能给这种人机会。”

夏楠跟齐天一样，他俩在一起的时候怎么吵都无所谓，可当着修羽的面，就是不行，她恨不得马上堵住他的嘴，正想着怎么把尴尬的场面圆过去，马丁、冉毅意、周晨、江琦几个人从医院里走了出来。

这么一来大家便道了别，一行人上了车，齐天驾车跟在后面，跟着他们离开了医院。

到了营地，修羽给齐天安排了住的地方，并带他过去。

齐天的车里都是吃的，他随身带了些零食，到了住的地方，一样样摆好，说有事想求助修羽，希望他能给个面子。

修羽只好留下来陪他说几句话。

齐天开了两听啤酒撞了一下，示意修羽喝酒，修羽一点不客气地拒绝：“营地有规定不能喝酒。”

齐天也就不再坚持，自己喝了一口，撕开一包鸡爪子一边吃一边直言不讳地说：“我想追知非医生，你有没有什么好的建议？”

修羽一惊，他没想到齐天说有问题请教，请教的却是这个问题，本来还想随便应付他几句完事，这一下顿时没了头绪。

“我看出来了，你们肯定熟，不然也不会一起坐在车顶上。老实说，如果不是夏医生喜欢你，我准怀疑你和知医生在谈恋爱。”他向修羽靠近了一些，“你们认识多久了？她喜欢什么？我要追她的话，要怎么做才能打动她？”

修羽抿着嘴坐在椅子上，双手抱在胸前。

“发小？”

修羽想了想，微笑。

“同学？”齐天说完马上否认，“不可能这不可能，你比她年纪大多了，不可能是同学……”

修羽还是没说话，保持微笑，齐天有点摸不着头脑，想了一会儿，觉得一定是夏楠对他那几句评价影响到了他的个人形象：“我声明一下，我可不是夏医生口中的那种人，她对我有误解。”他见修羽一直不说话，有点急于解释，“就算你不信我，你总该信石头吧，他跟我是朋友，不然你问问他我是什么样的人？”他一口气喝完了一整罐啤酒后又开了一罐，说，“我承认以前年少无知的时候，是追求过一些女孩，可谁还没追过女孩呢，对吧？”

修羽一点不客气地说道：“你跟知医生没戏。”

“为什么？年龄？我不介意她比我大几岁。”

“你不介意，她介意。你以前什么样我不管，但是你要想毁知医生可不行，我第一个就不答应。”

“我是喜欢她，我要追她，我怎么可能毁她？”齐天一副受了天大委屈的样子，可面对修羽他又无计可施，他从石头嘴里的一句半句里听说过，修队太强，武力值超高，再加上他还跟知非熟，关系还要是搞好的，所以他一本正经地说，“我发誓，我绝对没有想要坑她，我只想好好关心她，请你相信我。”

“她在这边任务期是一年，一年到了就回国。”

“到时候，我跟她一起回国。”

修羽皱皱眉，索性把话挑明了：“她是医生，是过来工作的，她和你以前认识的女的都不一样。说难听点，你以前，恋爱也好，利用也罢，你不在乎别人也不在乎。知医生是个好女孩，她来这边是全心全意付出的。你去看她的眼睛，她的眼睛很清澈，她的世界很简单，就是工作，手术，病人，病人家属。你从国内到国外，一路玩，你家境好，不差钱，想玩什么玩什么，你现在喜欢她，只是因为这边环境太枯燥，符合你口味的姑娘又太少，所以你看到了知医生你就觉得你爱上她了，你又有了心动的感觉了，实际上就是你太无聊。你玩什么都是玩票，就像你玩电竞也是这样，玩各种极限运动也是这样，你是一个注意力很容易就被转移的人。”

齐天没想到修羽竟然了解他那么多，抓了抓头：“不不不，这次我是认真的。”

修羽蹙蹙眉：“你自己会信吗?”

齐天沉默了一下：“不试试怎么知道?”

“你不是爱上她了，你是想征服她，就像之前征服所有女人一样。我不该说你，可既然聊到这儿了，我就说几句，把征服一个又一个的女孩当成人生目标，你不觉得挺没劲吗？像知医生那样的女人，就应该找一个能给她肩膀依靠的，而不是你这种玩玩的。”

齐天已经喝了三四罐啤酒，有些醉了，望着窗外的夜色，狠狠灌了自己几口酒，忽生感慨："本来我还挺欣赏你的，没想到你跟别人一样上来就教训我。我就纳闷了，你到底跟她什么关系啊？你不会也喜欢她吧？难怪你口口声声说她好，你喜欢她你去追啊，不追又拦住不让别人追，真不是男人。"

修羽声音提高了："我怎么样还轮不到你来点评我。"

齐天的声调马上降下了很多："哎，哥们儿，别生气嘛。"他搂住修羽的肩膀，一边喝着酒一边掏心掏肺地说，"跟你说实话，没劲，真的很没劲，我要不是因为跟我爸打赌打输了，我也不会来这边，原先在我的想象中，非洲大草原、狮子、大象、动物大迁徙，这是一片古老神秘的土地……可到了这边我才发现，根本不是那么回事，动物大迁徙又不是天天看，挂着一个经理的头衔，又不能跑太远，又是战乱区，无聊得我浑身都长毛了，就想来点爱情给生活点激情。你以为我不想好好喜欢一个人啊？你不知道我多想好好谈一回恋爱。"齐天酒量一般，这会儿酒劲上来了，也上脸了，说话也不利索了，"真的，别人看我身边女人无数，可我觉得自己压根儿没有恋爱过。"

"什么样才叫恋爱过？"

"恋爱过，起码的标准就是受伤过吧，我就从来没有受伤过。别人看我有钱有势，总有女人主动送上来，就以为不知道什么叫真爱。"他苦笑，"真爱，那是多少钱都不能买到的东西啊。"齐天又喝了几口，接着说，"真爱，它不是个东西，我的意思……你明白吧？就是……它是无价的。知非很优秀，我在网上查过她的资料，我的前一个情敌是陈健对吧？你肯定知道的，可他不配，我不是说他不优秀，而是他对感情不专一！我还查了，她是医学领域的人才，跟我在一起，我可以投资给她开医院，做什么都能成。”说到兴起，他站了起来，推开身后的凳子，瞪着发红的眼眶，大声说，“她跟我在一起，那是1+1大于2，跟你在一起，不行！你成就不了她。”说完了，他又坐了下去，结果忘了刚才把凳子推开了，“扑通”一声坐地上去了。

修羽伸手想去扶他，被他挡开：“别动我。”他喝了不少，嗓门很大，自己抓着桌腿打着晃站了起来，“我喜欢她，你喜不喜欢她?”

修羽没说话，只是望着他。

“你不说话，那你没机会了。以后她就是我的女人，我不管你们以前什么关系，但是以后，你不要对她有想法。你连做我情敌的机会都没有了！”

修羽的脸微微僵了一下，拳头捏紧又松开，移开视线，他不喜欢听这种话，甚至非常反感：“齐天，你知道你喝醉了吗?”

“没醉！我脑子清醒得很，我说的都是我的心里话。反正，我也不在乎，我就想爱一回，哪怕伤一回也行。明知道会受伤，还要飞蛾扑火，这就是真爱……”话还没说完，他一头栽在了桌子上，嘴里还在呢喃，“真爱……”

修羽起身，扛起他，扔到了床上，脱掉他的鞋子，给他盖了层薄薄的毯子，然后收拾好散落在桌子上的垃圾，回头看着行军床上睡得很沉的齐天，转过身，带着垃圾袋走了出去。修羽很清醒，清醒到甚至每一口呼吸都感受得到，他站在大树下，突然朝训练场跑了过去。

夜已深，宿舍里很安静，知非已经上了床，正靠在床头看辛米医生的笔记。夏楠穿着睡衣，头上绑着兔耳朵发带，正对着镜子在敷面膜，这时手机突然响了，电话是孟林打来的，她按了免提："孟林，你终于给我回电话了。到底怎么回事？小孟把我的电话和联系方式都拉黑了！我得罪她了吗……咦，我怎么听着你那边有呼呼的风声还有脚步声？这么晚了，你在哪儿呢？"

"刚从医院出来，我已经在医院伺候爸妈几天没回家了，我老公今天休息，他过去陪夜，我回家洗个澡，刚进了小区，正往家走呢。"

夏楠听着一愣："叔叔阿姨的情况到底怎么样？"

"不好。"那边有进电梯的声音，"一个心梗一个脑梗，我都快愁死了。"

"这么严重，需不需要给你推荐医生？需要的话只管说。"

"本来是想找你帮忙来着，可你不是去了Z国嘛，我想着你去了那么危险的地方，就没有打扰你。"

"怎么会这样，前段时间不是听说身体还挺硬朗，怎么突然一下……"

"还不是给我妹气的。"

夏楠几下压平了面膜："小孟到底出什么事了？"

"还是跟那男的的事，没完没了。"

夏楠一听就生气，心想果然不假，难怪齐天今天口口声声让她打电话，原来还有后手："叔叔阿姨知道那件事了？她怎么还跟他藕断丝连啊？那王八蛋就不是个东西，我跟你说，我今天在我们医院遇到他了。"

"谁？你遇着谁了？"

"齐天啊！齐源集团的那个。"

"怎么突然提起他来了？"

夏楠说："不就是他把小孟害成那样的吗。我跟你讲，我今天跟他干起来了，还动了手，他以为咱们小孟好欺负啊？王八蛋！”

“等等，夏楠，这中间是不是有什么误会？”孟林正在开门，听她这么一说，手里的钥匙停了一下。

“误会？有什么误会，当初小孟亲口跟我说的，孩子是齐天的。王八蛋还不承认，口口声声让我打电话给小孟验证，真是个浑蛋，人在国外，手伸得那么长管着国内的事……”

电话那边传来沉沉的叹息，打断道：“夏楠，对不起，我妹跟你撒谎了。”

夏楠愣住了。正在看辛米医生笔记的知非也抬头看了她一眼。

“到底怎么回事？她……怎么说谎了？”

那边是低沉的叹息：“我妹变了，变得我都不认识了，她跟你说是齐天，跟我说是她大学时候的男朋友，其实都不是，是她刚签约的那家模特公司的老板，那人外头不只小孟一个，还有别的人。”

夏楠愣了两秒，回想当初看到的背影，现在再一想好像确实和齐天不太一样：“这也太荒唐了，小孟才多大啊，那么年轻，怎么跟那种人……”

“这几年她鬼迷心窍，当初本来是陪朋友去面试，结果老东西看上她了，骗她说要捧红她，说她有潜力，要送她去走维密，这么离谱的话她居然都信了。他老婆找上门我们才知道这些事。”孟林说得很平静，就像经历了一万次的暴风雨，早就看淡了一切，“一家人都炸了，小孟没脸做人了，她就跑了，把我们的联系方式都给删除了。我爸妈几天几夜没合眼，最后一个脑梗一个心梗全都住进了ICU……我现在怀着孩子照顾着老人，老公又在外地忙项目，项目那段时间又出了问题。我那几天又急又难过，我一个人又要照顾老人，又要担心我老公，身体吃不消，累得都见红了。医生让我卧床休息，可我哪能躺得住！我都不知道这些天我是怎么撑过来的，我有好几次都感觉自己快要撑不下去了……”

夏楠脑子一下就炸了，她骂了两句，反过来去安慰孟林。

孟林已经熬过了最艰难的时光，已然麻木了：“现在情况好多了，爸妈脱离了危险期，老公也回来了，就是我妹，我没有力气再管了。她是成年人，自己做的事自己承担后果。我就是很心痛，我就这么一个妹妹，打小爸爸妈妈就最疼爱她，家里有什么好吃的好玩的都先给她。以前她懂事，嘴又甜，总能把父母哄得高高兴兴的。她长得漂亮，成绩好，唱歌跳舞也好，是父母的骄傲，出了这种事之后，最受不了的就是他们。我爸从来都是要面子的人，他说人活一张脸树活一张皮，我妈更不用说了，她是老师，一辈子被人尊敬，现在被人指指点点，打击很大，门也不敢出，头也抬不起来。可我妹真是没良心的人啊，一走了之，音信皆无……”夏楠跟着她叹了几口气，安慰了她几句，听着孟林已经疲惫得不想再说话，交代了几句孕期的注意事项便挂了电话。

手机扔在一边，夏楠坐在床上，头埋在膝盖里。她用最恶劣的态度，给了齐天一天的脸色，把该说的不该说的都说了，该骂的不该骂的也都骂了，还打了他一巴掌，甚至在抽了他600CC的血之后就给了他一碗便宜的泡面，可是现在告诉她，小孟的事是一个乌龙，她哪能接受得了！夏楠痛苦哀号了一声：“我该怎么办啊？”

知非听到了电话的全部内容，现在看她抱着自己像一只鸵鸟一样埋着脑袋：“我提醒过你，对他态度好点，你就是不听，现在又要说赖别人？

“不赖别人，赖我自己。”

“知道错了？”

“知道。”夏楠垂着头，特痛苦地说道，“可这也不能怪我啊，你知道网上怎么写他吗？做事总是半途而废，换女朋友如换衣服……”

说到这里，夏楠突然抬头望着知非，自打知非和陈健传出恋爱绯闻之后，网络上也没少关于她的传闻，什么离谱的都有，背后不少人议论她。她担心知非误会，赶紧解释道，“我知道，网上的话也不能全信，像写你的那些，十个有九个是假的……可他，我的意思是……算了，我也不了解他。不过，你也真大度。”

知非若无其事地看着笔记，她向来不在意别人的言论，网上铺天盖地夸她的时候，她没当真过，抹黑她的时候，她也没在意过，有的病人家属看了娱乐八卦之后，对她指指点点，说些难听的话，她看见了也装作没看见，听见了装作没听见，不屑于跟人解释，专心工作，把精力放到病人身上，最后反而赢得了病人家属的尊重。

“这事，放在谁身上都只能大度。”

“你受委屈了。”

“不委屈，是你见不得我委屈，才觉得我委屈。”

“那是啊，你是我亲闺密，你有委屈，我心里也不好受。”夏楠说着说着又烦恼上了，“齐天明天肯定还会过来。我一想到明天要面对他，我的头就大了一圈。”

“做错了就跟人道歉。”

夏楠一副痛苦万分的样子：“我给他道歉……我这不是打脸吗……”

“那你就继续做鸵鸟。”

“我也不想这样……”

“那就睡觉。”知非合上了《辛米医生笔记》，躺下，对夏楠说，“明天又是新的一天，明天再想。”

夏楠还是有些不开心，撕了面膜，也躺下了，关了灯，过了一会儿她翻了个身，在黑暗中小声地问：“非非，你怎么会跟修队在车顶上？你不讨厌他了？”

知非没说话。

夏楠等了一会儿，听见她均匀的呼吸声，看样子是睡着了，嘟囔了一句：“睡得真快。”没过多久，夏楠就发出轻微的鼾声。

黑暗中，知非睁开眼睛。她睡不着，一闭上眼睛，眼前就会交替出现现在的修羽和十六年前的修羽。他怎么就弃医从军了呢？她想不明白。

第29章　节外生枝

第二天，齐天并没有来医院，第三天也没有来，夏楠纳闷是不是他跟修羽回营地被教训了一顿，所以改过自新重新做人？她想找个机会问问修羽，可这几天修羽也没来，她只是从旁人口中得知，修羽去外地执行任务去了，估计要过几天才能回来。

一晃又是三天过去。到了午饭时间，知非刚走下楼梯，就听到有人在拉小提琴，琴声悠扬，只见门口处围着一群人。

走在前面的木兰跑了回来，拉着知非就往门口走。

知非被她拉着往外走，迎面看到门口停着一辆敞篷跑车，上面载满了玫瑰花，驾驶座上的人穿着花衬衫，戴着蛤蟆镜，不正是齐天？

旁边有人在拉小提琴，周围围着一群孩子，仔细一看是前些天在街上遇到的法国人。木兰激动地指着天上："快看，天上有一个飞艇，上面有你的名字。"

知非抬头，看见天上果真飘着一艘飞艇，上面用中文写着"知非，我喜欢你"。她心里咕咚了一下，不用猜，看这阵仗，就知道是谁干的。果不其然，那边齐天朝她挥了挥手："嗨，知非，好久不见，你还好吗？"打完了招呼，动作帅气地下车，站在车旁，摘掉脸上的蛤蟆镜，他利落潇洒，宛如在拍广告。

知非觉得又好笑又无奈，迎着他的目光，走过去，问：“等我？”

“是啊。”

周围人群太热闹，而她太冷静，齐天有点反应不过来。

知非平静地问：“飞艇是你的？”

“对啊。”

“你喜欢我？”

“没错！我喜欢你。”他当然喜欢，不然也不会下这么多功夫。

知非手搭着凉棚，看了看天上的飞艇，又望了望远处的保安，问：“他是怎么让你进来的？”

“噢，保安啊？我刚给医院捐了一批医用物资，所以这点忙他们还是乐意帮的。”

知非点点头：“在天上放飞艇，要报备给空管部门，你有没有报备？你在天上放飞艇引起围观，影响了病人休息，所以请你立即收回来。半个小时后，如果飞艇还飘在天上的话，我就给维和营地打电话，让他们过来帮忙收走。”知非说完，转身准备离开。

齐天有点措手不及，原本是想让她开心，此刻看她一本正经的样子，他呆了。他有大约三十秒的时间没有说话，后来抿着嘴，盯着知非，说：“行，听你的。”那天他在维和营地睡醒之后，咨询了国内某高端婚礼策划师如何策划一场浪漫的求爱，在策划师的建议下，他找人预订了飞艇和玫瑰，以最快的速度运了过来。按照剧情走向，女方此时应该热泪盈眶地投入他的怀抱，此处应该有掌声，然后他开始给小朋友们发糖，接着两人随着小提琴声一起共舞……可惜，剧情还未正式开始，走向就错了！真够令人丧气的。

拉小提琴的法国人认出了知非，兴高采烈地围着她边拉小提琴边跳舞，孩子们也都围着她。知非寸步难行。齐天只好把准备好的巧克力拿出来，这才把孩子们的注意力转移开。发完了巧克力，孩子们一哄而散，转头他就发现拉小提琴的法国小伙还在围着知非又拉又跳，那叫一个嗨。他很不客气地走过去，抓住他的手腕，拖开，用法语说：“别拉了，没看到搞砸了吗？”

法国小伙哪管他高兴不高兴，光顾着自己激动了：“还记得我跟你说过的前些天在街边遇到的那个中国姑娘吗？”

齐天没心情听他叨叨这事，抽出两张钞票在他面前晃了晃：“这是你的报酬，拿好了，你的工作已经完成了，赶紧走。”

“我留在穆萨城一是在这里寻找音乐的灵感，作出最能打动人的音乐。二是我渴望跟那个姑娘再见上一面。我说的那个姑娘我终于见到了。”

齐天心不在焉地问：“谁啊？”

“就是她……”他用手想指知非却发现已经没人了。就在他们说话的时候，知非已经走远，进了餐厅。

齐天诧异：“她？你想干什么？”

“我想再拉几首曲子……”

“少来这套，小子我告诉你，你是我花钱请来的演奏，活干完了收钱走人。”他又从钱包里拿出两张钞票塞进他手里，“钱拿好了，赶紧走，别让我赶你。告诉你，那是我女朋友，不要让我再看到你纠缠我女朋友，不然我可对你不客气。”

法国小伙拿了钱在手里晃了晃：“这个是我应得的报酬，但是[illegible]，[illegible]竞争。”

“[illegible]赶紧给我滚蛋！”

“我本来觉得你挺浪漫的，可你居然不能接受公平竞争，不是真男人。”

齐天急了：“你也配说真男人？有本事去把你前女友追回来，追不回来就别给这儿装情圣，我花了那么大功夫追我喜欢的姑娘，你来凑什么热闹？我告诉你，这里就没你说话的份儿。”

“我……”

“我什么我？”

“你……”

“你什么你，你到底走不走？都是因为你，不是你拉得难听我能被拒绝吗？你还有脸自称未来的小提琴大师，狗屁！”

法国小伙被他一通指责，挺生气，冲齐天挥了挥拳头：“你说话客气一点，不然我揍你。”

齐天更气了，跳起来扑了过去，法国小伙也不手软，跟齐天打在了一起，场面一度混乱。

这时，夏楠从医院冲了出来，奋力拉开了二人。

治疗室里，嘴角淤青，脸上擦伤的齐天梗着脖子看着窗外。夏楠给他做完处理之后，镊子往弯盘里一丢，双手插进白大褂的口袋，歪着头像打量怪物一样打量着他：“说说，你到底怎么想的？”

“打都打了，没什么好想的。”

“我不是说这个，我是说求爱失败这个事，你是怎么想的？”

“失败就失败了，失败是成功之母。”

夏楠歪着头盯着他，似笑非笑。

齐天不爽地说：“又让你看笑话了，你开心死了吧？”

夏楠揶揄道：“那当然了！大中午的，有这么好看的戏，能不能开心吗？鲜花、飞艇、跑车，演偶像剧呢？你怎么不开个直升机过来？打两条横幅围着我们医院上空转几圈，你再出点钱，叫空管部门弄两架直升机保驾护航，那就不叫偶像剧了，那是好莱坞大片了，那多有牌面啊。”

齐天郁闷地嘟囔：“我上辈子造的什么孽，要被你这么嘲笑。”

夏楠缓缓走到窗前，看着窗外：“跑车怎么弄过来的？”

“你管我。”

“底盘这么低，路上能开吗？开到这边还这么一尘不染，现场洗车啊？”

“少管我。”齐天耸耸肩，一副过来人的口气，“我告诉你，男人追求女人失败根本不算什么事。一看你就没被人追过，你倒是想拒绝别人啊，你没这个机会。”

如果放之前，夏楠早跟他吵起来了，可上次的事，她心里觉得亏欠着他，所以也就忍了：“我又不是你妈，我管你干什么？可你追的那是我发小、闺密，我还不能问了？”

齐天一听笑开了花，打了鸡血一样凑过去：“原来你们关系这么好啊？”

“是啊，你想说什么？”

“那你肯定知道怎样才能打动她。”

夏楠阴阳怪气地说：“我又没被人追过，我不懂。”

齐天满脸堆笑地奉承：“你懂，你肯定懂。是不是有很多人追她？”

“从中学到大学，到现在，从来不缺追求者，比你帅的，比你优秀的……”

齐天顿时泄气：“什么啊……让你说说，又不是让你打击我。”

“不过非非对恋爱很谨慎，宁缺毋滥，所以到现在还是单身，全身心投入到工作中去，她家里的奖杯奖状锁了一柜子。”

齐天思索了一下，傻笑道：“她一定是在等她的真命天子，而冥冥之中，那个人就是我……”

夏楠愕然：“你被揍傻了吧？”

“那她想找什么样的？”

“成熟、稳重的……其实我也不知道，不过我们早就想好了，将来如果遇不到合适的人结婚，等老了之后，我俩就住到一块去，反正在彼此的心目中，我们早就是亲人了。你今天的所作所为在你看来很真诚，可在我们看来就很浮夸，用钱能买得到的东西，没什么了不起，你不差钱，你不要以为送点花，放个飞艇就叫浪漫，看你这德行，也没真心喜欢过哪个女孩，一点不走心，跟广告业务似的。告诉你一个真相，非非不喜欢玫瑰，她嫌玫瑰刺多，每次换水给花修剪的时候，都扎到手，她喜欢的是公主花、帝王花，那些没有刺、生命旺盛、花期还长的花。绿色植物也行，像多肉，剪两片叶子往花盆里一插就能生根发芽……行了，该说的我都说了，我去吃饭了。”

齐天颇有一种听君一席话胜读十年书之感，他跟着夏楠下了楼。

医院门口，围观的人群早已散开，法国小伙也走了。齐天看着一车的鲜花，觉得扔了有点浪费，下巴一抬问夏楠：“喜欢玫瑰吗？”

“干什么？”

齐天收好了飞艇，随手抱起一把玫瑰往夏楠怀里塞：“送你了。”

夏楠一百个不乐意：“你这借花献佛，献得也太随意了吧，我不要捡你送给别人剩下的玫瑰，拿走拿走。”

齐天已经上了车，墨镜往脸上一盖，扭过头，很帅气地说：“既然你这么嫌弃，那你帮我把它扔进垃圾桶吧。今天是个好日子，垃圾桶都能收到鲜花，拜拜了。”说完发动车子，离开了。

夏楠愕然地看着车子绝尘而去，抱着花走到垃圾桶边，想要丢进去，可试了几下都放不进去，只好抱着一大把玫瑰朝餐厅走去。进了餐厅之后，把那束花往正在吃饭的知非面前一放：“某人让我给你送过来。”

木兰“哇哦”了一声，周围人的目光全都看了过来。

知非不紧不慢地吃着饭：“你没告诉他，我不喜欢玫瑰吗？”

夏楠往她对面一坐：“说了！人家不介意，我还把这些年很多人追求过你的事，也告诉他了……你不会怪我吧。”

知非摇摇头，“你帮我挡了他，我很高兴。赶紧吃饭，一会儿把花分给喜欢花的同事。”

夏楠起身去取了饭过来，吃了几口，说：“他好像确实没有多少追女孩的经验……”

“他的家庭，他的财富，不需要费心追女孩，自然有人主动追他。”

夏楠想了想，赞同地点点头。

齐天的车子驶离了医院，可这边的路不好，跑车发挥不了它的作用，旱季，路面干燥，风一吹来，风尘滚滚，再牛的敞篷车也得老老实实地盖上车顶。他一边开车一边通着电话：“喂，我说姐，你出的什么馊主意啊？我被人当猴一样看了一中午，最后人家姑娘也没理我，我的心稀碎……”

“惹谁不好你要惹她？踢这么硬的一块钢板，不受点伤像话吗？人家没理你那是给你面子了，理你的话，你现在已经躺在医院了。”

“我明白了，你就是想让我失败。”

“你可以不用听我的啊。”

“你是国内知名婚礼策划师，我当然听你的。”齐天感慨，“没想到你把我给坑了，我现在怀疑你是故意的，你压根儿就不想让我成功。”

前方是大片原野，一眼望不到尽头，道路坑坑洼洼的，车速不得不放慢再放慢。

“你的私生活一团糟，早该有人收拾你了，天作孽犹可恕自作孽不可活，这句话送给你。”

“我再重申一次，网上都是瞎写。罪魁祸首就是你，要不是你在采访的时候跟媒体瞎说，我能被写成那样嘛我……”

“陈谷子烂芝麻的事又翻出来，再说了，我也没说错啊，你前两年确实身边很多女孩。”

“那能怪我吗？要怪就怪我魅力无穷，往人群里一站就闪闪发光，光芒遮都遮不住，所以总有姑娘爱上我，我已经尽可能离她们远一点了，可她们还是会被我的魅力所伤。算了算了，英雄不提当年勇，现在轮到我被人拒绝了。”

“该！你也有今天。”

知非原以为，昨天那么明确地拒绝了，齐天也就死心了，可没想到他贼心不死，第二天又来了。他来的时候，知非正在工作，门口排了十几个病人，正是一天中最忙碌的时候。齐天双手抱肩，站在门口看着她。知非一会儿看片子，一会儿问诊，一会儿写病历，丝毫没发觉他的存在。他拉了个椅子坐了下来，正对着她办公室，玩手游。等知非把十几个病人看完了，也到了吃饭时间，发现门口还有一位，也没细看，便招呼一声："下一位。"

齐天解脱般伸了个懒腰，左右看看就剩自己，一头撞了进去，用脚关上门，手里的保温袋往知非桌子上一放，拿出里面的保鲜盒："我厨师做的烤鸭特别正宗，尝尝味道怎么样？"说罢递上筷子给她。

知非没接，也没抬头，在看手里的一份资料："坐。"

齐天坐好。

"最近感觉怎么样？有没有头晕、乏力？"

"没有。"

知非这才打量了他一眼。

齐天马上举起手发誓："真的，一切正常。"

知非将手里的东西往旁边一放："我看资料上说，你喜欢玩极限，那你一定是有过极地生存方面的训练？"

"那当然，玩极限的都有这方面的培训，不然一个人在荒郊野外，不就死了。"

知非也不理他，自顾自地说："医院计划培训一批急救员，培训内容包括胸外心脏按压、人工呼吸等现场心肺复苏，还有包括止血、包扎、固定、搬运等创伤救护技能，以及急性冠脉综合征、中风等常见急症的处置，还包括交通事故、火灾、触电、溺水、中毒、地震等意外伤害与紧急避险逃生等等，你有没有兴趣参加？"

齐天早就学过了，不过知非邀请他，他当然乐意再学一遍，反正对他来说，能见到知非那才是关键："是你给我培训我就来。"

"有一部分是我，还有一部分是其他医生。"

“那我同意。”

知非从抽屉里拿出一张表格递给他。

齐天捧着表格笑眯眯地问：“我能不能申请全部由你培训？别人培训，我不一定能顺利通过。”

知非不理他。

齐天怕她反悔把表格收走，赶忙填去了。

知非等他填好了，收走表格，从抽屉里拿出一本手册放到他面前：“这是应急手册，你回去之后先学习学习。我们这次培训的是中级急救员，你把我给你的资料看完，十天后过来参加培训，下午两点，不要迟到。吃饭时间到了，你跟我一起去餐厅，带上你的烤鸭。再叫上夏医生一起，还有谢医生和张医生。”

齐天小声问：“你跟夏医生是闺密？”

知非在群里发完了消息，点头。

“她跟你性格完全不一样，你是女神，她是女悍匪，你们竟然成了朋友……”

夏楠刚好走到门口：“说谁女悍匪呢？”

“你。”

知非走在前面，夏楠紧跟着她，齐天拎着烤鸭紧走两步追上夏楠，跟她并肩往前走，一边走一边歪着脑袋，冲她扮鬼脸，夏楠不甘示弱也朝他翻了白眼。经过的人纷纷侧目，有人在窃窃私语，齐天一个眼神过去，窃窃私语的人全都闭上了嘴。

知非和医疗队的另外三个人，再加上齐天，中午饭吃得热闹。齐天的嘴早就吃刁了，医疗队的饭既没油水又不好吃，他吃了两口就提不起筷子了，每次他刚想放下筷子，旁边就会准确地伸过来一双筷子给他夹菜。那双筷子的主人是夏楠，每次给他夹菜，都带着一种我看你吃不吃的眼神。齐天有心不吃吧，可知非又一直在强调节约粮食和水，没办法，他总是被迫吃下去，终于艰难地把一顿饭吃完了。

几个人打餐厅里出来后，齐天没精打采的，他平时养尊处优惯了，到这里才发现医疗队的伙食这么差，他也就更觉得知非跟自己平时认识的女人不一样了。本来他打算下午给医疗队采购点物资，可公司来了电话，说有份合同需要他签署，叫他马上回去一趟，他只好离开了。

齐天一走，夏楠竟然感到了一丝失落，本来Z国的生活特别枯燥，齐天来了，跟他吵吵架，枯燥中也好像多了一点乐趣，加上他脸皮厚，说什么都没关系，就算生气也是暂时的。以前觉得他是个浑蛋，现在倒觉得像一个……憨憨！

修羽最近没去医院，因为政府与反政府武装再次发生武装冲突，他奉命带队执行任务，虽然心里挂念着杜峰，却抽不出时间去医院探望他。

今天医院打了电话叫他务必过去一趟，吃完中饭，检查了步战车，又去连部会议室开了个部署会。会议结束之后，又驾车去街上的中国超市买些营养品。小街的店铺本来就少，战争一爆发，店铺很多都关了门，只有几家中国人开的店铺还在营业，门口挂着五星红旗，格外显眼。老板坐在店里吹着电扇，吃着豌豆黄，门被推开，修羽打外头走了进来。

“欢迎欢迎，要什么随便选。”老板热情地招呼着。

修羽朝他点头示意，然后选了一些东西，过来结账。

老板娘听到外头说话声，走出来瞧了瞧，看是同胞，招呼着：“我做了豌豆黄，你尝尝再走。”老板娘是个四十多岁的江浙人，说话软软糯糯的，非常热情，“一看你就是北方人，这出门在外，想吃到北方的小吃可不容易。”

修羽早就闻到了豌豆黄的香气，问老板娘能不能卖一份给他，说想带给朋友尝尝，她是北京人。

老板娘冲他笑，问道：“听你这口气，是女朋友吧？”

修羽说：“是朋友。”

老板娘笑了一下，继续干活，有一搭没一搭地聊着天：“那就是女朋友，我们南方人说朋友，那就是男女朋友，说小朋友那才是普通朋友。你女朋友也是一名军人？”

“不，她是医生。”修羽不想解释了。

“医生是个好职业。你在这边执行维和任务，情侣两地分居不容易，她过来探亲是请了年假吧？你多陪陪她，做军人的女朋友可不容易……”老板娘能说会道，“我跟他是在公交上认识的。我小时候家里穷，初中毕业之后，就出去打工，在广东的工厂里干了两年，去了北京。我一没文化二没学历，就在路边摆摊卖衣服，那时候经常要去动物园批发市场进货，那天动物园的衣服大甩卖，广东过来的衣服论斤卖，我寻思着多备点货，结果把身上的钱都花光了，等上车的时候一掏口袋，蒙了。他在我后头上车，看我没钱，就给我买了车票，他那人热心，看我扛着两大蛇皮袋的衣服，就主动帮我扛了上去，还给我找了座位坐下来……那天，我俩一路聊啊聊，都聊得坐过了站了。下了车之后，蹲在路边继续聊，他给我出谋划策，哪里人多，哪里好卖……我到现在都记得，那是个春天，天上飘着白毛毛的柳絮，我跟他说，北京的天气真是怪，大好的天怎么说下雪就下雪了，他笑着告诉我说那不是雪那是柳絮。当时路边有个小摊在卖豌豆黄，他过去买了一份给我，那是我头一次吃豌豆黄，真好吃啊。后来我们就恋爱了，结婚之后，他就辞了工作跟我一起做点小生意，他这个人什么都好，就是有时候有点固执，你就说前些天吧，电风扇坏了，他这固执的毛病又犯了，一门心思地认为自己一定能修好，结果电风扇没修好，人还被电到了，差点出事。幸好有个女医生在店里买东西，救了他一命，不然可就危险了。我赶紧叫人把那破电风扇给扔了，用上新的。"

老板娘磨好了粉，将做好的几块豌豆黄放在油纸包里包好，递给修羽。修羽要付钱，两口子说什么也不要，说你们在这边保护我们的安全，这钱说什么都不能收，况且这不是商品，这是家常小吃，请朋友尝哪能收钱。修羽只好一遍一遍地道谢，又买了一些营养品，这才拎着东西上了车，直奔医院。

护士已经认识他了，客气地叫他去急诊室找谢医生。修羽进门时，谢晟正在低头翻看杜峰的片子，打过招呼之后，示意他坐下，谢晟放下手中的片子，推了推眼镜，说："修队，病人的情况跟你沟通一下，第二次手术完成之后，基本可以确定爆炸留下的碎弹片对病人腿部神经造成了永久性伤害。"

修羽站了起来，双手撑住桌面，弯着腰，眼睛直直地看着谢晟，半晌说道："谢医生，上次手术可不是这么说的。"

"是，当天手术完，还有一块弹片没有取出来，这是第二次手术之后，我们经过反复研究，才得出的这个结果……我知道，这个结果很难让人接受。"

"永久性伤害，你这话的意思是他会离开部队。"

"我也不希望这样，可……"

"他是步兵，步兵！你知道腿对一个步兵有多重要吗？他从十八岁入伍。十年！他这十年都在军营里，他的青春，他的生命都融入到军营里了。他在部队立过多次战功，未来他会成为一名很好的职业军人，这也是他的理想。”

“很抱歉……”

“抱歉有用吗？我的兵现在躺在医院里，你告诉我他腿上的伤是永久性伤害。”他用力捋了一下头发，突然降低了声调，“谢医生你想想办法……你们来这边的都是好医生，你肯定有办法的对不对？你想想办法……”

谢晟有几秒没有说话，起身倒了杯水给他，说：“我听陈总队长说，修队曾经也是一名医生，你应该知道，医生也有无能为力的时候。”

修羽一愣，看着谢晟，眼神突然有些茫然了。这句话像一颗子弹击中了他，他缓缓靠着墙站住，头抵着墙，闭上眼睛，冷静了好一会儿才缓过来：“还有谁知道这个事？”

“该通知的都通知到了，营长说杜峰是你带出来的，要给你缓冲的时间和心理准备。”谢晟走过去，拍了拍他的肩膀，“这些天大家都在想办法，营长动用了一切关系，而我也跟很多这方面的专家连线过，但是……”他叹了口气，“如果能及时回国治疗的话，以国内现在的医疗水平，康复也不是没有希望。”

修羽脑子还是嗡嗡的，不过很快便冷静了下来，垂着头，点了点。

“你过去看看他吧，他最近情绪不对。”

修羽转身捶了一下墙，往外走去。

“营长说，暂时不要把真实病情告诉他。”

修羽脚步顿了一下，没有回身，淡淡地说：“瞒不住的，他是侦察兵出身。”

第30章　情深意重

去病房的路上，修羽的脚步无比沉重，手里拎的东西像几千斤重，他每一步都走得很缓慢。到了病房门口，他深吸一口气，刚要推门，就听里面有个声音在说话，是知非。

“我不像谢医生，他脾气好，从来不骂人，可我不一样，我过来就是来骂人的。”

修羽的手停在了门把手上。

病房里，杜峰坐在病床上，腿上打着石膏，低着头，一言不发。

知非：“你右腿被炸伤，加上骨折，你现在需要的是卧床休息，你为什么要偷偷跑出去玩命训练?”

杜峰还是一贯的耿直，声音却听得出来心虚：“我是军人，训练是我每天必做的功课，我不想落下，一天都不想。”

“我知道你是一名优秀的军人，可这里不是军营，这里是医院!”

“你们不用担心我。”

“你说不担心就不担心了？你是病人，我们要对你负责!”知非看他不说话，换成了推心置腹的语气，“杜峰，你是步兵，腿对你来说很重要。”

“我知道。”

“你知道你还要出去？如果你想离开军营，那你就继续出去训练，我们再也不会去找你了。”

杜峰平时对知非的态度不好，现在面对着她多少有点别扭，头垂得更低：“我说句实话，总感觉右腿使不上劲。”

“你现在打着石膏，怎么使劲？”

杜峰想了想决定摊牌：“我本来不该跟你说的，因为你不是我的主治医生。你刚刚问我为什么打着石膏还玩命训练吗？我跟你说实话，因为我害怕……”

“害怕什么？”

“我害怕……”杜峰的声音突然低了下去，“我害怕我的腿废了，我的腿要是废了的话，我就要离开部队……可我不想离开。”

“所以打着石膏也要坚持训练？”

“对，只有训练的时候，我才不那么害怕。”

知非无话可说。

“谢医生支支吾吾，不肯告诉我实话，可我是侦察兵出身的，我心里明白，这里头肯定有问题，他越不说，我就越觉得有问题。我不知道我的腿到底怎么了，可我知道他跟营长打过电话，我看到他手机上的通话记录了，通了十分钟的电话，我们营长雷厉风行从来不说废话。什么事能讲十分钟？所以当时我就眼前发黑，我想我的腿肯定废了。”他抬头望着知非，“你能说实话吗？我是不是废了？”

知非心里有些不忍：“你不要胡思乱想，我们也在想办法，谢医生是非常优秀的外科医生，你要相信他。”

“谢医生靠不住，他嘴里没实话，全是模棱两可的词，我发现现在你也一样。我不想离开部队……”

“那你配合我们的治疗。”

“我配合！你要说能治好我的腿，我躺着，一动不动地躺着，躺多久都行，十天半月，给我个期限就行……”

知非被他说得心里难受。杜峰也难受，他叹了口气，小声而又坚定地说：“你放心吧，我保证不跑了，不跑了……行吗？你走吧。”

“那你好好休息。”知非说完走了。她不敢看他的眼睛，再多看两遍，她担心自己会忍不住把真相告诉他。她带上门，停在门口，努力忍住翻涌的情绪。

就这样，在病房门口，失落的知非遇到了同样失落的修羽，两人一言不发地看着彼此，大约一分钟之后，知非从门口让开。修羽打她面前走过去，拎着一大包营养品推门进去，一股脑地放在了床头柜上。

杜峰听到门响，不管谁来了，马上抹干泪眼，打床上坐起来，发觉是修羽，马上眼神闪烁，故意装作一副开心的样子：“队长，你怎么来了？我看新闻说这两天又有冲突发生，怎么没出去执行任务？”

修羽说：“今天没任务，明天有。”

“我们跟的那件事，最近有没有进一步的消息？”

“你是说知医生被歹徒刺伤的那个案子啊？快了快了，现在有了点眉目了。”

杜峰咧嘴笑了：“太好了，你这么一说，我都躺不住了，想跟你一起行动。”

修羽看他笑，心里很不是滋味：“杜峰，受伤了就好好治疗，不要胡思乱想。我刚刚在门口都听见了，你今天拖着打着石膏的腿出去训练，我都想揍你。”

杜峰呵呵一乐：“以前演习的时候，咱们对家，你抓住了我，可没少揍我……我都叫你揍皮实了。”他转移开话题，看着床头的营养品，“队长，你怎么买了这么多东西，花了不少钱吧？当兵的攒点钱不容易，别乱花，你以后有了女朋友，花钱的地方多了去了，这些东西用在我身上不值当。”

“谁说不值当了？多贵的东西用在你身上都值，我一个单身汉用不着你操心，我给你买营养品，那是要你赶紧好起来。”修羽斩钉截铁地说，“我告诉你，你的任务位置我还给你留着呢。”

杜峰有几秒没说话，眼圈发红：“那我把它们全吃了。”说完开始催他离开，“队长，天不早了，你赶紧回营地吧。”

修羽没再说什么，交代了他好好休息，说过几天来看他，就走了。修羽离开之后，杜峰却再也憋不住了，偷偷抹了抹眼泪。门外，修羽站在走廊里，冷静了一会儿，缓了口气，抬头看到知非站在不远处望着自己。两人没说话，并肩往楼下走。快到楼梯口时，知非说：“杜峰跟我说他不想离开部队，我不了解部队的规矩，我就想问问如果他的腿不能痊愈的话，还能留下来吗？”

修羽几乎没有做任何考虑，脱口而出：“他一定会留下来的。”说完发现说得太绝对了，垂下头，叹了口气。两人无言地穿过走廊，快到了门口的时候，修羽想起了什么，停下来，从口袋里掏出油纸包递给知非。知非接过来，直接装进口袋，看他满腹心事，不想他就这样回营地，说：“还没吃饭吧？我想请你吃个饭。就在我们餐厅吃，去不去？”

“去。”

餐厅已经过了吃饭的时间，厨师刚刚收拾打扫完，知非带着泡面，自己下厨。修羽一个人坐在空荡荡的餐厅里望着窗外出神，她把煮好的面端过去。气氛比较沉闷，起先两个人都不说话，闷头吃面，很快话也渐渐多了。

知非问他："想念北京吗?"

修羽心不在焉地说："不想。你呢?"

她说："我也不想!"

知非看他很少这么失落，想说点什么安慰他，可又找不到合适的话，她本来也不是一个很会说话的人，工作以外话很少，不像夏楠到哪儿都是话匣子："你之前问我，为什么要来这里，你说国内多好啊，全世界最安全的地方。"

修羽当然记得，那是他头一次见到她，她像一头牛冒着硝烟炮火拎着医药箱就往战场上冲。

知非说："我现在回答你，我来这里，是因为这里是我父亲生前最后工作的地方。我的父亲生前是一名无国界医生，这里是他牺牲的地方，所以我愿意待在这里。你呢?"

修羽想了想，放下筷子，脱掉上衣，露出肩膀上的伤疤："这是我在非洲另外一个国家执行维和任务时留下的，子弹穿透了肉，还好没伤到骨头。我在这片土地上流过血，我的战友也在这片土地上流过血，所以我对它有感情……"

"被子弹穿透是什么感觉?"

"一个字形容那就是，疼!"修羽皱皱眉，"不要好奇这个，也不要以为这是游戏，实战从来不是游戏，实战很残忍，不是你死就是我亡。拿杜峰来说……当时我距离他只有五米，可那个地雷，无法拆解，我眼睁睁看着他倒下。"

当时的情形他忘不了，杜峰为了救那个小孩，自己踩在地雷上，而他只能看着地雷爆炸……那种无能为力的感觉像一记锁喉差点要了他的命。

“杜峰，我的战友，我的兄弟，我们在一个战壕里御敌，我们共患难过，出生入死过……我是看着他倒下的，不仅他，之前还有别的战友也这样倒下过……”他停了一下，嗓门有点大，“当时在那种情况下，不管谁在附近，那个人都会义无反顾地扑过去，去救那个孩子。因为我们是维和军人，这是我们的责任也是我们的义务。我们每个过来执行维和任务的人，都有故事，都有家人和亲人，但是到了流血牺牲的时候，没有一个人会后退。这次是杜峰，下次也许是我，也许是任何一个人，但是不管轮到谁，都一样。我们不希望再有人牺牲，不希望再有人流血，但是我们心里都知道，和平从来不易，都是流血牺牲换来的。”

知非突然觉得心头的热血烧了一下，深深地望着他。

修羽说：“曾经有个人说过，人要保持简单……”说完这句话他就突然乱了阵脚，整个人僵了一样，怔怔地发着呆，然后一言不发地夹了很大一筷子面塞进嘴里，用力咀嚼，像是把心事吞进肚子。

“这句话我听过，是著名摄影家、摄影记者阿尔弗莱德·艾森塔斯特，也就是《胜利日之吻》的作者说的，二战胜利后纽约时代广场上那个经典之吻的作者。”

修羽呆了一下，接着吃面，嘴里塞了食物，含含糊糊地又说了一遍：“和平从来来之不易……”

知非拿起筷子开始吃饭，随口念了句：“保持简单。”

修羽像被人点了穴一样，突然停了一下，然后又端起碗飞快地填了几口，放下筷子说："我吃饱了，得回营地了。"说完，头也不回地出了餐厅。

知非忙着收拾碗筷。正在厨房看书的Z国厨师，听到脚步声探头看了看，马上走过去，对知非说："我来收拾，你去送送他。"

知非道了谢，急忙追出去。外头，天已经透黑。知非一路小跑着追上了修羽，说："医院这边一直在跟国内的医院联系，再过几天，等杜峰的伤稍微好一些，就送他回国治疗。"修羽慢慢停住了脚步，呆立了几秒，知非说，"你放心，国内的医疗条件比这边好，也不是没有希望治愈。"修羽没有说话，准备上车。马丁沉闷地坐在车上，他年纪小，感情也最丰富，一听杜峰要回国治疗，眼圈就红了，直直地看着知非。

修羽瞥了一眼，吼道："别哭，把眼泪憋回去。"

马丁揉揉眼睛："我刚进连队的时候，什么都不会，就会拖后腿，是他手把手教我，把我带了出来……队长，我想上去看一眼。"

"应该的，不过我告诉你，你不是新兵蛋子了，你是个成熟的老兵了，去了，看见他，不许哭，不然你就别去。"

马丁马上擦干眼泪。

"去吧。"

停车场只剩下知非和修羽两个人，相顾无言，大约过了三分钟，知非说："那……我先回去了。"她走了大概十步，听到身后喊了声"知非"。她一愣，停住脚步，回忆了一下，确认叫的不是知医生，而是知非。

"知非。"

知非侧着身体，扭头看着他："还有事吗，修队？"

“你还好吧?”

知非“嗯”了一声。

“回去了好好休息。”

“嗯。”

修羽往前几步，在距离她不远不近的地方停下，说：“最近……马布里的余党又制造了一起汽车炸弹事件，穆萨城很可能危险了，你要注意安全。”

知非心里一紧，沉沉答了一个“哦”。

“维和步兵营离医院很近，我们会保护医疗队的安全。不管医院这边遇到什么事，先别慌，随时给营地打电话，营地会立即派人过来……”他不担心别的，就怕她又像那次一样不顾个人安危冲上前去。他说，“不然，我会担心你。”

这回知非听得真切，他说的是“我会担心你”。她惊讶地看着他，没想到他居然把关心说得那么坦然，其实她根本不介意安全不安全，决定来这边的时候，就已经做好了最坏的打算。

“听到了吗?”他语气稍重了一些。

夜极静，夜风吹来，声音送入耳朵，像是在她耳边，听到了心跳的声音。她嘴角微微动了一下，拉长了声音说：“听到了——”

“那就好。还有……杜峰就拜托你和谢医生了……”

“放心吧——”

修羽无声地笑了一下：“不早了，快回去吧，我看着你走。”

“好。”知非的声音很低，低到只有自己能听见。

她转身继续往前走。她知道他在看着自己，手伸向空中，头也不回地挥了挥。

忽然一个人从医院方向跑了过来，跑得飞快，带着一股憋闷和不甘。

是马丁。

马丁一头扎进车子里，一动不动地趴在方向盘上，修羽暂时无暇顾及知非，跟着他上了车，所有的注意力都放在了他身上，问：“你怎么了?”

马丁没动。

修羽轻推了他一下：“马丁，说话，到底怎么了?”

马丁一肚子愤懑，抬起头，语气不太好：“队长，排长是不是真的要走了?”

修羽实在不想回答这个问题：“你关心这个干什么？他走不走你都得好好干。”

马丁声音大了：“排长要是回去的话，我就再也见不着他了!”

修羽不愿听这种丧气话：“现在交通那么发达，他就是去了火星，你也能见得着。”

“我就是不想让他走。”

“你不想就不走了？铁打的营盘流水的兵，我们将来有一天都会离开部队，迟早而已。”

马丁又趴在了方向盘上，肩膀抖动了一下，带着哭腔：“队长，我真的不想让排长走，你就不能想想办法吗?”

修羽真想骂他，可看他哭，又于心不忍：“他受伤了，回去是治他的腿，你总不希望看着他瘸吧？他回去了才有治愈的希望，人生还很长，要是真的瘸了以后怎么办？你见过瘸腿的步兵吗?”

马丁开始自责：“都怪我，当时孩子冲进去的时候，我应该去拦他，可我没拦住，我宁愿现在躺在医院的是我……都是我的错……”

修羽本来心里就不痛快，被他几句丧气话说得更难受了：“回吧，开车。”

马丁没动。

修羽强硬地说道：“马丁，开车。”

马丁还是没反应。

修羽推开副驾的车门从车上跳下去，拉开驾驶座的门，抓着他的后脖领子将他从座位上拉了下来，压抑着怒气，骂道：“我就没见过这么幼稚的兵。”

马丁平时话不多，可倔起来比杜峰还要倔。

修羽放开他，手指指了指他：“你难受，我比你更难受，讲情分，讲相识时间，我比你情分深比你时间长，这次上去救人的是杜峰，换成是你我也一样。”马丁毫无反应地站着，修羽站到他面前，他比马丁略高一些，双手叉腰瞪着他，马丁终于抬起了眼眸，也看着修羽，修羽说，“你不是新兵蛋子，你是一名维和军人，你到了这里，代表的是中国军人，能不能成熟一点？”

马丁终于点了点头：“知道了。”

修羽松了口气，放缓了语气：“上车，你开车。”说完上了车。

马丁看着他的背影：“是！队长。”又重新回到驾驶座里，擦了擦眼泪，发动了车子。

知非一直走到宿舍门口，才想起口袋里的油纸包，拿出来打开那个包得严严实实的油纸包，没想到里面竟然是豌豆黄，扑鼻的香味迎面而来。她好久没吃到北京的小吃，拿出一块闻了闻，轻轻咬了一小口，顿时甜香从舌尖穿过……就在这时，从背后突然伸出来一只手来，把知非手里的油纸包抢走了，紧接着，夜幕下传来一声惊呼："我的天啊，居然是豌豆黄，我要吃我要吃，我都饿死了。"

是夏楠！她刚下班。她眼睛都亮了，毫不客气地拿起一块塞进嘴里，一边吃一边含含糊糊地说："好吃好吃，哪儿来的？"

"天上掉下来的。"

"这豌豆黄可真好吃，我都怀念起我的北京了。"

宿舍里闷热，外头倒有一丝风吹着，夏楠拉着知非坐在台阶上，一边吃着豌豆黄一边问："你说我们要是在北京的话，这个点在干吗？"

知非想都不用想："工作。"

"那是你！我可不是工作狂。今天是周末，我肯定没有上班，就算加班的话也已经下班了。这个时候，我多半是在呼朋引伴，要么刚结束周末自驾游，要么正在找吃的，什么火锅、日料，什么撸串啦，路边摊啊，总之，吃的喝的摆满了一桌子……唉，说到吃的，我就忍不住咽口水。我好想吃驴打滚、羊蝎子、卤煮……就连豆汁现在回忆起来都是香甜的。"

说起豆汁，知非笑了："你还记得小时候，有一回咱俩去吃打卤面，你非要喝豆汁，你还跟我打赌说豆汁跟豆浆是一个味道的，结果喝一口你就吐了。"

"酸臭的！喝不下去，卤煮也是，不过现在要是给我一碗不论是豆汁还是卤煮，那都是人间美味。我跟你讲，我现在一闭上眼睛就会梦见自己在啃猪蹄，每次我的手伸向它的时候，我就醒了。每次我睁开眼睛看到天光大亮，我都恨不得捶死我自己。说真的，以前我都无法想象我会变成现在这个样子，为一口吃的魂牵梦萦。

就说我吧，从小到大，父母光担心我饭吃少了，吃得香不香了，家里餐桌上的好东西都在我面前摆着……”

知非想，夏楠还真是这样，她是资深吃货。

“这个豌豆黄真是太好吃了，非非你也吃啊。”夏楠一副陷入幻想状态，舔了舔嘴唇说，“这豌豆黄口感软糯绵密，要是再配上红茶，坐在四合院里……那真的是太幸福了。”

知非笑了笑，看着她吃。夏楠啃着豌豆黄，拿胳膊撞了她一下，笑眯眯地问：“生章鱼敢不敢吃？刚从海里捞上来的小章鱼，绝对新鲜，蘸点芥末就吃，不是平常那种剪掉头，触须切成小块，沾上香油和芝麻的那种吃法，那种吃法不够硬核。”

知非听得直冒汗：“你们吃货为了吃的是不是连命都不要？你说的这种情况，在咀嚼吞咽的过程中，章鱼会吸附在喉咙壁上，那样的话，就会造成当事人窒息死亡，而且……生的章鱼身上有寄生虫，不利于身体健康。”

夏楠夸夸其谈：“放心吧，没事，生吃的章鱼和平时我们吃的章鱼不一样，那是小章鱼。我也是听他们说的……”

知非看她一脸遐思，脑补了一下章鱼在嘴里吸住上颚的画面，顿时一阵恶心，没忍住，呕了一下。“你忍一下，我送你去卫生间吐。”夏楠架起她就要走。

知非的恶心劲已经过去：“不用，我没事了。”

“你明天有手术吗？”

“不是我主刀，我就是不放心，进去打打下手。”

“又是小龙主刀啊。”夏楠羡慕死了，一副恨铁不成钢的口气，说，“我们妇产科怎么就没有这种进步飞快的医生，我也想带一个出来，到时候医疗队结束这边的工作，回国之后，想起Z国有自己一手带出来的医生，那多自豪啊，可惜以后自豪的人不是我。”

“抱怨没用，想以后自豪的话，那从现在开始就认认真真带学员。”

“知道啦。”一说到正事夏楠就打起了哈哈，塞了一块豌豆黄进嘴里头，一双眼睛直勾勾地看着她，继续跟她聊天，“我都还没问你呢，这次又是跟谁吃的饭？”

“你猜。”

“不会是修队吧？我听说他今天来医院了。”

知非胳膊搭在前额上，点点头：“之前一直瞒着他没让他知道杜峰受伤的真实情况，今天谢医生跟他说了，他心里不好受……”

夏楠气愤地说：“谢医生怎么能这么干？他凭什么对修队隐瞒实情？我去找他算账。”

她拔腿要走。

知非喊了声“你站住”。

夏楠站住。

知非慢吞吞地说：“你要去问什么？这是谢医生能决定的吗？这是营地那边的决定！你又不是不知道王铮有多护犊子，他担心修队一下子接受不了。现在的情况是，国内医院已经联系好了，专家联系好了，治疗方案、未来的康复计划都准备好了，甚至我猜……连杜峰接下来的安排都计划好了，这才通知谢医生告诉修队实情。不仅修队刚知道实情，就连杜峰自己也是刚知道实情……”

夏楠听了，无话可说地又坐了下来，过了一会儿，有点酸楚地问：“你怎么知道他心里好受不好受？”

“我就站在门外，不小心听到了他和杜峰的对话……你别用这种眼光看着我，我不是故意偷听，病房不隔音，你……你又不是不知道……”知非说完，闭着眼睛，她本来说话就不利索，还要让她说那么多的话。可她一闭上眼，脑海里就出现修羽站在走廊里的那个身影，就像是刻在了她的脑子里，挥之不去。

夏楠心疼不已，认为知非愿意跟修羽吃面，这是和解的信号，所以特别开心地说：“可惜我一整个晚上都在手术室做手术，我要是在他身边的话，还能多陪陪他。”她煽情地挽住知非的手臂，“非非，谢谢你愿意在他最需要关心的时候陪他。”

“前段时间你们闹矛盾，我心里可难受了，他是我男神，你是我闺密，你们不对付，夹在中间最难受的就是我……你们和解了，以后就不要再闹别扭了……”她说了很多，前面几句知非还记得，后面就记不住了，要不是夏楠一直跟她说话，她早就睡着了，在宿舍门口的时候她就已经困得恍惚了。

夏楠说着说着忽然听到低软的鼾声，顿住，伸手推了知非两下：“非非，非非……”见知非毫无反应，夏楠乐了，“嘿，我这么有感情地说了半天，她居然睡着了。”说完站起身，回到自己的休息区，一边吃着豌豆黄，一边打开微信，一条添加好友的短信跳出来，验证消息是：大姐，是我，求加。

夏楠静静地看了看短信，她今天高兴，所以对这么不礼貌的称呼表现出了无比宽容的态度，手指一滑刚要点击删除，突然脑海中灵光一闪，一拍大腿自言自语道：“嘿！杀猪盘的经典开场白啊。用熟人的身份套近乎，然后实施诈骗。”手指一滑点开对方的资料，视线停留在对方的头像上，头像是一个背影，一副顶天立地的模样站在某金融大厦顶层的玻璃栈道上，似悬空而立。照片看起来高大上，非常符合骗子的一贯逻辑手段！夏楠冷笑一声，

“长夜漫漫，反正闲着也是闲着，不如教教骗子怎么做人。”手指点击通过验证，添加为好友，起身倒了杯水，准备和骗子一决高下。

第31章　又逢君

有微信跳了出来。嘿，骗子这么迫不及待啊，看来是个新手，她放下水杯搓搓手，拿起手机，点开短信，然后傻眼了。

“大姐，我是齐天，我的女神今天还好吗？”后面是一个龇着大牙的表情，夏楠一口水差点呛着，拿起手机打字。

夏楠：怎么是你啊？

齐天：大姐，都这么晚了，怎么脾气还这么大？是不是半夜饿得睡不着，闭着眼睛在数羊肉串？要不给你看看我的夜宵？

夏楠打了个“我呸”刚要发过去，结果屏幕一闪，几张图片发了过来：蟹粉狮子头、清蒸海鱼和芥末小章鱼，旁边还放了杯红酒。

夏楠盯着那几张图片，吞了一下口水，狠狠骂他没人性。

齐天：大姐，我的夜宵还行吗？

夏楠翻了个白眼，将手里吃了一半的豌豆黄塞进嘴里，手指飞快地按着键盘。

夏楠：夜宵是不错……不过睡前吃东西容易消化不良胃积食……还有，不炫耀你会死吗？

齐天发了个偷笑的表情：会憋得慌，毕竟你是吃货，好食物要跟你分享嘛。

夏楠发了个翻白眼的表情过去。

齐天：大姐，看到我的红酒没？这是自家的酒庄酿的，法国波尔多的酒庄，选的一年里最好的葡萄，每年只得几桶，特别香，极品。还有那些可爱的小章鱼，刚从海里捞上来之后直接空运过来，还活蹦乱跳的，就这样吃，什么都不用处理，一口吞下去，特别鲜，尤其是放进嘴里的时候，章鱼触角上的吸盘黏住上颚，那种感觉特别的美妙。

夏楠愕然！

这番话也太熟悉了，要不是她刚刚跟知非说过这番话，真怀疑这小子在外头扒门缝偷听。

微信一闪，一段视频发了过来，点开是他用筷子夹着张牙舞爪的章鱼准备送进嘴里的画面。

夏楠震惊了！她没想到齐天居然真敢吃，是个疯子吧。

她直接语音录入。

“你疯了还是脑子进水了”“你知道这样吃章鱼死的时候有多痛苦吗”“你知道生吞章鱼很容易导致章鱼吸附在喉咙壁上，造成窒息死亡吗”“你知道每年因为吃生的食物会导致感染病毒和寄生虫病的人有多少吗”“我自己吃东西都是煮熟了才吃的，不信你去问非非，说你没文化没见识，你甚至连基本常识都没有，你爱怎么吃怎么吃去，吃死了拉倒”“你要吃死了，到时候别怪我没提醒你，上的可不是财经新闻，也不是娱乐新闻，而是社会新闻，成为警示案例，没人同情你，我会嘲笑你，不学无术，一天到晚半点正事没有，就知道装”。

她都气坏了，几条信息发过去，半天不见那边有反应。她盯着屏幕等了三分钟，对方一直没有回复。她忍不住又发了一句：

“喂，你还活着吗?”

对方还是没有反应，她渐渐感到紧张了：“活着的话，能不能说句话?”

对方依旧没有反应。

她也不跟他废话了，直接弹了个视频过去，可信号不好，视频发不出去。

她突然有点慌了，不知道那小子在什么地方，身边有没有人?万一章鱼吸附在喉咙里怎么办？窒息会导致脑缺氧，2分钟内脑活动停止，5分钟后脑组织出现不可逆性损伤，现在已经超过5分钟了。

夏楠看了一眼知非，知非正在熟睡，也不管三七二十一，冲到她跟前，摇了摇：“非非，非非你醒醒……别睡了……”

知非睡得正香，毫无反应。

她用力摇了摇，大声道：“出事了，出大事了，你快醒醒……”

知非迷迷糊糊地问：“怎么了?”

夏楠：“齐天在生吞章鱼……你还记得吗？就是我晚上跟你说的那种吃法，他都已经超过5分钟没有回我的微信，他会不会已经死了?”

知非根本没听清她说什么，“哦”了一声，眼睛一闭又睡着了。

夏楠赶紧又摇她：“非非，你别睡啊，快起来跟我商量商量怎么办?”

知非又被她摇醒了，并不理会：“没事，他又不是傻子，不会真吃的。早点睡吧!”

“不是，他是真吃。”

可等她再叫知非，却怎么都叫不醒。

夏楠急得头上冒汗，各种死亡画面出现在脑海里，她已经乱了。

突然听到新信息提示音，她急忙打开手机。

是齐天发来的，图片上，是一份烤章鱼，滋滋冒油。

齐天发了语音过来：大姐，你刷屏啊？

夏楠气得眼睛都红了，破口大骂："你有病吧？那么时间长没反应？我还以为你死了呢！"

齐天：我就去厨房煎了个章鱼，你不用这么诅咒我吧？

夏楠：王八蛋，章鱼怎么不把你弄死啊？有多远滚多远，吃吃吃，吃死你拉倒。

点击发送完毕，她心里还憋着口气，拿起手边的纸扇一阵狂扇，鬼知道她刚才有多担心。

那边又有消息过来。

"大姐，你怎么张嘴就骂？怎么着，我听你的话也错了？不是你跟我说的章鱼有寄生虫，生吃会窒息，劈头盖脸把我骂了一顿，我想了想，觉得你说得没错，所以我才决定去厨房煎了再吃。我就煎个章鱼，结果你又把我骂了一顿，你到底想要我怎样？"

夏楠噎了一下，火气已经降了下来，还是骂了一声："王八蛋，我管你怎么吃！赶紧死了拉倒。"

齐天笑嘻嘻地说："怎么听都像是因为吃不到而恼羞成怒，你想吃你就说啊，随时给你准备。"

"无事献殷勤。"

"谁说我是无事献殷勤啦？我有事献殷勤。"

夏楠咬牙："你有什么事？来来，把你心底那点脏事都给说出来。”

齐天拉出了长聊的架势：“你对我有偏见！我什么都没说你就说我脏……其实我想说的是，想要吃到这些美食很简单，只要你随时向我汇报我女神的行踪即可。”

“你也太小看我了，出卖闺密的事我不做。”

“这怎么能叫出卖呢？这是为闺密下半生的幸福着想……想想美食、美酒……”

“真当我为了吃的没原则了？滚蛋！最后我再提醒一遍，初级急救员的资料你都看了吗？到时候可是要考试的，考不及格丢的可是你自己的脸。”

“我不学初级急救员，初级没意思，我要学高级急救员，要不这样，让我的女神单独给我培训，我保证能满级通关。”

“想得挺美，爬都没学会就想学走路……你怎么不考医生资格证去？”夏楠一边回复，一边手伸过去摸豌豆黄，发现只剩最后一块了，忍了忍，缩回手，盯着那块豌豆黄作了半天的斗争，还是拿了起来，丢进了嘴里，继续跟齐天吵架。

齐天吃喝玩乐样样精通，有钱又会玩，两人怼着怼着，又回到了吃上来。夏楠发现齐天这家伙还真不是她以为的不学无术，还是有点能耐的，去过的地方不计其数，每到一个地方就爱寻找当地美食。夏楠虽然也自诩吃货，但毕竟是上班族，时间不宽裕，去过的地方自然不能跟齐天比。齐天讲起美食来，那是头头是道，哪个城市哪个餐厅甚至是哪个厨师的手艺，他都能说出来，堪比美食活地图。夏楠听得津津有味，奇怪那小子怎么那么会吃。还给她看了出海海钓的视频，海豹跟在轮船后面，海豚跃出海面……

夏楠听得很满足，不知不觉两人就聊到了零点，要不是考虑到第二天还要上班，她都不愿说再见。齐天是喜欢夜生活的人，越夜越精神，等结束聊天，才想起来自己原本是找她打听知非的消息，怎么跟她聊起来了，并且聊得挺投机，居然连本来的目的都忘了，后悔了一阵，决定明天继续骚扰她。没办法，最近工作太忙，去不了医院跟知非见面，只好把希望寄托在夏楠的身上。明天一定要套出知非的消息！夏楠跟他想的刚好相反，聊别的可以，想从她身上打听知非的消息万万不可，反正她笃定，齐天的私生活肯定一团糟。

第二天，知非睁开眼，天已经大亮，头还有点晕，嘴里有点苦，伸手在床头一摸，摸到了杯子，里面是满满的水，起身一口气喝完，伸了伸懒腰，好久没有睡这么长时间的觉，有一种身心通透的感觉。

放下杯子的时候，她发现了床头空空如也的油纸包。

夏楠听到响声醒了，睡眼惺忪地冲知非一乐，一副恶人先告状的模样："是豌豆黄先动的手，它用它鲜香的身体引诱了我……"

杜峰在医院养了一周，伤势好了一些。营地的领导考虑到杜峰的伤势，决定让他尽快回国治疗。走的时候，警卫队的全体人员过来医院送他，将他的行李包放到接他去机场的车上。其实也没什么行李。

整队的人都静静地站在医院门外，站得笔直，表情都很严肃。坐在轮椅上的杜峰被缓缓推了出来，推轮椅的是谢晟，后面跟着知非、夏楠和张潜。

杜峰就怕跟战友分别，他在军营十年，送别了一茬又一茬的战友，每一次熟悉了，有了感情，就到了分别的时候，每次欢送会结束之后，拥抱着战友挥洒眼泪，每一回都哭得像个泪人，这一回终于轮到了自己。

虽然还没有正式下达文件，可自己什么情况他心里头最清楚，康复不是一天两天的事，军队发展迅猛也不可能等他。

昨天晚些时分，王铮过来看他，跟他说，叫他放心，说陆军医院那边一切都已经安排妥当，还说他之前所在连队的司务长马上要离开了，刚好让他顶上去，说不管想什么办法一定会让他顶上去，说不会让他离开部队。

杜峰没说话。在王铮没说这番话之前，他一心就想留在部队，不论如何都要留在部队里，这是他深爱的地方，可王铮说完这番话之后，他一下子就释然了。王铮对他太好了，营地里的战友，每一个人都对他太好了，他不能像个累赘似的拖着部队不松手，他不能拖累了大家。他不是干司务长的料，从小到大他做的菜除了自己就没人能吃得下去，更别说管理那么多人的伙食。没有金刚钻就别揽瓷器活！人要认清自己，到了该离开的时候，谁也不要赖着不走，这是他刚到连队时，他的第一个班长退伍时跟他说的话。

他以前理解不了，他的目标是要做职业军人，现在终于体会到了这句话的含义。军营是一个神圣的地方，把职位留给有能力的人，而不是硬要占着一个位置。所以杜峰虽然嘴上没说，但是心里已经做好了决定。这是他最后一次以军人的身份跟战友们见面，等他们结束任务回国，那时候他一定已经离开军营。

那么多人为他送别，他不想哭哭啼啼的。他看着大家，笑着打了个招呼："你们怎么都来了？"

马丁一看他这样，眼一下红了，憋着眼泪没说话，大家也都没说话。

“你们今天不用执行任务吗？哎呀，大家不用来送我，我只是比你们先回国而已，到时候你们回去了，我们又能见面了，送来送去的像什么一样。”

马丁哭了。

“马丁，你怎么又哭了？全连队就数你最爱哭，当新兵的时候你就这样，现在还这样。江琦你替我给他擦擦眼泪，哭着真丑。”

江琦生硬地从口袋里掏出一块手帕塞进马丁的手里。马丁拿着手帕狠狠抹了抹脸。杜峰还是保持着微笑，冲大伙说：“我说真的，真的不用难过……你们肯定在想我是不是要彻底离开部队了，以后再也见不着面了。”这句话戳中了所有人，大家都看着他，等着他。杜峰说，“什么年代了，见个面有那么难吗？你们知道吗，我老家现在发展得可好了。新农村建设知道吧？我哥前阵子给我打电话说，我们那儿现在村村通公路，户户用上了抽水马桶和热水器，跟城里一样一样的。哈哈，我都没想到居然有那么大的变化。”

大家都看着他，他笑了几声，接着说：“队长，你还记得我刚进部队的样子吗？”

修羽点点头。他当然记得，几百号的新兵里，他最土，说话都带口音，看到什么都很稀奇，但是很积极也很乐观。

杜峰：“十年前，我从我们镇上高中毕业后就来当兵。我们村穷啊，年轻人都外出打工了，老人孩子留守在村里，日子过得捉襟见肘。有人跟我说，年轻人应该出去打工，那南方工厂里一天加上加班费能有两三百块嘞，干两年回家就能修个大房子然后娶个媳妇，第二年就能生个娃儿，当兵能有什么？又苦又累，两年下来也就落个身体结实一点，那点退伍费够干个啥？可我不这么想，我不想没日没夜地待在工厂里，就为了结婚生娃，娃留在家里给老人带。我想过得跟他们不一样，我爷爷就是当兵的，参加过抗美援朝，我从小就觉得我爷爷跟别的人不一样，身上的气质不一样，所以我选择了当兵。”

所有人都看着他，周围没有任何其他声音。

“现在要说说我的家乡，你们知道我们那儿盛产什么吗？茶啊！你们怎么都忘了？我还给你们都带过的，好喝吧？”

修羽说好喝，大家也都说好喝。

杜峰憨憨地笑了笑：“我们那儿的茶虽然好，可没人知道。我们没有做成品牌，茶商过去了，以很低的价格收购走，贴了他们牌子后卖得很贵。我每次只要一想到这个，心里就难受。我在部队自学了本科，虽然我计算机运用得没有马丁那么好，但是我想，我将来弄个网店，开个直播卖货还是可以的。我这几天躺在病床上，就想家里后山上的茶，我想把我们村的茶卖到全世界，我要让大家提起茶时，想到的不仅仅是西湖龙井、东山碧螺春、武夷山大红袍，还有我们村的茶。所以我想等退伍之后，要响应国家号召回农村发展家乡建设家乡。”杜峰极力地想要保持笑容，可他笑不出来，不过也没有哭，但是警卫队里已经传来了低低的抽泣声。

杜峰强装着微笑：“我看看谁哭了？别哭啊，我先回国等你们执行任务归来，到时候我的腿肯定已经好了，我们约踢足球，谁都不许耍赖。”

周围没有人说话。

杜峰也不说话了，静静地看了看他们，过了一会儿说："我以前的班长跟我说过一句话，他说人要认清自己，到了该离开的时候，谁也不要赖着不走，这句话也送给你们。"杜峰的话说完了，他张开双臂。大家逐一走过去跟他拥抱，都很默契地没有说话，所有的感情都在这深深的拥抱中。修羽站在队伍的最后，等所有人都跟杜峰拥抱过了，他走到杜峰面前。

杜峰看着他，叫了声："队长。"

修羽点点头，然后张开双臂，杜峰毫无顾忌地投入他的怀里，两个人紧紧地抱着。

来送杜峰的车停在了门外，时间紧迫，司机在按喇叭，提醒马上要出发了。修羽终于放开了杜峰，杜峰已经泪流满面。他朝着修羽，举起手，敬了一个军礼。载着杜峰的车辆走了，他上了车就没有再回头，所有人都目送着车子远去。马丁突然冲着几乎已经消失的车子声嘶力竭地喊着："保重！保重！"喊完转过身靠在江琦的肩膀上又哭了。

江琦的眼睛也红了，他拍着马丁的肩膀说："别哭了，你看就你一个人哭成这样。"

"走了！他走了，以后想跟他一起吃饭再也吃不着了……"

江琦被他说得心里也很难过："不是还有我们嘛，好了别哭了，该回去了，下午还要执行任务。"

大家开始陆陆续续地上车。

修羽的眼睛也是红的，不过他忍住了，一滴眼泪没掉过，他望着车子消失的方向，目光中有一丝不舍，更多的是坚定。

冉毅意搭着周晨的肩膀，说："他回去肯定能干出一番大事，他这个人有一股韧劲，这股韧劲在，干什么都能成。将来就等着他的新茶上市了，一定要天天喝。”

周晨一个劲儿地点头。

江琦说：“将来他的公司上市的时候，咱们都去敲钟。他一定行。我们也一定行，我们是拔尖的，我们聚在一起是一团火，散开了就是满天星。对吧，队长？”

修羽点点头，什么话也没有说。

知非看着他们上了车，车子慢慢地开远了。她生平头一次看到战友分别的场面，忽然觉得心里像是被什么东西填满了，是震撼，也是感动。她对军人又有了新的认识和理解。

她来穆萨城那天，车子被子弹击中多次，撂在了路上，杜峰冒着大雨过来接她。她记得大雨中风驰电掣的猛士车准确地停在面前，她记得杜峰拉开车门一跃而下，如雷似电。她还记得，他冲修羽行了军礼，咧嘴笑得特别纯粹。他是一个纯粹的人，一个耿直的人！

知非开始随着医疗队往医院走，张潜、谢晟他们也都不说话。夏楠过来挽着她的胳膊，然后轻轻叹了口气。

一辆车开了过来，车窗落下，冲他们打了个招呼，是中国超市的老板。

几个人一齐回头看着他。

老板下了车，说：“几位快过来，我给你们送好吃的来了，齐副总叫我送过来的水果、鱼类、各种小零食。”张潜过去帮忙把车里的货卸下来。知非已经走了，夏楠在帮忙清点东西。

卸完了货，老板关上车门，说：“我得走了，还有些东西得送去野保动物组织的石头那边。”

夏楠问：“这也是齐源集团的慈善项目？”

老板想了一下，摇头："不是，是齐副总。平时他不让我叫他齐副总，让我叫他大齐。是大齐自己出资。走了，哦，对了，还有东西是专门送给知医生的，我差点忘了。"他从驾驶室里拿出一个包装精美的盒子，"这个是大齐特别交代的。"他看了一圈，目光落在夏楠身上："夏医生帮帮忙？"

夏楠接在手里掂了掂："什么贵重的东西？"

老板呵呵一乐："大齐说，让知医生放心，到时候他一定来参加救护员的培训，最近他公司的事忙，走不开。我该带的话都已经带到了，我先走了，几位，告辞了。"

张潜喃喃了几句，问道："姓齐那小子什么意思啊？"

谢晟如梦初醒一般："他不会是在追知医生吧？"

张潜问："不是拒绝了吗，怎么还贼心不死呢？夏楠你知道吗？"

夏楠说："我知道啊。"

"你知道你也不拦着？只要是漂亮的女生他都喜欢，他就不是什么好东西。"

夏楠不耐烦了："张潜你就马后炮吧你，之前他那么大张旗鼓地过来追求非非的时候，你怎么不说话？还有上次他带的烤鸭过来，咱们一起在餐厅吃饭，当时你怎么不说话？现在你人五人六地来质问我？"

"我……我以为他死心了……不行，这事你一定得管。"

"我管？我怎么管？法律道德都管不着的事，我管得着吗？"

谢晟赶紧打圆场道："算了算了，别吵了，上班时间，咱们赶紧把东西搬进去。"

"搬什么搬？不搬了，他的东西我不碰！"张潜把手里的东西往地上一放，扬长而去。

夏楠冲着他的背影吼道：“你这么有志气，换我的话，就把前些天吃的晚饭还有那天吃的烤鸭，都给吐出来。”

谢晟扯了扯她的衣袖：“夏医生，就剩咱俩了，搬吧。”

晚上，知非回到宿舍。夏楠已经回来了，正躺在床上一边啃着牛肉干一边玩手机。

“跟谁聊天呢？也不开灯。”

夏楠说：“一个浑蛋。”

知非明白了过来，说：“又在跟齐天吵架？”

“没吵。我在看他以前玩翼装飞行的视频，我还以为他也就在迪拜那种简单的环境里飞飞，什么三百跳五百跳那都是刷成绩刷出来的，我没想到，他居然有一千两百跳。”

知非对这种极限运动不太感兴趣，瞥了一眼：“他还参加过比赛啊？”

“嗯，翼装飞行世锦赛，不过没拿奖。”夏楠看出她兴趣不大，“怎么啦？又遇到了疑难杂症啦？”

知非说：“没有，我就是想到，今天杜峰走的时候，马丁哭得特别厉害，江琦他们几个也都挺伤心的。”

“你说这个我想起来了，修队眼睛都没红。不过，我想他肯定是经历了很多次这样的离别，早就习惯了吧。”

“我看没那么简单。对了，明天就是急救员培训，你叫齐天别忘了。”

“他忘不了。”

夏楠扔了手机，拿出中午老板交代转交给知非的礼物盒：“给你的，齐天送的。”

“哦。”知非兴趣缺缺，“明天来还给他。”

“你不想知道里面是什么吗？”

“不想。”知非说完，看夏楠盯着盒子，“你想看的话，可以拆开，记得原封不动地包装好。”知非说完就去整理晾干的衣服去了，身后传来一声惊呼：“哇！怎么是这个？”

知非回头看去，看见夏楠神情惊愕，探头朝盒子里看了看，问：“这什么？游戏机？”

夏楠说：“PSP3000。”

“古董机啊？他怎么给我送这个？”

“这是情怀！”

“这好像是你喜欢的吧。”

说到PSP，夏楠来了精神：“上小学的时候，我们班的班长带了一台PSP，眼馋死我了，我就跟我妈说我也想要。我妈太精明了，说我期末考试要是考年级前十名就给我买。当时距离期末考试就剩下一个月了，我发了疯一样学，破天荒考了全校二十名，从此PSP就成了我的执念了，我终于在六年级考了一次年级前十，才如愿以偿。”

“那是你让他买的？”知非问。

夏楠呵呵乐了，然后不管知非乐意不乐意，拿起PSP就开始玩游戏：“前几天，他找我打听你的爱好来着，我当时都要睡着了，我也不知道手指怎么就碰到手机键盘上了，早上我才发现，我发了个PSP过去，结果就这样了。不过我是真心喜欢这个PSP3000，你想啊，这边生活这么枯燥，网速又那么慢，有一台这样的游戏机，多幸福啊，既有得玩又找回了童年的感觉……”她看知非没说话，小心翼翼地道，“要不这样，就当作是他借给我们的，等医疗队结束了这边的工作任务，离开的时候，再还给他，你看行吗？”

知非反问：“你说呢？”

夏楠生怕她让自己立即还了，连忙指给她看：“PSP早就停产了，这台一看就是用过的老机器，停产多年，又是二手，也不是贵重的东西，咱还要还吗？”

知非已经上了床，拿起辛米医生的笔记翻开，心不在焉地说：“既然你这么想要，那就留着吧，改天咱们也送他点东西，把人情给还了。”

第32章　心生欢喜

第二天，齐天来得早，到了这边才发现是跟维和士兵一起学习急救，他本来想在知非面前表现好一点，没想到那些士兵完成得比他更好，他挺失落的。仅仅一个心肺复苏，知非教了他好几遍他才全部做正确。

他以前确实培训过，但是那种培训都是走个过场，一个没有认真教一个没有认真学，可知非是认真教，维和营地的士兵是认真学，所以就显得他笨手笨脚的。

结束了这轮培训，他很郁闷地蹲到一边，夏楠也在培训现场，挨着他站着，只是笑，弄得齐天更郁闷了，说："你干吗笑？是不是觉得我挺笨的？我委屈死了，怎么会跟这些强人一起培训啊？"

夏楠给他捶了捶肩膀："不错了，就教了五遍，你就学会了，姿势完全正确，如果真是遇到突发情况，你肯定能处理好。"

旁边的张潜一听，有点受不了："五遍还不错啊？别人都是一遍过，最多也就三遍。"

夏楠说："下一个项目你肯定没问题，是关于意外伤害的救护。"

齐天一个鲤鱼打挺从地上翻了起来："这个我会，我保证比大家完成得都好。这个项目是不是还是非非培训？我要在她面前好好表现。”

张潜：“张口闭口就是知医生，你想累死知医生啊？下一个项目的培训员是……”他用手一指夏楠。

齐天一听顿时泄气，一头栽倒在地上。

张潜说：“知医生一会儿还安排了手术，心肺复苏培训完，就得回到工作岗位。下午的考核，是我，所以……请你务必好好学。”说完就走了。

齐天愕然，问夏楠说：“他什么意思啊？针对我？”

夏楠拍了拍他的肩膀：“给你讲个故事，房玄龄协助李世民平定天下之后，李世民为了表彰他的功绩，想封他为梁王，还挑选几个美女送给他为妾，可是房玄龄多次婉拒。李世民后来得知，是因为房玄龄夫人是个悍妇，所以他才不敢受赏，于是就派太监持一壶‘毒酒’传旨房夫人，如不接受这几名美妾，即赐饮毒酒。谁知房夫人面无惧色，含泪一饮而尽……你猜酒壶里面装的是什么？”

齐天想了一会儿：“是醋！”

夏楠故意作出一副恍然大悟的模样：“哦，原来你知道个典故啊，看来你不傻啊。”

“你什么意思？你是要告诉我，他是我的情敌？”

夏楠故作神秘地一笑，留下齐天一个人站在那儿，目不转睛地盯着张潜，目眦欲裂。

张潜刚好又走过来，发现齐天在看着自己，语气很不好地道：“你盯着我看干什么？赶紧准备下一轮，你不着急啊？”

“不急！我想看看醋怎么吃才好吃？”

张潜根本不吃他那套：“那你去厨房看去。别人都是好学上进，再看看你吊儿郎当的，我必须提醒你，你要是这样的话，下午的考试你肯定过不了。”

“好好好，我过不了行了吧？不就是给我准备了一双小鞋嘛，我穿。”

张潜不高兴了：“你把我当什么人了，我告诉你做医生我是专业的，到时候二十个人就你拿不到救护员证件，你说丢人不丢人？”

“能不能拿得到，还不是看你的心情嘛。”

张潜生气了：“我就知道，你的目的根本就不是来学习的，你是冲着知医生来的。可我要告诉你，我们这次的培训是非常认真也是非常重要的培训，这是一件很严肃的事情，不是开玩笑，你要是真的没兴趣，现在放弃还来得及。”

齐天大手一挥：“我才不放弃呢。”

“不放弃又不好好学，占着一个名额有意思吗？这里是战乱区，是一个医护人员十分匮乏的地方，我们随时都可能遇到受伤的贫民，如何对他们进行急救这是你们要学的内容，在特殊情况下，我们医护人员人手不够的时候，救护员要协助我们医生救人。人命关天可不是闹着玩的。”

张潜说话一向喜欢给人留面子，这次齐天吊儿郎当的态度是真的激怒他了。

齐天从成年之后，很少有人这样要求他，他本来一肚子的气，可听完这番话，也就不争辩了。他在Z国一年多，遇到过无数受伤流血事件，每次想上去救人，可心慌手抖什么忙也帮不上。齐天逞强地说：“不管怎么样，我肯定会拿到救护员证的，谁稀罕你放水。”

下午五点评估完，差不多也就结束了，齐天认真起来确实也是非常认真，可考核的时候，偏偏就他没通过。大家考核完都走了，会议室只剩下张潜和齐天两个人。

张潜觉得这小子是故意的。

两个人一个坐着，一个站着。

会议室的门开了，夏楠走了进来，围着他走了两圈像是参观什么稀有动物："二十个人就你没过？平时也没觉得你多笨？现在发现了，你确实笨。别不好意思啊，你能当着知医生的面说你不会心肺急救吗？"

齐天一副蒸不熟煮不烂的模样："所以，我觉得我还得多培训一天，明天我继续过来，反正救护证就在那儿，我肯定拿到。我就是需要巩固复习，我说了，明天我再来。或者知医生现在没事的话，给我开个小灶，我马上就能拿到证。"

张潜怒了："你根本不是真心想学习，你糊弄鬼呢？"他平时温温和和，从不这么大声说话，把夏楠吓了一跳。

"我就是想多跟知医生学习学习，这没什么不对吧？你要觉得不对，那你是不是应该检讨一下自己，为什么我不愿跟你学？"

知非刚好推门进来，她在门外把里面的对话听得一清二楚："好啊，你现在就跟我学。"她把模拟人拿了过来，"首先要判断患者意识，确认患者意识丧失立即抢救，并记录下抢救时间。按压的方法，是用靠头侧的手掌根部放于胸骨中下1/3处，手掌根部长轴与胸骨长轴重合手指微伸，另一手重叠其上手指紧扣，以髋关节为轴躯体为重力，做有节律的垂直向下按压。在做心肺复苏的时候，要先做心脏按压后再人工呼吸。首先在按压前，把病人的头偏向一侧，清除口腔内异物。其次，采用仰头抬颌法，复苏全过程保持气道通畅，开放气道时间为3秒钟，采用口对口人工呼吸，吹气时间为1秒钟，吹气量以胸廓明显上升为准，连续吹气两次……”她示范了一遍，齐天马上跪在地上给模拟人做起了心肺按压。

看他做得很标准，张潜就更生气。

夏楠看了一眼知非，露出了笑意，悄悄问知非：“证件能给他吗？”

知非说：“给，他做得很好，给了他让他有点责任感，不然我怕他遇到事就开溜。”

齐天拿了证件，就找知非邀功，说自己饿了，要知非请她吃饭，就在医院餐厅，他不嫌弃。

“我们餐厅的饭你吃不习惯，还是早点回家吧。”知非跟张潜、夏楠一道收拾好了会议室。她的确不准备留齐天吃饭，上次吃饭他全程皱着眉头难以下咽的表情，她到现在还记忆犹新。

齐天不愿走，好不容易有了跟知非相处的机会，他绝不会放过，吃什么他不在意，图的就是能跟她在一起用餐：“反正我饿了，你们吃什么，我吃什么，你要是不带着我，那我也要跟着。”

知非不想跟他磨叽，就一顿饭的事，他吃不下去那是他自己的事，说：“那走吧，吃饭去。”

齐天一听赶紧跟了上去，可知非走得飞快，一句话都不跟他说。

夏楠手插在白大褂的口袋里，走在后头，她轻轻咳嗽了一声，齐天听到了立即回头，等夏楠过来。

夏楠慢吞吞地说：“别勉强啊，咱们餐厅可没有红酒、蟹粉丸子、小章鱼。你现在后悔还来得及，别到了餐厅又一副凛然就义的模样，考虑考虑清楚。”

“我考虑得很清楚，知医生去哪儿我去哪儿，好不容易有个跟她相处的机会，绝对要抓住。”

夏楠还真不乐意他跟着去，平时跟他聊天聊得挺好的，可见了面，却反倒生疏了，不尴不尬，心里不爽。

可齐天哪里在意她的感受，跟她说了两句，马上又追上了知非，没话找话跟知非有一搭没一搭地聊着，反正都是他在说，知非不去搭理他。女人要拒绝一个男人，最好的办法就是不理他，晾着他。

到了餐厅，知非取了饭，就去了餐桌，齐天这才发现夏楠一路没说话，她平时话可多了，网上聊天的时候就没见她这么沉默过。他随便取了几样东西，凑过去问夏楠：“你怎么了？”

“不要你管我。”夏楠没好气，端着盘子坐到知非对面去了。

齐天挨着她坐着，后进来的张潜，挨着知非坐下。四个人一张餐桌，齐天刚找到话题，就被张潜筷子敲了敲，六个字终结：“食不言寝不语。”

齐天只觉得今天气氛怪怪的，他一会儿看看这个一会儿瞧瞧那个，不知道发生了什么事，气氛会变得这么压抑。知非和张潜都不理他，他只好用脚在桌子底下轻轻踢了踢夏楠。

“食不言寝不语！不要踢我！”夏楠没好气地说，“吃不下就不要勉强！赶紧回家吃你的大餐去。”夏楠说完又不理他了。

齐天这下更没招了，以往她总是逮着机会就骂他，虽然难听了点，但是听着真实。突然她不说话了，弄得他挺不习惯的。他吸取了上次在餐厅吃饭的经验，所以这次取得少，再加上没有人给他夹菜，他很快就吃完了。

从餐厅出来，外头正是黄昏时分。齐天不打算回去了，前些天被公司管财务的老方押在公司十来天，差点没把他闷死，好不容易出来了，他可不想那么快就回去。

知非要去维和营地，把当天的培训情况跟王铮介绍一下，所以吃完饭就走了。

齐天看知非往外走，赶紧撂下筷子想追，被夏楠给拦住。

夏楠平静地看着他："干吗?"

"我找知医生啊。"

"找她有事?"

"当然有事啊。"

"跟她表白?"

"啊。是啊。"

"她不喜欢你，放弃吧。"

齐天有点措手不及："这是我的事，用不着你来告诉我怎么做。"

"打发无聊的方法有很多，死缠烂打对于有的女孩管用，对于知医生这样的不管用。"

"你管我有用没用，你是她闺密，我问了你那么多天怎么追她，你都不告诉我，根本不把我当朋友。"

"你是我什么朋友？我根本瞧不上你这号人，我干吗要跟你做朋友？你在我眼里就是一个不学无术的小混混、小流氓。"

"你有病吧!"齐天气愤地骂了一句，筷子一摔走了。

夏楠冲着他的背影，大声道："自己好好想想，有没有必要做个堂堂正正的人，成天耍小心机，叫人看不起。"

齐天停住了脚步，梗着脖子看着她："你算老几啊？你看不上我，我还看不上你呢。”他冲出餐厅的时候，已经看不到知非的身影。以为她回办公室了，于是他找到办公室，然而并不在，问了护士，护士说知医生根本没有回来。这样看来，那应该是回宿舍了，他想。

齐天不想打扰知非休息，于是开着车朝维和步兵营去了。

晚上他要住在那边。

知非离开餐厅后，去宿舍换了衣服，然后去了维和营地，她想争取一下，再集中给大家培训一下急救知识。这几天她有点畏寒，吃了退烧药，不见好转，也许是感冒了，她也没太在意。

王铮不在营地。听说他是临时去了维和总部，有急事刚刚过去，估计一时半会儿回不来。从营部出来，知非突然看到训练场的旁边新建了一个篮球场。

一群肌肉发达的士兵正在打篮球，人群中她一眼看到了修羽，他身穿迷彩T恤、短裤，在一群人之中格外显眼，因为他比别人都要白，而且肌肉的线条特别流畅。他篮球玩得非常灵活，运球过人，三步上篮，篮下暴扣，球在他手上就像长了眼睛，不但会打还善于组织，场上比分拉得很大。

知非停下来远远地看着他打球，感受篮球场上的欢快气氛。修羽平时温和，冷静，很难听到他在球场上这样的欢快笑声，所以知非很乐意看他打球。

突然，篮球朝这边飞了过来，一路滚到了知非的脚边。知非弯腰刚要捡起来，面前人影一闪，快她一步将球捡了起来，然后回身扔给了篮球场。知非直起腰，看清楚了来人，是齐天。她上下打量了他一眼，也不知道跟谁借的衣服，又大又肥，还没来得及说话，就见齐天眼睛发光：“知医生，你怎么在这儿？”

“来办点事，刚好路过。”知非说。

齐天凑近了她一点：“是不是一直在看我？怎么样，我这身肌肉还行吗？”他左手臂稍微一用力，胳膊上的肌肉绷了起来，拿手一戳，得意地说道，“怎么样，不错吧？”

知非没说话，双手插在兜里看着他。

齐天有点心虚，赶忙给自己找补：“以前比现在还要好。我的前健身教练，拿过健美冠军，所以教了我很多，可惜我最近练得少，不如以前了，但是跟别人比起来，还是很优秀的。”

知非摇摇头，用手一指篮球场：“那边就有人比你好。”

“不可能！你说的是谁？”

“最白的那个，看到没有？”

“修队？”齐天回头看着球场上的修羽，修羽的身材确实最好，不像有的人要么腿部肌肉发达，要么三角肌发达。他身上的肌肉非常均匀，丝毫不比那些专业健身的人逊色，虽然如此，但他坚定认为这不是知非的真心话，“哈哈，你明明在看我，还不承认？好啦好啦，我知道你是因为害羞所以不愿承认啦。”

篮球场上，齐天这边一走开，那边马上有人替补上去。

打完了上半场，修羽过来跟知非说话，知非刚来的时候，他就看到了她。他看齐天跟她聊得热火朝天，想起那天齐天喝醉了跟他说的那番话，所以一连几个暴扣，把另一队斩落马下，连翻身的机会都没有。

他拿了瓶水过来，一边走一边挥了挥手朝知非打了个招呼：“知医生，今天怎么有空过来？”

“来找王营长有点事。”

“顺便过来看我打球。”齐天接话，冲修羽挤了挤眼睛。

修羽根本不搭理他，知非也不理他，跟修羽说："上回来的时候没注意到这边有篮球场啊？"

"刚建成的娱乐设施，马丁负责测绘，机械操作手是冉毅意，江琦负责平整场合，周晨电器切割焊工，还有我和其他的兄弟们一起密切合作，两天把它建了起来。怎么样，还行吗？"

"非常好。"

齐天马上插话进来："以后再有什么娱乐实施建设需要的话，"头一扬，一拍胸脯，"我们齐源集团赞助。"

修羽笑笑，将手里的瓶装水拧开瓶盖，递给知非："喝水。"

"谢谢。"知非确实渴了。

修羽又拧开另一瓶的瓶盖，齐天以为这次是给他的，赶忙伸手去接，修羽送到嘴边咕咚咕咚一番豪饮，然后一擦嘴，说："那边有，自己过去取。"

齐天后退了两步，取水去了。

修羽对知非说："那边有坐的地方，过去坐坐吧，刚好我休息一会儿。"

知非"嗯"了一声，跟着他走。

齐天去取水的时候，被江琦给叫住了，说下半场缺个人，让他填上去，齐天不愿意，被江琦一把搂住了脖子，一副软硬兼施的口气说："你本来就是替的别人，不能半途而废，必须把下半场打完。"

齐天当然不乐意了，他要抓住机会跟知非培养感情，岂能在篮球场上跟一群爷们儿浪费时间，硬要走。冉毅意、周晨过来硬将他拖上了场，马丁将球往他面前一抛，他条件反射地接住，比赛的哨子一响，再想走，肯定是不行了。

其实大家早就看出来修羽对知非的那点小心思，本来是一致反对，最为强烈的就是杜峰，可事情在杜峰住院的时候发生了一些改变。他发现，知非不仅仅对他尽心尽力，对同病房的其他病人一样尽心尽力，好几个医护在背地里夸她，他都看在眼里。最后一次大家去医院看望他，临走时，杜峰突然说，其实知医生如果做嫂子的话，也还不错，大家也都默认了这件事。

齐天身在曹营心在汉，可那帮人怎么可能让他走呢？一不留神就被队友一顿训："防守！你干什么呢……哎呀，齐天，你行不行啊？又让人进球……"

"哎呀，都怪你，又错过一次绝杀的机会……你能不能专心点？不能再输球了，老弟。"

知非和修羽往看台处走去，修羽比知非高出一个头，落日拉长了身影。知非走着走着差点撞在他身上，紧急停住脚步，抬头见他盯着自己。

知非用眼神问他，怎么了。

修羽说："有个虫子落在你的衣服上了。"

知非本能地以为是那种大毛毛虫，吓得赶紧找。

修羽说："你转过身去。"

知非连忙背转过身体，听到身后的修羽说："好了，抓到了。"

知非又转了回来，看到修羽双手合在一起，手心鼓起，看着她笑，然后慢慢张开手，手心里是一只黑色蝴蝶。有风来，蝴蝶慢慢扇动着翅膀，然后乘着风，挥着翅膀，在手掌上盘旋了一下，飞走了。知非目送着远去的蝴蝶，但见天边，夕阳似烧着了，半个天空都是红的。他走到台阶前，脱下身上的T恤，擦了擦台阶，示意知非坐下。

两个人距离大约一米远，他坐在她下两级的台阶上。她抬头望着天空，有风，好像刚才飞走的蝴蝶又飞了回来，落在了距离他们大概三米外的花圃里的花朵上。

两人就这样坐着，偶尔回头相视一笑。什么话都不用说，就这样坐着就挺美好。不过，这份美好，很快就被齐天给打破了。

下半场一打完，他扔下篮球就跑了过来，挨着知非一屁股坐了下来，一边擦汗一边问道："怎么样？我篮球打得还不错吧？"知非没说话，齐天也不觉得难堪，自说自话，"我都看到了，你眼睛一直盯着篮球场上看，看我吧？哈哈，所以这半场我一个人拿下30分，我棒不棒？"知非无语地看了他一眼，齐天继续嘚瑟地说，"有你在，我简直有如神助，不过，这种小比赛不算什么，大的比赛，你坐在台上看着我，我保证拿到全场MVP。"

知非说："其实我根本不懂篮球。"

"没关系，你看我就行了。"

修羽没忍住咳嗽了一声。

自打上次跟修羽说了真心话之后，齐天拿修羽当兄弟，冲他得意地眨眨眼："修队，看到没有，我……"话说了一半，被走过来的冉毅意打断，冉毅意一把勾住齐天的脖子："一身的汗，臭烘烘的，走，洗澡去。"

齐天在知非面前注重形象，赶紧捞起衣服闻了闻。冉毅意勾着他的脖子就走，齐天还想跟知非再说几句，可冉毅意的力气太大，他挣不脱，只得不情不愿地被他勾着脖子，身体扭成麻花一样，一边走一边回头冲知非说："等着我，我马上过来找你。"

知非挑挑眉。齐天以为她答应了，转过头，特无奈地冲冉毅意嚷嚷："兄弟，兄弟轻点轻点，脖子断了。"低声道，"当我女神的面，给兄弟留点面子……”

“谁是你的兄弟啊？”

“哥们儿，哥们儿行了吧？”

马丁、周晨他们走在后面，全都会意地憋着笑。

齐天原以为洗澡很简单，可到了浴室才知道原来洗澡是要排队的，他想插队，可是根本没人让他，急得他上蹿下跳。

知非跟修羽又坐了一会儿。彼此不用说话，坐着就很美好。夕阳隐去，没入天边，眼看天就要黑了，知非准备回医院，修羽说：“你等一下，我去取个东西给你。”

知非点头，坐在那儿等他，等他就很美好。

不一会儿，修羽拎着一个方便袋回来，到了知非面前，从里面拿出饭盒，说：“你难得过来，司务长特地给你做了些小点心。你太瘦了，要多吃点东西补补，等以后有机会了，我配一些食疗的方子出来，把你养胖点。”

心是甜的。知非打开盒子，取出里面的糕点。

修羽看她东西吃得飞快，笑了。

知非问他：“笑什么？”

他说：“你还记得刚到穆萨城的第二天，我带着红烧肉过去找你，我还以为你吃饭会慢吞吞的，可没想到吃得飞快。”

知非回忆了一下，也笑，说：“医生吃饭都挺快的，有时忙起来连饭都来不及吃，久而久之自然就快了，而且……”

她正说着，修羽看她嘴唇上沾了糕点屑，伸手很自然地抹掉了。

知非的身体不自觉地僵硬了一下，假装不经意地移开视线，脑子蒙了一下忘记刚才在说什么，含含糊糊地说：“嗯，还好……”

知非来的时候，司机开了一辆快要报废的救护车送她过来，刚到这边，就接到医院电话让她赶紧回去，所以送知非回医院的任务落在了修羽的身上。两人并肩走在军营的路上，周围目光纷纷看向他们。

快到门口的时候，一辆猛士车开过来，修羽挥手叫停了车，跟车上的人说了几句话。车上刚刚执勤归来的士兵呼啦一下下了车，修羽叫知非上车。知非上了车，发现座椅上都是灰，里面是满满的汗水味道，她有洁癖，修羽看到她迟疑了一下，说：“你等一下。”拿出抹布，准备把座位擦干净。

知非很自然地从他手里拿过抹布，说：“我擦前排你擦后排。”

“你干过吗？”

“当然，从小家里的卫生都我打扫……”说到家里，知非突然不愿说下去了，她飞快地擦着座椅。修羽也擦着排座上的灰尘，偶尔抬眼看看知非。她干活细致，认真，一侧的头发掖在耳朵后面，另一侧垂下一缕。

知非问：“他们怎么一身的灰？”

修羽说：“他们在执行排雷任务。”

知非想起杜峰就是排雷时受的伤，手上的动作不由自主停了一下，问：“还是那片雷区？”

“嗯，还是那个雷区，杜峰受伤之后，停了几天，后来接着继续排，排雷是苦差，经常一身的灰。”

“辛苦。”

“不辛苦，我们应该做的。”

两人有一搭没一搭地聊着天就把车子里面擦了个干干净净。

洗手的时候，修羽看见知非的头发上沾了点灰，是刚才擦车子的时候，趴在方向盘下面沾上去的，他很自然地伸手想捡掉。知非恰好洗完了手，关上水龙头，看到他的手过来，本能地避了一下。

修羽尴尬地停住手，解释道："我看你头发上沾了灰，想帮你整理一下……"知非赶忙伸手在头发上摸了摸，修羽看她摸了几下都没摸准位置，就伸手小心翼翼地把灰给抹掉了。

气氛突然有些暧昧。

一个士兵气喘吁吁地跑了过来："报告，修羽队长，紧急情况，营长让您马上去营部会议室开会。"

"是！"

修羽早就习惯了这种突如其来的任务，刚要安排别人送知非回去，看到齐天一路寻寻觅觅走了过来，来不及细说，齐天已经开始主动请缨："修队，听说是紧急任务，快去，我送知医生回去就行了。"修羽点头，朝知非示意了一下，转身朝营部会议室跑去。

知非目送修羽背影消失，忽看一张大脸出现在面前，齐天一脸暧昧地微笑："咦，你脸红了，看到我，你的脸都红了。"

"看清楚了，我是热了，刚擦了会儿车。"

"擦车？受这个罪，修队真是……一点都不知道怜香惜玉，唉，哪像我这么善解人意。"齐天从口袋里掏出车钥匙往空中一抛，说，"走，今晚我是护花使者。"

"你把车开过来，我去那边取个东西。"

知非指挥完，去猛士车边取了放在车子上盛着点心的饭盒，站在路边等齐天把车开过来。不一会儿，齐天开着车子过来了。

知非自行开了副驾的车门，上了车。车子发动，缓缓向前。

齐天看了看她怀里的盒子，鼻子嗅了两下：“点心？你想吃什么点心跟我说不就成了，我让我的厨师给你做，他什么都会。你要是想吃我做的也行。为了你，我什么都可以学。”

知非看着车子缓缓驶出了营地的大门，心不在焉地说：“我要吃京八件，你会做吗？”

“会啊，不就京八件嘛，又不是米其林，我记住了，我肯定给你弄过来。还想吃什么？我都给你弄来。”

知非的心思都在修羽的紧急任务上，没说话。

齐天追问：“继续，还有啥想吃的？”

知非又没说话。

齐天一连追问了几遍，知非被他问烦了，随便换了个话题想堵住他的嘴：“你说你喜欢我，你喜欢我什么？”

“啊？喜欢就是喜欢，没有为什么？喜欢你……就是想看见你，看见你我就开心，想跟你说话，跟你说话我也开心。我以前不相信一见钟情的，太老土了，结果见到你之后，我就信了，你一个眼神，我的魂就跟着你飞走了。”

“还有呢？”

“还有……你这个人太高冷了，你总是晾着我，说话很硬，爱理不理的。我以为你对每个人都这样，后来发现，不是那样的，你对病人是真好。那天我在你办公室门口，看你给人看病，脾气好，又没架子，你的病人都夸你好，他们哪里知道你有那么难接近……当时我就在想，我要是你的病人就好了，可你是胸外科的，咳嗽感冒找不上你，而且你那么忙，我就打消了装病的念头。不过，有时候，我又觉得你对我也挺好的，比如你会帮我说话，就说早上培训的时候，你一遍遍地教我。”

知非随口道：“知道我难接近，为什么不找个好接近的？这样成功的概率大多了。”

“你可不要认为我是因为想要谈恋爱才追的你，我是喜欢你才想跟你谈恋爱，前后顺序不能搞错了。”

知非没说话，望着他，苦笑。

“你看你就是不信我，真是落花有意流水无情啊，我本将心向明月啊……”他感慨了几句，又乐呵呵地说，“不过你刚才在球场边看我打球，我还是挺高兴的。”

知非看了他一眼，齐天正冲着她一脸幸福满足的微笑，知非的手拍上他的脸，将他的脑袋转过去：“认真看路。”

“知道，知道。”

齐天为了跟知非多一些相处的时间，故意把车子开得很慢，可两地距离近，就算再慢，一转眼还是到了医院。

齐天小跑着过去给她开车门。

知非拿着保鲜盒，也没意识到他过来是给她开车门，跨下车时，刚好被他堵着门口，齐天一只手撑着车身，一只手扶着车门，这样一来，知非刚好站到了他怀里。

距离太近，近到闻得到她身上独特的带着一点消毒药水的味道，顿时他就呆了，目光怔怔地看着她。

知非说了两遍“让开”他都没听到，最后只好一把将他推开。

知非一走，齐天醒过神来，追上去，跟着她往医院走，一边走一边道歉：“对不起，我不是有意的。”

知非头也不转地说：“我知道。”

“你别生气。”

“我没生气。”

“你看还是不信我。”

“我没有不信你。”

知非走得飞快，营地突然紧张的气氛让她有一种山雨欲来风满楼的紧张感，尤其是回来的路上，明显感觉到了紧张的气氛。

齐天不知道这些，他一心以为知非是生气了，忙不迭地解释：“我发誓我真的不是故意的，我……我就是单纯被你吸引了，一下子走了神。”

他快走几步推开门诊部底下的玻璃门，拦在门口一副哀求的语气：“你听我说好不好？”

知非不得已停住脚步，有点哭笑不得：“齐天，我没有多想，你不用道歉，你赶紧回营地吧，今天好像不太对……”

齐天才不管哪里对不对，反正知非不生气他就很高兴，顿时放了心，愉快地打了个响指，顺手抢走知非怀里的保鲜盒，笑嘻嘻地说：“那我送你到办公室再回去。”

知非只好随他，径直往里走。

为了节约用电，楼下大厅里只亮着昏暗的一盏节能灯，迎面看到了站在楼梯口的夏楠正一动不动地看着他们。

齐天显然没看清局势，上去叫了声：“大姐，你又加班啊？咦，你是不是最近睡眠不好，怎么一脸菜色？”

夏楠没理他，也没跟知非说话，气鼓鼓地转身往楼上走。

齐天还沉浸在跟知非美好的相处上，异常兴奋地叫着：“大姐，你今天怎么了？不像你的性格啊，你不是话匣子嘛。”

知非堵到他面前：“行了，你赶紧回去吧，别跟过来了。”

齐天不乐意地停下，把保鲜盒还给了知非。

齐天目送知非背影远去，转身追上了夏楠，把夏楠堵到了病房门口："为什么不理我？为什么不回我的微信？"

下午他给夏楠发了几条微信，结果到现在都没有回复，还以为她在手术室才没有回他的信息，原来是无视了他。

夏楠冷淡地说："以后你的感情问题，不要来问我，我又不是你的情感顾问，没时间跟你扯淡，我就不爱搭理你，怎么了？别上来就像我欠你似的。"

齐天一头雾水："为什么啊？不是早上还好好的吗。"

"没有为什么，我现在就是讨厌你，看到你就烦。"

"为什么，我做错什么了？"

"不知道。"

齐天不甘心地说："你为什么突然这么对我？你以前不是这样的。"

夏楠眼神暗了一下，一副逞强的口气："哪里不一样？从你来医院，我见到你的第一眼开始我就讨厌你，你健忘，还是你脑子不好？"

齐天瞥着她说："大姐，你今天很不对劲，你肯定是遇到什么事了。你遇事跟我说，我会帮你的，咱们是好兄弟。"他伸出拳头捶了捶自己的胸口。

夏楠没理他，推开他就走。

齐天被她骂习惯了，突然不骂了，心里有点不踏实。他看夏楠周身散发着生人勿进的空气，就拉了她一下，没想到夏楠的反应很大，一甩手，差点扇到他脸上，幸亏他出手快，扣住她的手腕，再一推，夏楠的身体一下子贴在了墙壁上。

齐天长得瘦瘦高高，可他一直健身，力量和速度都有，胳膊围了一圈把夏楠固定在了墙角位置。

夏楠震惊了，周身都因为抗拒而紧紧贴在了墙上。

齐天从来没见过这样的夏楠，她比他矮了一个头，贴着墙角站着，仰着头惊慌地看他，弱小而又无助，突然间连他自己都没搞明白怎么回事，就低头亲了夏楠一下。夏楠彻底惊呆了，眼睛瞪得老大地看着他。亲完，齐天自己也呆了，他都不明白自己刚才是怎么鬼使神差地亲上去了，四目相对，全是尴尬。直到这时，夏楠终于醒悟了过来，一把推开他，跑了。齐天还站在墙角，他整个人都是慌的，伸手摸了摸自己的嘴唇，就像触了电一样刚一碰到就马上甩开，他心里烦躁，看了看知非的办公室，又看了看夏楠的办公室，两个地方都不能去。他一声不响地转身，也不知是懊恼还是憋闷，手握成拳头用力捶了两下头，低着头出了医院。

齐天坐进车里，坐着点了根烟，狠狠抽了两口，手机震动了几下，有人弹了个微信视频过来，是姜岚。

就是那个追着追着成了姐的婚礼策划师。

他按了接听。

姜岚的声音一贯的高亢："大变样啊，你这是在走颓废路线吗?"

"你也变样了，以前穿得像妖精，现在像个正经人了。"

"你说的那叫人话吗？什么正经人啊？我现在是已婚人士，能跟以前一样吗？倒是你，坐车里抽烟干什么？追那个'白衣女战士'追得怀疑人生了?"

齐天一副心不在焉的样子："没有的事。"

姜岚是人精中的人精，一看他的反应，就知道不是为了知非，她心里诧异了一下，这小子虽说绯闻不少，可没见过他真的对谁动真心，包括自己，他从来收放自如。今天一脸的颓废，还坐在车子里抽烟，再看周围的环境，应该是在外面。不对劲，他以前可从来没这样过，以前就算是天大的事，都是一笑置之。

姜岚问："什么时候喜欢上她了？"

"见着她的第一眼啊。"齐天以为她说的是知非。

"我说的不是她，另外一个。"

"什么啊？没有别的人。"后一句没那么自信。

"不说也没关系，那你回答我，她有什么好的？"

"不知道！一点都不好，甚至有点讨人厌，天天骂我，骂得我烦死了。"

"啧啧，原来你是受虐狂啊！"

"你才是受虐狂呢。"

姜岚口没遮拦地说："你喜欢找这样的？"

齐天心烦，猛地抽了两口烟："哪样的啊？我没觉得有什么不好？她不像有的女人事儿多，吃个饭还要安排偷拍。我不开心找她聊天，她也不会扯什么太晚了，我要睡美容觉！我发脾气骂她，骂完也不用跟她道歉。她不矫情，我这个人野惯了，没人管得住我，我妈都管不了，我玩极限，她说了多少次，我听了吗？我没有！但是她骂我，我还乐意听，她骂我几句我就舒服了。她还欺负我，欺负我也不觉得生气，相反觉得这样很好，真实，真实你懂吗？认识她我才发现以前那些女的都太虚了，跟做梦似的。"他啰啰唆唆说一大段话，烟头烧到了手才闭嘴，用力摁灭掉，补充道，"以前我从来没想过这个问题，你今天一问我，我总算明白了。"

姜岚顿了一下，语气有点认真："你这么说，那就是喜欢她了。”

喜欢她了？他心烦，又点了一支烟，躺在座椅上透过天窗望着星空，深深吸了一口，违心地道：“没有，我喜欢的是知非。”

很坚定！

“那你得去看看心理医生，你说喜欢知非，可口口声声跟我讲的却是另外一个女人。别说我没提醒你，脚踏两条船容易翻。”

齐天吞云吐雾：“用不着你来泼我冷水，我这么年轻，用不着懂那么多爱情大道理，让我自己去撞南墙，去摸索出这些道理不好吗？说教听一万次都不如现实里经历一次。再说了，我只是想谈个恋爱，有那么复杂吗？长这么大连个正经恋爱都没谈过，我都遗憾死了！这话我也就跟你说说，你别到处传啊。我都不敢让我那帮弟兄知道，要是让他们知道，我的面子还要不要啦……你一个早恋的人哪懂得我们单身的苦。”

姜岚倒了杯红酒，静静地看着视频，视频太卡顿了，一句完整的话都听不清，但是大概意思她明白了。

她跟齐天认识那么久，他是什么样的人她心里清楚。他虽然玩世不恭，但是确实办起事来放心。

“那你究竟喜欢谁，心里有没有个谱？”

齐天在没亲夏楠之前，从来没想过这个问题。以前在他心里夏楠就是……大姐，可现在不一样了，他很烦：“也不是一点不喜欢，但是不是那种喜欢。你懂吗？我想找人聊天我就找她，跟她聊天很愉快很放松，我这么说并不代表我对她有意思，我真的就是想找个人说说话，聊聊天。”他仰头长叹，“我现在明白了，我是中了我爸的圈套了，他在这边让我画地为牢。我必须找个人谈恋爱，知非符合我的审美，我已经追她了，我不能半途而废再去喜欢她闺密吧。”

“原来如此。”原本齐天追知非的时候，她以为跟以前一样是闹着玩儿，即便如此她还是把知非的资料摸排了一遍，没想到，现在居然又出现了另一个人，这次看起来真不是闹着玩儿的，姜岚提醒道，“这个女人可能才是你真正喜欢的。”

齐天愣住了！他跟知非接触不多，每次见到她就紧张，都不知道跟她聊什么，他很有仪式感地追她，可知非太难追了，所以才去接近夏楠想通过她接近知非。他发泄似的抽着烟，憋了半天，突然想开了，哈哈一笑：“你别胡扯了，我怎么可能喜欢那个女人？我只是利用她打听知非的消息，而且我早受够她了，又老又丑又没品位。”

说完觉得不够，又加了一句，“三十岁的大姐在国内叫黄金圣斗士……”

他骂得正爽，突然发现不知道什么时候开始，夏楠站在车窗外目光很冷地看着他，他一下子哽住了。夏楠缓缓呼出一口气，问：“骂我是吗？”

齐天惊愕地看着她，手里的烟头掉在腿上烫得他惨叫了一声。

夏楠什么话也没说，转身走了。

齐天呆了两秒，按了手机，快速下车，追上去，着急跟她解释，可夏楠不听，他本能地伸手抓住她的肩膀往回拉，夏楠正在气头上，不是她小心眼，平时叫她大姐也就算了，背后跟别的女人吐槽她是又老又丑的剩女，这就忍无可忍了。盛怒之下，她转身扬手就要给齐天一耳光。

齐天不准备躲，脸一扬迎着巴掌。

夏楠的手停在了空中，落不下去。

齐天垂着视线，闭着眼睛道歉：“对不起，我错了，你打吧。”

夏楠咬了咬牙，放下了手，转身走了。

齐天没有追，失魂落魄地看着她走，冲着她的背影喊道：“喂，夏楠，我真的不是故意的。”

这是他第一次喊她的名字。齐天看着她的背影消失了，后悔多加了这一句，懊恼地轻抽了自己一个耳光，自言自语：“叫你嘴贱！”他抬眼看向天空，多日没有降雨，风一吹，全是尘土的气味。天空晦暗，没有月，只有满天的星斗，几团乌云缭绕天上。

这时，远处传来隐隐一声爆炸，接着是一阵短暂而又密集的枪声。

齐天终于回了魂，快速看了一下腕表上的时间八点五十分，他决定不回营地，晚上留在医院，他要保护那两个女人。

他把车停在了门外，从车的后备箱取了防弹衣和M16，检查弹夹，拎着枪冲进了医院，医护人员有些不认识齐天，只看到一个人拎着枪进门，顿时一阵大乱。知非刚好下来取点东西，在人群里一眼看到了齐天，忙叫大家不要紧张，是自己人。

知非往楼上走，齐天跟着她往上走。知非只好停住，站在楼梯口，问正在上楼的齐天：“你怎么还没回营地？”

齐天耍帅说：“我要留下来保护医疗队的安全。”结果牛还没吹完，自己一脚踩空，差点从楼梯上摔下去。

知非摇摇头，也不逼他回去了，一来是现在回去不安全，二来是他刚拿了救护证，正好派上用场，让他去办公室里歇着。快到办公室门口的时候，刚好夏楠急匆匆经过，跟齐天打了个照面，但谁也不理谁。

医院里一片紧张的气氛，这一夜谁都别想睡，一旦战争爆发，会有大批受伤的士兵送进医院，大家都在等。

从晚上十点开始，陆陆续续有伤员被送进医院。

夏楠正在给一名子弹穿透过大腿，血流如注的伤员清创，头也不抬地喊："医用酒精。"

齐天站在她身后，闻言，马上递了过去。夏楠每叫一样，齐天就飞快递过去一样。结束了清创工作，夏楠叫护士把伤员送去病房，回过头看了一眼站在身后的齐天，没说话，接着处理下一个伤员。眼下情况紧急，救人要紧，两人继续配合，她需要什么工具，他马上递了上去。处理了七八个伤员之后，总算有了喘气的时间。

夏楠休息，齐天也休息，眼巴巴地看着她。

夏楠语气不善："看着我干什么，求表扬吗？"

齐天摇摇头，很诚恳地说："不求！"

"医院缺人手，你学过急救，现在问你，到底行不行？"

齐天马上拍着胸脯："我行……"

"那还愣着干什么？救人去啊。"

"噢。"齐天应了声，起身朝离得的一名伤员走去，走了两步突然停下来，问，"你不生气了吧？"

夏楠没说话。

齐天又问："真的不生气了？"

夏楠无语，轻轻吐出一个字："滚！"

终于又骂他了，齐天顿时来了精神。

第33章　有你在就好了

知非一连做了几台手术，凌晨三点，刚从手术里出来准备透透气，因为感冒，身体有些疲惫，乘着大家不注意的时候，偷偷吞了颗退烧药。她的脚刚迈出手术室的大门，就听外头枪声大作，子弹击中了走廊尽头的窗户，玻璃被震碎，同一时刻，走廊里的灯被击中了，灭了。

她这才意识到外面一片枪林弹雨，瞬间脑子空白了大约十秒，等她回过神的时候，被小龙拉进了手术室，关门的瞬间，枪声戛然而止，从残破的窗口跃进来一条人影。来人身穿防弹衣，全副武装，如一颗子弹从窗户外飞了过来。这个身形这个速度，她太熟了，是他！修羽！他来了！在看到他的一瞬间，她的心一下子就安定了，她轻轻吐出一口气，回过身，猛然发现手术室里一片安静，木兰以及几名护士正目不转睛地看她，只一瞬间大家又各忙各的。

木兰看她脸色发白，问她："知医生，还好吗？"

"还好，我没事。"

木兰安慰道："没事的，别紧张，小场面。"

知非佩服她的镇定，说："对不起，以前没有遇到过这样的场面。"其实也不是头一次遇到，只是之前每次都有修羽在，有他在她就安心。

周围人愕然了一下。

木兰大惊小怪地问："你在你的国家，从来没有遇到过？"

"从来没有。"爆炸，枪战，在来Z国之前，她只在电视剧里见过。

木兰一脸的羡慕："我们这些人，都是从小伴随着枪声长大。真羡慕你，羡慕你的国家……"

知非刚要说话，忽听外头有个声音在问："知非，你还好吗？"

是修羽。

知非拉开门，看到全副武装的修羽站在门外，感到十分惊讶，修羽刚刚参加完一轮战斗，枪还是保持待击状态，枪口对着窗外，一刻都没有放松。知非顺着他的视线看向窗外，外面一片黑什么也看不见，可第六感却告诉她，黑暗中隐藏着危险。修羽头也不回地命令："立即往后退，关上门。"

知非应声后退，将手术室的门关上了，她手心里捏着一把汗，站在门后，隔着门小声地问道："修队，你怎么会在这儿？"

大约一分钟之后，声音隔着门传了过来："因为你在这儿。"下一句的声音似乎有些远了，他应该是在移动位置，"我的任务是保护你。嘘！别再说话了。"

知非突然感觉嗓子哽了一下，想起适才子弹带着火星穿过玻璃几乎贴着她飞过去的时候，要是修羽在就好了。

原来他一直在的！

修羽在黑暗中往后退去，躲在一个死角，"砰"一声枪响，子弹贴着他的身体飞了过去。

对方是狙击手，上次在尼罗河大酒店交手过一次，对方的位置特别隐秘，到现在还不知道他具体藏身何处，只知道一个大概的位置，修羽的目的是引诱他开枪，让周晨找到对方狙击手的位置。

修羽对着通话器："周晨！"

隐蔽在高处的周晨，眼睛瞄着瞄准镜："我在，我大概已经知道他的位置，他藏在了一个死角。"

修羽："马丁，你那边怎么样？"

马丁："第三架无人机已经上天。"

修羽："冉毅意，掩护！"

"是！"隐藏在黑暗里的冉毅意开始射击。

修羽脱下衣服扔了出去，与此同时，对方狙击手和周晨的枪声同时响起……

通话器里传来周晨的声音："报告，对方的狙击手被击毙。真够邪的，几次差点挂了，都是那小子干的，终于送他上西天了。"

修羽："上一次不算，上次的目标是我。"

周晨笑了笑："队长，这就别跟我争了，狙击手之间的较量，向来是毫厘之间的事情。"他说完，收拾起枪，离开了狙击点。

通话器传来马丁的声音："队长小心，9点钟方向还有一名敌军，距离你大约200米。"

修羽："收到。"

修羽抬头看了看天上飞过的无人机，从窗口一跃而出……

知非在手术室待了一会儿，听着外面的枪声渐渐稀疏，渐渐消失，从手术室里出来，去楼下帮忙给伤员包扎。

修羽结束了战斗，进门。刚才和敌人搏斗的时候，他的手被匕首划伤，倒也不严重，但是需要包扎一下。

知非见他手在流血，马上跑过去，一句话没说，立即给他做清创包扎。

修羽看着她，她站在他面前，抓着他的手，动作利索专心致志。白炽灯下，知非的脸很白，眼神专注又温柔……修羽看着看着，突然嘴角一弯笑了。

知非感觉到了头顶两道目光一直在看着自己，她继续处理伤口，突然掖在耳朵后面的一缕头发掉了下来，有点遮住视线，刚要伸手撩开，修羽的手伸过来，将头发掖在了她耳朵后面。

知非的心怦怦跳得飞快，垂着头，继续一边包扎，一边交代："这几天要当心一些，伤口不要碰到水，要及时更换纱布，避免伤口感染。"她一边说一边打结，说到后面，像是在哄小孩子，"好啦，没事啦，很快就好了。"

修羽笑着嗯了一声。

石头正在给齐天打下手，他是后半夜到达医院的，从修羽进门时就看着齐天，他忍不住小声跟齐天说："修队和那个知医生好像……"

"好像什么?"

"他俩的眼神啊，你看，是不是像在恋爱?"

齐天正在给一名受伤的士兵清创，拿着双氧水正往伤口上倒，闻言赶紧扭头看去，结果双氧水倒多了，疼得伤员大喊了一声，他才回过神一迭声道歉，然后放下双氧水，拿起一卷纱布，手敲在了石头的脑袋上："明明是在包扎。"

"是吗？我怎么觉得你没戏了啊。"石头揉着脑袋。

夏楠就在他们旁边，包扎完一名伤员，抬头看了一眼，又看了看一地的双氧水，吼了一声："齐天你怎么回事，能不能好好做事了?"

"能，能，石头，赶紧把地上收拾干净了。"

石头撇嘴："又不是我弄的。"

齐天瞪了他一眼。石头马上收拾地面去了。擦完了地，他叹了口气："大齐，你得罪夏医生了吧？她怎么对你这么凶啊?"

齐天虽然在给伤员包扎，可眼睛时不时盯着知非和修羽，心不在焉地说："没有的事。"

石头不信："还说没有？从我进门到现在她都骂了你好几次了，按你平时的脾气，早发飙了。大齐，你是不是有什么把柄在她手上？这么忍气吞声，都不像你了。"

"我能有什么把柄在她手上？我就是尊重女性。"

石头："你平时对别的女性也没这么客气啊，就说我们野保组织的莎莉，那也是女的，可你对人家凶神恶煞的。"

齐天撇着嘴："她……她也能叫女的啊？那可是比爷们儿还爷们儿的钢铁侠。"石头口中的莎莉，是野保组织的工作人员，有一次齐天留在野保队的营地，半夜趁他睡着的时候，莎莉偷吻了他，每次一想到这儿，齐天就觉得惊天霹雳、生无可恋，他没好气地说，"从今以后定下规矩，那些对我有企图的女的，一律不许进野保组织，我不容许她们觊觎我。"

石头摇摇头，不说话了。

到了下半夜，大厅渐渐安静，只剩下稀稀拉拉的几名士兵靠着墙坐在地上休息。

知非忙完，停下来休息，院长克立斯急匆匆走来，离着老远对她说："知医生，有个重要病人马上到达医院，对方是一名政府军的指挥官，手术室已经给你准备好了，你准备一下，伤员一到，马上准备手术。”

知非还没来得及回他，就听外头传来喇叭声。只见七八辆车疾驰而来，停在了医院门口，从车上跳下来几名医务兵抬着担架冲了进来。

木兰和小龙推着中转床跑了过去，接下担架，便往医院里冲，知非已经冲到了跟前，问：“病人现在什么情况？”

她话还没问完，就被一群军官模样的人挤了个趔趄，接着被人抓住了衣襟，几个人七嘴八舌地在说“你就是那个中国女医生吗”“无论如何一定要治好，不惜一切代价”“治不好，要你偿命”。

知非被扯得站不稳。那边医务兵在声嘶力竭地喊着：“伤者股动脉破裂，失血太多，血压一直在掉！血不够了，快备血，备血。”

知非没空跟他们废话，甩开衣襟上的手，冲到受伤的指挥官跟前，冲医务兵喊：“按住伤口，快，你到底会不会按伤口？小龙换你来，快。”

小龙马上换过去，按住了伤口。

知非问医务兵：“伤员到底怎么回事？”

“刚才的战斗中，指挥官股动脉受伤，从高处坠落地上，一直喊头疼，现在意识不清接近昏迷。”

知非立即检查瞳孔，交代：“马上做X光和CT，叫脑科医生会诊。”

她说完，才想起来，两名脑科医生昨天去了新礼，手术只能由她来做了。

克立斯说：“知医生，病人很可能是脑水肿压迫视神经，医院条件有限，人手不足，开颅的手术你来做？”

知非想了想，她有几秒钟没有说话。

克立斯继续问道：“行吗？知医生？”

知非郑重地点了点头：“没问题，手术我来做。”每一次手术对她来说都是挑战，跟自我的较量，她喜欢这种较量。

修羽一直守在门口，知非是胸外科医生，由她做开颅手术，他手心捏着一把汗。

天一点一点地亮了，他看了看时间，已经过了将近五个小时，按理说一个脑水肿的手术，应该差不多做完了。修羽来回踱步，又看了看时间。此时，医院的大厅里，突然急匆匆走过来一个人。

是克立斯教授。平日头发一丝不苟，永远打着领带，拄着文明杖，戴着礼帽一副绅士派头的克立斯教授此刻狼狈地出现在医院里，连眼镜都没戴，以往就算炮弹落在旁边，他都没这么狼狈过。

经过的医护人员全都愣住，然后窃窃私语。

“一定是手术室里出事了。”

“开颅手术很危险啊，大概是指挥官死在了手术台上了……”

“上帝啊！这可怎么办？军部会把医院拆了吧？”

七嘴八舌中，克立斯已经冲上了楼。

修羽听到脚步声回过头。

在门口等候的Z国军官们瞬间一阵大乱，一齐围了过去。

“克立斯教授？您怎么来了？是不是手术出了问题？”

“教授，开颅手术为什么让那么年轻的一位外国女医生主刀？”

“要是指挥官出了问题，老子一枪崩了她。”

手术室的门就在这时突然开了，推着中转床冲过来的医生声嘶力竭地打断：“让开，让开！别堵在门口。”

护士慌慌张张开门，急不可耐的军官们拔腿就往手术室里冲，克立斯急了，大喝一声，堵在手术室门口，惊呼："你们干什么？这是无菌手术室，都给我出去。"

最前面的军官，枪已经举了起来，眼睛瞪得溜圆，大叫："我们有权知道指挥官的情况……"还没说完就被护士打断了，"指挥官的手术很顺利！出事的不是他，别堵在门口，要等去病房等。"

周遭一愣，你看看我我看看你，然后在门口让开了。中转床推了进去。站在人群后面的修羽，心里一紧，就在这时，他听到从手术室里传来木兰焦急的声音："知医生，知医生，你怎么样？你能听到我说话吗？知医生……知医生……"

刚来的医生马上冲了上去："我是传染科的医生，病人情况怎么样？"

"病人已经昏迷，高烧39℃，并伴有……"

"快，让我看看……"

修羽只觉得心脏重重怦怦跳了两下，很清晰，很快，连耳膜都被震动了，有那么一瞬间，他什么都听不见。

两辆中转床一前一后被推了出来，军官们全都围在指挥官周围朝重症监护室跑去。

中转床刚好经过他面前，他看清了上面躺着的是知非，三两步冲上前去，还没到跟前，就被人拉开。

"修队！"是小龙。

"怎么回事？手术室里到底发生了什么事？"

小龙平时是几个人里最沉稳的，这会儿也是慌了神，支吾了一下。

"手术室里到底发生什么了？"修羽大声问道。

“手术进行到一半的时候，知医生开始有了畏寒的表现，但是，我们医院没有人能替她完成开颅手术，所以她坚持做完了手术。目前的情况是，知医生发热39℃，出现头痛，昏迷症状……”

修羽早已心惊肉跳：“什么意思！”

“这种症状不少见，很有可能是感染了恶性疟疾！”

修羽猛地顿住，很快便朝中转床追去。

知非已经醒了，头还有些晕，一动不动地躺在病床上，血液检测结果已经出来了，每毫升血液含有疟原虫的数量高达1500个。1500个！超过1000便已是数量惊人。这就意味着，实际上很可能早在几天前知非就已经有了疟疾的症状表现，可她竟然拖成那么严重。

修羽捏着拳头，在墙壁上捶了两下，他很紧张也很愤怒，愤怒中更多的是心疼，这个女人明明是那么厉害的医生，可她对自己却那么马虎，马虎到连自己得了疟疾都不自知。

旁边传来了“呜呜”的哭声，是夏楠在哭，从得到知非昏倒之后，她就开始哭，一直到现在，一边哭一边自责：“都怪我，我前天就觉得她不正常，平时从不说累，那天跟我说有点累，说自己有点感冒了，我想感冒了吃点感冒药就好了，就没有多想。昨天吃饭的时候，我问她好点了没，她说感冒没有这么快就好的，说自己已经在吃感冒药了，我怎么就没有想到会是疟疾？我应该有警觉的啊，无缘无故怎么会感冒？”

石头在非洲待的时间久，先后患过三次疟疾，可疟原虫这么多，他心里也没底，他劝夏楠：“这也不能怪你们，国内几乎已经消灭了疟疾，就算有人得了疟疾，都是去疾控中心免费治疗，所以即便你们在医院工作，也接触不到这种病，对它不了解也是正常的。”

齐天的心也很乱，一边为知非着急，一边又为夏楠担心，可他心里又惧怕着夏楠，跟她认识到现在，以前光看到她彪悍的一面，突然见她这么无助流泪，又心疼又着急，默默递了面纸给她。

夏楠抓起来就捂在了脸上，由低声啜泣，变成呜呜地哭。她心里很乱，生怕知非有什么好歹。

“石头！”齐天看向一旁低头不语的石头，“你得过疟疾，你说说，知非现在的这种情况多久能好？”

石头撸一下自己的寸头，忙了一夜，人有些疲惫，手指上夹着一根烟，靠在墙上狠狠吸了一口：“我也说不准，得了疟疾，就怕拖，一拖就严重了。最近我认识的有几个在这边做工程的朋友也得了疟疾……”

“他们现在情况怎么样？”

“还在治疗当中，这次的疟疾，来势汹汹特别难治。”石头垂下头，“你还记得我跟你说的，半年前跟我一起追随动物大迁徙的朋友小五吗？她刚走了，脑疟。”

修羽默默地听着，他始终都没说话，但是周围的每个人说的每句话他都听得真切，他靠在墙上，闭上眼睛。记忆瞬间回到了那日初见时的场景，暗夜里，她靠在车身上，兀自镇定，却浑身发抖……一切的细节都清晰地刻在心底，犹如刚刚发生。

你千万好起来，知非，你的人生才刚刚开始。他想。

清晨悄无声息地来临。

修羽站在病房门口，他一夜没有合眼，但他一点不困。

齐天和夏楠挤在一张椅子上，齐天在打瞌睡，夏楠也疲了，喃喃地说着：“等非非好了，你就追她吧，我再也不说你不配了……”

齐天打着瞌睡被她一句话惊醒，触电般回过头看着她，张了张嘴，想说点什么，好像又不知道该怎么说，最终什么也没说。

夏楠尽量找了个舒服的姿态坐在椅子上，半个身子靠着齐天：“我说的是真心话，只要她好了，怎么样都可以。”她说着又鼻子发酸，想哭。

齐天劝道：“她会好的。”

夏楠抹了一下眼睛，说：“你知道我为什么觉得你配不上她吗？因为她从小跟我一起长大，在我眼里是最优秀的，她也是我们这批援外医生里年纪最小、最优秀的医生，别说你了，在我眼里谁都配不上她。”

“我知道。”

“你知道就好。她比我敬业，比我们所有人都敬业，她的手术量、工作量是我们几个里最多的，她几乎没有业余时间，她的业余时间也都是在手术室里度过的……她连自己生病了都顾不上，如果可以换的话，我宁愿生病的人是我……”

夏楠说着说着突然有点崩溃，宣泄般地跟齐天说：“我这么说，不是说什么漂亮话，我是真的希望是我。她真的太累了，从到了这边至今，几乎没有完整休息过一天。非非跟我说，医疗队代表的是国家形象，我们不能拖后腿。”

齐天的手轻轻在她肩上拍了拍。夏楠转过身将头埋在他的肩膀上，抓着他的衣服捂住脸，小声地哭，被匆匆赶来的谢晟给打断：“知医生怎么样了？”

谢晟刚从手术室里出来，水都没来得及喝就跑了过来。

第34章　被侵占的工厂

张潜从院长办公室出来，快步走过来，一边走一边冲大家说："心电图、CT、尿检结果都出来了，肝脏受到损伤。"

"用的什么药？"

"阿莫西林。"

"单靠阿莫西林对付不了恶性疟疾，医院没有别的药了吗？"

张潜摇摇头。坐在地上的石头，用一贯实事求是的口吻说："这个地方本来就缺医少药，又是战乱区，再加上现在还不是疟疾高发的季节，医院里的储备药肯定不足。我们野保中心储备的也是阿莫西林，对恶性疟疾起不到实际作用。"

"齐天你们公司有没有储备药？"

"我早就打过电话问过了，针对恶性疟疾的药，我们也没有。"其实一切都是意料之中，只是没想到生与死会这么快摆在了眼前，修羽整个人像是僵住了，半晌才轻轻叹了一口气，就在这时，他的通话器突然响了。马丁说出事了，营长叫修羽立即回营地。修羽立即驾车从医院离开，几分钟就到达了营地。

今天营地和往日不同，岗哨增加了，训练场上没有一支队伍，路上也没有匆匆走过的军人，当车子经过门口时，岗哨的盘查明显比往常严格了。黎明，太阳刚刚跳出地平线，天边似乎都被烧了一把火。车子在营地大楼前的停车处急急刹住，修羽一跃而下，一路狂奔敲开会议室的门，喊了声："报告。"

"进来。"是王铮的声音。

修羽进了门，会议室内坐了十来个人，所有人的表情都很沉重，王铮比平日里看起来严肃得多，没有任何多余的话，示意他坐下。

会议室的窗户是关闭的，窗帘也都放下了，只亮着一盏灯，王铮双手按在会议室的桌面上，灯光就从他头顶的位置倾洒下来，脸色越发显得凝重。

"情况我简单说一下，今日凌晨2时，一群反政府武装分子侵占了班舒尔的一家原油化工厂，这家化工厂是华资企业，属于齐源集团名下，厂里还有八十余名工人。武装分子声称在工厂里安放了炸药。在这家工厂里面有个医学实验室，是由齐源集团捐建给民大附属医院中医泰斗李复老先生领头的医疗队研究针对治疗疟疾药物的实验室。此番前来Z国实地考察研究的是李先生的学生，陆方芝教授和她的两名助手，现在三人就在工厂的实验室里，情况不明，Z国军方于今日凌晨4时赶到与其对峙，但是由于对方持有大量枪械和炸药，政府军方面表示没有能力将工厂内所有人质安全解救出来……"

大屏幕上镜头正在播放工厂的资料。

"这些画面是齐源集团方面提供的，由于现在摄像系统被破坏，我们没有办法看到工厂内部的画面，但是工厂的结构，详细的地图，周围的情况，有关化学防护的知识齐源集团已经发了过来，卫星地图也给到了你们。"

画面上的一切，是卫星地图，然后是工厂内部的平面图，以及建成时的内部影像画面。镜头再一转，是一伙戴着面具的反政府武装分子，进入工厂，开枪射击，镜头摇晃，伴随着隐约的惨叫声和求饶声……看画面是工厂员工用手机拍摄的，拍摄的人声音很小，且紧张不安，从拍摄角度来看应该是藏在桌子下面。

“刚刚有人被枪杀了！现在是凌晨3点35分，歹徒声称，如果不把研制药物的资料全部交出来，就一小时枪杀一个人……骗人的，都是骗人的，现在工厂里到处都是炸药……”一双脚走了过来，画面突然消失了。

王铮关掉画面：“现在的情况就是这些。根据我们得到的情报，反政府武装方面此番行为的目的并非单纯只想要李复老先生团队研究疟疾的全部资料，而是对政府军抓捕马布里的报复，想要打击政府方面，使其经济受损和遭受舆论攻击，从而趁火打劫。实验室就在化工厂内，武装分子安置了很多炸药，一旦发生爆炸，将会非常危险，里面的人员全部有危险，并且爆炸释放的有毒气体会威胁到附近居民的健康。”王铮看着众人，一脸严肃，“不用我多说，大家应该都明白事态的严重性，现在我们维和步兵营已经过去了，但是那些人都是刽子手，我们要做好两手准备，所以还需要一个特别行动队执行营救任务，希望能顺利解决这场危机。由修羽带队，冉毅意、周晨、马丁、江琦，再加上一个任斌，替补原先杜峰的位置，执行此番任务。”

修羽看了一眼坐在角落的任斌，认识的，都是特种兵里的特种兵，很强，朝他点了个头，算是打了个招呼。

王铮说：“大家都执行过大大小小的任务，不用我多说，你们暂时都待在这里，等我的命令，大家先把资料全部记住。”

修羽目瞪口呆地看着屏幕上陆方芝教授的照片，五十多岁，短发，戴着眼镜，这是爷爷的学生，也是他大学时候的教授，很多年没见了，从照片上看，鬓角虽然已经有了白发，但依旧神采奕奕。

王铮走过来拍了拍他：“陆方芝教授，你应该很熟悉。”

“陆教授是我的大学教授，她也是中医药领域的权威，从事中药和中西药结合的研究多年，是一个睿智、充满爱心、善良乐观的人，她所有的学生都爱她、尊敬她……我也是。”

王铮点点头：“听说李复老先生是你的奶奶？”

修羽微微迟疑了一下，从进入部队以来，他从不跟任何人提及家世，原以为大家也都不知道，看来大家是装作不知道而已。

“是，疟疾相关的研究是我爷爷后期一直在做的工作，爷爷去世之后，奶奶继续了研究工作。”他话题一转，又把谈话内容转移到陆教授身上，“实际上，研究工作更多的是得益于陆教授的帮助，最近两年陆教授几乎都在Z国，研究的方向主要是针对恶性疟疾，陆教授经常跟疟疾患者生活在一起，曾经几次感染过疟疾，她是一个非常具有奉献精神的科学家、药物学家。营长，陆教授情况怎么样，安全吗？”

“目前情况尚不可知，根据我的判断，只要不交出资料就很安全。”

江琦贴了过来：“修队，你就放心吧，陆教授的智商比我们普通人不知道高出多少，肯定明白资料交出去了，就相当于把自己的脖子交给绑匪，不交出去还有一线生机。这些恐怖分子，一看就是有预谋，你看看，在原油化工厂放那么多炸药，一旦爆炸，后果不堪设想，他们就是在故意制造恐怖袭击……对了，我们进去的时候是不是要穿防护服？”

“不行，穿防护服太明显了。”

江琦点头：“可营救的难度有点大，这种地方，连开枪都要谨慎。”

王铮提高了声音：“难度不大的任务，让你们去干什么？”

“就是。”冉毅意精神抖擞地问，“营长，什么时候出发？”

王铮看了看时间：“换装！现在立即前往机场集合。”

“是！”几个人异口同声。

“修羽，”王铮看着他说，“把药带回来。”

“是！”

“出发！”

上了直升飞机之后，修羽命令道：“检查通话器。”

几个人立即压了压耳机和通话器。

修羽说：“营救任务天狼，代号神鹰、二郎神、悟空、菩提、风火轮，我们要不惜一切把所有人安全营救，通话情况？”

马丁：“二郎神良好。”

冉毅意：“悟空良好。”

周晨：“菩提良好。”

任斌：“风火轮良好……”

一个小时之后，在靠近工厂的地方，他们被投放下去。前方黄沙漫漫，一望无际，在阳光下散发出令人窒息的热气，修羽回望身后，直升机卷起地面的飞沙走石，升入天穹，渐渐飞远，仿佛一只飞鸟。

修羽看着卫星图：“前方一公里处，就是工厂，大家要谨慎。”

黄沙滚滚，一辆越野车狂驰而来。

“快点，快点，我说你能不能再快一点？石头你要是不行的话，就赶紧让开，让我开。那帮不成气候的王八蛋竟然敢动小爷的工厂，在太岁头上动土，我要不给他们点颜色看看，他们就不知道马王爷有三只眼。”齐天坐在副驾上，拳头用力捶着车窗，“气死小爷了，这么重要的事老张居然也不通知我，还好有兄弟打电话给我，不然我还被蒙在鼓里。石头，你说，最近的事怎么都凑到一块了，你开快点，油门踩到底，这车改装过的，是跑车的发动机。”

石头已经开到了最快的速度了：“你别急，要不跟家里联系一下？”

“联系他们有用吗？他们肯定早就知道了，就瞒着我一个人。把我扔在这边，说什么让我管理工厂，出事了又把我排除在外，两面三刀的。”

“他们也是保护你。”

“都把我扔到这儿了，还保护我？我就不告诉他们，我单枪匹马去救人，我后备箱里全都是买的顶级装备，不论是冷兵器时代还是热兵器时代，对付那些王八蛋绰绰有余。”

石头吓了一跳，突然放慢了车子的速度，扭过头看他。

“你看我干什么？快开车啊。”

石头不敢相信地确认：“你确定你去工厂是要单枪匹马闯进去救人？”

“不行吗？”

石头一脚刹车，车子停住。

齐天毛躁了起来：“你搞什么？”

“老齐，你还是三思吧？”

“我三思什么，都火烧眉毛了。”他不耐烦地指挥石头，“过去，过去，车子让我来开。”

“老齐你听我说，你现在情绪太激动了，这帮恐怖分子灭绝人性，什么事都干得出来，况且现在你都不知道工厂有多少个恐怖分子……”

他话没说完，就被齐天打断：“别废话了。”他跳下车，拉开驾驶座的车门，把石头拉下了车自己坐进了驾驶座。石头换过去还没坐稳，就听车“轰”一声，风驰电掣一般冲了出去，卷起一地的尘土。

晴空之下，厂房上方无人机在盘旋。

修羽示意停下，目光看向了马丁。

“给我几分钟时间。”马丁已经使用技术手段反制，迅速伪造了无线遥控编码，争夺无人机的控制权。

正在操纵无人机的敌方技术人员，突然发现无人机操纵失灵，直直坠落在了地上，画面消失了，他用力晃了两下，还是没有画面。

“怎么回事?”他扔掉手里的遥控器，示意身边的人出来看看。

工厂外面，解决了无人机之后，几个人快速推进，利落地解决掉门口的守卫，继续向前，动作利落。工厂很大，可被劫持的工人具体在什么位置，一时难以判断，正想办法的时候，忽然从工厂的某个车间里传出来一声大叫。循着声音的方向看去，只见其中一个车间的门被推开了，一名Z国工人冲了出来，如一头发疯的野牛。

“站住！站住。”

一声枪响，Z国工人摇晃了两下，一头栽倒在地上，溅了一地的血，浑身抽搐了两下，再也不动了。

追过来的两名恐怖分子头上戴着面罩，一个举着枪走过去踢了他几脚，确认已经死了之后，骂骂咧咧地转身，站在车间门外对着墙开始撒尿，另一个也过去撒尿。

车间内又有枪声，应该是放的空枪，警告车间内的工人。

修羽如箭一般直冲到那名恐怖分子的身后，拳头直击太阳穴，对方一声都来不及吭，便倒在了地上，另一名恐怖分子被任斌以同样的方式击倒之后，他们迅速转移到了角落里。

车间外的另一侧，两名恐怖分子正在巡逻，其中略高瘦的恐怖分子听到了一丝细碎的声音，停住脚步，回头张望了一下，问另一个："嘿，你听见什么声音了吗？"

另一个身材略矮壮，一脸凶悍的恐怖分子摇了摇头，不过被他这么一说不禁有些紧张，端着枪保持着射击的姿势，问道："你说是什么声音？"

"沙沙……沙沙……的声音。"高瘦个儿说完，突觉不安，握紧了手里的枪，下巴一抬示意过去看看。

两人小心翼翼地贴着车间的外墙走过去，躲在墙角，探头朝另一侧看去。什么情况都没有。已近晌午，日头明晃晃的，刺人眼睛，远处树木一动不动地矗立着，仿佛时空静止了。两人几乎同时松了一口气，突然又紧张了起来，脑后有风掠过，两人不约而同地回头。奇怪的是，身后依旧是空无一人，两人都疑心自己的感觉出了问题，对视了一眼，高瘦个儿忐忑不安地问："你是不是也听到了什么声音？"

"嗯……可能是风？"

"没风啊。"他不由自主地抓紧了手里的枪。

这时，一阵风吹过，树叶沙沙地响，两人终于安心了。

“果然是风啊，大白天的，如果有人的话，早就被发现了，这种地方怎么藏得住人。”

两人一边往回走，一边聊天：“我还以为是中国营的特种兵过来了，听说那帮人里有几个挺厉害的，上次几个兄弟就折在了他们的手里。”

“要是遇见了，一枪一个崩了。”高瘦的恐怖分子说了一半突然停住脚步，眼神定定地看着远处，“等等，那边的两个兄弟怎么没见着？”

“可能……去尿尿了？”他语气不太确定。

“不对，好像哪里不太对……”高瘦的恐怖分子迅速看了一圈，抬头又看了看天上，整个人越发紧张，“坏了，天上的无人机不见了，快走……”

就在这时，从身后的树木丛中，突然扑出来一个人，凭借闪电般的速度转眼到了他们跟前。身上的服装，告诉他们那是维和部队的中国军人。这二人枪还来不及扣动，叫声还没出口，就被火速解决，而另一侧寻找无人机的两名恐怖分子也被周晨和冉毅意顺利解决。

车间内。

“到底说不说，谁是陆方芝教授？”一名头头模样的壮汉的凶神恶煞地说道。

一名约莫二十来岁的中国工人，刚抬起头，就看见那张斜切过一道的脸扑在自己面前，黑洞洞的枪口已经抵在了额头上，他顿时失声惊叫：“啊——”

叫声传到了车间外头，落到修羽等人的耳朵里，修羽做了个手势直接攀上了厂房并从通风口进入内部。

“我不知道、我不知道……”这个头头一脚狠狠踢在了年轻工人的身上，“你说不说，不说的话，现在就崩了你。”

人群中突然站起来了一个五十余岁的中年女人，衣着朴素，看起来和普通妇女毫无差别，声音出奇地镇定：“我是陆方芝，就是你们要找的陆教授，把他放了吧。”

张思毅惊讶地看着她，作为工厂的实际负责人，他曾经在部队里待过，跟齐天父亲是战友，保护陆教授是他的责任之一。从出事到现在他的心都紧绷着，现在更是倒吸了一口凉气，小声地说：“陆教授。”

“别担心。”陆方芝轻声回他。

“终于出来了……是你吗？”壮汉拿出一张照片比对了一下，照片是十年前的，差别很大，如果不是她自己站出来，很难相信这么普通的人就是大名鼎鼎的陆教授，“说，资料在哪儿？”壮汉手里的枪在她身上戳了戳。

陆教授站得笔直，不卑不亢地说：“资料在我的电脑里。”

“实验室的密码给我。”壮汉逼视着陆教授，周围一片寂静。

“对不起！密码不能给你。”

“我让你把实验室的密码给我，听见没有？”陆方芝教授被他揪住了衣襟拖了过去，张思毅立刻站起来，上前刚要解释就被他的枪抵在了脑袋上，只得蹲在地上。

壮汉怒睁双目大声喝问：“你到底说不说？”他足足比陆教授高出两个头，声音又大又凶。

“很抱歉。”陆教授对着那黑洞洞的枪口，云淡风轻地道，“我是不会说的。”

周围一片死寂，陆教授的目光淡然地扫过地上躺着的两具尸体，丝毫没有畏惧。

壮汉盯着她，眼睛的怒火几乎喷薄而出，脸上的疤痕因表情的扭曲更显狰狞，叫人不寒而栗。

旁边一直没有说话的黑衣人，突然很低声地说了句："放开她……对陆教授这种方式太不友好了。"

壮汉悻悻松开了手，哼了一声。

黑衣人从椅子上站起来，走了过去，一个耳光打在了壮汉的脸上："道歉。"

壮汉一愣，而后恭恭敬敬地弯腰鞠躬："对不起，陆教授。"

黑衣人这才放过他，上下打量了一眼陆教授，很礼貌地说："陆教授，我本人非常佩服您，很抱歉用这种方式跟您见面。"

车间上方，刚从排风口进入的任斌对着通话器，轻轻说了句："女人?"

通话器里没反应，不远处的修羽定定地看着那名黑衣人，他们在制高点上，底下一览无余。

修羽开始检查阵地。

"悟空到达目标位置，完毕。"

"二郎神到目标位置，完毕。"

"菩提到达狙击点，完毕。"

"风火轮到达目标位置，完毕。"

底下的人丝毫没有发现二楼已经被占据。

修羽仔细观察了一下，这支队伍二十余人，装备精良，一看就训练有素，中间那名壮汉，修羽熟悉，这个人早就被监控了，也是特种兵出身，在中东做过雇佣兵，身上很多条人命。

但是那名黑衣人，却是第一次真正打照面，修羽微微埋下头，从标准镜里看着她，虽然穿的是男人的衣服，短发，但打着耳钉，耳朵后面文着一只蓝色的蝴蝶，从身形上判断是女人，没错。

“也许我们还有另一种谈判方法，您正在研究的针对恶性疟疾的药物，可以拯救无数人的生命，这是一个振奋人心的好消息。药物一旦研发成功，你会获得很多很多的钱，据说已经有无数的药企对您感兴趣，我们对您也非常感兴趣。”

“很抱歉，我对你说的这些不感兴趣。”

“您是科学家，科研的最终目的是为了利益。”

陆教授道：“姑娘，你说错了，科学家不是商人，科研的目的，是要为全人类作贡献。”

“但是科学家首先是人，是人就要活着，没有科研经费一切都是白费。”黑衣人面无表情地道，冷漠得仿佛一具机器，“陆教授，您的这项研究可以给您带来数不尽的财富，但是您若把它贡献给您的国家，那你获得的财富将会少之又少。只要您答应跟我们合作，我们会立即安排您的亲人离开中国，并且会在美国或者欧洲为您购置别墅，到时候您不但拥有巨额财富，还会拥有最先进的实验室和科研团队。”

“很诱人，可惜，我不是那样的科学家。”陆教授微微一笑。

黑衣人还是彬彬有礼的，“那真是可惜了，我劝您还是再好好想想。看看这里的这些人吧，或许很快您再也见不到他们了。”

陆教授的瞳孔微微抖动了一下，在Z国生活了将近三年，这些人的手段她还是知道的。

黑衣人依旧冷漠如同机器地说道：“陆教授，我知道您不怕，您也不畏惧死，可他们呢？他们中间有很大一部分是中国人，是您的同胞。”黑衣人突然换作了怜惜的口气，“他们跟您一样不远万里从中国来到这里，跟您一样，身在远方，有家人还在等着他们回家，可他们却很可能因为您，永远地留在了异国他乡。现在这里所有人的命都掌握在你的手上，您是一个天才的医药学家，既谦虚，又善良，而他们都是普普通通的工人，如果他们因你而死，您能安心吗？我伟大的科学家，深受学生爱戴的陆教授。”

“确实，我会感到愧疚，可就算我答应跟你们合作，你们能放过他们吗？”

所有人全都看着黑衣人，两名助手喊了声：“教授……”

黑衣人嘴角轻轻牵扯了一下：“当然。”

陆教授垂下头，低低叹了口气：“那把他们放了，我们再来谈条件。”

“不！我们先谈条件，您开价。”

“我说了不需要钱。”

“那您要什么？”

突然门被推开了，从外面慌慌张张冲进来一名恐怖分子，发疯般地一边跑一边喊：“这里危险，这里危险。”

任斌低低骂了一声，是刚才被打晕的恐怖分子，绑了扔在下水道里，竟然醒了。

周晨果断开枪，子弹直击黑衣人，对方突然弹开了，子弹一击未中。

修羽从二楼直接跳了下来，去抓黑衣人，黑衣人就地一滚，摆脱修羽的控制，拔出匕首刺向了修羽，动作利落。

“不许动，举起手！”维和部队已经冲了进来。

狙击点的枪声响起，枪枪命中。

不知道是谁关了电闸，车间内突然暗了下来。接着是枪声一片，混乱一片。通往工厂外的道路，已经被维和部队包围，修羽正在和周晨他们搜索漏网之鱼，刚才清点的时候发现黑衣人不见了，地上落着一把匕首。修羽捡起匕首观察，心里咯噔了一下，这把匕首叫silverknight，这是一把折刀，刀身很大，非常锋利，在刀锋的后半部分呈锯齿状，这把匕首的唯一用途，就是让敌人在刀锋下痛苦死去，这个匕首和知非当初受伤时候留下的刀痕一模一样。

他只觉得浑身的血瞬间沸腾，就在刚刚断电的时候，黑衣人消失了，清点人数的时候发现一共少了两个人。

修羽仔细搜索着，地上打开的井盖和地面的血迹吸引了他，他推测黑及人很可能从这里跑了，抬头看去，前方是围墙，修羽从下面的脚印与血迹判断对方翻过了围墙。

他立即翻墙而过，围墙外面倒着一具尸体，看样子是失血过多跑不动了，被人一招击毙。

修羽抬头看去，旁边是稀疏的树林，看样子对方已经逃进了树林，再想找人已经难了，他懊恼地握紧了拳头，重重捶了一下。突然他觉得树林中不远的地方有点不对劲，他快速跑过去，看到一个人倒在地上，手脚被藤条捆住，嘴被堵上，浑身脏脏的，满脸都是血，发出呜呜的声音，旁边还放着一枚手榴弹。

是齐天！

修羽赶忙帮他松开，大声质问："你怎么在这儿？"

齐天四仰八叉地倒在地上，哎哟哎哟地惨叫着："我来自己的工厂，可你们不让我进去，我能有什么办法，只好绕到了工厂的后面，打算另外找法子进去。结果刚走到那边就看到一个女人杀人了。我看她是从工厂里出来的，我想一定是恐怖分子。我正义感爆棚，追上了上去，结果我追进了树林，就遭到那女人的埋伏。那女人太厉害了，差点就把我大卸八块了，还抢了我的枪，小爷的M16就这么被她抢走了，幸亏你来得及时，不然我就挂了。”

“你有枪为什么不开？”

齐天愣了一下：“我又没杀过人。我……我就是用来吓唬吓唬人……”

修羽无话可说，问：“往哪儿跑了？”

齐天指了指树林的方向，说：“你别追了，这树林里毒蛇很多，进去死在里面的可能性很大，你还是快把我背回去吧……我……我站不起来。这是把我废了啊。”

修羽看了看树林的方向，回身又看见齐天坐在地上耷拉着两只膀子。脱臼了！他走过去一用力，就听一声骨头响，膀子将脱臼的部分合上，另一只胳膊再用同样方法合上，齐天惨叫了两声，倒在地上打了个滚，发现胳膊能动了，腿本来就没事，刚刚是被吓得站不起来，现在终于站起来了，嘴里骂骂咧咧地说：“那女的肯定是个变态，女扮男装，下手这么狠，身上还用了香水。对小爷下手这么狠，看我以后遇到不收拾她……”

修羽没说话，皱着眉头，他想起了知非受伤后跟他说的话，他不敢想象当时她是如何对知非下的手。

第35章　修羽的秘密

任务结束，修羽跟营地汇报了情况，可黑衣人跑了让他的心情不免低落。他架着齐天往工厂走，齐天的腿扭了，他已经做了按摩，还是一瘸一拐的，整个人都吊在修羽的身上。

齐天一边走一边问：“你说知医生的病危险吗?”

“你来这边就是为了这个?”

“是啊，除了知非，这世界还有谁能让我甘愿冒着生命危险往一个被恐怖分子控制的工厂里赶？只有爱情的力量。当然了，我承认我是齐源集团在Z国的负责人，但我也承认我还没有伟大到牺牲自己的地步，但是为了爱情，我能!”

修羽看了他一眼。齐天拍了拍修羽的肩膀，吐了口血水：“哥们儿，是不是被我的爱情打动了？说真的，我自己差点都被自己感动了，改明儿我就找人给我写本小说，霸道总裁和女医生的战地爱恋，你觉得怎么样？我觉得……”

修羽没兴趣听他瞎扯：“说正事。”

“正事……我们齐源集团呢在Z国不只这一处的工厂，我的大本营也不在这边，这边主要是张叔叔在负责，但我一直都知道工厂里面有个实验室，在研究抗疟疾的药物，而且是国内一个很牛的医疗团队在做。但我估计还没有研制成功，不然那教授也不会还继续留在这边做研究，你说是不是？但是，为了知非我要试。穆萨城中心教学医院只给退烧药，退烧药治不了重度疟疾，再拖下去就要出人命了。”

“你说的张叔叔是？”

“哦，张叔叔，老张……名字叫张思毅，以前也是一名军人，我爸的战友，跟陆教授熟……”

修羽回到了工厂，把齐天交给了工厂医生之后，在外面深吸了几口气，拍干净身上的尘土，等心绪也渐渐平静了下来，才去找陆教授。

工厂里有很多中国人，工厂内的标语使用的也是汉字，花圃里种着的也都是国内品种的花，厂房门口摆着两株盆景，看着就觉得格外亲切。陆教授喜欢盆景，在国内的时候，她家院子就有，她闲暇的时候会修整，定干、布枝、结顶全都自己来。

修羽去水房洗干净了手，这才去见陆教授，记忆里陆教授是一个非常爱干净的人，见她不能失了体面。

快走到实验室门口的时候，看到鹿鸣走了过来。鹿鸣是陆教授的助手，也是修羽的大学同学，长得漂亮，读书的时候是公认的校花。记忆中，她蓄着一头长发，现在长发剪成了短发，步伐矫健，周身散发着从容不迫的气质。

鹿鸣看到他，眯着眼睛微微一笑，说：“我还以为看错了，原来真的是你。修羽，你没怎么变，就是黑了，也挺拔了，符合我心目中对军人的想象。”

“你倒是变了一些，来Z国多久了？”

鹿鸣说：“两年多，一年前回去过一次，回去两周又回来了。一转眼咱们十年没见了，也没联系过，没想到在这边遇到了。走吧，陆教授在实验室等你。”

鹿鸣进门，叫了声：“陆教授，修羽来了。”

“陆教授，好久不见。”

听到修羽的声音，陆教授正在办公室里整理材料，表情极其平静，就好像什么事都没有发生过。陆教授抬起头，扶了扶眼镜，打量了几眼修羽，微笑着走过去，轻轻拍了拍他的肩膀：“修羽，坐。”还跟以前一样，没有任何的寒暄，随意亲切。修羽看到地上掉了份资料，弯腰捡起来，恭恭敬敬地放在桌面上，这才坐下来。

陆教授的办公室，跟在学校时的布置差不多，办公桌，书柜，一把沙发，窗口摆着小的盆景，办公桌上放着一件牛顿摆。

陆教授喜欢牛顿摆，她说象征着永不停摆的人生，还说每次遇到想不通的问题，看它一会儿，心情就放松下来。

陆教授跟他聊了几句，然后摆正事：“援Z医疗队的陈明宇总队长给我打过电话，说医疗队的一名女医生感染了恶性疟疾，病人的情况很不乐观，每毫升血液里的疟原虫高达1500个，问我能不能提供治疗的药物……目前各个国家针对疟疾的用药主要是奎宁、青蒿素等等，尤其是青蒿素在治疗日间疟和恶性疟疾的效果非常好，是治疗疟疾的首选药物，青蒿素是我国的科学家研发的，它的投入使用，每年减少了几百万人的死亡。但是由于Z国战乱，药品稀缺，再加上冲突地区急性疟疾有局部爆发，导致死亡人数激增。医疗队和维和部队方面都要注意卫生，及时杀灭蚊虫，做好消毒工作，防止疟疾的传播。尤其是每年的三四月份和五月份，通常都是疟疾的高发期，到时候尤其要注意。”陆教授说完拿出一个药箱，“这里面有治疗疟疾用的药物，是青蒿素的衍生物，以及一些用于心脏器官的药。”

“谢谢教授。”

“客气什么，这是我们的工作。”陆教授继续整理材料，“你大概也听说过，我们正在研究的是新型的，更能有效抗击疟疾的药物，我们的药物，是从中药中筛选的。目前，抗击疟疾的药物中，青蒿素的疗效最好最安全，但是一旦疟原虫对青蒿素的联合疗法产生抗药性，人类将再次面临灾难，所以，我们现在做的，就是避免让这件事发生。”

陆教授从来不说多余的话，但是有些话还是不吐不快，她停下手中的活儿，看着他，认真地问道：“修羽，当兵真是你的理想吗？”

修羽一愣，张了张嘴。

“好了，你不用回答我，你问问自己的内心就行了。”陆教授继续干活，“我想说的是，你本科拿的是双学位，在临床这一块你非常优秀，可以这么说，你是学校十年来最优秀的学生之一。我曾和我的老师，也就是你的奶奶李先生聊过，我说如果你当初继续从事中医临床，会是一名非常优秀的大夫……既然今天我见到你了，我就是想问问你，修羽，你真的放弃中医了吗？”她看着修羽。

修羽突然窒息了一下，手慢慢捏紧。这个细微的变化没有逃过陆教授的眼睛，其实从他进门时小心翼翼地捡起地上的资料，就笃定了他对医学的热爱从未改变。

“当初弃医从军，你后悔过吗？”

修羽更加窒息：“我……”

陆教授也不是真的要他给出一个答案，淡然一笑：“你不用回答我。”

这时另一名助手拿了份资料进来，跟她说了几句，她埋头看资料，头也不抬地说："修羽你回去吧，回去之后好好想想。"

修羽抬起头看着她："教授，再见。"

"再见！"陆教授已经先他一步走了出去，她要去看实验成果。

修羽走到门口时，看见鹿鸣在门口等他，而她捕捉到了他眼里的那丝遗憾，问道："怎么了，老同学？"

修羽没听见她在说什么。

鹿鸣将头一歪："老同学，我送你出去。"

修羽这才回过神，与她一起往外走。

鹿鸣一边走一边随口问："白子清还好吗？当初读大学的时候，你们的爱情被我们所有女生羡慕，我还记得毕业典礼上，你可是当着我们所有人的面说，你最大的梦想就是马上去和女朋友领结婚证。可后来，你们的婚礼都没邀请我们任何人参加，有点过分啊。"

修羽脸色顿时惨白。

鹿鸣自觉闭上嘴，过了一会儿才小心翼翼地问："怎么了？不会是……像我和孙铭一样，毕业就分手了吧？"

修羽不说话，眼神暗淡。鹿鸣轻轻叹了口气，说："没想到你们也分手了。那时候，我、你、孙铭、白子清经常见面，我们俩在实验室做实验，他们俩在外面等我们……后来毕业了，他去了家族企业工作，不同意我搞科研，说搞科研太苦了，整天泡在实验室里，根本没有出头之日，让我做点轻松的工作，或者结婚之后干脆在家里做全职太太，反正他有钱养得起。可我不答应，我就爱搞科研，不让我干这行，我一辈子心有不甘……"

修羽木然地往前走着，每一步都很沉重。到了门口时，直升机已经在等待，任斌、周晨、冉毅意、江琦和马丁已经上了直升机。看到他们的一瞬间，他终于回过了神，准备登机。

鹿鸣在背后叫了声："修羽。"

修羽回过头看着她。

"你和白子清真的分手了？"

修羽僵住，好半天才吸入了一口气。

鹿鸣看他这样，不再问了，换了个话题："没事，都会过去的。对了，现在身边有女朋友没？"

真的过去了吗？修羽想。

鹿鸣揣摩了一下，说："拿我跟孙铭来说，相爱七年，后来分手了，痛苦过，难受过，哭过……我是看淡感情不想结婚了，他是分手半年后，闪婚，现在孩子都快上小学了……"

修羽望着远处的天空，一言不发。

鹿鸣："修羽，我一直想问，后来你为什么弃医从军？"

修羽看着别处，想了半天，终于说了一句话，"小白她……走了……"修羽望着天空，用一种极其平淡的语气说，"是在我怀里走的，我是她的主治大夫。所以，我再也开不了任何药方了。"

那边在喊："队长，起飞了，快上来。"

"我做了科研之后才明白了一个道理，人生最有意思的是永远不知道下一秒会发生什么事情。比如我做实验，失败了一万次，我都已死心绝望了，可突然之间，上天给了你一个惊喜，实验成功了！我这么说，就是希望你明白一个道理，不论遇到什么事保持好自己的心态。"说完让开了路努努嘴说，"走吧。"

修羽拎着药箱，径直走向了直升机。直升机的旋翼声很大，搅起的风沙吹得人站不住脚，也吹起了修羽心头的沙漠，沙海呼啸。他在直升机的角落里坐好，把医药箱放在脚边，心里有着无边的悲哀。

江琦几个人正在扯着脖子讲话，看到修羽呆愣地坐着，三魂七魄都不知去了何方，忍不住窃窃私语：“那女的跟修队什么关系？初恋情人？”

“不像，说话太正经了，一点没来电的感觉，我猜他可能因为跟丢了黑衣女杀手心里不痛快。”冉毅意问修羽，“修队，没事吧，跑得了和尚跑不了庙，不就是马布里的人嘛，迟早端了他们的老巢，那女的到底哪儿来的？身手很利索啊，在咱们的包围之下都能跑了，有点本事。”

修羽根本没听见他们在说什么。

这些年，他努力避开知道他和白子清恋情的所有人，可跟鹿鸣的一次见面，就把伤疤又给揭开了，记忆山呼海啸般扑面而来。

白子清是典型的北京姑娘，热情、乐观、家境好，父亲是政界高官，母亲经商，生意做得大。她长得漂亮，虽然成绩平平，但是多才多艺，老师和学生都喜欢她。

她跟修羽坐的前后桌，那时候修羽还很腼腆。

高二那年的夏天，一天傍晚，他坐在操场边看书，白子清突然走过来，一眼水灵灵的眼睛盯着他，问：“修羽，我妈要给我找家教，你能做我的家教吗？”她穿着鹅黄色的裙子，扎着高高的马尾，球鞋边沿露出白色的袜边。

他看了她一眼，埋头继续看手中的古籍，假装毫不在意地拒绝：“对不起白子清同学，我做不了你的家庭老师，因为我们是同学。”

“那……我能做你的女朋友吗？”

那是多么好听的声音，就像最好听的音乐直击人心，他下意识地抬头看着她。

夕阳下，她逆光站着，双手背在身后，白皙的皮肤在夕阳下更显饱满，她的眼睛不算大，但是很亮，笑起来的时候像弯弯的月亮，嘴角有一对好看的酒窝，就那么一瞬间他听到了心跳加速的声音。

修羽很慌，站起来，想要赶紧离开。

白子清小跑了两步，追上他，站在他面前，与他近在咫尺的看着他，很认真地说："修羽同学，我喜欢你很久了。"

修羽后来才知道，白子清跟着母亲在国外长大，到了初二才回的国，所以她有西方人的直率，对待感情不加掩饰。修羽跟她截然相反，他收敛，内向。

白子清就那样笃定地站在他面前，而他杵在原地，慌乱交织，无言以对。

两个人僵持了大概十分钟，夕阳把他们的影子拉长，好在有同学经过，喊了他一声把他从僵持的局面中解救出来。

可白子清已经入了他的心。

高二的暑假，他成了白子清的家庭教师，每周五、周日的课。

白子清家住的是别墅，家里有阿姨，父亲严肃母亲和蔼，但是他们很少在家。他们在书房上课，阿姨会给他们准备好吃的。白子清喜欢一边吃东西一边上课，不过经常是修羽在认真上课，白子清托着腮看着他，然后就教不下去了，两个人傻乎乎地看着对方傻笑。

那个暑假，他几乎每天都和她在一块。

这段青涩的爱恋，并没有瞒得住父母，白子清的父亲找他谈过一次话，是在外面的一个茶馆里，两个人喝茶聊天。他说，自己是一个开明的父亲，不介意女儿早恋，但是恋爱归恋爱，学习不能落下，他规定白子清高三开始的模拟考试必须达到中等以上水平，否则以她现在的成绩在国内根本上不了大学，为了她的前途，只能把她送回国外读书。

因为这样，他教得很认真，白子清学得也很认真，她本来就聪明，只是国内国外学的东西不一样，苦学了一个暑假，到了高三模拟考试成绩出来，两人心里的石头才终于落地了。

白子清的父亲为此还特别请他们吃了一顿大餐。

想到这些，修羽失神地闭上了眼睛。

眼前突然出现了一片星空如海，那是她大学时获奖的摄影作品，在非洲大草原上拍摄的……

飞机震动了一下，落在了地上，他从回忆中醒来，睁开眼睛，猛地吐出一口气，眼前有点模糊，他用力眨了眨，然后调整情绪，回到执行任务的状态，深吸一口气拎起医药箱健步下了飞机。

知非用药之后，病情逐渐趋于稳定，但恶性疟疾的治疗需要周期。

隔天，修羽结束了巡逻之后，驾车去了医院。

车子停在了医院门口，刚一下车，就看到齐天的车开了过来，贴着他的车停下。车窗落下，齐天探出头，大声打了个招呼："修队。"

他昨天受了伤，头上还包着纱布，嘴角处的瘀青也没退，颧骨处也带了淤青，因为戴着蛤蟆镜，不仔细看的话，看不出来，不过精气神倒是很好。

"怎么是你？"

齐天瘸着腿下了车，一副逞强的口气：“我来给知非送东西，”打开后备箱，拎出一个医药箱出来，拍了拍，“青蒿素还没弄到，但是我弄到了奎宁。”压低了声音对修羽说，“黑市弄的，这个价。”手伸出五个手指。

修羽看他那架势，就知道这小子叫人宰了，不过他是肥羊，不宰他宰谁？修羽笑笑，不说话，扭头看到夏楠手插在白大褂的口袋里走了过来。她态度不好，脸色很冷，语气更冷，冲齐天大声道：“说吧，叫我下来干什么？”

“药……”

“药？”

“奎宁，刚弄来……”

“知道了，给我就行了。”夏楠这个态度多少让齐天有点不开心，“喏，我连夜去的边境交易，再飞车过来，这破路，人都颠散架了，你也不关心我一下……”

夏楠眉眼一竖：“关心你什么呀？我眼睛又没瞎，看得清清楚楚，开车的是石头，又不是你。”

齐天嘟囔道：“你要这么说，那我就要掰扯掰扯了，联系买家的人是我，去交易的是我，花钱的人也是我，而且我还受伤了呢！看这，这，这……”手指在身上一通乱指，“我昨天差点就挂了，我容易吗我……你不关心就算了，还说风凉话。”

夏楠依旧是一副不冷不热的口气：“不好意思啊，我才发现你受了伤，辛苦你了。”说完朝他鞠了一躬，说，“不过，非非昨天已经用上青蒿素的衍生品了，效果很好，奎宁我拿走了。”

齐天惊愕地说道：“都已经用上药了？哎呀，你怎么不跟我说一下啊，我怎么又迟了半步。”

“又怪我？这不已经给你表现的机会了吗？起码你尽心尽力了不是？”

齐天心里多少有点憋屈，他联系买药的每一步都跟夏楠说了，她就是不回复，现在突然告诉他已经用上药了，他心里自然不舒服：“喂，我说夏楠……”

“干什么？”

“你以后能不能对我好点？”

夏楠没搭理他，走了。

齐天指着她的背影用力点了点：“现实，真现实！”说完发现修羽还站在旁边，指着夏楠的背影，冲修羽说：“修队，你看见没有，这女人太现实了。”

修羽笑笑，这对欢喜冤家，见面就是一出好戏，他不参与这些，问：“走吗？去病房看看知医生。”

齐天还在懊恼，突然想起了什么，问修羽：“是不是你找陆教授拿的药？”

修羽略微点了点头。

“难怪我去问的时候，陆教授的助手跟我说没有了。”齐天叹气，“哥们儿我算是白跑一趟了。”

“也不白跑，医院这边治疗疟疾的药物非常紧缺。”

“可……”到底那句“关我什么事”没说出口，他跟修羽并肩往医院走，“修队，我好像发现了一件了不得的事情。”

修羽边走边问：“什么事？”

齐天：“你是不是也喜欢上了知医生？”

修羽毫不在乎地往前走，脸上没有表情：“跟你有关吗？”

“情敌嘛。”

“你想做我的敌人。”

“我不是这个意思，我就发现你好像比我更关心她。”

“说对了，我是军人，保护同胞是我的职责所在，况且军人的行动力执行力自然比普通人要快要强，如果你遇到危险，我们一样也会保护你的生命财产安全。”

“啊！是！”齐天无法反驳。

快到病房门口的时候，他又问：“那你是不喜欢她了？”

修羽扭头看着他。

齐天清了清嗓子，说：“你刚刚说保护同胞是你的职责所在对吧？”

“没错。”

齐天左右看了看，拉着修羽坐到了走廊里的椅子上，修羽没坐，站着居高临下看着他。

齐天只好也站起来，摸出一根烟，点上，推开窗口，冲着窗外，吸了一口，这才说：“我心里有点烦，想跟人倾诉倾诉，你听听，顺便给跟我分析分析。”

修羽一言不发。

齐天说：“我最近觉得自己好像是个渣男。”

修羽大概知道他要说什么了，挑了挑眉。

“这么说吧，我明明喜欢知医生，可我竟然还会常常想起另外一个人。好像有点控制不住自己，可我又觉得自己不可能喜欢她，你说我该怎么办？”

“以前你是怎么办的？”

齐天又是摇头又是摆手：“以前？没有没有，以前没有遇到过这样的事，所以我才不知道怎么办，觉得自己是个渣男嘛。”

“夏医生。”

“嗯？嗯！”

修羽有些释然，努努嘴：“走吧，去病房吧。”

“你还没回答我的问题呢。”

“回答过了。”

齐天眼神复杂了：“你是让我选择……”

“对！我说的是夏医生！”

齐天皱着眉，似乎舒坦了一些，接着眉头皱得更紧：“她是块硬骨头，算了！算了！”他有些泄气地按灭了烟头，赶紧用手挥了挥身上的烟味，跟着修羽进了知非的病房。

病房里并排着三张病床，非常拥挤，没办法，医院的卫生条件有限。

知非靠在床头，脸色苍白，唇色更白，眼底有红血丝，体温还没有降下来，额头上还贴着退烧贴，正挂着吊瓶在看书。手机在床头柜上发出嗡嗡的声音，她放下书，拿起手机看了一眼，又放下了，继续看书。

知非看到修羽和齐天一前一后走进来，疲累地欠了欠身打了个招呼。

修羽问她：“怎么样？好点了吗？”

“用药之后好多了，你们怎么来了？”

修羽平静地说：“担心你，所以过来看看。”

齐天赶忙附和了一句：“对！对！我们担心你，所以过来看看你。”

知非笑笑。

这时，夏楠推门进来，手里端着弯盘，弯盘里放着吊瓶和药。

原本这些是护士做的，她不放心，非要自己做才觉得踏实。

齐天一看见夏楠就秒尿，瞬间从知非的床边移开，赶紧贴着墙壁吸一口气站好，看着夏楠从自己面前过去，这才将身体一弹，离开了墙壁。

夏楠看了看快要空了的吊瓶，动手给知非换吊瓶。脑后生眼一般问身后的齐天："你怎么来了？"齐天左右看了看，夏楠已经调整好了吊瓶，回头看着他，声音提高了一些，声音很冷地说，"奎宁已经收到了，你回去吧。"

齐天愣了一会儿才反应过来她是在赶他走，虽然心里惧着夏楠，可他这个人要面子，火气一上来，忘了自己脸上带伤，伸手摘掉了蛤蟆镜："卸磨杀驴啊？你叫我走我就走？我凭什么听你的？"

夏楠这才看清他眼角都是淤青，两人僵直地站着，气氛很僵。

知非看了一眼齐天，又看了看夏楠，还以为小孟的误会解除之后，两人已经冰释前嫌，看来是自己想简单了。夏楠从前日开始，就整日心事重重，平日里话痨一个，每天叽叽喳喳吐不完的槽，元气满满的一个人，这两天也不知是怎么回事，话很少，还总是走神。知非打破了沉默，说："齐天，辛苦你了，冒着危险去边境为我买药，还受伤了。虽然说疟疾一般情况下人与人不会直接传播，但是这边医院卫生条件差，蚊虫比较多，你又受了伤，万一蚊子再把疟疾传染给你就麻烦了，你还是先回去吧！"

修羽打了个圆场："走，咱俩先出去。"示意齐天先出去。

夏楠却不买这个账，手脚利索地换完了药水，顺势拿起弯盘往外走，挡在齐天的前面，说："修队，我知道你懂中医，你给非非看看，齐天，你跟我出来。"

齐天无奈只得跟着夏楠走了出去。

门一带上，夏楠的目光越发冷了，凝视着齐天："医院不是茶室，天天泡在这儿有意思吗？"

"我……"

"你什么？你要是无聊到成天来医院混日子，别怪我看不起你。"

"我走，行了吗？"齐天赌气说完，大步离开。

夏楠端着弯盘，冲着齐天的背影吼道："你以为这样就很牛，就很了不起是吧？摆什么大少爷的臭脾气。"

齐天停住脚步，转过身，走到夏楠面前。可也不知道为什么，明明气势汹汹地过来，到了她面前偏偏气势一下子就弱了下去："你想怎么样？"

"每天不是泡在医院，就是泡在野保，不是在吃喝玩乐就是在浪费时间，你来Z国干吗来了？你爸把你流放到这里，你不服你郁闷你心有不甘，你倒是做出点成绩啊！我告诉你，齐天，就你这样的富二代，我真没见过几个，又屃又装，你倒是做出点成绩，干翻你爸啊，没本事就老老实实认屃。"夏楠目光直视着他，"听明白了吗？听明白的话赶紧滚回你的工厂去，别在这膈应人。"

"好，我走！"

病房里，听着走廊里的吵架声不见了，知非和修羽对视了一眼，知非轻轻叹了口气："他俩……"

"嗯，没错。"

知非点点头，若有所思道："我知道了。"

修羽刚要说话，就听知非说："前天晚上开始的。虽然总是吵架，但是确实很配，性格，脾气……"

修羽以为她一心扑在工作上，根本不关心这些事，现在看来是误会她了。

知非解释道："夏楠跟我一起长大，我了解她。不管他们了，你给我看看吧。"她伸出手臂。

病房太小，连个凳子都放不下，进来的人只能站着。修羽挨着床坐下来给她号脉，又观察了她的舌苔。

知非见识过修羽的手段，不是不信他，而是好奇："中医……能治疟疾？"

修羽不紧不慢地道："疟疾自古就有，《内经》称之为疟气。其中引起瘴疟的疟邪，称为瘴毒或瘴气，在发作的基础上，由于寒热偏盛、感邪轻重、正气盛衰及病程久暂等情况不同，分为正疟、温疟、寒疟、瘅疟、劳疟。治疗方法很多，《肘后方》治疟方32首，唐代孙思邈的《千金方》记载治疗疟疾的方子有34首，《外台秘要》有85首，常用的是常山，青蒿方解毒除瘴；黄连、黄芩、知母、柴胡清热解毒等。但是我认为要一病一方，对症下药。"

"那我现在是什么情况？"

"舌质红绛，苔黄垢黑，脉弦……"他知道知非不懂，便也不再细说。

知非确实不懂，可她愿意听修羽这么掉书袋一样背出一段又一段的引经据典出来，而这些以前恰恰是她最不愿意听的东西。

"我要喝草药？"

修羽没说话，笑了笑，扶着她躺好，说："你好好休息，我晚点再来看你。"

第36章　疟疾

修羽从病房里出来，突然也想来一根烟。自打白子清去世，他就再没给任何人出过药方，连最简单的病，他都拿不准。如果不是陆教授叫他问问自己的内心，他绝对没有勇气面对自己。

这两天他总是在问自己，“修羽，你真的放弃中医了吗”。内心深处的答案是“放不下”。十年前，他给人看病，何曾这么一而再再而三小心翼翼。十年过去，一切生疏了，可那颗心却热血依旧。

齐天靠在越野车的门上，嘴里抽着烟，刚才被夏楠骂了一通，他赌气出了医院，可夏楠一通骂，把他给骂爽了，这会儿他非但不生气，甚至感到身心通透。

修羽走出来，经过他时，打量了一眼，问他：“你没事吧？”

“没事啊。”齐天的声音略高亢。

还是以前的老样子。

“既然没事，跟我走吧。”

“去哪儿？”

“上我的车，带你去草原上逛一逛。”

齐天的头立马摇成了拨浪鼓，全身都在抗拒：“不去不去，大热的天，去草原干吗？打鸟？抓野兔？你需要什么跟我说，我给你弄过来不就行了。”

修羽想了想，去车里拿出一张纸写了个药方出来：“帮我把这个弄来。”

齐天接过来看了看：“中药啊？”

“能弄来吗？”

“你多久要？”

“最迟明天。”

“你跟我开玩笑！兄弟，务实一点。”

修羽用手扒拉住他的后脖颈子：“所以啊，跟我去草原上找。”

“别别，我先打个电话，我有个兄弟，他做的是药材的生意，没准他知道怎么给你弄来。来抽支烟。”

齐天扔了一支烟给修羽，把打火机也一并扔给了他，修羽伸手接住了，他没抽，没这个习惯，烟塞进口袋，手指一下一下地按着打火机，火苗一蹿一蹿。

过了一会儿齐天打完了电话，朝着修羽比了个“OK”的手势，“明天给你弄来，等我的好消息。”说完了不忘自夸，“我这种朋友遍天下的人，就没有搞不定的事。”

修羽就知道这小子有本事，拍了拍他。

“小意思。”齐天看他没抽烟，又来劲了，“你不会抽烟？要不这样，我教你怎么样……”

修羽没理他，手里的打火机扔还给他：“用不着，谢了，哥们儿。”

齐天愣了两秒，开心地笑了笑，一抱拳：“不谢，哥们儿。明天保证把药给你送到。”

修羽略一点头，大步朝越野车走去，“嘭”一下关上了车门，车子绝尘而去。

齐天目送车子远去，打了一个响指，冲着石头一挑眉，“听到没有，那是我哥们儿。”

石头歪着头，冲他竖起了大拇指。

齐天突然觉得神清气爽，被夏楠的那通骂早已被抛到了九霄云外，他又生龙活虎了，拿出手机找个超市老板的电话：“喂，哥们儿，再给我弄点蔬菜，水果，日用品，还有牛肉、鱼，送到医院……什么我住院啊？我没住院，我捐赠……快点啊，午饭之前必须给我送到，东西要新鲜，我知道不好弄，好弄的话还用得着你吗……赶紧的啊。”

知非躺在病床上，邻床的病人突然咳血，她挂着药水，挣扎着起来给病人看病，看完了病才又回到病床。本来身体就差，现在又困又累，护士过来量了一下体温，38.5℃，给她喂了药，交代她要好好休息。

电话一直在响，都是陈健打来的，她不愿接，短信一直发个不停，她不想看。

五分钟后，有陌生号码进来，知非忍了忍，还是接了，对方是一个沉稳知性的声音。就算她再疲惫也听出来是陈健妈妈的声音。知非犹豫了一下，冷沉地道：“是我。”知非对她是有忌惮的，据说陈健退役之后，所有生活工作上的事情都是母亲在负责打理。他是妈宝，什么都听母亲的，可唯独在选择主治医生这件事上，他坚持了自己的选择。其实是知非主动找的陈健，她做了充分准备说服了陈健。

陈健跟母亲主动提出的手术治疗，由知非主刀。陈母自然不答应，她说不动儿子，就去找知非，直接掀了知非的桌子。

结果就是，尽管她反对，陈健还是选择了知非做他的主刀医生，以至于后面出治疗方案，住院办理……每一次，她都弄出一堆的不愉快。强势、吹毛求疵、难搞，这是所有跟陈母接触过的医护人员给出的客观评价。所以知非一听到她的声音，就不由自主皱了皱眉，打起了精神，问："有事么？"

陈母直奔主题："你在癌症切除方面也算半个权威，那是因为你是陈健的主治医生，这个你承认吧？"姜是老的辣，说话干脆，丝毫不拖泥带水。

"所以呢？"知非也很直接，想尽快知道她打电话的目的。

"知非，听阿姨的，陈健只是犯了所有男人都会犯的错，他比你年纪小，你大度一些，原谅他这回，阿姨跟你保证……"

知非打断："陈健又叫人拍到了？"

陈母发现知非还不知道是怎么回事，姿态放得很低，语气也好了很多："也不能怪他，你在国外，隔着上万里……不过，我已经批评过他了，他也知道错了。你去媒体平台上为他说句公道话，听话，大度一些……"

"他已经跟我没有关系了，我很累……"

"我也累，记者就堵在小区门口，电话只要开机就响个不停，你帮帮他，当初他也帮过你，就当是还个人情。要是你在非洲网络不好，我可以替你发的……"

知非的眼皮很沉，态度和口气都很冷淡："对不起。"

"事情既然已经发生了，我是本着解决的态度跟你商量，你不要回避好不好？太不负责任了。"

"我跟他早就分手了。"

陈母忍着怒气，退而求其次："好好好，那就看在曾经交往的情分上，请你再帮他一次……”

“我说了，我做不到。”

“当初你籍籍无名的时候，是陈健选择你做了他的主刀医生，你才有了今天在肿瘤切除领域的话语权。他对你来说不仅仅是病人，还有知遇之恩，现在他出事了，不管出于情谊还是道义你都应该帮一帮。”

陈母压了压怒气：“当初陈健和你交往，我是不同意的，我找过你，可你是怎么跟我说的？你说你是真的爱陈健。哪怕我不答应，我也从来没有阻止过你们吧，甚至在媒体面前，还会一直向着你说话，这你是知道的。”

知非冷笑，陈母的确没有阻止和陈健交往，只是说，跟陈健交往可以，但是不管发生什么事，都要维护陈健的名誉不受损害，并且她还说，陈健不会因为跟她交往，就断了跟别的女人的联系。后来果真如此，陈健确实不会因为她就收敛心性。

陈母还说过：倒不是她认可知非，而是认可知非这个身份，女医生，留美博士，总比以前传绯闻的那些网红要好，形象正面，对儿子前途有利。

“要不是你一直坚持结婚以后才住一块，他也不会……他跟别的女人那样，你难道就没有责任？他是一个正常的成年人。”

知非想，所以交往期间，他就可以胡作非为？在他家里看到用过的安全套，车里的丝袜，前女友的暧昧视频，韩晴晴的电话……

“别人都是哄着他，就你从来不知道让着他，都是因为你性格太倔……”

知非真的很累很疲惫了，她发着高烧，只想尽快结束通话：

“对，是我性格太倔，是我不知道哄他，都是我的错，行吗？那你问问他一边跟我高调秀恩爱，一边跟前女友在一起，是不是很刺激？”

电话那边陈母气得发抖，直接挂断了。

护士进来给她换吊瓶，看她脸色发白，整个人蜷缩在床上，急忙问：“知医生你怎么了？哎呀，你怎么又在打电话啊，你需要好好休息啊。”

知非没说话，闭上眼睛。

维和步兵营。

修羽从射击训练场上下来，齐天过来找他。

他给营地捐赠物资，弄了通行证，车子直接开了进来。

修羽一身尘烟走过来，他走到哪里都是敬礼。

“嗨，哥们儿，你要的东西给你弄来了……”齐天拉开车门，从后座拿出一个大袋子，往修羽怀里一塞，“你运气好，需要的刚好都有，一样不缺。”

修羽打开看了看，是一小包一小包的中药材，拿出几包放在鼻子下闻了闻：“没错，就是这些，回国请你喝酒啊。”

齐天大方地挥挥手：“咱俩谁跟谁啊。哥们儿，不用跟我客气，以后再有什么需要，尽管跟我说，保证给你弄来。”

修羽笑了笑，是感激的笑，也是释然的笑。

快到了吃饭的时间，是后厨最忙碌的时候。切菜、炒菜、盛菜……所有人都在忙忙碌碌，火炉上热气腾腾，各种饭菜的香味扑进鼻子里。

修羽推开门，大步走了进来。

“修队，你怎么来了？这是什么？”司务长看着他手里的大包小包，小声地问。

“中药。”

“中药？当归鸡汤？西洋参鸽子汤？党参猪心汤？这么补啊？”司务长脾气最好，跟谁都能打成一片。他胳膊撞了修羽一下，“还是枸杞猪腰汤？不对，你也没结婚啊。”

“我说的是中药汤，治疗疟疾的。”

司务长大拇指一竖，一副了然的样子：“给知医生熬的吧？还是你有心。这个灶头火小，给你用了。我给你找一个砂锅去，还有什么别的需要，尽管跟我说。”

修羽开始做熬药前的准备。

司务长忙里偷闲看着他：“你要是有事的话，我帮你熬药也行，以前我妈在世的时候，常常喝中药，也都是我煎的。”

修羽一边整理药材一边说：“明代的李时珍认为，化服汤药，虽品物专精修治如法，而煎药者莽撞造次，水火不良，火候失度，则药亦无功。《伤寒论》里对药物的煎煮方法十分重视，先煎、后下、烊化、对服。还有一些特殊的方法，比如以酒做引，加蜂蜜同煎，还有去滓重煎、米熟汤成等等，所以，这煎药也是一门学问，得我自己煎。”

司务长听不懂，一迭声地说：“好好好，你煎你的。”

修羽转过头：“跟你的兄弟们说一下，别跟人说我在煎中药。”

司务长一笑：“放心吧，不会跟人说的。”转过冲大家伙说道，“大家听好了，修队用咱们后厨这事，大家都不知道。”

众人忙忙碌碌，有人嗯嗯地应着。

修羽对熬药有执念，非得亲自动手，十年后亲自开药方，亲手煎药，丝毫不敢怠慢。

他煎药是跟爷爷学的，针灸是跟奶奶学的。

爷爷打小就教导他汤剂最能反映中医整体观念与辨证论特色，疗效确切，医家对煎药极为重视，煎药的容器、火候、用水等都有讲究，一样都不能马虎。他牢记在心，从不敢忘。

修羽煎好了药，放在保温杯里，带着药去了医院。

快到病房的时候，病房的门哗一下开了，中转床从病房里推了出来，刚走到门口的修羽猝不及防，差点撞上了，紧接着中转床就从他面前飞快地过去了，那一瞬间他看到了躺在中转床上的知非。

修羽呆了两秒，急忙冲上去。

知非被推进了急救室，他抓着一名匆匆经过的护士问："怎么回事，发生什么事了?"

护士没空理他，只简单地说了一句："知医生突然晕倒了。"便冲进了急救室。

修羽站在门外，怀里还抱着汤药，整个人火煎一般焦急。

自打知非病倒之后，胸外科就暂时由克立斯博士负责，他收到知非晕倒了的消息，第一时间赶来交代说："马上给知非医生一个独立的单间，病房全部消毒一次，做好灭蚊虫的工作。"

接着，知非从急诊室里被推了出来，送进了独立的病房。

修羽站在知非的病床前，医生正在跟克立斯博士交代病情，拿出了疟原虫的报告："每毫升血液里的疟原虫数量并没有减少，也没有增加，体温又开始升高了，您是专家您看一下，后续的治疗及时沟通。"

克立斯博士跟医生稍微讨论了几句，就回办公室了。

知非躺在床上，因为高烧，整个人昏昏沉沉的，目光在人群里找到了修羽，冲他笑了笑，动了动嘴唇，像是在说，你来了？

修羽也冲着她笑了笑。

她太累了，然后就睡着了。

克立斯博士离开之后，修羽过去找他。

修羽进门坐下之后，说：“博士，我想跟你聊聊知医生，您在Z国多年，有关疟疾的治疗，您是见多识广，目前治疗疟疾效果最好的药是青蒿素及其衍生品，知医生现在用的就是这个，可病情非但没有减轻反而加重了，您怎么看？”

作为在一线工作的医生，克立斯没说话，鼻子嗅了嗅：“你煎的中药？”

“是。”修羽说。

“你先不要问我，我先问问你，你有没有信心治好知医生的病？”

修羽没说话，看着他。

克立斯不紧不慢地烧上水泡上了茶，洗茶、泡茶、切茶，将茶送到修羽面前：“我听陈总队长说过，你是出身中医师世家的中医药大学的高材生。”

修羽点头。

“好，下面我就来聊聊知医生的病情，我想先听听你的看法。”

夏楠刚做完一例宫外孕手术，从手术室出来就听说了知非的事，马上跑了过来。知非睡着了。她拉了个凳子坐在病房里看着她发呆。

修羽和克立斯走了过来，修羽正在用克立斯的电话，一边走一边通话：“是，总队长……好，会协助医院这边给知非医生治疗的，需要任何药材，我会联系齐天。”走到病房门口结束了通话，将手机还给了克立斯。刚要进门，木兰匆匆过来叫住克立斯说，28床的病人突发心梗叫他马上过去。克立斯走了之后，修羽轻轻敲了敲病房的门，然后走了进去。

夏楠坐在病房里发呆，而知非还在沉睡，修羽觉得不太对劲，走过去问："刚手术完？要不你先去洗个脸？"

夏楠："我不是累……我……就是……"话没说完，眼泪哗一下涌了出来。

"你怎么了？跟我说说，发生什么事了？"

夏楠抹了抹眼泪，说："都怪我，昨天有国内的媒体打电话给我，询问非非跟陈健分手的事，我一时嘴快，就说了她跟陈健分手的事。可我不在国内，并不知道国内现在什么情况，今天我才知道陈健跟一个女网红被人偷拍上了热搜，现在网友都在骂非非……"

"这跟她有什么关系？"

"我也不明白……"

刚说到这里，就见齐天推门进来，手里拎着吃的，往桌子上一放，骂骂咧咧地道："这届网友的脑回路清奇，屁都不懂，还学人追星。你们吃东西了吗？没吃的话赶紧吃点。"

夏楠不理他，垂着头，继续跟修羽说："我一着急就解释了几句，结果，早上一看，上万条私信骂我，说我是出卖闺密的绿茶……怎么就这样了……"

齐天愕然："这都什么事啊，这些网友学了个乌七八糟的词就乱用。"晃了晃手里的手机，"你等着，我给你报仇。"说完出了门。

他在门外打电话，病房里，隐隐听到他在说："他陈健有公关团队，就能随便欺负素人，拉踩素人……你给我找公关团队……”

电话那头是姜岚：“陈健的团队怎么尽在半夜放消息，就不能做点阳间的事……刚刚几十个营销号下场，来了个陈健女友大赏。踩知非的人最多，明明是出轨的渣男，硬是洗成了白莲花。陈健的公关团队厉害啊，现在舆论已经倒向了陈健，再来公关有点晚。”

“好做的话，还找你干什么？你貌美如花，七窍玲珑，还有你那个闺密公关圈女魔头加持，多大的案子都解决了……办他一个陈健绰绰有余。”

“别夸！别夸！夸也得给钱。”

“给，给给给！我又不差钱，只要能摆平……那就这样，等我回国了，随便你宰……”

齐天准备挂电话，姜岚稍顿了一会儿，很认真地说：“老齐，我发现这次你是动真心了。我不是说知非，我是说你替夏楠出头这个事。”

“什么呀！挂了挂了。”

夏楠听着外面的声音，知道齐天讲完了，他是在帮自己，可她不愿面对他，站起身准备出去。

齐天刚好通完了电话，正好进门，两人差点撞到了一起。

夏楠反应快一些，赶忙避让，齐天也避让，她往左避，他也往左，她往右避，他也往右……齐天停下脚步，夏楠绕过他往外走。齐天追上去，想跟她说话，夏天不愿听，走得飞快，齐天一着急，伸手抓住了她。

夏楠反抗挣扎了一下，齐天灰溜溜松开了手。

夏楠走了两步，回过头，看到齐天站在身后看着自己，想了想说："谢谢你啊。"

"不谢啊……"

夏楠一走，他又郁闷上了。怎么回事？明明看她被骂他心疼，可这话，到了嘴边硬是说不出口。他转念又释然，怪自己，当初追知非，追得人尽皆知，现在说喜欢她，她肯定不会信，自己也难以启齿。他越想越觉得郁闷，站在窗前抽了两支烟，平复了一下心情，抖了抖衣服上的烟灰，回身准备进病房，门刚推开一条缝就看到病房里，修羽正在喂知非喝药，于是他将门关上了。

知非睁开眼睛的时候，病房里只有修羽，他坐在床边，正在给自己号脉。她将头转到一边，看到了桌子上放着的食物，是京八件，想起那天齐天问她想吃什么，她随口说了个京八件。

修羽说："刚刚夏楠和齐天来过。"

"我知道。"知非说。

她醒过来的时候，听到夏楠在和修羽说话，怕夏楠难受，就假装没醒。早上接到陈母的那通电话，她就已经知道后续的发展方向，如果她配合，营销号就会说陈健浪子回头，她不配合，就骂她心机深，借陈健上位。只是她没想到会把夏楠也拉了进来。

她闭上眼，深呼吸，突然闻到了那股中药味，太熟悉了，是小时候她经过李复老先生家时，经常闻到的味道，那时候李先生家的小楼总给人一种讳莫如深的感觉，她问过别人，可没人知道那药是用来治什么病。

她马上睁开眼，问修羽："这个药的作用到底是什么？"

"治疗疟疾的。"听奶奶说过，清朝时期南方水患，疟疾爆发，祖上用这副药方救治了很多人。不过爷爷一直跟我说，中药跟西药不一样，中药讲究的是一药一治，对症治疗。我给你号脉过，仔细检查过，而这服药跟你的病症符合。”修羽说完，知非挣扎着要坐起来，修羽半抱着她，拿了个枕头靠在她身后，她好像又瘦了，肋骨根根分明。

修羽问：“怎么坐起来了？”

知非：“我不能躺着吃药啊。”

修羽没想到她会主动愿意服用中药，吃了一惊，以往一提起中医中药，她就不耐烦。修羽安安静静地看着她，她的唇色很白，垂着眼皮，长长的睫毛覆盖在眼睛上，虽然28岁了，却干净清秀得像个大学生。看着修羽更觉心疼，每毫升血液里的疟原虫高达1500个，疟原虫一点点地在吞噬着她，可她竟然这么平静。

知非有气无力地问：“你看着我干什么？”

“哦，没事。”

她的笑还是那么好看。刚接触她的时候，觉得她年少轻狂，偏执，还有点自信过头，再接触下去，又觉得高冷、固执、像一只刺猬，好像除了工作她对什么事都不感兴趣。后来发现，其实她也是普通女人，受了委屈也会哭。但是现在，她相信他依赖他，他靠近她的时候，也不像之前那样瞬间避开，并且她居然认可了中医。

修羽很开心，不过他还是要问：“你真的愿意试试中药治疗？”

“愿意。”知非顿了一下，说，“但是这并不代表我就接受了中医中药。”

他高兴地打开保温杯，一口一口地喂她。

喝完了药，修羽看见她的嘴角沾了药的汁液，拿着面纸给她擦了擦嘴角。他擦得很小心。

知非没躲，看着他，忽然想起了小时候，她吃完饭，每次父亲都这样小心翼翼地用手帕给她擦干净嘴角。想到父亲，她轻轻叹气，父亲永远留在了这片土地上，不知道自己会不会也走上父亲的路。

修羽看着她眼睛一瞬间通红，换了张纸巾小心地给她擦了擦眼睛："怎么了?"他声音很柔，越发像父亲了!

知非看着他，头一沉搭在了他的肩膀上，闭着眼睛说："别说话，让我靠一会儿。"

修羽便没有说话。她将头靠在他的肩膀上，哑着嗓音说："对不起，我想起了父亲。"

"嗯。"

"小的时候，父亲也是在民大附属医院工作，他是传染科最权威的医生，跟随医疗队来了非洲之后，跟非洲结下了缘分，一年后回到国内，那年我三岁。回国一年后，他辞掉了民大附属医院的工作，说服了母亲，同意他做一名无国界医生，不久之后，父亲重新回到了非洲，却把生命永远定格在这里了……父亲常说，他说医生要悬壶济世，我一直记得他的话。这两天，我一闭眼就看到父亲。当初来Z国的时候，我就做好了准备，我想，大不了就跟父亲一样，永远地留在Z国，但真的面临死亡，却又不舍得，我还年轻还有很多事没有做……"

"你不会的。"他语气坚决。

知非像是没听见似的："其实也没关系，要是我死了，你就把我的骨灰撒在Z国，这样我就可以跟父亲团聚了。"

这句话刺激了修羽，他突然放开了她，声音变冷："我再说一次，你不会有事的。"

知非想起了他常说的那句，要是他死了就把他的骨灰撒在大草原上的话，愣了一下。修羽看着她，突然又心软了，手放在她的额头上试了试，又在自己的额头上试了试，说："你现在不要胡思乱想，安心养病，相信我，你一定会好的。"

知非望着他，那一瞬间，她看到修羽眼里的坚定，那份坚定像极了父亲。她想起了小时候，生病了，父亲陪她住院，也是这样，特别温馨，也特别踏实。她躺着不说话了。其实这次生病她想了好多，关于父亲，关于母亲，关于陈健，还有工作、友情和人生。她已经很久没有和母亲联系了，这次生病，母亲打过电话，是在她睡着的时候打的，她没有接到，醒来看到手机上的来电，她没有回复，母亲也没有再打。如今她跟母亲的关系，早已经冰冻三尺，除非是她离开这个世界，否则很难和解吧？她想。而陈健，她早就看淡了，人与人都是有缘分的，缘分一旦结束，就真的结束了，而她和陈健早就结束了，所以他在恋爱期间出轨也好，在网上倒打一耙也罢，她都无所谓了，他现在跟谁在一起，都与她无关了。一切终将都会过去的，网友的谩骂也好指责也罢，终究都会烟消云散。

外面的太阳很大，可修羽的心里却被浓愁遮住，他想治好知非，可他也不知道自己有没有这个能力。他跟她说："睡吧，我看着你睡，晚上我再给你送药过来。"

知非也不知道为什么，每次他说睡吧的时候，她的眼皮就会一瞬间变沉，很快就睡着了。梦里，她在一个黑暗的空间里，四周极安静，一丝声音也没有，突然黑暗中出现一道光，一个发光的身影逆着光朝她走来，她看清楚是父亲。

她想，是父亲来接她了吧。她叫了声"爸爸"，便朝父亲走去，他在距离她一米远的地方停下，注视着她，眼里都是慈祥，像是小时候即将出远门时那种依依别离的目光："小非，你不该来这里，回去吧，回去小非。"父亲说完，白色的身影朝光的方向飘远，她伸手想要抓，距离却一瞬间远了。

"爸爸。"她用力朝着父亲奔跑。

遍地的荆棘瞬间被烧着了，大火燎天一般。

"爸爸——"她大喊着。

父亲没有再回答，向更远处飘去，眼神饱含着爱与不舍，渐渐地，父亲的身影变得透明。她很害怕，努力想要抓住那一丝透明不让他消失。可大火真是炙热啊，像是要把她烧死了。

怦怦怦，是心脏跳动的声音……声音越来越大。

她急促地呼吸，汗流浃背，隐约有声音传来："知医生流了好多汗。"

"烧已经退了！"

"太好了！"

终于她穿过了荆棘和大火，从虚空往下落，下面是湿润的海面，真舒服啊。猛然间，知非睁开眼睛，没有光，也没有父亲，她躺在医院的病床上，浑身都是汗，眼前是夏楠悲喜交加的面庞，周围是一片如释重负的呼气："知医生，你终于醒了。"

"你吓死我了，非非！"夏楠连眼泪都顾不上擦，一把抱住了她，"你都睡了五个小时了，刚刚叫你，你一直都没反应。"

"夏楠，我饿了。"

"齐天给你做了京八件。不不，你才刚好一点，还不能吃这些，我去餐厅给你找吃的。"

"还是我去吧。"张潜赶紧站起来朝外跑。

知非流了很多汗，夏楠拿着手帕给她擦汗。

“没事了非非，网上的风评已经逆转了，没事了，你看。”夏楠拿过手机，打开网页，网上是媒体在一小时前发布的消息，知非扫了一眼，点赞已经超过十万，画面是她在难民营义诊。

照片上的女医生浑身是血，却依旧专注工作。

下面的评论都在说她专业，即便少有的谩骂也被大多数的声音盖了过去，知非扔掉了手机。她并不喜欢这些，人们总是习惯被一张照片一段文字吸引，却很少有自己的判断。

第37章　感染风波

在连续一周的中西医结合疗法之后，知非康复出院。刚一出院就马不停蹄地做了一台五个小时的心脏手术。她病刚好，人很疲惫，从手术室出来之后，就回到宿舍休息。刚睡了一会儿，就被狂响的电话声吵醒，她迷迷糊糊地接起电话，那头传来张潜急促的声音：“知医生，医院来了一名受伤流血的孕妇，是HIV感染者，夏楠害怕，不敢进手术室，现在怎么办?”

“别慌，我现在就过去。”知非二话没说，穿了白大褂就往医院跑。

夏楠缩在治疗室门口的角落里，知非来不及跟她说话直接冲了进去，刚进门就看到修羽出现在治疗室里。

知非一愣，转头问旁边的医生：“B超和孕期检查给我。”

“孕妇之前没有做过任何检查，今天医院停电，没办法做检查。”

知非一听头就大了，她看了一眼正在给孕妇把脉的修羽：“修队，你怎么看?”

修羽没说话，继续在诊脉。

终于他诊完了，放下手：“如果我诊断得没错的话，我认为，产妇很可能怀的是连体婴儿，而且产妇天生子宫薄弱，有子宫破裂的危险，我建议立即手术。”

知非立即拿起听诊器听了听，摘下：“产妇怀的是双胞胎，我认为不是你说的连体婴儿。”她转身对医护人员道，“马上将产妇送去手术室，准备手术，叫麻醉师，做好隔离措施。”

“知非，这是一名HIV感染者，情况很复杂……”

“你是怀疑我的专业性？”

“我只是希望你谨慎一点，稳妥一点。”

知非皱皱眉，转身问护士：“问一下什么时候来电？”

护士回她：“问过了，今天要到下午4点以后。”

修羽担心地说：“知非……”

“你放心，我在美国的时候有过为艾滋病人进行手术的经验，在国内也遇到过这种情况，我想我有能力完成这样一台手术。”

谢晟也道：“时间紧迫，修队如果你不放心的话，跟我们一起进手术室……”

“不必了。修队不是医生，进手术室恐怕不合适。”

修羽看着知非：“我还是想说，最好能再检查一遍……”

病人转移去了一间隔离的手术室。

知非不知为何心里总是隐隐不安，虽然她检查过了，可从听诊器的鼓音来讲，确实有点奇怪，可连体婴儿发生的可能性太小。她沉默地往手术室走去，这是她在Z国做的第一台HIV感染者手术，只能成功。感染科的数据已经送了过来，知非看了看对谢晟说：“病人HIV感染病毒单位计数很高，应该是近期刚刚检查出来，没有用药物控制导致的。”

谢晟一听眉头就皱了起来：“那这也太危险了，孩子生下来的感染概率非常大。”

“只要配合治疗，严格用药，孩子活下去的概率还是很大的，不过孩子肯定不能待在母亲身边。”

谢晟点点头：“还有一种微乎其微的可能，就是孩子万幸没有被传染。”

“希望会有这个可能，但也不要抱侥幸心理，母婴传染的概率太大，医生不能寄期望于那微小的可能性。”

谢晟点头。

手术室已经准备就绪。

刷手的时候，知非跟谢晟说：“待会儿手术的时候，如果有任何意外情况发生，你要配合我。”

“放心吧。”谢晟说，“不瞒你说，这是我第一次参与妇产科的手术。我听说修队坚持认为产妇肚子里的是连体婴儿？”

“我不这么认为。”

“可既然他这么说了，我们还是谨慎一些。”

“嗯。”

“本身给这样一个病人做手术，风险就已经很大，况且你的病刚刚好，又刚做完一台五个小时的手术，人还疲惫着，能行吗？要不我主刀？”

“我刚刚休息了一会儿，现在已经满血复活，别担心。”

“要是夏医生愿意手术就好了，她是妇产科的医生，经验丰富，我们比不了。”

“是啊。可她现在没办法手术，只好我们来，我们是医生，病人的生死关头，不能考虑那么多。”

谢晟竖起了大拇指：“知医生，你知道我最佩服你什么吗？就是这种天不怕地不怕的精神，有的医生一遇到棘手的患者就逃避，但你不会，你永不服输，永不后退。”

“别夸我，我也就是胆子大，这种没有科学仪器支持的手术，我也没什么经验，凭的还不就是勇气。”知非笑笑，“还好有你加持，不然我心里也没底。”

刷手完毕，知非和谢晟一起走进了手术室。有护士过来给他们穿上了手术服戴上护目镜。

手术室里，医护人员都很严肃，麻醉师是Z国的医生，经验非常丰富，已经给药，正在查看病人瞳孔反应。

知非站在了手术台前，深吸一口气：“开始吧。”手一伸，“手术刀。”手术刀递了过来。

手术进行中。

可腹腔一打开，知非就愣住了。周围人也都愣住了。

确实如修羽说的是连体婴儿！

修羽等在手术室门外，跟他一同等在手术室门外的还有夏楠，夏楠一直在抹眼泪。修羽拍了拍她的肩膀，以示安慰。

夏楠更伤心了，嘟嘟囔囔地说着：“我知道我不该这样，可是我真的害怕。我从来没有给艾滋病人手术过，并且医院又停电，没有任何科学仪器支撑的手术，我从来没有做过……我一想到这些，我的手就软了，心也跳得飞快，我根本做不到……”

“不必自责，这种情况我非常能理解，国内的手术环境跟这边有天壤之别，对于现代医生来说，没有科学仪器支持的手术，确实是难度非常大。”

“我对不起非非。”夏楠嘴唇颤抖了一下，捂着脸，呜呜地哭。

修羽轻轻拍了拍她的肩膀，说：“她是不会这么想的，别难过了。”

齐天就在这个时候走了过来，一把扯开修羽的手："干吗呢，你们?"

修羽没说话，看了他一眼。

夏楠抹了抹眼泪，别过身去。

齐天这才发现夏楠在哭："怎么了，好好的哭什么?"小声问修羽，"怎么回事啊?"

修羽没说话。

齐天一副恍然大悟的模样："是因为担心知医生？我听说，知非医生在给一个HIV感染者在做手术？真的吗?"

修羽点头："手术正在进行中。"

齐天大惊小怪地叫起来："这不开玩笑吗，医院连电都没有怎么做手术啊？一下回到上世纪初？万一出事怎么办？防护服有没有？眼镜、鞋套……哎哟喂，这不是把自己暴露在病毒面前了吗，知医生怎么想的?"

"她是医生。"

"那也不能什么危险都往前冲啊？人家这边的医生，说不定经验丰富。她就是傻，这么危险的事也要揽在自己的身上，哎哟……我听着头都大了，万一手术中感染怎么办？阻断药有没有准备好？急死我了。"他一说，夏楠眼泪又忍不住了，齐天有点着急，"没有的话，我得赶紧去买啊，阻断药必须在24小时之内用上才行，而且是越快越好，越往后效果越差。"

夏楠越哭越大声："今天是实在没办法，发电机大检修……人送到我们医院的时候，情况已经很危险，必须马上做剖宫产手术，送去别的医院是来不及了。"

"我去，医院就一台发电机吗？那……"齐天说着说着突然停住，“剖宫产手术，不对啊，她胸外科的，你才是妇产科的，怎么你没在手术室里?”

夏楠一听又哭。

修羽瞪了他一眼。

齐天恍然明白了过来，没好气地说：“原来是替你手术。”

手术室内，连体婴儿已经被取了出来，张潜正在给孩子做检查。

知非正在给病人做最后的缝合，突然手被针扎了一下。空气霎时凝重，所有人全都注视着知非，大气都不敢出一下。

谢晟走到一旁给陈明宇打电话：“总队长，我们需要阻断药，医院储备不足。”

“等等，怎么回事?”陈明宇声音顿时变得急促起来。

“是知医生。”

陈明宇早料到是她，没有半句废话：“等着，我马上派人送来。”

知非仍在继续进行缝合工作，丝毫没有停顿，一直到有条不紊地缝合完，病人从手术里推出去，她问完孩子的情况，才松了口气。发现周围的人全都看着她，她一个激灵，低头小心翼翼地扯掉手套，看着手指上被针扎出来的血迹，打了个寒战。

要说不怕是假的。

“我强调一下，手术室的清洁工作要做好，一定要进行全面消毒处理，不能马虎。”

“知医生。”木兰叫了一句，眼泪吧嗒吧嗒往下掉。

知非看了看她，又看了看其余众人，依旧是平日里很淡的语气：“我没事，大家各自回到工作岗位。”说完，跟平常做了手术一样，淡然地过去洗手。

手术室的门打开了，修羽出现在她身后，目光定定地看着她的背影。刚才，他看到病人的中转床从手术室里推出去，医护们全都一副心事重重的样子，心里就已经明白了七八分，可他依旧心存不该有的侥幸，问了木兰手术室里的情况。木兰简单说了几句，他只觉得心脏跳得飞快。

知非手洗得很慢，用消毒液一遍又一遍地仔细搓揉着针眼，针眼很小，只冒了点血珠，现在已经好了。洗完了手，擦干净，转过身时才发现了身后的修羽，不由得往后退了一步。

修羽朝她伸出手："让我看看伤口。"

"没事，就是扎了一下，才短短的一周没上手术台，手就生疏了。"

哪是生疏的关系，是她病了一周，现在又连续做了两台手术。知非看他没动，依旧盯着自己，安慰道："真没事儿，我自己都不担心。再说了，不是有阻断药嘛。"她虽然这么说，可身为医生的她心里很清楚，病毒在侵入之后，会不断在体内发生分裂，快的甚至在2个小时之内就会发生病变，当病变的细胞开始攻击巨噬细胞，而巨噬细胞是在血管内，通常48小时之内就能传遍全身，只有在病毒到达血液之前将其杀死，才能成功阻断。阻断药的效果虽然很高，但是用药之后的副作用很大，最好在暴露后的2个小时内服用，时间越长风险越大，并且需要连续服用28天。Z国的各类药品紧缺，她所在的医院就连消炎药都紧缺，更别说是阻断药了，最后一支阻断药在一个月前已经给医务人员用掉，之后就一直没有储备，现在只能靠医疗队想办法，尽快把药物送过来。

陈明宇的手边没有阻断药，他急得额头上的青筋突突直跳，知非是他老友的女儿，是他把她带来Z国的，他答应过柳时冰会安安全全把她带回去。身为总队长，出发前，他就保证过，医疗队多少人去Z国，最后多少人回国。一个都不能少，这是他的承诺。此前知非得了疟疾他就急得嗓子冒烟，连咽喉炎都犯了。可是现在，知非急需阻断药，阻断药越早服用效果越佳，可新礼和穆萨城两地相隔甚远，他怎能不急?

他在办公室里来回踱步，拿出手机，联系了新礼当地的维和部队，请求部队方面派直升机运送药物。维和部队方面也立即做出回应马上联系航空管制部门，尽快将药品送到穆萨城。这边直升机升空，那边他就给谢晟打了电话，让他立即到医院门口处做好飞机降落的标识。

办公室内，张潜、夏楠、齐天和修羽都在办公室里，知非正在看病人新出来的CT，半天抬头看了看他们："别在我这儿待着了，各自回到工作岗位上……"

她话没说完，夏楠就开始哭："对不起非非，原本这台手术应该是我的……"

"没事，首先不管这台手术是谁做，风险都是一样的大，你做也可能会被针扎到，这种医学暴露，是在实际手术过程中很难避免的，每年都有类似的事情发生，这次是我自己不小心，跟你无关。"

修羽坐在一旁，不动声色，但齐天却已经怒了，他原本忌惮着夏楠，现在已经管不了那么多："妇产科的医生不进产房，让胸外科的医生做妇产手术，你真是做得出来。"

"我不是故意的……"

"你害怕了对不对，我没想到你这么自私。"

夏楠本来心里就难受，被他这么一说就更难受了。

门就在这时被推开了，谢晟急匆匆跑了进来，一进门就激动地说道：“好消息，新礼那边已经派出直升机运送阻断药过来了。”

众人一听全都站了起来，知非还稳稳地坐着，心里却暗暗松了一口气。

修羽抬腿就往走：“走，去医院门口等着。”

办公室里只剩下夏楠和知非两个，知非起身准备往外走，见夏楠愧疚地看着自己，说：“没事了，阻断药马上到了，你别再待着了，去病房看看产妇，她情况不太好。”

夏楠还是垂着头：“要不，我陪你去感染科……”

“药还没到不着急过去，我先去看看孩子，连体婴儿的情况不太好，我去跟张医生商量商量孩子的手术问题。”

知非皱着眉，说完头也不回地往外走，夏楠看着她的身影，那身影矫健而利落，跟往常一模一样，就好像什么事都没有发生过一样，冲着她的背影叫了声：“非非。”

“嗯？”

“对不起啊。”

“没事。”知非大步走了。

病房里。

张潜看着这对连体婴儿喃喃自语：“真是可怜的孩子啊，来到这个世界一定很辛苦吧？你们这么小，相互扶持着来到这里，以后一定也要相互扶持着走下去……”

知非走进门来：“张医生，孩子的情况怎么样？”

“CT还没出来，根据我的经验来判断，孩子多半是共用同一个肝脏，如果是这样的话，在医院现有的条件下做一起分离手术的难度太大。这类手术涉及新生儿外科、小儿外科、肝胆科、麻醉科、手术科、心胸外科、胃肠腺体外科、输血科、放射科、整形美容科等多个科室，在国内分离成功希望很大，可在这里根本没有办法完成这样一台复杂手术，我都愁死了。”

孩子就在这个时候哭了，张潜赶忙轻轻拍打着孩子，一个孩子哭，另一个孩子也跟着哭，张潜赶紧给孩子做着按摩，终于孩子不哭了，他朝知非做了个噤声的手势，示意她出去说。

他走路的步伐极轻，出了门之后，轻轻把门带上，跟知非站在病房门口。

“我说实话，在这种共用肝脏的情况下，极大可能只能救活一个。你知道的，孩子才刚刚出生，他们虽然听不懂，但他们有意识，他们虽然小，可他们是人啊，我这句话要是当着他们的面说出来的话，就太残忍了。”

知非的眼睛一瞬间红了，连连眨了眨：“我懂。”

“知医生，孩子这种情况，结合当地医疗情况来看，强行分离很可能两个都会有生命危险。”

“可如果不进行分离手术，就算是平平安安，两个也活不到成年。况且情况这么复杂，就算是正常人都时刻有生命危险，何况是一对连体婴儿。”

张潜叹了口气：“我问了，产妇是在遭受强暴之后意外怀孕，并且很可能她的HIV就是施暴者传染给她的。在怀孕期间她几次试图不要孩子，都没有成功。产妇孤身一人，家人都在战乱中去世了，她的病情已经非常严重，根本没办法养这样一对需要花费大量时间和金钱的孩子。”

知非心里说不出的压抑。

“可如果给孩子进行分离手术的话，要怎么分离？我没有给连体婴儿手术的经验，知医生，你呢？你有没有？”

知非如实摇头，不过任何困难的手术对她来说都是挑战，哪怕是现在她很有可能感染HIV，但她依旧热血：“我相信我们可以做到。”

张潜抬头盯着她，她的手插在口袋里，目光看着窗外，非常的坚定，如果是以前，他会燃起同样的斗志，可是现在只是附和地点了点头。

医院门口，修羽引导直升机徐徐降落。直升机上走下来的马丁怀里抱着阻断药，郑重地交给了修羽。修羽接过阻断药，没有任何的寒暄，马不停蹄地直奔感染科。一边跑一边指挥谢晟，马上通知知非。

谢晟气喘吁吁地跑来。齐天站在知非的办公室门口，看到他便问：“知医生的药来了？”

“来了，修队送阻断药去感染科了，知医生人呢？”

“好。”齐天不等他把话说完就直奔新生儿的病房跑去，犹如跑一场接力跑，老远就看到知非和张潜站在病房门口，大声地说道：“知医生，药来了。”

知非扭头看了一眼，齐天已经到了跟前：“快，赶紧去感染科，修队已经送过去了。”

知非看了看腕表，距离暴露时间已经过去了整整四个小时，不算太晚，那颗悬着的心终于放下去了，她随着齐天往感染科大步走去。

张潜也跟着过去了，大家都不放心，要亲眼看见她用了药，才能踏实一点。

感染科的医生给知非用药的时候，谢晟、张潜、齐天、修羽都在门外等着，都是大气不敢出。知非从里面出来，大家全都不说话，围上去，只有夏楠站在不远处，静静地看着。

知非说：“现在大家总该放心了吧，快回自己的工作岗位去吧。”

知非的电话就在这个时候响了，电话是陈明宇打来的，语气很紧张：“知非你情况怎么样？阻断药用过了吗？”

“用过了，陈伯伯。我没事，就是给产妇缝合的时候不小心扎了手，这也是手术中经常遇到的意外。您放心，往后我一定小心，不会再有类似的情况发生。”

陈明宇顿了一下，沉沉叹出一口气：“我决定安排你回国……”

知非几乎是脱口而出：“不行，我不同意。”

“我是在跟你商量吗？这是命令！”

“陈伯伯，我的工作任务还没完成，这个时候回国的话，那就是半途而废，并且连体婴儿的手术还没有做，我是主治医生，我走了，那是对病人的不负责。”

“都什么时候了，你就不能关心关心你自己？”

“我的情况已经是这样了，我如果走了，谁来接替我给孩子做分离手术？”

“你就别操心了。”

“我做不到！说实话，我自己都没有信心，更不放心交给别人。”

陈明宇平时脾气很好，可这次是真的急了，吼了一声：“你怎么回事？你要是有个什么万一，我怎么跟你母亲交代？怎么跟你父亲交代？手术固然重要，可你更重要……总之你就别管了。”

医疗队是他带出来的，他有责任平平安安把他们全部带回去，本来把他们几个放在战乱区，就已经够提心吊胆了，现在又出了这档子事。

说到了父亲，知非的声调降了下来："知道了。"

陈明宇如释重负地松了口气："那你收拾收拾，准备回国。"

"等我把28天的阻断药用完了再回去。"不给陈明宇任何反驳的机会，接着道，"我回去不也得老老实实地挨过28天，和在这边又有什么区别。"

"道理是这个道理，可你在这边一天，我就不放心一天。"

知非知道跟他急也没用，干脆换了个语气："陈伯伯，我是医生，来的时候就有这个心理准备，况且我要是真的感染了HIV的话，这就是我最后的机会了。陈伯伯，你让我跟我的病人在一起，行吗?"

陈明宇一时无话可说，过了一会儿，叹了口气："你留下来可以，就不要再进手术室了，每天坐诊不要超过八个小时，保证睡眠，不要影响了阻断药的效果。"

"好。"

陈明宇又关心了她几句，说："过几天我过去看你。"

知非在陈明宇要挂电话的最后一刻，说："陈伯伯，这个事，你不要告诉她。"

陈明宇知道她说的是柳时冰。

知非挂断了电话，靠在感染科门的墙上，停了几分钟之后深吸一口气，迈步往楼下走。

在楼道，遇到了等在楼梯拐角处的修羽，正目光笔直地看着她。

知非走到他面前站定，问：“有事?”

修羽说：“就是想再看看你。”

知非插在白大褂口袋的手，攥紧了一下，但她什么都没有说。

修羽过了一会儿说，“我明天晚点时间再来看你。”

“你总是来医院也不好。”知非保持着一贯的语气。

“往后我的工作主要负责这边，警卫队的工作暂时由周晨负责。”

“哦。”

“这段时间，你要注意饮食，不要吃生冷的东西，这个你比我懂，还有最近天气转凉了，多穿一些衣服。”

“嗯。”

“好好吃饭。”

“嗯。”

“那我走了。”

“再见。”

修羽转身往下走，知非看着他的背影，一直到消失了才往下走去。

修羽走出医院大门的时候看到夏楠和齐天站在门外，两个人脸色不太好，见他们没发现自己，也就没打招呼，上了车。

夏楠是追着齐天过来的，因为手术的事连累了知非她心里也不好受，而且齐天很生她的气。她平时张牙舞爪惯了，不管怎么骂他，他都没这么严肃过，这次的事叫他彻底看不起自己了，明明是来解释的，可一跟他说话，她的态度还是改不了有点硬：“这次是我不对，我也不想连累非非，她是我最好的朋友，我要是知道这样的结果，我宁愿自己上也不会连累她。”

齐天冷漠地看着远处。

夏楠的语气，没那么硬了："我打电话给你解释，你不听，我发短信你又不回，我到处找你，好不容易在这里追上你了，你又冷着脸不理我。"

齐天平时嘻嘻哈哈，对夏楠唯唯诺诺，可他打小就讲义气，最不喜欢连累朋友："你不用跟我解释。"

"非非已经用了阻断药了。"

"呵。"

"我知道你喜欢非非。"

"呵。"

"你到底要我怎么样？"

"我能对你怎么样？难道你要我笑眯眯地跟你说你做得对，你做得好？对不起，我做不到。"

"齐天，你这么冷嘲热讽有意思吗？我知错了，我也不是故意的，你还要我说多少遍？"

齐天一副言不由衷的口气："我信！我信！我敢不信吗？"声音很低地说道，"我最怕的就是被朋友背后放枪。"

夏楠被他的话击中，转身往医院跑。

齐天不语，冷笑，眼神意味深长，他没有追夏楠，只是看着她的背影进了门诊。

齐天这人缺点很明显，优点不明显，但他重感情。原本属于夏楠的手术，知非做了，导致了知非职业暴露很可能感染HIV，他要是不喜欢夏楠也就罢了，顶多不再理她，从此当她是空气就是了，可偏偏他越来越发觉，自己真正喜欢的人好像是夏楠。本来今天他鼓起了勇气过来想跟夏楠表白，没想到遇到了这件事。

以前夏楠在他眼里是为了朋友可以两肋插刀的人，可关键的时候，她居然退缩了，瞬间就勾起了他不好的回忆。

大一的时候，他跟朋友一起创业做互联网公司。公司一共三个人，他负责投钱，租了个小办公室，每天泡在办公室里。

刚开始创业阶段，难免有很多不懂的地方，但他信任朋友，基本上财务往来都是朋友负责。公司表面运营一切顺利，可常常入不敷出，于是他就一直往里砸钱，他把这些年攒的钱全都砸进去了，可还是远远不够。朋友总是跟他哭诉没钱了没钱了，他心里也清楚互联网公司前期就是烧钱，可钱就像进了无底洞，母亲给他的500万元的创业经费很快就用完了。为了公司，他又跟母亲借了500万元砸了进去，依旧是不够不够不够。

直到有一天，他在上课的时候，被人叫到了校外，从车上下来三个又高又壮身上都是文身，一看就是混混模样的人，拿出一张欠条叫他还钱。他说自己没借过，可那些人哪里听他的解释，不还就打他，他被打得进了医院。

直到这个时候，他才知道原来是那两个跟他一起创业的朋友，赌球输了钱，用他的身份证向网贷借了一百来万，再一查公司投资的钱，也全都叫他的两个朋友拿去赌球了。

可那时候是少年啊，即便到了这种地步，他依然相信朋友只是一时糊涂，没有选择报警而是给他们发短信，让他们回来，公司的困难他会想办法。

后来的后来，那两人给他打电话，哭着哀求他借钱，说再还不上的话，小混混就要弄死他们，他决定报警处理，两人一听报警直说齐天想要害死他们。考虑到他们的安全，他还是报了警，可结果却叫他怎么也没有想到。赌球的事是真的，但是借网贷的事是假的，就是骗他，只因他太过慷慨，叫人心生歹念，钱亏了不说，朋友也没了，从此之后他对那些不讲义气的人有一种深深的厌恶。

夏楠早就后悔了，现在齐天不理她，比打她更让她难过，她最近想得最多的就是齐天，这段时间他来医院，虽然说是探望知非，但先去的总是她的办公室，她怎么恶语相向他都呵呵一笑。她也会试探地问他是不是追知非，他的回答显然已经不像以前那样坚定，总会闪烁其词，有时候也会给她肯定的回答，说完马上看她的脸色，问她是不是生气了。今天突然出了这档子的事，他对自己的态度180度的大转弯，她平时大大咧咧惯了，哪里受过这样的委屈。

张潜在楼道里看到夏楠在偷偷抹眼泪，思前想后走了上去，小心翼翼地递了块手帕过去，问："什么时候的事？"

夏楠接过手帕："什么什么时候的事？"

"你和齐天，我都看到了，你们在门口……"

"什么啊？你别乱说。"

"OK！"张潜转脸问，"那你哭什么？因为愧疚，觉得对不起知医生吗？不是我说你，这件事确实是你的错。"

夏楠更觉委屈，不吭声。

张潜也不安慰她，继续说："你才是妇产科的医生……"

夏楠垂着头，埋在膝盖上，说："我知道你们都怪我。"

"她是你最好的朋友。"

夏楠小声辩解道："我又不会未卜先知，她手术水平比我高，在国内的时候，她给HIV感染者做过手术，她比我有经验，我只是没想到……"

“你不是没想到，你是自私。”

平时夏楠跟张潜交往，都是她占上风，头一次见他用这么严厉的语气说话，眼泪憋不住了。

张潜胸口憋着一口气，稍微控制了一下情绪，说：“算了，你赶紧回到工作岗位，安心干好自己的本职工作。我走了。”

夏楠冲着他的背影，问：“是不是连你也看不起我了？”

张潜停住脚步，回头看着她，她还坐在楼梯上，眼巴巴地看着自己，轻轻叹了口气，说：“别人怎么看你那是别人的事，你在心里问问自己你看得起自己吗？”

夏楠憋屈地喃喃着：“我都后悔死了。”

看她这样，张潜的怒气稍微平息了一些，换上安慰的口气，“好了，别坐在这儿了。到了饭点了，赶紧去餐厅吃饭吧，我走了。”

以往去餐厅吃饭，夏楠总是先去知非的办公室找她一起，可现在她犹豫了，踌躇了半天，独自去了餐厅。

她取了餐埋头吃饭，食不知味。

吃到一半的时候听到有人在叫：“知医生好。”身体不由得一僵，手中的筷子顿住了，匆匆往嘴里扒了两口饭。

知非取了餐，目光在餐厅里扫了一圈，人群中一眼看到了夏楠，见她在角落里埋头苦吃，于是端着餐盘走过去，错开坐到她对面。

夏楠捏着筷子的手，不自觉地抖了一下。

知非没说话，拿起筷子将自己餐盘里的一块肥肉给夹起来送到夏楠碗里，平时遇到这种情况，夏楠早就伸筷子过来自取了。

“新筷子，新餐具，我还没有用过。”

夏楠垂着头，声音有些哽咽：“非非……”

知非心里有数，不过还是问了句：“怎么了？”

“你还怪我吗？”

知非说：“我从来就没怪过你。”

夏楠的眼圈红了，垂着头，筷子拨弄着碗里的饭。

知非说：“给HIV感染者手术，我比你更有经验。”

夏楠垂着头咬了咬嘴唇，接着塞了两大口饭进嘴里，整个腮帮子都鼓鼓的，她用力地嚼着，憋着眼泪。

知非抽了张面纸递给她，说：“好好吃饭，餐厅里那么多人看着呢。”

夏楠接过来擦了擦眼泪，抬头看了看周围，众人虽然都在吃饭，但其实目光都在有意无意地看着她，见她的目光扫射过来，全都假装若无其事地避开，继续吃饭。知非打小跟她相识，彼此太熟悉了，对方想什么，看一眼马上就能知道，连说个谎都能马上拆穿。夏楠确实有时候遇事爱躲，遇到棘手的手术会推给别人，但是客观地说，只要是她有信心胜任的，她都会积极完成。这次不能怪她，当时的情况，就算是她想上手术台，知非也不会让她上，她没有经验，上去的话，可比自己要危险多了。

第38章　芳心纵火犯

齐天进了餐厅，左右看了看，看到了知非，朝她挥了挥手。他取了餐，坐到了旁边那桌，夏楠立即放下了筷子，收拾起餐盘说了句："我吃饱了，就先走了。"

等她离开了餐桌，回头就看见齐天占了自己的位置，跟知非在说话，心里一下子堵得慌。

知非目送着夏楠的背影离开了餐厅，缓缓对齐天说道："你就是故意的……你明知道夏楠在意你。"

齐天哼了一声："她才不会在意别人，她只在意她自己。"

知非决定捅破这层窗户纸："你不会不知道你喜欢她吧？"

齐天又哼了一声，故意说道："我怎么可能喜欢她，我只喜欢你。"

"那你可千万不要喜欢我，我就算这辈子不嫁人，也不会爱上你。"

"搞什么鬼，我哪里比陈健差了？"

"其实你知道的，我们做朋友合适，做恋人不合适，况且我对年下恋没兴趣。"

齐天惊呼道："等等等等，年下恋这么时尚的网络词汇，你居然也知道？"

“看看，在你眼中，我就是一个只知道工作的机器人，对工作以外的事全都不关心，你根本不懂我，请问你到底喜欢我什么？”

齐天确实不懂她，可他嘴硬：“爱情是什么？爱情就是不知因何而起，且一往情深。”

知非不再跟他掰扯了，筷子敲了敲餐盘：“好了不谈了，赶紧吃饭。”

“不谈就不谈，我只是好奇，你不喜欢我，是不是因为你喜欢修队？”

知非正吃着饭，冷不丁呛了一下。

“老实说我吃醋很久了，你跟他在一起的时候和跟我在一起的时候完全不一样，我就纳闷了，为什么你跟我就没话说，跟他总有说不完的话。”

“那是因为你还小，跟你这种小屁孩有什么可聊的？”

“我哪里是小屁孩？我恋爱比你还早。修队人是不错，可他有什么好？他能像我这样了解女人，那么有趣吗？”

“他没什么好，但他不会心里明明喜欢一个人，却故意去追另一个人。齐天你别否认，你现在这个样子，不就是在故意拿我气夏楠吗？”

“我没有。”齐天矢口否认，“你先回答我，修队到底有什么好？”

知非想了想，她想不出来，因为平时就没想过这个问题：“我跟他只是普通朋友。”知非放下了筷子，“他学中医，我学的是现代医学，本来我们是两条路上的人，可他身上有我尊敬和佩服的地方，他能用很简单的方法治疗一个在我看来需要手术才能治好的病人。他身上有我永远不知道的惊喜……况且我这个人固执、工作狂，私下里又冷漠，没有多少人能受得了我……”说着说着突然停了下来，她也不知道自己为什么要跟他说这些，又回到了齐天的话题上，“齐天，我刚刚用了阻断药，你跟我说这个？你觉得我有心情聊这些？”

齐天闭上嘴，确实不应该在这个时候跟她聊感情上的事，可他潜意识里竟然希望知非和修队在一起，这样他心里会好受些，他不屈不挠地继续问：“那你心里到底有没有他？”

“你不用管我。”

“如果他……喜欢你呢？你接受吗？”

知非盯着面前的餐盘：“不知道，但我肯定不会跟你有感情纠葛。”一个陈健已经让她无比心烦，她不想夏楠也步自己的后尘，“你年轻，有时间，有钱，这张脸长得也不错，你多看看外面的世界，你离开Z国，走到哪里都有一堆姑娘围着你，何必在我和夏楠身上找烦恼？”

“我只在你身上找烦恼。”

“那更不必了，你实际上也不喜欢我，你能敢你不喜欢夏楠？”

“我……我没有。”

“你看，你有！可夏楠比你大七岁。”

“那又怎么样？”

“她表面看起来什么都不在乎，其实她渴望爱情渴望家庭，请问你跟她恋爱，会结婚吗？你不会！你只是玩玩，你应该在你的圈子里找女孩，好好谈场恋爱，等你明白什么是爱情了，你就会放下追逐的游戏好好做你的事业去。”齐天被她一番话说得头大，知非继续说道，“我不是泼你冷水，你也别管我说什么，这方面我比你有经验。你一看就是没恋爱过，连套路都不懂，做出来的又太刻意了。你找夏楠或者找我谈恋爱，我们跟你能有共同话题吗？我肯定不可能！夏楠有没有我不清楚，但是你如果只是追求刺激的话，她也不会答应陪你玩。”

知非的话说完了，今天，她没有心情跟他探讨人生探讨爱情，她也不知道这样说到底对不对，可夏楠最近确实变化很大，之前每天回到宿舍，跟她总有吐不玩的槽，最近一段时间，吐槽少了，总是在玩手机，还经常吃吃笑，后来她知道夏楠是在跟齐天聊天，恐怕她是真的喜欢上了齐天。但是恋爱能找齐天那样的吗？自己是被陈健拖到现在才从沼泽里爬出半个人来，不希望夏楠走自己的老路，毕竟齐天那些绯闻女友，没一个是吃素的。

齐天被她说得心烦意乱，撂了筷子，想点支烟，烟刚拿起来就叫知非给没收了。他想了想，既然已经被知非看破，也就没有藏着掖着的必要了：“我要是真的喜欢她呢？”

知非抬起眼眸看着他。

齐天说：“我知道我不该这样，可我有时候也管不住自己的心。要不，你给我点时间……”

“浪子回头吗？我很难相信。”

齐天无奈苦笑，自己看起来就像情路走得特别多的人，可那只是看起来。谈话陷入僵局，好在谢晟这个时候走了过来，他看了看齐天又看了看知非：“齐天你又惹知医生了？”

齐天说：“没有。”

谢晟说：“小齐，我以一个旁观者和过来人的角度来说，你跟知医生是真不合适，她不是你能驾驭的，放弃吧。”

知非看了齐天一眼，齐天也在看她，两人的眼神一对上，齐天无奈苦笑，看来大家都看出来了。

谢晟换了话题，一边吃饭一边问知非，用了阻断药有没有什么反应。

其实知非在用阻断药的第三天，副作用就很明显，恶心、腹痛、头痛、腹泻、食欲不振……她仍然坚持坐诊，克立斯只给她每天8个小时的坐诊时间，时间一到必须下班，周末必须好好休息。

知非哪里是坐得住的人，Z国这种地方，几乎没有任何的娱乐，除了周末跑跑步，然后就只能躺在宿舍里看书，别人都在工作，越发显得她无聊。她已经把辛米医生笔记反反复复研究几遍了，有些治疗方法虽说已经过时，但在医疗仪器不足的情况下，确实是最佳的方式。

但是笔记里，她最关心的有关无国界医生的内容却很少提及，只是写了一些，医疗队几个人去了哪些地方，治疗的案例有哪些，遇到的病人情况等等。零星的几句是记录父亲给疟疾病人治病的情况，那几页她几乎翻烂了。越往后，药物的副作用就更加明显，吃下去的东西，还没进肚子就吐了。

这一天，她从洗手间出来，趴在走廊尽头的窗子边，看着玻璃上映出自己的影子，又瘦了。她好奇自己现在体重有没有100斤，来的时候110斤，对于她172厘米的身高来说，这个体重比标准体重瘦多了。她隐约觉得自己很可能已经感染了HIV，不然也不至于瘦那么快，她越想越担心，越想越紧张，都有点烦躁了。直到现在她才发现自己其实根本没有想象中强大，她在努力强撑着。

夏楠这段时间将所有的精力都放在医院，早出晚归，忙忙碌碌，会悄悄帮她把衣服洗了，把牙膏挤好，也会问她身体情况，可不像以前总有说不完的话吐不完的槽，会什么都跟她讲，有时候两个人说几句话，躺下就睡了。

其实知非知道她没有睡着，知道她是在刻意在回避着自己，知非也不去拆穿。知非心里的憋闷，也不知道该跟谁诉说，只能憋着。

知非又回到了办公室，今天她休息，可她心烦意乱，又看了几个病例，都是癌症中晚期。她去看过基维丹，他在放化疗，头发掉光了，可是人却很豁达。她也就渐渐放松了，医生经手过无数的病人，看过无数人在生死边缘徘徊，理应看淡生死才是。人固有一死，死也没什么恐怖的。她正想着，手机响了，电话是从维和部队打来的，电话那头是修羽的声音，问她："你今天休息？"

"嗯。"

"陈总交代，营长批准，让我带你出去转转，你有没有想去的地方？"

知非问："带我出去就是你的任务？"

"是。"

知非笑了笑。最近大家都小心翼翼的，前几天齐天还一直问她有什么想吃，想做的。谢晟也说，小园子里的瓜果蔬菜熟了，她这么喜欢，下一季干脆她来种。张潜说，还记得她有个梦想是去阿尔卑斯山上骑行，他想帮她实现。夏楠有天半夜醒来突然哭着说会一直陪着她……

修羽说："你来穆萨城那么久，除了工作，就没出去过。不想看看你服务过的国家是什么样的吗？"

知非被这句话给打动了："你说得对，来这里之后，光在医院里待着，都快忘了Z国是个风景优美的地方。"

"那好，你收拾一下，我现在过去接你。"

知非去宿舍的路上遇到了一个病人，来找她看病，说是听别人介绍说这里有个中国医生医术高明，特意过来找她。

知非又折回办公室详细听了病人的病情，看了她的CT，安排医院先接收下来，并且开了一些对症的药，这才又回了宿舍。换完了衣服，想起早上在玻璃上看到自己很憔悴，气色不好，便从包里拿出口红抹上，对着镜子照了照，满意了才出去，锁上了门。

修羽已经在医院门口等她，难得见他穿了便装，T恤，牛仔裤，戴着墨镜，头上戴着棒球帽，他气质太好，远远看去像极了明星。她看到从他身边经过的姑娘在跟他打招呼，对他送飞吻，热情似火。而他却似一块冰，看到她的时候，却又似变了个人，露出洁白的牙齿，朝她挥了挥手。

知非忍不住微笑："简直就是芳心纵火犯，你看你往这儿一站，多少姑娘的眼睛盯在你身上。"

修羽从来没听过她说开玩笑的话，本来还挺担心她的，听了这句话，笑了："她们只是看到我这样的外国人感到新奇而已。但是听你这么说我还是很高兴。"

知非被他给逗笑了："看来你最近心情不错。"

修羽没有说话，实际上，他最近心情并不好，自打上次见了鹿鸣之后，就一直沉浸在关于白子清的回忆里，每天发疯似地训练，仿佛又回到了刚当兵的时候。

有一次在执行解救人质的任务时，因为失神，人质差点叫恐怖分子击中的时候，他出了一身的冷汗，回到营地之后，被狠狠批评了一通，还写了检讨。他心里愧疚，在训练场上更是不知疲倦，仿佛每天不用尽最后一点力气都不能回宿舍。

王铮觉得不对劲，几次询问警卫队的人上次的天狼行动到底发生了什么事。队里没人知道，他还打电话去问了陆教授，这才知道是怎么回事，终于明白了他常说的那句话，要是他死了，就把他的骨灰撒在大草原上……

看来这小子不是说着玩的，而是真的想过要死在这里。王铮既心疼又生气，更多的是不忍。看他整天郁郁寡欢，索性给他假期，借口让他带知非出去散散心。感情这种事嘛，无非就是当一颗心破碎的时候，找另一颗心把它包裹起来。他年纪也不小了，以前在国内的时候，多少人想给他介绍对象他都拒绝了，可他也是人啊，老这样单着也不是个事，要是能促成一段感情也是一桩美事。

修羽最近没有去医院，也没跟知非联系过，王铮一提醒这才想起来，他已经半个月没见知非了。王铮让他就在自己的办公室里给知非打电话，自己出去了。修羽放下电话的时候，撞到了桌子上的书，书掉在了地上，从书里飘出一张照片。照片一看就是多年以前拍的，有点褪色，是一个女人抱着孩子的照片，女人长得很漂亮，笑起来很温暖，孩子还小，大概两岁的样子，这时王铮刚好推门进来，他随口问了句："照片上的人是嫂子吧？"

王铮拿出照片，小心翼翼地放好，说："是你嫂子。"

"怎么这些年也没在部队里见过？"

王铮淡淡地说："走了。"

修羽一愣，一时之间不知道该说什么。

王铮说："走了很久了。十二年前，我执行任务的时候，击毙了一个毒贩，那小孩年纪不大，可他在中缅边境运送毒品数量惊人。当时他吸了毒，还劫持了一个女人质，情绪特别亢奋，我怕他伤了人质就果断开了枪。他死后，他的父亲——东南亚最大毒品贸易的大佬，就派人去了我的家乡……”

修羽震惊了。

王铮说：“那帮人临走的时候，放了一把火把我的家也烧了。我手上就只剩下她刚给我寄的这张照片。你看我儿子笑得多可爱，拍照之前我们刚通过电话，我说下次回去一定给他带大坦克模型，他喜欢坦克，他的玩具都是坦克、飞机、大炮、枪……我媳妇常说，他长大以后肯定是一名比我更出色的军人。”王铮说到这儿笑了笑，把书放好，转身对修羽说，“人这一生不可能一帆风顺，以前我常常想起这件事，很苦闷，甚至刚出事的时候，想随他们一起去了。后来，我想通了，活下来，好好活着，把他们放在心里。三年前我再婚了，没有通知过任何人，悄悄领证，连婚礼都没办。”

修羽有点恍然了。

王铮说：“修羽，我说这些给你听，是希望你能明白，有些事可以一直记着，可以放在心底，但是我们要往前走。”

修羽看着王铮，他终于从震惊和不可思议中清醒了过来，忽然一下打起了精神：“您是指知非医生？”

王铮跟他一样的愕然，他以为修羽是不会说的：“你既然挑明了，那我也就敞开了说。”他站在窗口，手背在身后，目光望着天际，“人的生命很有限，十年二十年转眼就过去，知医生很不错，你要珍惜。”

修羽一时无言，说：“我去医院了。”

王铮说：“去吧，好好放松一天。”

修羽带着王铮的话，出来了。

他以前隐隐约约听说过这件事，只是传言是某位军人，但没想到是王铮。在他眼里王铮是很豁达的一个人，哪里知道他竟然有这样的经历。他的内心在惊涛骇浪之后一切归于平静。

平静，特别地平静！

他知道自己做不到王铮那样，不过看到知非的时候还是有心动的感觉。第一次见她穿裙子，天蓝色的，很素雅，还化了淡淡的妆，涂了口红，很明显她化妆是为了掩盖住不佳的气色，整个人的精神状态并不好。

他有一点心疼，也不知为什么，看到她的一瞬间，身心一下轻松了不少，拉开车门，待知非上车之后，关上，自己从另一侧上车。

修羽一边开车一边扭头看她，说："你又瘦了。"

知非摸摸脸，笑了笑。

"路上要是不舒服的话，就跟我说，停车叫你休息。"

"我没事，就是夜里没睡好，显得精神不太好。"

修羽知道她故意这么说，问道："你有没有特别想去的地方？"

知非摇摇头。

"那你别管了，我带你去个地方。"

知非点点头，她身体不太舒服，不想说太多的话，不过她还是微笑了一下，说："你带我出来，我还是挺高兴的。"

"其实，我早就想找个借口出去走走了。"

"那是我帮了你？"

"算是吧！我听你的声音有些疲倦，你困的话，就睡吧。不过我们去的地方稍微有点远，路不太好走，你要是受不了颠簸，随时叫我往回开。"

知非闭着眼睛："没事，你尽管开车。我不觉得辛苦。"

修羽扭头看了她一眼，说：“你手机里有音乐吧，放点歌。车里下载的音乐都是《咱们当兵的人》这种，你肯定不喜欢，让我也听听你喜欢听的歌。”

知非听着修羽跟她闲聊，整个人都放松了，修羽什么都没做，可他淡淡的几句关心，她也不知道为什么，胃突然就不难受了。她舒服地躺在座位上，掏出手机，打开播放器，选了一首久石让的《天空之城》。

知非将头搁在车窗上看着外面，热辣的太阳已经高悬在头顶，路的两边是茅屋，路边光着屁股的小孩在奔跑，穿过村庄，再往前是大片大片泛黄的荒草，荒草很深，蓝耳丽椋鸟在啄食草的种子。

跟国内不同的是，这里的地，很多是荒着的。

音乐刚放了一半，突然有电话进来，给打断了。

知非看了一眼是陈健妈妈打来的，一看到这个号码，她的眉头就不由得皱了皱，直接按断了，继续听歌。可不到一分钟，电话又打了进来，知非不想听，陈妈妈是个厉害的人，就算是跟陈健恋爱的时候，能不见也尽量避免见，她太世故也太市侩了，目的性太强。

电话第三遍打进来的时候，知非只好接了，她有理由相信，如果自己不接的话，电话会一直打，陈妈妈只要想找自己，就会想尽一切办法，躲是没用的。

“知非，我求求你看在你们曾经相恋一场的分上，看在我当初对你那么好的分上放过陈健吧！要不是陈健当初答应让你做他的主治医生，你也不会有在癌症领域的成功，你说对吧。他虽然也有做得不好的地方，可他还小，他比你小，他刚正式退役两年，你不能毁了他的前程。阿姨求你了行吗？收手吧，他有什么对不起你的地方，你原谅他一次，我替他求你了……”

又是这样的话，知非听腻了！她很冷淡地说：“我不明白您这话什么意思，我还要说几次您才明白，我和陈健早就结束了……”

陈母突然厉声呵斥道：“知非！”声音很大，震得知非立即将手机从耳朵边拿开。

“你在网上买营销号抹黑陈健，以为我不知道？”

知非还是保持着一贯冷淡的语气：“我想您是找错人了，我对上网根本没兴趣。”

“除了你还能有谁？字字句句都是向着你说话，给你洗白，泼脏水给我儿子，还能有谁会这么干？”陈母在电话那头喋喋不休，“知非，我知道陈健对不起你，可当初明明是你先不爱陈健的啊，陈健到现在都对你一往情深，你要分手就分手，但是请你不要害他。他这些年你知道多不容易吗？他小时候每天要训练十几个小时，经常两条腿都是肿的，为了进入国家队训练，强度又增加了，他才二十来岁，却一身的伤痛，不然他这么年轻为什么要退役？好几次都是打着封闭参加比赛的，你是他的医生，你知道他身上的伤，你不能就这样毁了他……”

“不是我毁他，是他自己的问题。”不论主观上对陈健有多深恶痛绝，可作为陈健曾经的主治医生，知非太了解他的病情了，腰伤严重，韧带撕裂……

“好，你要分手，那就谈分手的事，不要不经过我们同意就在网上买那种言论……”知非刚要说话，突然一只手伸了过来，是修羽，示意她把手机给自己，知非犹豫了一下，缓慢地将手机递了过去。

修羽接过电话："你好，我是知非的男朋友，有什么事请跟我讲。"

电话那边陈母愣了一下："好好好，我说怎么回事，原来早就有男友了。"

修羽："也没多早，就是刚刚开始。您是陈健的妈妈吧？刚才的话已经录音了。她已经和陈健分手了，请不要再打电话过来骚扰她。"他说完直接将电话按了，然后将手机还给知非。

知非不可思议地看着他，心想此刻陈健妈妈一定在抓狂吧。

修羽晃了晃手机说："怎么这样看着我，跟这种人有什么好说的？"

知非慢吞吞地接过手机，保持着一贯的冷静："别人看我处理工作上的事情，干脆利落，可处理感情上的事，我真不如你。"

她打开了热搜。

修羽直言不讳地道："不用看了，能帮你的人，而且能一招击中的人绝对不是一般人，花的钱应该不少，而且非常了解打蛇打七寸，一定是有团队来操作的，你想想谁能做到……"

"我知道是谁了。"她打开手机找到齐天的号码拨了过去，手机响到第二遍终于被接了起来，电话那边齐天打了个哈欠："我说知医生，怎么这么早打电话过来？"

"今天国内爆出的陈健私生活混乱的事情，是你做的吧？"

"嘻嘻。我这是为民除害。"说到这个齐天来精神了，整个人像打了鸡血，"连你都知道了，看来效果不错。怎么着，他找你了？这混账王八蛋，居然还有脸来找你，真是不查不知道，一查吓一跳，那浑蛋居然跟好几个女的保持……"

知非不想听这些八卦："收手吧。"

“什么我就收手啊，现在已经不关我的事，本来还想给他一套组合拳的，可我没想到舆论发酵得这么快。主要他人品不好，被他欺负的人太多了，不知道多少人对他恨得牙根痒痒，借着这件事，都出来了。现在已经不是我能掌控的了，他自求多福吧。”齐天看知非没有再说话，安慰道，“你就安心吧，那烂人我替你收拾就行。”

知非的手指在手机上快速地划着，停在陈健刚出机场被记者围堵抱头鼠窜的画面上，旁边还有个女的，虽然头包得严严实实，知非还是认出来了，就是之前一直找她麻烦的那个叫米朵儿的网红，跟陈健传过绯闻。两人特别狼狈，陈健慌得很，逃跑时还丢了一只鞋子。

知非看完了，苦笑了一下，换了个语气冲着齐天说：“干得好，就该让所有人知道他的本性。”

齐天突然被表扬，非常开心：“我就是这么想的，圈子的人谁不知道他什么德行，那些明面的就不说了，有名有姓，大众也都知道的两只手都数不过来，没名没姓的再加两只脚也不够用。只不过那些人心里吃瘪，只能认栽，都让他那无所不能的老妈给压下去了。”

知非无话可说，手指又一滑，看到了热搜第一“齐天点赞陈健渣男”，她随便翻了几页，都是在控诉陈健如何对感情不负责任，举了十来个受害女性的例子，既然如此她也不想再就此事讨论下去：“你赶紧起床吧，热搜都第一了，我估计一会儿你的手机都要打爆了。”

“打去呗，关我什么事？我只是阐述一个事实。”

“还好我来了Z国，并且在来之前换了手机，换作以前不是在医院门口堵我，就是打爆电话。我今天跟修队出门，路上信号不好，断断续续的，我挂了哈。”

“等等，你们?”齐天突然小声地对着手机问，“你们是不是在谈恋爱?”

知非看了修羽一眼：“别瞎说！来穆萨城之后，除了工作两个半月的时间我都待在医院，好不容易出来一趟，结果因为你搞的这个事，陈健的妈妈一直跟我打电话，让我一点心情都没有，换个别的日子我上班手机静音根本都不会知道这个事，得等我中午有空才能理会，现在可好必须马上去处理。信号又很差了，见好就收吧，别跟陈健扯不清，其实他这个人，除了感情上一塌糊涂其他方面还不错，做人留一线日后好相见。”

齐天本来就是替知非出气，既然知非的气消了，他也就无所谓了：“好了好了，我知道了，不打扰你们约会了。”

知非挂了电话。心想，陈健倒不难对付，难对付的是陈健的母亲，陈母出了名的护犊子，素来厉害，怎么可能就此罢休?

修羽听她和陈母的电话，又听了她和齐天的电话，这会儿听她轻轻叹了口气，问道：“别想了，二十年前，听过一起病人家属大闹民大附属的事情吗?死者是男性，三十左右，患的是癌症，查出来的时候就是中晚期，人受了刺激，有一次附近一个工地突发大火，医院送进来几十个被烧伤的农民工，护士看病人睡着了就出去帮忙，结果，病人乘着这个空隙，爬到楼顶上跳下去了。”

知非当然记得，那时候她年纪还小，大家都在谈论这件事。病人的家属知道之后大闹医院不说，还把所有跟病人相关的医生护士都给告了。那年头，医闹不少见，可那家最凶，还提出要医院赔偿，狮子大开口，张嘴就是一百万。那时候，经济远没有现在发展得好，对方还带了个孩子，年纪很小，扬言说如果医院不给钱就带着孩子死在医院，院方提出走法律程序，对方拒绝，反正一口咬死了，不给钱，以后就每天带孩子去医院闹。闹了半年，医院被她搞得乌烟瘴气的，最后是医院发动了一个捐款，是捐给孩子的，最后这事才过去。

修羽说："那个病人就是陈健的父亲，那个医闹的家属就是陈健的母亲，孩子就是陈健。后来他们拿了钱，在北京生活得还可以，陈健的母亲带着他再嫁，男的是南方人做生意的，经常来北京。男的在北京给他们母子买了房子，看陈健有体育天赋就送他去学习。后来这男的也死了，是去国外的时候飞机失事死的。"

知非现在明白为什么陈健的妈妈那么厉害了。不过，陈母虽然彪悍，但是她畏惧比自己能力强权力大的人，就算她知道陈健的料是齐天找人爆出来的，她恨得牙根痒痒也不敢拿齐天怎么样，毕竟齐天的背后还有他爹，她只能默默忍了。

下午一点，两人看到一家中国餐厅，便停车下去吃饭。餐厅老板是个四川人，送了一份夫妻肺片给他们，劝他们说虽然现在是白耳赤羚迁徙的季节，但是Z国是战乱国，尽量不要过去冒险，知非这才知道修羽是带她来看白耳赤羚。

吃完了饭，上车继续往前。一路上，不时看到有角马、羚羊、斑马……

知非听修羽说，石头他们正在跟Z国政府申请将这块地区划为生态保护区，但是由于战乱，政府方面还没有给出答复。

"我听石头介绍说，他们把这块地区了解得非常全面，准备在这个地方划定一个区域，总共大约30000平方公里，包括周边的缓冲区。利用乡村、野地等构建一个动物迁徙和停留地。"他拿出一张地图，打开，手指画出一个圈，“就是这一块地区。你看，这一块刚好是三国交界处，想要建立这样的一个生态保护区并不容易，要跟三个国家协商，得到三个国家的认同才行，所以石头他们的工作，也很不容易。当初在考察这块地区的时候，他们带着水和干粮，天天吃睡在草原上，风吹日晒，为了给食草动物们找到一个良好的生态系统，他们可谓是费尽心思。”

知非见过石头几面，对他并不了解，只觉得他为人憨厚朴实，话也不多，做事手脚麻利，是个实干派。

知非问：“石头跟你们维和部队也有联系？”

“有。在这边的中国企业，还有像石头这样的野保组织人士，跟维和部队都有联系，万一在这边遇到什么困难，好请求帮助，维和部队会和大使馆一道保护我国公民的人身和财产安全。像石头这些野保组织人士，在国内都是家境不错，乐于奉献的人，你知道吧，他以前可是做风投的，现在国内好几个名气很大的互联网企业，都是他投的，他说做风投太辛苦了，就参加了救援队，在可可西里保护藏羚羊，那边生态好了之后，就来了这边。他以前还送了我一颗田螺的化石，说在可可西里捡的。”

知非心生佩服：“愿意离开国内那么好的环境，来这里的人都是有独立思想的人，而这些人往往都是有故事的人。”

修羽看了她一眼，说：“你也是这样的人。”

“我算不上。”

接下来，两人都不说话了。

一月正是白耳赤羚迁徙的季节。草原上很安静，没有熙攘的人群，也很少看到有车辆经过。远方，白云苍狗。在这片天空的下方，是一望无际的大草原，成群的斑马、羚羊、角马在河边饮水，大象带着小象沿着河边散步，狮群躺在灌木丛里打盹。

修羽驾驶着黑色越野车飞驰而过，路边几只正在吃草的瞪羚抬起头看向了车子。知非靠在椅背上，看着窗外。在下午4点前，他们抵达了一处野保志愿者留下的临时营地。营地搭建在平坦干燥的地方，志愿者外出了，营地周围一个人也没有。知非抬头看了看天色，又低头看了看没有信号的手机，抱起单反爬上车顶，打算拍几张照片作为此行的纪念，修羽托着她上去。她举着单反，对着目镜取景的时候，突然间，一辆改装过的越野车飞驰而来。

第39章　缘来是你

车子停稳，从车上下来一个穿着橄榄绿T恤，工装裤，高帮登山鞋，墨镜倒扣在脑后，身材高大的男人，冲着知非和修羽灿烂一笑问："两位一看就是同胞，能不能当我们的模特，拍一组照片，费用好谈。介绍一下，我是《X2》摄影杂志的摄影师，我叫蓝思齐。"对方说完，从口袋里掏出一张名片递了上去。

修羽接过名片看了看说："我是维和部队的军人，我姓修，很抱歉不能接受你们的邀请。"

对方听说他是维和部队的军人，有点吃惊，从车里拿了两瓶水过来，递给他们说："我们杂志社来非洲拍片，谁知道来早了，没到食草动物大迁徙的旺季。我们想拍一组人与动物和谐相处的作品，可到了这边之后，模特就生病了，现在还躺在医院的病床上。由于明天就要回去了，拍摄任务完不成，还是很遗憾的。"

知非从车顶上跳下来，接过摄影师的名片看了看，她没看过《X2》这本杂志，但是摄影师的名字她有所耳闻，是位优秀的摄影师，以前读书的时候，就在杂志上看到过他的摄影作品，作品常常以小见大，而且多有公益题材。知非有点不忍心："我愿意配合拍几张，但是我们时间有限，只有半个小时的时间，如果照片刊登了，不要提到任何跟模特相关的事情，我不需要费用，你要是答应，这个忙我就帮，如果不答应就算了。”

摄影师当然答应，说：“放心，保证不提模特私人信息，谁问也不提，半小时足够，我要的就是纯天然的作品，这个时候正是光影最好的时候，拍出来就是大片。”

半小时后，拍完了知非，摄影师又悄悄给他们拍了一张合影，镜头里的修羽只有一个背影。

摄影师团队千恩万谢离开了。两人开着车子继续往前。

车子来到了一处河流附近，有大群的白耳赤羚狂奔而过，这些羚羊奔跑的速度极其快，一转眼就跑远了。

修羽说：“当心了，我们要避开一点，羚羊跑得那么快，应该是遭到了食肉动物的捕杀。”他话音刚落，就看见前方飘过来一团黑云似的东西，大约几十头狮子狂追而来，那些瘦小的羚羊跑着跑着就被狮子扑倒咬断了脖子……

狮群如风，很快就过去了，草原上的躁动归于平淡，世界突然变得安静，天光寂寂，猛兽在饱餐。

“我们该回去了。”修羽说。

车子刚走出去一公里，天色突然变暗，一道响雷炸了下来，风突然呼啸而来，带着巨大的呜呜声吹过，黑云升起，翻涌而来，紧跟着就听到耳边噼里啪啦的声音骤然响起，鸡蛋大的冰雹从天空砸了下来。

知非从来没见过这样漫天往下砸的冰雹，冰雹落在车的挡风玻璃上，像要把车窗敲碎。车子只好停下来。

冰雹过去之后，满地都是圆溜溜的冰块，狂风肆虐，气温在下降，路面突然变得异常颠簸，知非身体本来就不舒服，如此一折腾，胃部一阵翻涌，她疲惫不堪地靠在座椅上，脸色很差。

修羽伸手过去，摸了摸她的额头，没有发热的迹象，心才稍稍安稳了一些。他给知非喝了些水，然后缓缓将车子往临时营地的方向开去。知非闭着眼睛看着车窗外，突然发觉车子放缓，睁开眼睛，看见车子正在经过两具犀牛的尸体，一群小动物啃食着巨型动物吃过的尸体残留，犀牛角已经被盗猎者锯了，尸体上钉着十来支麻醉镖，样子极血腥。

知非知道每年非洲大草原的大象和犀牛都在急速减少，除了一些专门的盗猎者，还有一些为生活所迫的百姓在铤而走险，尤其是Z国这样的战乱国，交战不断，除了盗猎者和老百姓，战火也是威胁野生动物生存的敌人。

“如果没有像石头这样的国际野保志愿者在冒着生命危险保护这些野生动物，简直不敢想象。”修羽须臾间移开视线，望着远处，广袤的草原抚平了他的愤怒和悲伤。

营地是木头搭的，里面有床，知非脱了鞋子躺下，闭上眼，不一会儿睡着了。

她醒来的时候，屋子里已经全黑了，外面有车声传来，跟着有雪亮的灯光从隙缝照射了进来，接着听到了说话声，是石头的声音，还有两个声音，一个男的一个女的，接着是修羽的声音。知非又躺了一会儿闻到有饭菜的香气，她还是很疲惫，不太想起床。

过了半小时，门外有轻轻的敲门声，修羽端着一碗粥和一杯滚烫的热水进门后放在床头，将矿灯挂在门口的挂钩上。他问知非：“你醒了？”

知非已经从床上坐了起来，她看上去脸色不太好，整个人都很虚弱，修羽一直担心她发热，再次试探了一下她的额头，问：

“好点了吗？”

知非说：“嗯。”

修羽说：“怪我，不该带你来草原上。”

知非没说话，刚睡了一觉，可整个人还是蒙的。

修羽端着粥碗，舀了一勺粥在嘴边吹了吹送到她嘴边，喂她吃，她想起以前他给她喂药也是这样。

知非吃了一口，问：“这里哪来的米？”

“是石头带过来的。”

“他熬的？”

“我熬的，你身体不舒服，粥清淡。”

“我们晚上还回去吗？”

“不回了，今天晚上就在这里露营，我已经报备过了。”

知非吞下嘴里的粥：“会不会又连累你受批评？”

“不会。”修羽说。

知非说：“从跟我认识之后，已经连累你几次受批评了。”

修羽用一种很淡的语气说：“因为你受批评，我心甘情愿。”

知非说：“你图什么？”

修羽手里的勺子停住了，看着她，知非也在看着他，他的眼眸黑亮，眼神冷静：“因为……你是医生，你做的事，是我曾经的理想。”

知非吸了口气，被他看得心神慌乱：“对每个医生都这样？”

“当然不是。”

他看着她，知非想起了那条逼仄巷子里的少年。

“砰——”远处有隐约的枪声传来，接着外面有人敲门。

石头探头进来说：“修队，我们出去一趟，有盗猎者。”

修羽马上放下手里的碗，说："等等，我跟你们一起去。"回头看着知非交代道，"你好好在这里待着，一会儿把药喝了。"说完大步走了出去，跟石头去追击盗猎者去了。

知非心里不踏实，吃完了碗里的粥，穿着鞋子到外面坐在门口的小板凳上等着。外面的冰雹已经融化了，天气好转，满天的星光。

一个Z国女人大步跑了过来，看到门口处坐着的知非，热情地打了个招呼："你是知非医生吧？我是野保组织的队员，我叫莎莉。"

"你好。"

"石头呢？"

"他们去追击盗猎者了。"

莎莉司空见惯地"哦"了一声，她去了另一个小木屋，不一会儿端着一碗粥拿着包子怀里还抱着板凳走了出来，挨着知非坐下，问知非："吃了吗？"

知非说吃过了。

莎莉一边吃饭一边安慰她别害怕，说："这个季节的盗猎者很多，不用担心，石头有枪，装备比盗猎者好，能够处理好。"她问知非，"你是医生？"

知非说："是。"

莎莉露出了羡慕的神情："医生很了不起，以前我们这儿的人，很多人并不相信医生，尤其是一些部落里的人。人要是生病了，就找巫医。在我三岁的时候，得了疟疾，快要死了，一个国际组织的医疗队来到了我们村子，医疗队里的中国医生救了我，他人真好……"

知非望着远方："你小的时候？"

莎莉说："大概是1996年。"

知非心里咯噔了一下："那名中国医生是男的还是女的，叫什么名字，多大年纪？"

莎莉摇摇头："男的，别的不记得了，那时候我还是孩子。我们村子里有很多人感染上疟疾，每天都有人死去，有的一家人全部感染，无一幸免，我的父母姐妹也都感染上了，他们出现了高热、恶心、呕吐的症状，并且很快就去世了。那位中国医生带给了我们希望，我只知道他是中国人，他教我们小孩唱儿歌。"

知非的心揪了起来。

莎莉吃完饭了，起身把碗送回去，一边走一边哼着："小燕子，穿花衣，年年春天来这里，我问燕子你为啥来？燕子说：这里的春天最美丽……"

知非愣住了，这首儿歌父亲在她小时候也教过她。她突然觉得莎莉口中的中国医生就是父亲，她迫不及待地想要知道父亲的消息："后来呢，那个中国医生他还做了什么？"

莎莉说："医疗队在我们村里待了半个多月，那段时间，他们每天就是看病治病。我最喜欢他，因为他人真好，很喜欢小孩。有孩子哭闹不想打针吃药，他总有办法哄好。有空的时候，他还给我做中国的风筝，教我们放风筝，还给我们讲故事。我们很多患病的小孩住在病房里，每天晚上等我们睡着了，他才出去。他人真好，后来我们的病好了，医疗队也就离开了，之后我就再没见过他了。"

线索又断了！

她感到失望，转移了话题，随口问莎莉："你什么时候开始加入野保组织的。”

“三年前。”莎莉说，“那时候，我也是一名盗猎者。”

知非一愣。

莎莉接着说：“以前，对我们来说盗猎是为了生存，我们太穷了，没吃的，但是这片草原给了我们丰富的食物。后来象牙的价值升高了，我们村里有的人就开始组织盗猎象牙，再卖给商人。据说象牙到了亚洲市场之后，价格会翻数倍。三年前，遇上饥荒，我和两个村民准备去盗猎象牙，可大象的力气太大了，差点把我们给弄死，就在这个时候遇到了石头，他给了我们食物，给我们包扎伤口。我很崇拜他，决定跟着他成为一名野保志愿者。”

知非：“他就答应了？”

莎莉摇头：“没有，他根本不同意，我就死皮赖脸地跟着他，他去哪儿，我就去哪里。他给受伤的羚羊治病，我就给羚羊喂水；他们住在营地，我就睡在营地门口。后来我把他打动了。”

知非看着她倔强的表情不由得笑了，脑海里浮现出石头那样闷葫芦性情的人被这样一个Z国姑娘纠缠的画面，顿觉鲜活可爱。

莎莉说：“石头是我见过的最厉害的男人，他有一种特殊的本领，能让各种大型猛兽生活在一起，甚至能让躁动的猛兽安静下来。”

知非想起之前在草原上给失去孩子的大象手术时，石头也在现场。

莎莉接着说：“我叫他百兽的妈妈。”莎莉笑了，笑起来的时候露出洁白的牙齿，“石头说他离不开大草原，听不到狮子的叫声，他会感到心慌。我佩服他为动物们付出一切，这也是我毕生的追求。”

就是这句话，一下子就把知非点燃了。

莎莉拿出一只皮囊，喝了一口，问知非要不要，说这里面是羚羊奶，下午帮一只难产的羚羊生产，羊奶太多了，小羚羊喝不完，所以就挤了一些。

知非还在想刚才的谈话，她想寻求一些线索，问她以前的村庄在哪儿。莎莉说，就是附近，并且把地址给了她。又跟她闲扯了几句，说自己最近喜欢上了一个中国男人，但他对自己似乎并不感兴趣，问知非怎么追求中国男人。知非随便应付了她几句，莎莉自说自话，知非听她的描述很像是齐天，不过她也不想多问。

接着她们听到了一阵枪响，听起来应该是修羽和石头他们跟盗猎发生了火拼。虽然知非毫不怀疑修羽的战斗力，却还是提着一颗心。莎莉也不说话了，哪怕是她见惯了跟盗猎者周旋，但是像这样打出一排排的子弹，也不多见。她冲进房间拿出通话器，打开频道：“石头，石头。”然而并没有反应，看样子应该隔得很远。

两个人都从凳子上站起来，焦急地等待着，大约半个小时之后，莎莉急了，咬咬牙道：“早知道我就跟着去了。不行，我得去找石头。”

知非将她拉住：“别去，太危险了。”

“不去的话，我们就只能等，我等不了。”望着远方黑沉沉的草原，她一着急哭了。莎莉这么一哭，知非反倒是平静了下来，她相信修羽一定会平安回来。

大约又过了两个小时，草原上有车光照射过来，离得还很远，但是莎莉已经朝着车子的方向跑了过去，知非没有动，只是悄悄地松了一口气。

车子停在了营地的门口，修羽从车子上下来，迎面就看到了坐在门口的知非。她望着他，在他身后是欢天喜地的莎莉，勾着石头的脖子下了车。知非很难想象这个画面，刚才莎莉还在跟她说自己喜欢齐天，转眼又哭又笑地抱着石头。

修羽摘下手套，问她："怎么还没睡？"

知非说："等你。"

修羽："盗猎分子猎杀了三头野生大象，车上还有一箱象牙，我们到的时候，发生了火拼，他们一共四个人，跑了一个，其余三个被俘，送去给当地警察处理，所以回来迟了。"

她脸微微发烫，低下头说："我应该跟你一起去。"

"那不行，我可不放心。"

"你不在，我总是担心，还不如跟你一起去。"

他知道她说的不是假话。

"这里的盗猎者装备没有石头他们的好，而且政府方面早就明令禁止盗猎行为，虽然屡禁不止，但是盗猎者看到野保组织的人还是畏惧的。"

"你们要是再不回来，我就准备和莎莉一起找你们，莎莉有枪。你们那么长时间没有消息也联系不上，与其坐着等，还不如过去找你们呢。"

"对不起，出去之后才发现石头的通话器没电了，备用电池也没电了，所以……"

知非的心一软，她只是着急，并没有怪他的意思，听他这么解释，轻轻叹了一口气，低下了头。

接下来两个人都不说话，过了一会儿，知非抬起头："我只是担心明天不能顺利回医院。"

“噢?”是不信的语气，却也不再多说什么了。

知非转身准备回屋，修羽冲着她背影叫了一声：“知非。”

知非停下来，回头看着他，他还站在月光里望着她：“走，我带你去看月光下的草原。”

知非便朝他走过去，跟他一同上了车，坐在副驾的位子上，车子缓缓朝着草原深处开去。

满月照着苍穹，远方合欢树像一幅剪影，远处天地相接，散落着一片赤羚……

车子在一处接近水源的地方停下，修羽从车子上下来，知非跟着他往前走，有几只赤羚抬头看了看他们，叫了两声，又垂下了头。

那些赤羚的背是橙红色的，四肢是白色的。

修羽说：“这些羚羊每年迁徙1500公里，它们以草为粮食，白天活动，晚上休息，族群一起生活。这是一群族群比较大的赤羚，大约有1000头，下午我们看到的都是小族群。以前这里的白耳赤羚更多，经过长达二十多年的战争，数量减少了，但是从三年前开始，又有了庞大的迁徙群，像这样的迁徙群，是罕见的。”

知非从赤羚群收回了目光看着修羽，他站在遍地的羊群中间，面庞很清晰。修羽说：“你看雄赤羚的任务是保护领土。前两天，我执行任务的时候，乘战斗机从这里飞过，从飞机上往下看，草原上到处都是野生动物，一眼看去白耳赤羚成群结队地奔跑……J.MichaelFay曾经说过，日复一日地看到成千上万的白耳赤羚在飞机下奔跑，就好像我死后，做着不可思议的梦。”

知非吸入一口湿润的空气，有些凉，她不愿意听他说“死”这个字，总觉得不吉利。

修羽抬头看着北极星的方向问知非：“你刚刚说要去找我，你有没有想过万一你在草原上走丢了怎么办？”

“不会，莎莉对这边熟悉。”

“如果没有莎莉只有你一个人呢？当你一个人在野外，如果迷路了，在没有仪器的情况下，你要怎么识别方向？”

知非很自信地看着他，晃了晃手机：“有指南针。”

修羽走过来，站在知非的面前：“手机会没电，充电宝也会用完，真正惨痛的是，就像回到了原始社会，什么可以依靠的外部力量都没有，你要怎么办？”

“看太阳的方向，太阳东升西落亘古不变，早上面向太阳升起的方向，左手边是北方，右手边是南方。”

修羽问：“那要是没有太阳呢？”

作为一个去过很多地方的人，这点简单的常识难不倒她，基本常识熟烂于心：“那就看树木苔藓，树冠茂密的一面应是南方，稀疏的一面是北方。苔藓的道理与之相反。另外，通过观察树木的年轮也可判明方向。年轮纹路疏的一面朝南方，纹路密的一面朝北方。也可以看积雪融化的方向，积雪融化的地方一定是朝南。”她看修羽没有打断她，接着说，“如果在密林中，岩石南面较干，而岩石北面较湿并且通常情况下都会有青苔。如果有桃树、松树，那就看分泌胶脂的情况，多的一面是南面。还有一种方法，我不知道能不能找得到，就是找蚂蚁的洞穴，多是在大树的南面，而且洞口方向也是朝南。还有一些自然村落，一般都是集中在山的南侧，大门多数是朝南开的。一般古庙、古塔、祠堂等建筑物都是坐北朝南的。”

修羽：“如果是这样的夜里呢？”

知非抬头看着天空："看北极星，北极星是最好的指北针，北极星所在的方向就是正北方。"她用手指着天空，天上有七颗极亮的星，排成一个巨大的勺子状，"那就是北斗七星，也叫大熊星座，像一个勺子，只要天空晴朗，就很容易找到的。从勺边的两颗星的延长线方向看，有一颗较亮的星星就是北极星，也就是正北方。"

修羽的嘴角弯了弯："你既然都知道，那我就放心了。"

知非笑了，他居然担心这个，现代社会，怎么可能会遇到他说的这种情况，她每次出门总会带上两块充电宝，每次到了休息的地方首先是把电充满，以免遇到麻烦。可她又不笑了，原来自己刚才简单的一句话，他竟然就想到了那么多。她定定地看着他，突然她的胃一阵翻涌，腹部突然一阵剧痛，下意识地全身绷紧，呜咽了一声坐在了地上。

修羽马上大步过去，抱着她，让她头靠在自己的身上。

"肚子好痛，送我去医院。"

修羽仔细看了看她，看了看眼睛，舌苔，抓起她的手腕号脉完毕，抱起她，将她放到车的后座上，说："我给你针灸。"

饶是她疼得眼前直冒金星，还是不敢相信地瞪大了眼睛。

针灸？在这儿？那么长的针扎进身体……她宁愿去医院挂水，而不是大半夜在草原上针灸。

修羽从军用背包里拿出针灸包，大步上前，对她说："我帮你将上衣脱掉。"他一边说一边已经伸手。

"不！不要！你放开。"

知非的手抓着修羽的手臂，抓得用力，修羽感觉到了疼，声音坚定地说："这是最快最好的方法。况且，这里距离最近的诊所起码有四五个小时的车程。你这是药物所致的急性腹痛，到了那边他们未必就有办法。”顿了一下继续说道，“你不要因为是我就害羞，你是医生这个道理你懂，不要多想。”

知非确实有一部分的原因是源于这个，毕竟他算不上是真正的医生，多尴尬；不过从专业的角度出发，医生在救人的时候哪里会想到那么多，想到这里缓缓松开了手。

修羽解开了她上衣的扣子，脱去，借着灯光，找到穴位……

细细的针扎进了穴位，腹部，胸口，背部。

她整个人疼得都要晕了，车顶的天窗是打开的，她看着月亮，忽远忽近……

修羽慢慢调整好针的位置，天枢、大肠腧、膈腧……他的手微微有点抖，此前给子宫下垂的病人做过针灸，在营地里也会有人找他针灸，但从未紧张到手抖过。他扎针时，悄悄看了她几眼，她脸色苍白，脸上全是水，分不清是汗还是眼泪，嘴里不时哼哼两声，模样真叫人心疼。他像哄孩子似的，说：“马上就好了，你再忍一忍，一会儿肚子就不疼了。”

他的声音温柔得不像话，知非目光看向他。

修羽调整好了最后一针的位置，放开手，说：“没事了。”

知非终于看清了自己的身体，扎了十几针，感觉像只刺猬，不过肚子确实不像刚才那么剧痛难忍了。

修羽说：“你别动，还要再忍一忍。”他拿起手帕给她擦了擦脸上的汗，她额头的头发都湿了，黏在了脸上，他用手轻轻捏起来掖在耳后。

月光下，她只穿了文胸，皮肤很白，白得发光。

知非动了动苍白的嘴唇，修羽知道她是渴了，拿过自己的保温杯，倒了杯水喂她喝水，说：“等你好了，咱们就回营地。”

“修羽。”

“嗯？”

“我刚刚还以为我会疼死在这里。”

修羽顿了一下，极其冷静地说：“不会的，你将来会比我活得久。”

夜已深沉，偶有小赤羚站起来，叫几声，是在找奶喝。

知非的肚子不疼了，修羽取下了针。知非穿好了衣服，刚才的疼痛几乎让她精疲力尽，现在只觉得万般疲惫。她下了车，深深呼吸了几口，确定确实不疼了。

她记得曾经有人说过，针灸是最高明的医疗手段之一，以前她是不信的，现在看来果然是速效：“效之信，若风之吹云……”

修羽接口道：“你说的这句话出自《黄帝内经》，效之信，若风之吹云，明乎若见苍天。说的是针灸的效果，因为针灸是作用在穴位上，通过经络传导的作用，外联着皮毛四肢，内系着五脏六腑，尤其对一些急症，像急性疼痛、痉挛、炎症、腰痛、肚子痛、头痛、胃痛、颈痛、三叉神经痛，基本上能做到针入痛止，还有一些比如治疗急性哮喘啦，小儿高烧发热啦……”修羽是一个一谈起医学就滔滔不绝的人。

“也就是说，针灸不仅能治疗机能性疾病，还能治疗实质性脏器系统毁损？”

“在很多人看来，这不可能，一根小小的针怎么可能治疗实质性脏器系统毁损……”他顿了一下，想到她刚刚病好，况且跟她说阳化气，阴成形，她也听不懂，现代医学最反感的就是这些无形的东西，于是换了个语气道，“针灸有两千多年的历史……两千年前来，在临床上创造了数不清的医学奇迹。”

知非如果没有接受过针灸治疗依旧会嗤之以鼻，但是现在，她确实心服口服，她看着他，他的身影很高大，像树，他的眼睛很明亮，像北极星。

有风吹过，修羽伸开双臂像要拥抱风。她眯着眼睛，看看修羽，又看了看天上的北极星。

他突然问：“知非，你相信人死后会有灵魂吗？”

知非说：“从医学角度来讲，是不存在的。不过，从情感的角度来说，我希望是真的，那样的话，我将来就能见到我的父亲。”

修羽低着头笑笑，再一次伸开手臂，将风揽入怀中。

知非问他：“你在笑什么？”

修羽说：“我希望传说是真的。”

第40章　母亲的帮助

第二天一早，吃了早饭之后，他们从营地里离开。

车子迎着朝阳在草原上飞驰，羚羊、大象、蓝天、白云。知非偶尔停下车拍几张照片，但是修羽从不帮她，连相机也不会帮她拿。

快出草原了，知非主动提出来，让修羽帮她拍张照片。

修羽斟酌了一下，说："我不会拍照。"

知非抬头，说："镜头对着我，按下快门就行了。"

修羽说："你选个自动拍照模式，放在车头上。"

知非便调整成自动拍照模式，将相机放在车头，面向草原，侧头微笑。修羽坐在车里，看着她。她穿着工装，风吹起她的头发，又美又飒。清空之下，旷野里是奔跑的赤羚。拍完了照片，车子继续前行，两人都没再说话了，知非抱着相机一张张地翻看，修羽目光笔直地看着前方。知非看完了照片，放下相机，无意中看了一眼修羽，发现他正看着自己，就不生气了，靠在座椅的靠背上，闭目养神。她昨夜跟莎莉睡一个屋子，睡得不好，莎莉一直打呼噜，现在她的脑子昏沉沉的。

等她睡着的时候，修羽停车拿了个薄毯给她盖上，想起去接她来穆萨城那天夜里，他还用这条毛毯绑过她，不由得笑了笑。

中午停车吃饭，还是昨天的中餐馆。知非去了趟洗手间，从洗手间出来，忽见迎面走过来的人用英语朝她打了个招呼：“嗨，美女，请问你是中国人还是日本、韩国人？”

知非看了他一眼，这个男人大概二十来岁，很潮的打扮，染着一头白发，戴着耳钉，脸应该是动过刀，下巴很尖，她在网上见过，是个网红博主。

知非对他没什么兴趣，爱答不理的。

男人以为她是日本人，立即切换了日语模式，夸夸其谈地自我介绍，知非想走，却被他挡住：“美女，别走啊，咱们都是亚洲人，一衣带水的邻居，遇上了就缘分，用Facebook吗？加个账号……”

知非说：“请你让开。”

男人拉着知非说：“原来你是中国人啊，太好了，居然在这里碰到同胞，缘分缘分，我叫良宵认识一下，你也是来拍短片，还是旅行社过来踩点？”

知非保持着刻意的疏离，目光很冷地看着他。

“别这样嘛，美女，难得遇上，遇上就是缘分，要不加一下微信？我们微信上聊，我就住在旁边的酒店里，下午有事吗？不如去酒店我的房间里坐坐？”

知非很平静地看着他说：“让开。”

“啊？美女，别这样，我是真心想跟你进一步好好聊聊，旅途寂寞，相互温暖……”

知非没等他把话说完，提起膝盖，对着他的要害部位撞了过去，良宵龇牙咧嘴地惨叫了一声，蹲在了地上。

知非回到了餐厅，修羽正在跟一个身穿浅紫色长裙，低开胸，顶着一头蓬松长发的女人说话。女人的眼神妩媚又勾人，身体靠在餐桌边，扭成S形，搔首弄姿，又是撒娇又是发嗲。

听到脚步声，修羽回过头，看到了知非，一副求救的眼神，冲她说：“知医生，这位女士是从国内过来的，到了这边之后总是水土不服，你给她看看。”

知非径直走过来，坐下之后，才说：“身体不舒服就去诊所，附近又不是没有诊所。”

女人倒是识相，自我解嘲地笑着，道：“原来这边还有诊所啊，我还以为连医院都没有。”

知非不咸不淡地说：“你以为到了原始社会？”

对方感觉到了来者不善：“我就不打扰你们了，走了。”说罢，施施然地走了，经过修羽时，身体轻轻碰了他一下，在他耳边轻声道，“我就住在旁边的酒店，吃完饭来找我，我等你。”

修羽没理她，他看着知非。女人一走，知非继续垂着眼皮坐着，好像生了很大的气。修羽在她对面坐下，他头一次看到她对病人表现出冷漠，以往只要有病人，不论什么情况，她都会立即进入工作状态，今天的反常举动，竟让他挺开心的，他低声问：“生气了？”

知非垂着眼眸：“我生什么气？我只是提醒她，有病去医院看病，餐馆又不是人均医生的水平。”

“还是生气了。”

知非抬起眼眸，眼睛定定地看着他，放低了声音：“修队，人家约你去酒店她的房间坐坐，我没听错吧？看样子，我来得不是时候啊，打扰到你们了。下午几点回？我在车里等你，还是在饭店里等你？”

修羽笑了笑，声音也很低："你说错了，我心里一直在盼望着你早点回来，幸亏你早回来，不然还真不好办，我总不能对一个女人动手吧？"

知非冷笑着看他。他突然有了一种冲动，手不知不觉就伸了过去，握住她的手。知非顿时僵住，只觉得心脏怦怦地跳。老板送菜过来，她用了好大的力气，才把手抽了出来。

老板低声道："那女的，还有她男朋友，两人都不是什么好东西，都已经来这边快一个月了，也不知道是干什么的，动不动就在我这小饭店里晃悠，遇到长得好看的，就上去跟人搭讪，女的这样，男的也这样，别理他们。"老板说完走了，知非想起了在卫生间门口遇到的良宵，修羽扫了她一眼，道："难怪你去了趟洗手间那么久，是不是被老板口中的男人给骚扰了？"

"我说是的话，你打算怎么办？"

"你是说我保护不了你？"

"你怎么保护我？找他打一架？你不会这么干，也不能这么干。"

修羽放下筷子上楼去了，知非没有动，看着他的背影，楼上有说话的声音，隔着太远听不清，不像是吵架或者要动手的样子。过了大约三分钟，修羽回来了，坐下来，拿起筷子对她说："吃饭。"

知非摸了摸自己的额头："你跟他说什么了？"

修羽没回答她。

"不是说保护我嘛，都不让我知道你是怎么保护我的？"

修羽筷子停了一下，望着她，说："我跟他说，你是我的女人。"

知非想，他怎么能这么理直气壮地把这句话当着她的面说出来的？可为啥她居然有些高兴呢。

吃完饭又是赶路，知非望着车窗外，似乎比来时的风景更好了，天更蓝，云更白，风更轻。

这段时间，夏楠出奇的忙，每天早出晚归，似乎只有沉浸在工作里，才能不那么难受。知非的事已经传遍了医院，大家虽然表面上客客气气，但是私底却在议论她临阵退缩。总队长陈明宇打过电话给她，说把她安排去别的医院，她拒绝了，她说她哪儿都不去，就在这里，对自己做过的事负责，在哪里跌倒就要在哪里爬起来。她憋着一口气，用加倍的工作量来惩罚自己。

她跟齐天自打知非这件事之后就没再联系了。每天睡前，她都会翻翻手机，看有没有齐天的留言，可惜他的头像从那天起就很安静，朋友圈没有更新，他也没再来医院。超市老板倒是隔三差五过来送补给。夏楠想，也许她再也看不见他了。

自打草原回来之后，修羽也很少来医院。

知非从新闻上看到，自上次恐怖分子工厂劫持人质事件发生的一个月后，反政府武装组织头目马布里突然复活宣称对此事负责，并组织了一起公共汽车爆炸事件，导致数十人丧生，事件再次升级。每天夜里都能听到枪声，每天都有受伤的平民被送进医院，每天的气氛都很紧张。

知非的药物副作用越来越明显，除了呕吐之外，开始出现脱发，精神状态很差，但她依然坚持每天坐诊8个小时。

连体婴儿出生快一个月了，一直是张潜在照顾，由于早产，孩子的状态很不好，张潜忧心忡忡地跟知非说，如果不能尽快手术的话，可能两个孩子都保不住。

知非心里很着急，可现在有什么办法，她根本不能上手术台，她想，如果检测的结果是阴性，她第一件事，就是安排连体婴儿的手术。

28天终于到了。

这天清早，她早早就醒了，因为药物反应，加上精神压力太大，她夜里睡得不好，睁开眼睛，发现夏楠也醒了，正躺在床上侧着身体看着她。

“醒了？感觉怎么样？”

知非胃中翻涌，干呕了两声。

夏楠赶紧过去，给她倒水，拍背：“一会儿我陪你去传染科。”

看她这段时间每天闷闷不乐，知非心里也不好受。

夏楠说：“你再躺一会儿，我去餐厅给你带点吃的回来。”

知非看了看床头的台历，用红笔勾出了8号床病人的生日，产妇生下连体婴儿之后，病情开始越发严重，多处器官已经衰竭。她给超市老板打了个电话，订了生日蛋糕。

夏楠去了餐厅潦草地吃了几口饭，带着早餐回到宿舍，听到她在电话里说生日蛋糕，问：“谁的生日。”

知非说：“8号床的病人。”

“这个病人太可怜了，从住院到现在没有一个亲人过来看过她，她快不行了，走也就是这一两天的事……她之前还心存侥幸，想在活着的时候，看到孩子能成功分离……”

知非心里一酸，埋头吃饭，吃了两口又吐了，索性不吃了。

这时有人敲门，门外在喊：“夏医生，刚来了个妊高症的孕妇，你快去看看吧。”

夏楠犹豫了一下，知非说：“赶紧去吧，我自己去传染科就行。”夏楠拿起白大褂，跑了出去。

知非自己一个人悄悄去传染科做检测，叮嘱传染科的医生，有了结果马上告诉她。从传染科出来，她抬头看了看毒辣的太阳，闭上眼睛，轻轻叹了口气，要说不紧张是不可能的，她还年轻，还有很多事想要做，一旦是阳性那么很多的事就将搁浅，她也将永远告别手术台。

下午，传染科通知她去拿检查单，她心情忐忑地走过去，门口逆光中，修羽站在那里等她，轻声道："不管怎么样，都有我呢，我会陪着你的。"

医生把检查单递给她，她看到上面显示的"阴性"终于松了口气。

走到门口，她一把抱住修羽，潸然泪下："没事，我没事……"

跑过来的夏楠，顿住脚步，远远地看着他们，听见知非的喃喃声，她靠着墙壁慢慢蹲在了地上，憋在胸口的眼泪喷薄而出……匆匆赶过来的木兰和小龙、张潜、谢晟也都停住了脚步，大家都松了口气。

张潜递了一张手帕给夏楠："好了，别哭了。"

"别管我。"夏楠拿着手帕擦了擦眼泪说，"我就是想哭。"

正说着，有医护人员在急匆匆往楼下跑，木兰抓住一名护士问："怎么回事？"

护士说："是8号床的病人，快要不行了。"

知非和夏楠推着生日蛋糕进门，那名HIV感染产妇虚弱地躺在病床上。知非走到了病床前，俯下身体，轻声说："生日快乐，许个愿吧。"

产妇噙着泪水，闭上眼睛，嘴巴微微动了几下。听不见她在说什么，但知非知道她一定在说孩子的分离手术。

所有人肃穆地站着，突然耳边传来监控器划出直线的声音。

一个月来，知非几乎每天都在想着孩子的手术，为确保手术的万无一失，光是手术方案都已经来来回回做了好多次。

晚饭后，她来到连体婴儿的病房，张潜正站在孩子的病床前低着头一言不发。最近两天孩子的情况不好，一直在吐奶，可知非才刚刚解除了HIV的风险，药物的副作用还严重影响着身体健康，他不想影响到她。

知非一看张潜的表情就知道事情的严重性，问他："张医生，孩子情况怎么样？"

"一直没跟你说……孩子的情况……不好。心脏彩超提示孩子有先天性心脏病。"

"怎么不早告诉我？"

"我想告诉你，可你之前药物反应很强烈，就算让你知道了，你也是干着急。"

"你就告诉我，现在孩子的情况到底怎么样？"

"孩子的下体到上腹部连在一起，肝脏，胸骨、胸腔、腹腔完全粘连，现在心脏出问题的是稍小一些的孩子。简单来说，现在孩子已经到了必须手术的时候，否则孩子会很危险……"

他话还没说完，知非已经跑了出去。

来领产妇尸体的是产妇的远房亲戚。正准备出发，被知非拦住了。知非简单说明了情况，家属不愿听，叫她不要挡路，说："孩子放弃治疗。我们问过别的医生，说连体婴儿分离手术在我们国家就从来没有成功过。在我们这里有个传说，上辈子大仇大恨的两个人，转世轮回都不放过彼此，这辈子才会投胎成连体婴儿，要么同归于尽，要么你死我活，我们附近的人听说我们家生了个连体人，都在骂我们，说我们是恶人，才会把一对仇人带到这个世界上。”

“这些都是谣言，什么大仇大恨的两个人转世轮回，是不科学的。简单来说连体婴儿是一种极为罕见的妊娠现象，母体受精卵细胞在分裂时连得太紧未能完全分开，造成部分肢体相连，其中一胎儿寄生在另一胎儿中，两个胎儿共用一部分器官。连体婴儿的发病率为5万~10万个妊娠中出现一例，其中大多数还在胚胎时或者出生后就死亡了，根据全世界目前的统计情况，只有20万分之一的连体婴儿出生后仍存活，而这些连体婴儿能接受手术的病例更少，成功接受分离手术存活下来的更是罕见，这就是你说的没有成功过的例子。”

“好了好了，医生你别说了，既然存活罕见，为什么还要花费时间和金钱来治疗？”

“可这是孩子母亲的遗愿。”

家属都不说话了。

知非说：“在孕妇妊娠的前3个月里，胎儿受外界环境的影响很大，如果是在高温、噪声、电磁辐射、多铅的环境中，胎儿容易畸形。”

众人震惊地看着知非，当中一人小心翼翼地说道：“我们问过医生，HIV母婴传染的可能性非常大，就算是手术分离成功，将来再查出孩子感染了HIV，那不还是活不下去。”

“HIV在孕妇没有经过系统的治疗情况下，传染给下一代的概率大约是30%，孩子的HIV检测结果早就有了，是阴性，这点你放心，可以很肯定地告诉你们，现在孩子不是HIV携带者。”

众人还是摇头："就算没有感染HIV，就算手术分离成功了，可大家都知道他们出生的时候是连体，到时候没有人看得起他们，他们活得生不如死，再有什么并发症，我们没有钱给他们治病，还不是一样活不久。医生，生活已经很艰难了，为什么还要徒增烦恼？"

"从孩子出生以后，你们都没有看过他们。现在孩子体重增加了2000克，身高各自长了5厘米和3厘米，去看看他们吧。"

众人不说话。

"分离手术的风险确实很大，孩子将来会不会留下永久性后遗症，我也不能保证，但即便有，我们也会有针对性治疗。我希望你们不要放弃他们，也不要再犹豫了，尽快做决定，我们好尽快安排手术。"

有人被知非说动了，愿意跟她去看看孩子。

知非看着手术同意书，长长出了一口气，她又去了婴儿监护室。

张潸看她走过来，激动地问："怎么样怎么样，家属签字了？"

知非点头，问："孩子情况怎么样？"

"目前很稳定。"

"知医生，什么时候安排给孩子手术？"

知非想了想："你先继续监控孩子的生命体征，晚点时间再讨论手术的问题。"

张潸一把拉住往外走的知非："为什么？为什么晚点时间再讨论手术的问题，孩子的手术方案你不都已经做好了吗。不会是家属还有什么别的想法吧？"

知非揉了揉太阳穴："手术同意书都签了。"

“那你到底在担心什么？你的手术成功率很高，在这边也是有口皆碑的啊。”

知非哭笑不得：“但我也不能确保，手术中不会出现意外情况啊。”

“那……”

“闭嘴！”知非无可奈何地吼了他一声，“不是家属的问题，现在是我的问题，连体婴儿分离手术难度非常大，我现在做的这个手术方案，还需要跟有连体婴儿手术分离经验的医生讨论一下。我们是医生，要严谨，我不想手术有任何意外。”

张潜语气缓和了一下：“是跟国内的医生讨论吗？”

知非默默走到孩子跟前，看了两个相连的小婴儿，轻轻叹了口气，低声道：“孩子还那么小，后天就一个月了，可这么长时间他们都在病房里，没有看过蓝天白云，也没见过鸟兽虫鱼，甚至连室外新鲜的空气都没有呼吸过。我希望他们将来能够拥有享受这一切的权利。”

“会的。”张潜说。

夜里，知非做了一个梦，她梦见手术中孩子心跳骤停，她用尽了一切抢救的办法都没能把孩子抢救回来。手术里的医护人员都走了，她一个人蹲在角落里难过地哭，突然面前出现了一双脚，她抬头，发现是孩子的母亲出现在眼前，问她：“为什么不救救我的孩子？”

知非被她问得更加伤心，说：“我尽力了。”

孩子母亲冷笑着问：“你真的尽力了吗？”

她打了个激灵，从床上坐了起来，身上起了一层的汗，外头的天还是黑的，只有隐隐的月光透过窗帘照了进来，她因为紧张大口大口地呼吸着。

夏楠最近睡眠特别浅，被她惊醒了，揉着眼睛坐起来，开了灯，问她："是不是做噩梦了？"看她肩膀不住地耸动着，起身走过去，拍了拍她的后背，问，"是因为给连体婴儿手术的事？"

知非没说话。

夏楠说："你还记得吗？从1996年至今我们民大附属医院一共成功分离过四例连体婴儿手术案例，这四例手术，你妈妈都参与过。其中两例是她主刀完成的。"说到这里，夏楠递了张面纸过去，"这边医疗条件有限，新生婴儿的手术要格外慎重，你又没有给连体婴儿手术分离的经验，所以要不要跟阿姨商量一下手术方案？"顿了一下又说，"或者，我负责跟阿姨沟通。"

知非低着头没说话。

夏楠正要说话，知非放在床头的手机突然响了。

夏楠看了一眼来电显示，赫然的"柳主任"三个字。知非皱皱眉，她已经很久没有跟母亲联系了，即便是她得了疟疾，病得很重的时候，她都没有打过一次电话给妈妈，她手术暴露服用阻断药期间，也是一个电话没有打过，她不相信陈伯伯没有通知母亲，她只不过就是不关心她罢了！以前即便打电话给自己，也都是找她吵架，从来没有关心过她一句。

她看了一眼手机上的时间凌晨2点3分，这么晚打电话过来，不知道是不是后知后觉看了网上黑她的言论，又来找她吵架，她不想接。夏楠看她没有接电话的打算，伸手拿过了电话，递到知非的面前，说："接吧。"知非没说话，夏楠按了免提。

"喂！"柳时冰略带疲惫的声音从电话那头传了过来，她没有任何多余的废话，直接说事，"我刚从手术台上下来，夏楠把你做的连体婴儿手术方案、孩子病历、检查单都发给我了，我看完了。”

知非精神抖擞地说：“我在听。”

“两个孩子的肝脏原本应该是两个，现在其中一个孩子的肝脏跑到了另一个孩子的肝脏里面，而另一个孩子的肝脏表面又将那个孩子肝脏包了起来，两个肝脏相互包绕，还有连接处的胆囊、肛门，分离时稍有不慎就会造成重大损伤，所以说分离手术不仅仅是肝脏的分开，还有各自器官的归属，都要精准地切分，确保血管的完整。分离胸骨、胸腔也很困难，胸骨要正中分离，手术必须要一再小心。另外还有腹壁的粘连，分离之后，要进行皮肤填补，最佳的方案是使用孩子自己的皮肤补上，因为如果使用补片的话很可能造成后期感染和后遗症。还有孩子的肚脐只有一个，要一分为二，后期再进行手术修复，形成两个完整的肚脐。连体婴儿的分离手术难度非常大，你的方案我看完了，做得不错，基本上我提到的问题，你都有想到。我要提醒你的是分离手术还有很关键的一点是麻醉，我不知道你那里有没有能够完成这样一例复杂手术的麻醉师。两个孩子只能侧卧，距离又很近，麻醉插管必须快，麻醉剂的使用跟孩子的身体重量有关，可是两个孩子的体重又各不相同，而且两个孩子的肝脏部分也会有血管相通，这就会造成麻醉剂进入一个孩子身体的同时，也会进入另一个孩子的体内，对麻醉师来说要精准使用麻药。”

知非：“这些我都非常清楚，但是……”

“但是什么？”

“但是，我没有一个完整的医疗团队，这样一台复杂的手术，不是一个人凭一腔热血就能完成的，我详细做了手术方案，我只是想让家属赶紧签了手术同意书，但我并没有为能否实现真正考虑过，你比我想得周全。”

柳时冰是一贯冷静的口吻：“医疗团队我有，你需要的话，我可以借给你。其他的你不用多想，我来安排。”

知非愣住了，她没料到母亲这么干脆，过了一会儿，她说：“好。”

电话就这样挂断了，知非坐在床上，想了两分钟。

夏楠递了杯水过来，知非抬起头，接过水杯。和母亲通电话，总是心潮起伏无法平静，现在她嘴里发干，只想喝水。知非捧着杯子，手指牢牢地抓住杯子的手柄，抬头看着夏楠，眼神里尽是迷茫：“我总感觉好像不太对。”

夏楠问：“哪里不对？”

知非说：“她……柳主任……好像突然关心起我了，她还说借医疗团队给我。可是，这里是Z国，医疗团队怎么过来？我……我确实很想救那两个婴儿，我很想做连体婴儿的分离手术，我渴望这样的机会，想挑战自己，可实际上，我对手术并没有足够的信心。我没有信心让两个孩子都康复。我当初凭什么认为自己一个人就能完成那样一台复杂的手术？真是自信过了头。”她越说声音越低。

“你不是自信过头，你只是一心想治病救人。非非，其实从小我就知道你跟我和我身边的人都不一样，你从小就有目标，只要你想做的事，你一定能完成，你是一个十分自律，并且有伟大追求的人。不像大多数人妥协生活，也不像我得过且过，你无论遇到多大的困难，都会尽力去克服。你是好医生，好大夫，最好的那种。”

“你不用安慰我，我心里清楚，我就是太盲目自信，不然基维丹也不会……”知非沉沉地叹了口气，基维丹的各个功能都在衰竭，正在慢慢地滑向死神，她睫毛一颤，眼泪滴了下去。

“如果每个病人都能救回来，那这个世上只有出生没有死亡，不太现实。你已经是你这个年龄最顶尖的医生。你不知道在我们民大附属医院，所有的医护人员都特别佩服你。你挽救了很多的生命，有那么多的病人家属感激你，不要妄自菲薄啊。”

知非有些吃惊：“这怎么可能？大家不都是背后议论我靠着柳主任才在科室里站住脚的吗。”

“那是你刚来医院的时候，大家对你不了解才那样说的。等大家了解你之后，就不这么想了。你那么大的手术量，在你们科室的手术量排名仅次于柳主任。阿姨在大家心中可是神一样的存在，而你是接棒的那个神，大家都说你是将门虎女，未来的成就必定不会比柳主任低。”

知非的心情并没有因为这样好那么一点点：“我未必做得到她那样。我以为即便是我向她求助，她也不会帮我。可没想到她竟然主动帮我，我在想，从前我为什么那么自负地认为当初她对我进她的科室设置的考核只是针对我，病人对我投诉，她在例会上当众批评我，也是针对我。为什么我总是觉得她在针对我？”她把头埋在膝盖上。

“我听我妈说，阿姨在带学生的时候，经常拿你做的手术作为案例讲解。她其实很在乎你的。”

知非摇摇头：“你可能不知道，她跟我讲的都是别人做的手术案例。”

“这是在变相激励你，我妈说每个母亲对孩子表达爱的方式都不一样，像柳阿姨，她自己兢兢业业，也希望你能在医学上有所成就，她是严母；而我妈，一个平平无奇的女人，在医学方面的成就远不如柳阿姨，工作上也没有那么拼，所以也不会高标准严要求我。我三岁之前得过一次脑炎，昏迷了三天，差点命就没了，我妈说她当时在重症监护室的门外看着我，发誓说，只要我能活下去，往后余生我想干什么就干什么。”

知非愕然地抬头看着夏楠，尽管跟她认识那么久，却从未听她说过这些。

“她的确兑现了自己的承诺，我好了之后，她对我施行了放养政策，小时候我在外面跟小男孩们疯玩一天，衣服弄得一团脏，她顶多说怎么脏兮兮的，手上全是细菌，就让我立即洗手吃饭。不管我弄成什么样回家，她都没骂过我一句。对我的学习也很放松，可能她从医生的角度认为，我小时得过脑炎，又很严重，有可能对智力造成了一定的影响，所以在学习上，从不要求我。如果我遇到不懂的难题，不是让我一定要搞懂，反而安慰我，不懂就放下，做会做的题。成绩考得不好，也从不骂我，只要不是班级倒数第一，我妈就很高兴。以至于我初中高中，成绩一直中游水平，我妈还挺震惊的，可能后来也渐渐意识，其实也倒还可以对我有所要求的，于是到了高考的时候，让我必须考医学院，这是我父母唯一一次对我有所要求，我还不答应闹了一场离家出走。”

对于那次离家出走，知非至今记忆犹新。

“其实我挺佩服你的，你从小就有极强的自律，所以能吸引我跟你做朋友。我也想自律，但是我做不到。”夏楠换了个语气，“我知道你这段时间所有的心思都在连体婴儿分离手术上，我也在网上看了很多资料，希望能帮助到你，可我越研究就越觉得这种复杂的大型手术必须要有成熟的医疗团队支持。我把你的手术方案拍下来，发给了阿姨，她有经验，对手术会有帮助。”

知非愣怔地看着夏楠，好半天没有说话。短短一个月的时间，她的变化是惊人的，从前那个叽叽喳喳，爱抱怨的夏楠不见了，现在是任劳任怨的夏楠。现在夏楠在手术室的时间比她以前还要长。知非仔细看了看她，以前那个婴儿肥的脸，都瘦出了尖下巴，眼窝也有点深陷。这个月，她备受阻断药副作用的折磨，而夏楠受到的折磨一点也不比她少，有好几次半夜她醒来都听到夏楠在偷偷地哭。

她喝完了杯子里的水，将杯子放在床头的柜子上，转身冲夏楠说：“放心吧，手术一定会成功。”看了时间，“还有两个小时天就亮了，赶紧休息，明天还有很多的病人在等着我们。”

第41章　欢喜冤家几多愁

一大早，知非就得到消息说母亲会带两名医生过来，到了新礼之后，维和部队方面会直接派车过去接他们来穆萨城中心教学医院。

知非和夏楠刚下楼，就看见两辆猛士车停在了医院门口，母亲和修羽一边下车一边说话，冉毅意将行李从车上搬下来。还来了两名医生，也都是民大附属医院的，一个是美容科的李医生，一个是麻醉师周医生。

夏楠一看赶紧挥手："阿姨、李医生、周医生，你们好。"

知非在原地愣了一下，淡淡打了个招呼："李医生，周医生……妈。"

周医生从小看着知非长大，慈爱地点点头，李医生很年轻，虽然在医院里见过，但是不熟。柳时冰看了看知非又看了看夏楠，表情很平静看不出任何的情绪，就跟无数次在医院里见面时一模一样。夏楠大步过去挽起柳时冰的手臂："柳阿姨，我还以为你们要后半夜才能到，现在刚好是吃饭时间，一路上奔波，肯定是吃不好睡不好，走，带您去餐厅用餐……"

"不急。"柳时冰打断她，"我来这边的时间有限，现在就带我去病房看病人。"

夏楠看向知非，知非没说话，她跟修羽站得近。修羽现在终于知道知非的脾气像谁了，简直跟柳时冰一模一样。刚才柳主任在他的车上，几乎电话不断，有她带的博士打来讨论病案的，也有科室打来告诉她病人的片子出来了的，也有医生打来商量手术方案的，还有的是病人家属打过来的……并且她路上跟李医生、周医生讨论了连体婴儿的手术方案。她每句话都直奔主题，没有任何的废话，像极了第一次见面时知非给他的印象。

知非说："我们做了一下午的手术，饿了，想吃完饭再讨论病情。为了节约时间，就不陪你们上去了，病房在3楼，走到底的最后一间，一会儿我们二楼会议室见。"知非的话刚说完，一阵静默，其他人都目瞪口呆地看着这对母女。

夏楠赶紧道："我还不饿，阿姨、周医生、李医生，我带你们上去，这边请。冉毅意，你把行李先送到我的办公室。"

柳时冰已经迈步朝医院走去，夏楠赶紧追上去，问："阿姨，陈伯伯怎么没跟你们一起过来？"

柳时冰道："他下午临时有事，晚点到。"

"哦哦。"夏楠前头带路走得飞快。

知非正往餐厅走，修羽追了上去，听见脚步声知非回头："有事么？"

修羽道："有几句话想跟你说。"

知非便停住脚步，望着他。

"柳主任还是挺关心你的，在路上几次问到你的情况……"

"她不用知道。我得了疟疾她都没打电话过来，我职业暴露服用阻断药期间，她也没打过电话。"

"这不是你的真实想法。"

“你错了，这就是我的真实想法，而且你可能不知道，这么多年，我们一直都是这样的相处方式。”她看着修羽，“还有别的事吗？没有的话我去吃饭了。”

“有！”

她抬起眸看着他，很冷淡的表情，倒不是针对修羽，而是今天突然见到了母亲，心情有些复杂。

她的冷漠让他很揪心，他轻轻握住她的手：“不要像刺猬一样，无论是对柳主任，还是对我。”

“不要把你跟她放在一起。”知非有些烦躁，“我饿了，我要去吃饭……”

“我把自己跟她放在一起，是因为我跟她一样关心你。”

“你跟她一样？你知道她什么样吗？”她极其讽刺地笑笑，“你根本不了解她。”

“知非你有没有想过，可能是你误会她了？”

知非抚额：“我误会她？我从来没有误会她，是你们误会她了，她在外人面前故意表示出关心我，好像我们母女关系并不恶劣，实际上她从来没有主动问过我病情怎么样？哪里不舒服？连最最基本的问候都没有，现在你还会说她关心我吗？”

修羽看了她半天，才说：“以后，我来关心你。”

知非愣怔了很久没有说话。

“去吃饭吧，接下来有一场硬仗在等着你。”

知非吃完了饭，又回到了连体婴儿的病房，病房里没人，柳时冰一行已经离开了。知非正在观察孩子的各项监护数据，值班护士走过来，轻声跟她说：“知医生，你怎么才来？刚刚病房来了个中国医生好厉害……”

知非问："她干什么了？"

"她给孩子做了检查，嘱咐了我和张医生很多关于连体婴儿护理方面的注意事项，我都记下来了。我们张医生对她可是言听计从，还有谢医生，看她的眼神简直就是充满了崇拜。"

知非实事求是地说："她是连体婴儿分离手术方面的最好医生，她远比我们有经验，之后孩子的手术也会是她来做……没有人比她更合适。"

"可是……"护士有些不理解，"你是孩子的主治医生啊，手术不是你来做么……"

"做手术不是做实验。我们是医生！医生的行为准则是治病救人，在手术这件事上，确保万无一失，是对病人最基本的负责。"

"我明白，知非医生，可你也很厉害啊，没必要换医生手术吧。"

知非看着熟睡的孩子，说："不管换不换，也不管最后给孩子做手术的是谁，我们都会给孩子最好的治疗，确保他们健康地活下来。"

护士点点头，没再说什么了，而门外的修羽听完了这句话，轻轻嘘了一口气。张潜急匆匆过来，跟他打了个招呼，问他有没有看到知非，他指了指病房。

张潜推开门冲病房里的知非说："知非，柳主任通知一刻钟后去会议室开会。"张潜说完话就跑了。

会议室里只有柳时冰一个人，别人都去吃饭了，她没去。她有个习惯，遇到这样的大手术，非得把病情整理得清清楚楚才能坐下来安安心心地吃饭。这些年一直如此，她吃了点巧克力就投入到工作当中了。电话一直在响，又不能不接："好，病人的情况我已经了解了，我在Z国待三天，三天之后回国，好，你去找护士长，让她给你安排……就这样。”她刚挂了电话，电话又响了，她只好又接起来：“喂，孙老，你好你好，对对，我现在不在国内……”

这时，有人敲门，接着门推开了，进来的是知非，柳时冰看了她一眼，继续说电话：“放心，到时候手术将由我亲自来做……情况我的助手都了解，我不在国内的时候你找他沟通。”

知非在门口站了五分钟，她一个又一个的电话响不停，不是安排手术就是讨论方案，还有处理病人家属的情绪，还是跟小时候记忆中的一模一样，但是跟小时候不一样的是她明显比以前老了，鬓角已经有了白发。

知非自打回国后，就从家里搬了出去，除了工作几乎很少再有跟母亲单独相处的机会。一直知道她忙，可没想到到了这里，她还是既没有休息，又没有吃饭，接连不断在处理病人的事情。她手边的水杯已经空了，放到嘴边又放下。

知非走过去，拿起杯子，直接去倒了杯水给她，然后假装不经意地往她面前推了推。柳时冰抬头看了她一眼，端起杯子喝了一口，继续说电话，言简意赅地结束通话之后，按了关机，问知非：“连体婴儿之前一直是你负责？”

“算是吧。”

“是就是，不是就不是。”

知非平时跟柳时冰不对付，但是工作上的事绝不含糊，她分得清清楚楚：“张医生是新生儿科的医生，比我有经验，我跟他一同负责，在我解除了HIV高风险之后，孩子一直是由我负责。”

柳时冰很冷静地听她把话说完，望着她的眼说：“好，会议由你来主讲。”

“既然你来了，手术就交由你和你的医疗团队来负责，我和张医生会全力配合。”

“首先我带医疗团队过来，是配合你来完成这样一台连体婴儿分离手术，而不是替代你来完成这样一台手术，这点你要明白。并且你已经负责两个小婴儿那么久了，比我更了解病情。除非你告诉我没有信心，没有能力来完成这样一台手术。”

知非还是很吃惊的，在国内的时候，这种话母亲对别的医生说过，但她从来都没有跟自己说过。知非听到最后一句话的时候，条件反射地说：“我有信心也有能力来完成这台手术，孩子的母亲是我的病人，手术也是我做的，一直到病人去世前我都有参与治疗。我是中国医生，医疗队代表的是中国形象，在这边做的每一台手术，接触到的每一个病人，都传递着中国的态度。”

柳时冰望着她，目光有些复杂，过了一会儿，移开视线，终于点了点头。她确实长大了！她想。柳时冰牵了牵嘴角：“医院的基础设施很差，比不了国内。我刚刚去了一趟胸外科，医疗队能把胸外科发展起来很不容易，你一定花了很多心血。”她看了看时间，又转移到手术的话题上，“你准备一下，会议马上开始，我在这边还有三天的时间，其中一个孩子的心脏有问题，越早做分离手术，风险就越低。”

知非咬了咬嘴唇：“手术交给我您真的放心？”

柳时冰平静地说：“你对孩子的病情最了解，在专业方面技术过硬。”

知非没再说话了，着手准备开会的资料，这是母亲头一次肯定她，她有点高兴。

三分钟后，其余的医生陆陆续续地进门，会议开始前，陈明宇和院长克立斯也到达了会议室。

陈明宇简短地说了几句："柳主任在决定来Z国之前，我征求过她的意见，她坚持手术由知非医生负责，她和李医生、周医生全力配合。专家们长途跋涉过来配合诸位的手术，大家要齐心协力成功完成它。"

克立斯说："连体婴儿分离手术在世界上属于医学难题，这次是Z国国内的首例连体婴儿分离手术，术后会有媒体的采访，希望通过这台由专家助阵的手术，加固中Z的友谊桥梁，医院方面，确保各项基础设施的供应，不断电不停水。"

知非从座位上站起来，道："现在，我给诸位介绍连体婴儿的情况……"

知非站在手术台前，摄像机正在记录手术的进展。

孩子的手术还在继续，知非偏过头，护士给她擦完汗，她继续手术，刚刚劈开胸骨，她就开始紧张了。

柳时冰牢牢地注视着她的一举一动，马上说道："别紧张，你做得很好，操作非常完美。"

知非瞥了她一眼，低头继续手术。

柳时冰："注意血管……分离的时候要小心……仔细看，这条血管的位置，它属于另一个孩子……放松，放松，手不要抖……这里稳住……"

连续十几个小时的手术，终于结束了。周围响起了掌声，柳时冰也轻轻拍了拍她，赞许道："手术做得很好。"

知非被她表扬，有些不习惯。

两个婴儿被推出了手术室，别的医护也都出去了，手术室里只剩下知非和夏楠两个，夏楠早已经腰酸背痛，靠在墙上按着酸疼的肩膀，感慨道："非非，你真的太牛了，那么复杂的一台手术，我从头到尾悬着一颗心，你却如鱼得水一点都不紧张。"

结束了紧张的手术，知非才发现高度紧张后的身心疲惫："我怎么不紧张？我紧张死了。我得承认，要是没有她，我根本完不成这台手术。"

"你说阿姨啊？她本来就是大牛。"

"她居然放心把这么一台手术交给我，我还挺吃惊的。你还记得当初我给陈健做手术的时候吧？"

"记得。之前陈健的主治医生一直是阿姨，后来在阿姨国外考察期间，你给陈健做了肿瘤切除，阿姨从国外回来之后质疑你，认为陈健不仅患了胃癌，还可能并发胰脏癌。"

"她当着科室所有人的面，质问我作为医生的品格，冒险为患者手术的真正原因是不是为了自己的虚荣心？"

"当时媒体的报道，尤其是娱乐播报，都在质疑你。"夏楠绘声绘色地模仿娱乐主播的声音，"陈健为何会选择年仅28岁的知非作为自己的主刀医师？令人百思不得其解。有传言称，治疗期间，陈健与知非数次私下会面，举止亲密，疑似两人日久生情，而不久前与陈健爆出绯闻的当红女星唐宋沅未做回应，令整个事件扑朔迷离……陈健究竟是为爱情选择了知非，还是为治疗需要选择了知非？总之不管怎样，随着手术落下帷幕，知非这位籍籍无名的胸外医生，已经跻身国内胸外顶尖专家行列……请问知医生，奥运冠军陈健有什么理由选择你作为他的主刀医师？"

知非只能苦笑，她因为手术跟陈健相识结缘，只不过是孽缘。

刚刚完成了职业生涯的首例连体婴儿分离手术，她心情大好，所以提起陈健的事，也落落大方，配合着夏楠的表演，跟当初采访时一模一样地回答："在专业上我有这个能力！"

夏楠模仿记者的提问："论专业和能力，你们民大附属医院的胸外主任柳时冰教授，有着35年临床经验，治愈率高达百分之99%，她才是权威。"

知非顿了一下，没说话了，想起当初她从手术室里出来，被记者围堵的场景，还有那句把她推向了舆论的风口浪尖的回答，"所以，我非常感谢他有勇气选择我，而我，也有勇气挑战权威"。知非叹了口气，当时心气真是高啊！搁现在，怎么可能说出那样的话。

夏楠说："后来，你就被发配去了急诊科，刚到急诊科的时候，因为你没在国内的急诊科待过，面对家属采用的是国外的处理方式，结果，接连遭到患者家属的投诉……"

知非再次苦笑："我以前……嗨，初生牛犊。"

"现在对阿姨是不是有点改观？"

"可能是我以前太高估自己了，她确实比我想象中厉害多了，她就是我要超越的那座山……"她没再说下去，洗完了手，仔仔细细地擦干净，"走吧，十几个小时没吃东西，饿死了。"

"你呀……"夏楠说，"嘴硬心软。"

知非出了病房往餐厅走，从小到大她都在母亲的高压下生活，其实母亲并没有具体要求她做什么，但是一言一行无形中就给了她巨大的压力。从读书，到进入民大附属医院的胸外科，母亲从来没给她任何的帮忙，不管做得好不好，都只有批评，没有表扬。现在母亲竟然从国内专程带团队过来帮她解决难题，协助她完成手术。在手术中几次遇到危险情况，都是母亲及时发现，及时补救，而且在手术台上她居然发现，她跟母亲有着惊人的心灵感应，她刚想到的问题，母亲马上就指出来。这是跟母亲相处那么些年，她从未感受到的。

她晃了晃脑袋，往办公室走，快走到门口的时候，突然看到柳时冰从她的办公室里走了过来。

母女突如其来相见，各自都呆住了。

柳时冰率先打破了沉默："今天的手术很成功……"顿了一下换了个措辞，"应该说很完美！祝贺你。"

知非看着柳时冰，不敢相信这样的话是出自她的口中。

"忙了一天累了吧？早点休息。对了，我给你带了一份你爱吃的京八件，放在你的办公桌上，吃完了再休息。"

知非半天终于沉沉吐出一口气，望着她的背影，说："您也早点休息。"

柳时冰脚步微微一怔，没说话继续往前走。

知非冲着她的背影说："我知道我比您差在哪儿了。"

走廊里瞬间一片安静，柳时冰停下脚步，回头望着她。

知非朝她走近了两步，认真地说："这一个月来，我只想着如何说服孩子的亲属同意和接受手术，我承认我有私心，我也不知道为什么一遇到这种高难度的手术，我就控制不住想要挑战自己，我承认我想证明自己，可我高估了自己，说实话，以前在我眼里，你就是这样的人……我以前……"

柳时冰说："你以前讨厌我，就是因为这个？"

"是！以前在我眼里，您就是一个没有感情的手术机器。小时候，我每次去医院找您，您都在手术台上，爸爸刚走的时候，我特别无助，天天哭，我多想你能陪陪我，安慰安慰我……"

“可我太忙了。”

“我越来越少见到您，我害怕您会跟爸爸一样，突然有一天就失踪了，然后警察上门说，抱歉，我们无能为力……您不知道我有多害怕。”

“所以，那时候经常去医院找我。”

“可我每次去找您，护士阿姨都告诉我，您在手术台上，于是我就在手术室门口等您。您手术一做就是几个小时，甚至十几二十个小时，我不能打扰您。护士阿姨让我去护士站等您，我不愿意，就躺在手术室门口的长条凳上等。等着等着我睡着了，她们就把我抱走，等我睡醒了，我又去等您。有时候睡醒了又睡着了，睡着了又睡醒，可您还是没有从手术室里出来。那时候，我真的好委屈，我真想知道手术室到底有什么魔力，吸引着您？后来我自己成了医生，我慢慢变得和您一样，可我竟然乐在其中。”

“小非……你已经是个成年人了……”

知非伸手制止不让她说下去：“您让我把话说完，您会为了病人万里迢迢地从国内过来，只是协助我来完成手术，并且您对手术细节考虑得很周全。”

柳时冰缓了口气说：“你从小就懂事，从来不让我操心，但是……你爸爸走了，他刚走的时候，我差点承受不住，我也想跟他去了。”

“我现在知道了……”

“你别变成我，好好生活，热爱生活。”

风从窗口吹过，时空似是静止了。知非的眼睛突然有些发热。

柳时冰说：“我经常会在梦里梦见你爸爸。我就当他只是失踪了，还会回家。他就在这里，我乘了十几个小时的飞机，中途转机，觉也睡不好，我想看看他当初工作过的国家，到底是什么样的。他在这边待过，你又来了，有这样的机会，我怎么可能不过来?”柳时冰说完便走了。

知非冲着她的背影说：“幸亏你来了。”母亲远去的身影，不像平时那么健步如飞，身形没有平时那么挺拔，看起来很疲惫。知非叹了一口气，她几乎都快忘记，母亲今年已经五十四了，这样高强度的工作量，就算是年轻人恐怕也要掂量掂量，母亲却以惊人的毅力承受住了，比年轻人还要拼，她凭什么不佩服?

她刚想到这里，听见从大厅外由远及近地响起了救护车乌拉乌拉的声音，紧跟着疾驰的运转床快速进入了医院大厅。

医生一边跑一边大喊：“让开让开……受了重伤，急需手术，马上联系手术室。”

运转床从知非的面前飞驰而过，知非看了一眼轮床上的人，是个黄皮肤的中国人，满头满脸的血。她仔细一看顿时就呆住了，她怎么也没有想到，竟是齐天。

知非脑子一片空白，迅速进入了工作状态，朝手术室跑去。

夏楠正准备休息，接到齐天受伤入院的消息之后，连白大褂都来不及穿便冲了出去，以最快的速度冲进了抢救室，刚准备进门，听到谢晟在说：“眼睛的角膜损伤严重，很可能会失明。”

夏楠脸色苍白地呆愣在门口。护士正在清理血污，医生正在做紧急处理，抢救室里到处都是忙碌的白色身影。她呆呆地看着，直到知非走过来对她说：“你也别着急，现在的情况是眼角膜受损，如果需要换眼角膜，医院会尽力寻找配型，Z国不行的话，还有国内。你千万别急，齐天一定会没事的。”

夏楠只觉得两腿发软，她在急救室门口的椅子上坐下来，才发现送齐天来医院的石头懊恼地抱着头，浑身是血，一言不发。

“怎么回事?”

“对不起，是我没照顾好齐天。”

“我问你怎么回事?”

“齐天给野保营地送补给的时候，在路上遇到了上次劫持工厂差点要了他命的女恐怖分子。他给我和维和部队方面打了个电话，就自己去追了。我让他打开定位，就立即开车去找他，我到的时候，他已经受伤，修队带人也刚刚赶到，正在和恐怖分子激战，我赶紧送他来了医院。都怪我，当时我要能劝住他不要跟踪女恐怖分子的车，他就不会出事了。”石头动了动嘴角，“那女人根本就没想给他活路……”

夏楠无言。

知非从抢救室出来的时候，发现夏楠坐在抢救室门口发呆，她跟自己一样已经近三十个小时没有休息，整个人都很恍惚。知非看她状态很差，走过去，挨着她坐了下来：“齐天刚送过来的时候，我也蒙了，他身上其他地方都是轻伤，就是眼睛伤得比较重。我已经给总队长打了电话，他会派眼科医生过来。你也知道眼科的吴医生非常厉害。”

夏楠沉默了一会儿，点点头。

“这么长时间没休息，人哪里受得了。我也累了，要不先回宿舍休息，我叫人送你过去?”

夏楠摇摇头：“我不想睡……我要看到他才能安心……刚才我恍惚了一下，做了个梦。”

“嗯?”

“我梦见战争爆发，大楼被击中，齐天被掩埋在废墟里，我找了他很久，才找到，可他被压在了废墟下面。我拼命地挖呀挖，挖得手都流血了，后来我才发现那不是我的血，是他的血，他快不行了。我赶紧再挖，我想把他救出来，我抓着他的手……可我抓不住，眼睁睁地看着他被淹没……如果我快一点，我就能救出他，如果我能钻进去，那他在废墟下面就不孤单……”

知非心里堵得慌，强打起精神说：“你别胡思乱想，他会没事的，会好起来的。那个伤害他的人也会得到应有的惩罚。”

夏楠垂着头，轻轻点了点头。

“好了，你先休息一会儿，不想回去的话，就在这儿睡一会儿。”知非说完又进了急诊室。

大约过了一个小时之后，轮床从急救室推了出来，夏楠立即站起来问谢晟：“谢医生，齐天他现在怎么样？”

“眼睛里的玻璃碴已经取出来。”谢晟说，“但是眼角膜已经受损，需要换角膜，希望能找到合适的角膜。”他没再说了，因为他看到夏楠眼里都是忧伤。

夏楠恍惚了一下，转身跟着轮床朝病房跑去。

知非回宿舍睡了一觉。醒来的时候，已经是傍晚。她起床洗漱完毕，去病房看了看那对小婴儿。张潜正在照顾孩子，告诉她孩子情况很好，刚刚柳主任来过了，对孩子的情况很满意。

她又去病房看望齐天。

刚要推门进去，就听里面有人在说话，声音有些虚弱，是齐天在说话：“大姐，你怎么还不回去休息？”

“你不也没休息嘛，半天没说话，我还以为你已经睡着了。”夏楠声音有点哑，听起来有点委屈。

“你怎么还哭了？我又没死你哭什么呀？舍不得我？”

“滚蛋！”

一听就是假凶，知非搁在门把上的手慢慢松开，转身走了。

病房里，齐天躺在病床上，头上、眼睛上、身上缠满了白纱布，旁边的仪器发出规律的滴滴声。

夏楠说完给他调整了一下吊瓶的调节器。

齐天的脸很苍白，嘴唇有些干裂，说话声音微微有些嘶哑：“好好好，我滚！可我滚不动，我还以为我都已经这样了，你能对我稍微温柔那么一点，看来我是想多了。”他说话特别慢，一个字一个字地说，“唉，你就不能对我温柔一点吗？我现在是病人啊！我眼睛好疼啊，我还在好好跟你说话，可你却对我这么凶。”

夏楠没理他。

齐天说：“其实最近我来过几次医院，都没去找你，只是远远地看你两眼就走了。”齐天看不见她表情的变化，继续说，“医生不是应该一视同仁吗，不能因为长得帅，走在大街上有姑娘想勾搭我，你就对我这么凶吧，凭什么呀？”

夏楠被他说半天给说乐了：“就你还国外名牌大学毕业？用的什么破词啊？你以为你是谁，姑娘看到你就想勾搭？我认识你到现在怎么就没见一个姑娘勾搭过你……”

“这你就浅见了，胸外科有个姑娘叫木兰，你认识的吧？老跟在知医生屁股后面的那个，一看到我，就像热情的沙漠……”

“去你的吧，木兰因为她师父是非非，所以看到任何黄皮肤的人都很热情。再说了，木兰长得能叫漂亮？”

“再怎么说，木兰长得也比你性感……”

“齐天，你有没有良心啊？你说我别的我认可，你说我不性感……”夏楠在齐天的胳膊上掐了一下，齐天龇牙咧嘴地说：“哎呀呀，怎么还动手了。我头疼，眼睛疼，你居然还掐我，哎哟，我疼死了，要不你给我用点止疼药。”

夏楠没好气地说：“没有。”

“真的很疼，我没骗你。大姐，你说我是不是要瞎了？”

夏楠心情突然有些沉重：“你瞎说什么？”

“那完了，我这辈子也没什么爱好，就喜欢看个美女，现在看不了，活着还有什么意思？哎哟，不行了，我胸口疼，我喘不过气了。不过我说真的，那女恐怖分子打了我很多下，估计把我的心肺震碎了，我想吐……”他还没说完，开始干呕。

夏楠吓得赶紧站起来，突然发现他不动了，大叫道：“齐天，你没事吧？齐天你别吓我……”

夏楠慌得要命，都忘了自己就是医生，冲着门外大叫：“谢医生，谢医生……”她准备朝门外跑，突然手被抓住了，她回过头，就看到齐天咧着嘴，冲她笑着说：“我骗你的，我就是想知道你到底关不关心我，现在我知道了，你是真的关心我。我放心了，就算我瞎了，你也别想跑了。”

夏楠看着他，又看了看被他抓住的手，突然不说话了，想抽回手，可他手上还挂着吊瓶，她也不敢甩开，又高兴又难过地挨着床边坐下，嘴上却说：“你瞎不瞎……”这样说觉得不好，赶紧呸了一声，“你怎么样都跟我没关系。”

“当然有关系啊，反正我已经决定赖上你了，等你结束了这边的医疗任务我就带你回家。我妈看到你肯定开心死了，她一直希望我找个年纪比我大点的媳妇，她就比我爸年纪大，她一直跟我说，女大三抱金砖。”

夏楠一听这话就心虚：“我又不是只比你大了三岁，我比你大多了。再说了，谁要嫁你啊，成天开着车在草原上溜达，跟头孤狼似的。跟着你还得忍受你的臭脾气，我又不是受虐体。”

“我说你就死了这条心吧。长得不好看，脾气又大，嘴还不饶人，哪个人能看得上你啊？再说了，你都有我了，还敢想着别人？反正这辈子，你就只能老老实实跟着我了，往后生他十个小孩，我看你还有没有时间想着别的人。”

“你疯了吧，十个小孩，以为母猪下崽呢。”

“不然你总有时间想别人啊！再说了，我喜欢孩子，孩子多，家里热闹，像我们独生子女，从小就一个人多孤单啊！我想好了，以后多多生娃，生他十个，反正生多少咱家都养得起，往后这政界、商界、体坛、娱乐圈都有咱儿子们的身影。”

夏楠被他逗笑了：“你真不是人，敢情各行各业的大佬以后都是你儿子……你是失心疯了，还是得妄想症了？”一边说一边拿手推了他一下。

顷刻，她就看齐天的脸色变了，整个人很快疼得蜷缩成了一团。

“怎么了？”

“疼！”

“疼？哪里疼？”夏楠慌了，不知道是为什么齐天突然就这样了，慌慌张张地扑过去，大声问，“齐天你怎么了？你别吓我啊？齐天……齐天，我也没用多大的力气推你啊，你到底怎么了啊？你回答我，你到底哪里不舒服，你告诉我啊，齐天……”

齐天蜷缩在床角，嘴里喃喃说着：“你……你刚刚按我伤口上了，我难受……我疼……我……”话没说完，昏了过去。

夏楠手也抖脸也白了，眼泪刷刷往下掉，连滚带爬地抓着氧气面罩就往齐天的脸上罩，眼泪刷刷往下掉，她自己都不知道自己说着什么：“齐天，你千万别出事啊，你要是没了，我也就不活了……”

护士跑进来，赶紧又给齐天把氧气给戴上。

第42章　母女的和解

连续工作将近三十个小时，知非头昏脑涨，回到宿舍洗漱了一下，躺下就睡着了。这一觉睡得很沉，迷迷糊糊听到外头有人敲门，她实在太困了，也就没醒，直到听到门外有人在大声叫她，并且伴随着急急的敲门声："知医生，知医生。"

知非睁开眼，外头的天还是亮着的，应该是傍晚，她拿出手机看了看，6点10分。

下床，开了门。

门外是木兰，急急地对她说："知医生，您快去看看吧，基维丹恐怕……"

知非一个激灵，顿时睡意全无，不等木兰把话说完，便道："我现在就过去。"说完穿上鞋就往外飞奔。

木兰赶忙一把将她拉住："换件衣服。"

知非发现自己穿着睡衣，连忙返回宿舍，换上衣服。

木兰哭丧着脸站在宿舍门外："你连续三十来个小时没休息，院长不让叫你，说让你好好休息一下，幸亏从中国来的柳医生一直在盯着，你赶紧去看看吧，迟了可能就见不到了……"

知非冲出了宿舍，外面暮色渐深。

她睡得太少，人还是蒙的，刚才跑太快，整个人不由得恍惚了一下，赶紧朝抢救室跑去，等她冲进抢救室的时候，听到的是母亲柳时冰略带疲倦的声音：“抢救可以结束了，叫医生进来，准备器官移植。”

知非一下子愣住了，只看到抢救台上毫无知觉的基维丹。

走廊里站满了人，有护士、医生、病人家属、工作人员，还有政府官员以及一名牧师和神职人员。

他们的到来是为基维丹送别，穆萨城中心教学医院特意为基维丹举办这样的荣誉仪式，来致敬基维丹在生命的最后时刻捐献器官。这样的仪式是特别的，献给正介于生与死之间的器官捐献者。就如此刻的基维丹，大脑已经死亡，但是心脏还未停止跳动。

抢救室的门打开了，轮床缓缓从里面推了出来，推轮床的是院长克立斯和知非，后面跟着基维丹的母亲，他们步伐缓慢，庄严而又凝重。

走廊里的医护人员自动让开，站在两侧，每个人的神情都是肃穆的，全都不约而同地看着轮床上的基维丹。基维丹双目紧闭，面色是这段时间以来，从未有过的平静，他穿着病服，身上连接着的生命仪器还在工作跟在轮床旁边的麻醉医生也在工作。所有人都目送着他，向他致敬。仪式结束之后，基维丹被推进了手术室接受器官捐献手术。

走廊里的人渐渐散了，手术室里移植手术正在进行，知非和柳时冰坐在手术室门外的椅子上。

有很长一段时间两个人都没有说一句话，知非木然地坐着，目光呆呆地看着手术室的大门，好半天才喃喃地说：“我错了，我没有想到自己能力不足，当初或许不该给他希望……”知非说着说着眼里蒙上了水雾，“我当初应该听你的，再磨练几年。可我就是太想赢了，有这么一个机会摆在面前，我说什么也要抓住。当初接到基维丹病例的时候，其实，我知道难度很大……可我也不知道为什么，为什么就像打了鸡血一样，那么自信那么固执地觉得我行，我可以，我一定能治好他。可事实给我浇了一盆冷水，我并没有让他康复，却让他白白承受了手术的痛苦，化疗的痛苦，甚至有可能就是因为这样才缩短了他的生命。我凭什么啊？我为什么那么偏执？我太高估自己了？或许我就不应该过来……”话说到这里，眼泪流了下来，她迅速转过头，不想让柳时冰看到自己流泪。

柳时冰没说话，过了一会儿，突然说：“你没错，你想要治好他，你尽了自己一切的努力治病救人。”

“我知道您在安慰我。”

“我说的是实话。你做得很好，你的手术资料，我看过，没有任何问题。”

知非诧异地看着柳时冰：“您看过我的手术资料？”

“是你陈伯伯发给我的，这是你到Z国的第一例手术，他不放心，让我把把关。”柳时冰冷静地看着她，语气也是极淡的，说道，“我看完之后，组织科室开了会。我从医这么多年，接触过那么多癌症晚期的病人，也接触过数十例的肺腺癌晚期患者。我可以很负责地说，你的手术方案治疗方案用药给药，没有任何问题，我也想不出更好的治疗方法。可问题是，癌症晚期尤其是肺腺癌是全世界医学难题，任何医疗团队都没办法做到，但是你为了挽救病人的生命，做了努力，也通过手术提升了自己。将来再遇到类似的情况，你可以处理得更好，你可以救更多人的生命，这同样也很重要。”

知非听她这么说，很是震惊，低声道："以前我也是这么想的，我觉得经验就是需要手术量来积累，所以遇到这样的病人，我努力抓住机会，就像打了鸡血一样地兴奋，可是现……基维丹的离去……尤其是最近这段时间，他的病情恶化，我每看到他虚弱一分，就承受一次内心的谴责。我觉得都是我的错，我想治好他，可我没这样的能力，白白让他承受那么多的痛苦，尤其是后来，他痛到需要用吗啡来止疼的时候，我开始恨我自己。我恨自己当初为什么那么自负，美国医生都放弃了，我为什么那么自以为是地认为自己就能治好他？我凭什么啊？我就是一个新人医生，甚至都不去向有经验的医生请教，我真是自负过头了……"她已经泣不成声，痛苦地用头撞着膝盖。

柳时冰心疼地看着她，轻轻握住她的手。

知非整个人顿时就僵直了，她惊愕地抬起头看着柳时冰。这样温馨的场景，只有在她小时候才有，那时候父亲还没去世，夏天的晚上，一家人坐在院子里，父亲搂着母亲的肩膀，而她趴在母亲的腿上，一会儿偷偷看父亲一会儿偷偷看母亲……

可是，这种温情在父亲去世之后，就再也没有出现过，知非下意识地想要将手抽出去，母亲抓得紧，她抽了两下才抽出来。柳时冰将手放回自己的口袋里，坐在椅子上，对知非说道："我曾遇到和你相同的事儿，那时候你父亲刚去世，我接手了一个肺腺癌中晚期的病人。那个病人很年轻，只有25岁，我坚持己见给他做了手术，后来他还是死了。"知非一哆嗦，目光看着母亲，可母亲却没有看她，缓缓地说道，"收到你父亲失踪的消息，我的状态很不好，我把自己沉浸到工作里，只有这样才能暂时逃避。你大概也知道，在你父亲来这里之前，我曾跟他吵过一架，我不同意他到这么危险的地方工作，可他说自己是医生，医生的本职是治病救人，越是危险复杂的环境越是缺医少药越是需要医生……”她扭头看着知非，“他说这番话的时候，就跟你当初要来这里，跟我说的一模一样，连眼神都是一样的。”

知非动了动嘴巴，没有说话了，自打父亲去世之后，大家都在避免提及父亲。她在青春叛逆期的时候，曾经一度以为母亲是恨父亲的，所以她也恨母亲，跟母亲相互折磨。到现在她才知道，原来母亲从未忘记过父亲。

柳时冰说到这里苦笑了一声，垂下头轻轻叹了口气：“我留不住他，也劝不住你，你们都来了这里，现在我也来了。”

是啊！知非想。

柳时冰又说回到原先的话题：“那个肺腺癌病人在我最痛苦的时候来到我们医院，我是他的主治医生，以当时的手术水平、医疗条件，根本没有治疗下去的必要。他来到我的办公室求我继续给他治疗，他愿意承受手术的一切后果，他说他刚刚研究生毕业，有一份很好的工作在等着他，他想跟相恋7年的女朋友结婚，他想陪着孩子长大，他不想就这样放弃治疗什么都不做，只能等死。我把他的病情仔仔细细地又跟他讲了一遍，我告诉他，在当时的医疗条件下根本没有活的希望。可无论我说什么，他都坚持让我继续治疗，而治疗的唯一途径就是手术，我一说完，他立即就同意了。可我告诉他手术只有十万分之一成功的概率。他坚定地告诉我，他愿意试，就算是百万分之一的可能他也要试，他不能什么都不做，等着死神带他走到生命终点。试了他不后悔，如果试都不试的话，他会在后悔中度过每一天直到死亡来临。我对他说，如果手术不成功，放化疗可能会让他走得更快。我问他要不要跟家人商量一下，他说不用，他早就想好了。我当时很矛盾，我告诉他很多保守治疗的方法，我觉得那些对于一个肺腺癌晚期患者来说是安慰剂，但我还是希望他能接受。后来他跟我说，如果我不同意的话，他就去找别的医生给他做手术，总之无论如何他都不会坐以待毙。他问我，能帮帮他吗？他愿意签遗体捐献，不论手术成功不成功，将来都可以用他做研究。我答应了他，也做了很多的准备。手术的时候病灶并没有转移，我很高兴，他和他的家人也很高兴，他是外地人，在当地接受放化疗会比来北京方便一些，他们一家带着放化疗方案高高兴兴地走了。可三个月后，我得知他自杀了。因为癌细胞扩散到全身，他受不了疼痛，自杀了。切的是颈动脉，一点机会都没给自己留下。他自杀之后，遗体用来解剖。”

知非沉默地听着。

柳时冰哽咽着说：“那天，学生都走了，只剩下我一个人坐在解剖室里。我在想，如果当初我拒绝给他手术，他是不是就可以活得久一些？他是不是就有机会看着他的孩子出生，甚至亲手抱一抱他的孩子？我想了很多，之后有很长一段时间，一拿起手术刀，我的手就会颤抖，我会情不自禁地想到那个被癌细胞肆虐的身体。想起他去办公室找我时那种渴望活下去的目光。我会想起他说过的每一句话，然后想起切开的颈动脉……那段时间，我还经常在夜里梦见他，每一次惊醒的深夜，都难以继续入眠。睡不着的夜晚就想得更多，甚至我都没有机会再去想你的父亲。我开始失眠，整夜整夜地失眠，我疯狂地看书，研究病例，通宵手术。”

知非了解那种感觉，跟自己一模一样。

“我喜欢凌晨四点的医院，很安静，几乎没有人走动。我曾经反复地想，如果我的技术能更精进一点，手术精准一点，是不是就能治好他？可他死了，作为医生，手里掌握着病人的生命，而我的初心是什么？是治病救人，是要为职业奉献一生。”说到这里，她看着知非，“你肯定也是这样的想法。”

“是的。”知非含着热泪点了点头。

“后来，我把所有的时间都给了病人，我们科里癌症中早期治愈率直线上升。曾经我做过一例非常复杂的癌症手术，手术打开之后，病灶已经转移，我们要把每一个病灶仔仔细细地揪出来，那台手术整整做了将近二十个小时，中途病人心脏停止复跳了两次。从手术台上下来，我们都要累瘫了。对待病人，尽力为之，问心无愧就好。医生是什么？医生就是挡在生与死之间的人，是一道屏障。我们不能被死神打倒，我们要击败死神，一生都要与之抗争。我记得有一次，工地发生事故，脚手架坍塌，送了十几个病人到医院，我和同事在手术室里连续奋斗了四十个小时，我出来的时候听护士说，你一直坐在手术室门外等我……我想，我不是一个好母亲，可是我是一名好医生，那么多病人在等着我，我忘不了那个肺腺癌的病人他对我的期待。每一个癌症病人找到我时，他们都跟他一样渴望活下去。”她看着知非，“就像基维丹，你永远都会记得他，他会鞭策你在医学的道路上不断前进。”她说完伸手摸了摸她的头发，“小非，你以后会是一名优秀的医生，一名好医生。”

知非喃喃地说：“真的会吗？”

“不要怀疑自己。”柳时冰站起来，“基维丹的眼角膜，可以让两个人看到光明，尽快找到配型，尽快做移植手术，不要辜负了他。手术结束了，去看看他吧，跟他的遗体告个别。”

知非抬起头，讷讷地看着柳时冰。柳时冰领着她往手术室走，一前一后，知非看着她的背影，竟释然了。

夏楠刚刚跟基维丹告别完，看见知非和柳时冰一起走进手术室，小心翼翼地退了出去。

知非走近了基维丹，跟他作最后的告别，小声地告慰他，在他同意捐献眼角膜之后，医院就开始寻找符合他要求的病人，现在已经跟两个病人配型成功，一个病人是Z国人，是一个人文摄影师，热爱旅游，去过很多地方，他的作品获得过很多的奖项。另外一个病人也是一个冒险爱好者，同样去过很多地方。感谢他的奉献，为两个人带来重见光明。

知非调整好了情绪才从手术室里走出来。抬头看到了等候在手术室门口的夏楠，两人默不作声地回到了办公室。

夏楠拿过知非的杯子，给她倒了杯水，放到她面前，小心地说道：“真没想到基维丹走得那么快。”

知非的手按在额头上，两人相对无语。

小龙匆匆打外面走了进来：“知医生，角膜受捐者杜克，也就是那名旅行爱好者的主治医生刚刚打来电话说，杜克被司机带离医院，准备挑战双人跳伞，途中遭遇车祸。”

知非一下子站了起来：“他有没有生命危险？基维丹的角膜移植手术刚刚结束，受捐者出了这么大的事，现在怎么办？院方怎么能让他在这么紧要的关头跑出去？人现在在哪儿？移植手术能不能顺利进行？”

“受捐者以为还要等待一些日子才能进行移植手术，所以就和司机偷偷跑了出去，他准备去法国参加双人跳伞极限运动。车祸是在法国发生的，车从山上翻了下去，人还没有找到，就算找到恐怕也没办法顺利进行移植。”

知非皱眉：“那还有没有其他适合移植的受捐者？”

小龙摇摇头：“基维丹先生的要求比较严格，当时筛选了很久才找到各方面都合适的人。重新筛选的话需要时间，可角膜移植手术通常在角膜捐献后的3~7天内完成。穆萨城是战乱区，过来的难度又大，再加上这边的医疗设备简陋，有的患者一听这种情况，宁愿放弃这样的机会，也不愿冒险。”

“跟病人解释，我们的医生非常专业，有能力完成这样一台角膜移植手术。”

“可是……即便这样，病人也不愿过来，他们从新闻上知道政府军和反政府武装曾经在医院附近交火。”

“可这是一次非常好的机会！”知非自顾自说道，“你说的那些情况，也都是事实，确实不能怪他们，再继续找吧。”

夏楠等小龙走了之后，拉了个凳子坐到知非的面前，异常冷静地道：“其实，还有一个人。”

知非明白了她想说的人是谁：“你是说……”

“对！我说的是齐天。”

“不行。前面还有很多人排队在等。我说实话，我不是不同意给齐天配型，他是我的同胞也是我的朋友，我肯定希望他能赶紧好起来，可如果这样操作的话，对别的病人不公平。”

“可他符合基维丹先生对受捐者的要求，而且他也需要角膜。非非，我们可不可以这样，先给齐天做配型，如果配型成功的话，我们再等等，如果没有找到更合适的受捐者，就移植给他，这样应该可以吧？”

知非想了想，没说话，点了点头：“尽量争取吧。”

晚上，柳时冰一行去维和步兵营。

陈明宇在接待处刚摆好了茶，看跟柳时冰约定的时间还没有到，他拿出手机调整好情绪给知非打了电话：“小非，你还没休息吧，我在维和营地这边，我派人过去接你。你又安排了手术啊？明天你妈妈就要回国了……好好好……她明天中午的飞机，一早就要离开……好，那就这样。”

他刚按了挂断，手机又响了，是夏楠打来的：“喂，楠楠……齐天受伤的事我知道……好好，如果到时候没有找到合适的受捐者，我一定给他争取。”他这边刚挂了电话，柳时冰从外头走了进来，他连忙起身邀请她坐下，一番寒暄之后，将茶杯往柳时冰的面前推了推，说：“我刚给小非打了电话，她说晚上有台手术要做，过不来。”

柳时冰很平静地说道：“她还是不愿面对我。”

陈明宇端起茶杯喝了一口：“这次你是专程为她而来，她不会不知道。”

“也不能说专程为了她，我过来更大的原因是那对连体婴儿。”

“小非这孩子，我欣赏她，有能力，有胆量，有才华，是个好大夫。可她年轻，经验不足，没有你在她身边指导，她无法完成这样一台复杂的手术，这是事实吧？这些年你一直都默默地在帮她。就说陈健的手术，她以为是自己说动陈健同意她来做主刀医生，是她的本事，实际上，你早就知道了，你们科室哪件事能瞒得住你？你还暗中给她找了个帮手，不然那台手术也不能那么顺利就完成了。之前她在美国生病那次，也是你联系的宋图南。这次来Z国吧，我不也是得到了你的同意，才让她进入医疗队的吗？

你为她做了那么多，可她什么都不知道，你们母女的关系弄到今天的地步，你也有责任，没有好好跟孩子沟通。”

柳时冰点点头。

“我本来想今天晚上把她叫过来，当面把这些事跟她说清楚，让她知道她的母亲不是不关心她。”

“这些事没必要跟她说。”

“怎么没必要。”陈明宇看着她，“小非跟你年轻时候一样，一样的固执。当初，我们学校多少人喜欢你，可你谁都看不上，一毕业就跟了小非的父亲结了婚。”陈明宇不再说下去，又回到了知非的话题上，“本来把基维丹安排给她，是想让她磨磨性子。国内的媒体把她捧得太高，我担心她眼高手低，可她一上来就给人安排了手术，你看了手术方案没问题，我就让她做了。她花了不少心思，可最后人还是没救过来，这件事对她有一定的打击。”

“放心吧，她没那么容易被打击的。要说责任，我也有，当时把基维丹安排给她，是我同意的。”

“我相信你的判断，况且她又是队里唯一的胸外科医生，也只能安排给她。手术嘛总归是有风险的。”他应着柳时冰的目光，说道，“小非确实跟你年轻时候很像，不管遇到什么样的疑难病症从不退缩。而且你也看到了，穆萨城中心教学医院的胸外科是在她的帮助下成立的，胸外科的医生也都是她在带。”

“老陈，找我过来喝茶就是给她开表彰大会?”

“那当然不是。你是我这么多年的朋友，小非是我看着长大的，我希望你们能早点和解。”

柳时冰笑笑：“我跟她聊过，不过我们母女这么多年的矛盾，没那么容易一下子就化解。”

陈明宇长出了一口气："那就好。不过，我还是没有小非父亲的消息。"

知非从手术室里出来已经是夜里11点，回到宿舍的时候，夏楠还没有睡，在等她："非非，明天早上我想去送送阿姨，你跟我一起吧？"

知非正在换睡衣，动作迟缓了一下，没说话。

"阿姨都那么大年纪了，还不远万里过来帮我们的忙。要是没有阿姨，这样一台复杂的手术根本完成不了，我们于情于理都应该去送送她。"

知非坐在床上，怔了一会儿。

"我倒是希望我妈也过来，可一想到中途转机来回奔波，而且这里又是战乱区，我就不愿意她来了。"

知非抬头看着她："这么说，倒是我狠心了，答应让她过来。这把年纪了，还要承受来回奔波的苦。"

夏楠连忙否认："我可没这么说啊……不过阿姨是这方面最好的专家，她来当然是最好的。"

知非躺下，目光盯着天花板，过了一会儿翻了个身，说："明天再说吧。"

"那我明天早上叫你。"

知非没说话，假装睡着了。

第二天一早，天一亮，知非就被巨吵的手机闹铃给吵醒了，两人洗漱完毕，出了宿舍，老远就看到一辆越野车停在医院门口，修羽站在车旁等待着知非。

夏楠打了个招呼，跟知非一前一后上了车。

修羽从车内后视镜里看着知非，她心不在焉地看着车窗外。

车子停在接待处的门口，修羽开了门跳下车，知非和夏楠也下了车。陈明宇和柳时冰一边走一边说话，跟在后面的是另外两名医生以及帮忙拎行李的周晨和冉毅意。柳时冰看到知非的一瞬间，脚步明显放慢了。

知非有些别扭，故意跟陈明宇说话："陈伯伯早。"而夏楠已经小跑到了柳时冰跟前，甜甜地叫了声："阿姨好。"

陈明宇回头看了看正在跟柳时冰说话的夏楠，笑着冲知非小声地说："小非，跟你母亲好好说句话。"

知非点了点头，可还是有些别扭，从周晨手里接过母亲的行李箱："我来吧。"

"不用不用，我来就行。"周晨把扛着的行李箱放进了修羽开来的越野车里。陈明宇故意使了个眼色把其余的人叫到另一边，把时间留给了知非和柳时冰。

柳时冰跟女儿缺少亲密互动，想说几句贴心的话，可一开口说的还是手术上的事："婴儿的后续治疗，要跟上，不能出差错。"

"我知道。"

"嗯。"柳时冰点点头，"我等着孩子健康出院的好消息，我走了。"

"再见。"知非声音有些轻。

柳时冰转身上了车，她隔着窗户看见知非呆呆地看向车子，目光里有些许的失落，可她也知道从外面根本看不见车内的情况。

站在知非身后的修羽，听到浅浅的一声叹息，伸手轻轻拍了拍她的肩膀："就没有什么话想跟阿姨说的？我帮你带给她。"

知非突然有些酸楚，想了一会儿说："叫她……照顾好自己的身体。"

“还有呢？”

“回去之后好好休息……不要成天想着病人，医院那么多医生，工作分给别人一些……”她说着说着突然发现有很多的话要说，索性便打住了。

“知道了。”修羽说，他看她头发上落了片叶子，伸手轻轻摘掉了。

车内的柳时冰看着他们若有所思。

陈明宇探头跟车内的柳时冰交代了几句，完了喊修羽赶紧出发。

知非目送着车子远去，心里酸涩难忍。冰冻三尺非一日之寒，母女之间多年的隔阂虽然已经缓和，但绝不可能一朝一夕就重新回到亲密无间的地步。知非目送着车子远去，在心里缓缓念出“一路平安”，念完不禁又叹一口气，想到这些年和母亲争吵过无数次，伤害的话不知说了多少，自己却从来没有像现在这样踌躇不定，难以启齿。

越野车从视线里消失，可母亲的身影还犹在眼前。母亲额头加深的皱纹和双鬓发白的头发都让她唏嘘不已。知非感觉胸口像是被什么东西撞了一下，有些疼。其实，她早已理解了她。

第43章　离开公众视野

陈明宇走过来："刚好你们都在，有个事要跟你们商量。"

张潜呵呵一笑："陈总，别说商量，您直接下指示就成。"

陈明宇手指点了点他，换上一本正经的表情，对众人说："之前你们在难民营做的那次义诊效果不错，既然开了个好头，总不能半途而废吧？我跟维和部队这边已经联系好了，会议十分钟后开始。"

知非刚才还心事重重一副闷闷不乐的样子，一听到这话，立即满血复活，跟着众人朝会议室走去。

傍晚。太阳落山时，知非从手术室里出来，一边走一边给木兰和小龙讲解手术中遇到的问题，解答完毕，去往办公室喝了杯水，收拾了一下，去餐厅吃饭。

刚下了楼，就见迎面走过来一名护士，热情地朝她打了招呼："知医生，手术顺利吗？那个人救过来了？"

"救过来了。"

下午是一台重度脓胸引起胸膜内化脓性感染的手术，病人送到医院时被检查为胸腔积液浑浊、黏稠、胸膜增厚形成纤维板，情况危险，做了胸膜肺切除。

"太好了。"小护士松了口气。

知非微微一笑，手插进白大褂的口袋里，大步出了门诊部大门。

傍晚的阳光，像一团火，刺得她不由自主地眯住了眼。

餐厅就在旁边，大约五十米远，就餐方便。向北不远处，是一块小菜地，里面立着一块牌子，用汉字写着“中国医疗队小菜园”。菜园子里郁郁葱葱，小青菜已经长大了，最近每天都有炒青菜吃，架子上的豆角和黄瓜也掐了，看来晚上有凉拌小黄瓜，知非想。

想到鲜嫩的小黄瓜，知非不禁吞了口口水。可能是最近工作量大，休息得少，她觉得嗓子有些不舒服，皱着眉，手按在脖子上，轻轻咳嗽了一声。

忽听身后有人叫她：“知医生。”

知非扭头看到谢晟从医院门口走了进来，步伐缓慢，像个老大爷，看样子是饭后消食出去散步。

知非“嗯”了一声。

谢晟笑着看她，说：“知医生，门口有人找你呢。”

知非一愣。

谢晟故作神秘地眨眨眼：“出去看看就知道了。”说完嘿嘿一笑，眼神有点古怪。知非是直性子，不会多想，也不去多想，道了谢，便往外走，出了医院的大门，就看到一辆越野车停在门口，从车底露出一双脚。她歪头看了看。修羽趴在车底下，看到有人走过来，连忙从车底下爬出来，手里还拿着扳手，朝她挥了挥，露出一口好看的牙齿。

早上他送柳时冰去机场，回来的路上，遇到几个小孩打架，他停车下去拉架，转身就发现，两个小孩在盗汽油，沿途没有加油站，开到这里刚好车熄火，他下车检查了一下，没什么大问题。

知非终于知道谢晟为什么笑了。她停住脚步，站在不远处望着他，落日的余晖映照在他英俊的面庞上，是带着金光的小麦色。车身上烟尘未尽，由此可见，他还没回营地，就先来的这里。

知非停了两秒，迎着他的目光走过去：“什么时候到的?”

“三分钟前。”

“一路平安?”

“一路平安。”

知非悬着的一颗心终于放下了，她手搭在后视镜上，轻轻拍了拍：“辛苦了!”

“不辛苦。”

“有事啊?”她下巴微抬看着他。

“没事就不能过来看看你?”

她缓缓走到他面前，抬头看着他，偏着头说：“能!”

修羽从没想过她回答得这么利落干脆，一时竟有些语噎，良久才说：“时间过得真快，快到农历新年了。”

整日忙忙碌碌，时间早已成了符号，知非想了想说：“这么大的人了，过年还会想家?”

修羽笑了一声，说：“我忽然想起来，送柳阿姨上飞机的时候，她跟我说春节快乐。”稍微停顿了一下说，“对了，她让我把这句话也带给你。”

知非的心像是被什么东西软软地撞了一下，她望着天边的落日，用很淡的语气说：“哦，谢了。”

“谢什么?”

“你送她……”

“一方面是职责所在，另一方面，你的事就是我的事。”

突然，一阵风吹过，知非听得不清楚，问：“你说什么？”

修羽看着她，很平静地说：“你要好好的，往后，我保护你。”

知非的胸口又似被什么东西撞击了一下。

呵，今天是怎么回事？

修羽走近了她，目光紧盯着她的眼睛说：“知非，我是说你值得被……”风突然又大了，后面的话知非又没听清，她眼神疑惑地看着他，修羽没再重复，而是换了个话题说，“我在车上听了一些你以前的事，知非，往后你一定要好好的。”

知非脸上的笑容一下消失了，很冷淡地说：“她都跟你说什么了？”

修羽没回答，看着她。

知非也看着他，问：“她到底跟你说什么了？”

“我可以不回答吗？”

知非没说话。

修羽说：“她说，你小时候捡了一只流浪猫回家，你非常喜欢那只猫，猫也依赖你，你还会把它藏到书包里带去学校，猫就待在桌肚里，一声不吭。后来，没过多久，猫得了猫瘟死了，你很伤心，还因此病了，从那以后，你再也不敢养猫了，她说你虽然表面上不愿意养猫，实际上你每天都会给小区里的流浪猫喂吃的，你不养猫，是因为你担心建立起亲密的关系之后面对突如其来的分离。”修羽看着她，问，“是这样吗？”

知非张了张嘴，最后轻轻点了点头。还以为这么微小的事在母亲眼里不值一提，没想到她居然还记得，并且她居然知道自己害怕什么，这让知非有些吃惊。

“我以军人的身份告诉你，我不会不告而别，要是万一将来的某一天，我突然消失不见了，那一定是因为有迫不得已的苦衷。”

“比如?”

“除了军人的责任之外，那一定就是不想让你难过。”

知非觉得这话太沉重了，她故作轻松地问：“你怎么知道我会难过?”

“因为你喜欢我。”

知非一口气噎住，双手插在口袋，耸耸肩，一副波澜不惊的表情看着他，淡淡说道：“你怎么知道我喜欢不喜欢你?”

修羽哼笑了一声，突然靠近了她，俯身在她耳边说道：“我当然知道，因为我喜欢你。”知非身体不由得往后一退，愕然地看着他。修羽已经恢复了如常的口气，“并且阿姨已经把你托付给了我，所以无论如何我都有责任保护好你。”

知非再次愕然。母亲把自己托付给了他？回想起刚才，修羽跟她说的有关自己小时候和猫的故事，心里有些紧张，不知道路上母亲到底和他聊了些什么？直到此刻她才发觉自己和母亲有多少的误解。

她定定地看着他，就那么一瞬间，她突然感到内心深处“怦——”了一声。

修羽毫不客气地问：“知医生，请问现在还有什么不明白的吗?”

知非回过神，瞬间心神慌乱：“她和你还说了些什么?”

修羽笑而不答。

知非声调提高了：“她到底还和你说了些什么?”说完，知非觉得自己的反应有点大，再抬头时，修羽大步上了车子，发动了车子，扭过头，微笑说道："你就不想问问我和她说了什么？"修羽看了她一会儿，脸上的笑收敛了一些，"刚才还着急问我，现在又不想知道了。不想知道就算了，反正我跟她说的话，刚才已经跟你说过了。"

知非诧异，他跟母亲说了他喜欢她？

修羽略歪着头看了知非一会儿，终于，他发动了车子。车子准备开走前，他还是决定留一句话给她。他从窗口探出脑袋，不紧不慢地说："我说的是真话，我喜欢你。"

知非瞠目结舌地站在原地，目送着车子离开，她的心还在怦怦跳得飞快。一直到车子开远了，她才收回目光，过了好一阵，心中的悸动才稍微平复一些。她深深呼吸了一口气，回想刚才他离开之前说的那些话，想起他看她的眼神，就像是在看一个需要人保护的小女孩。

她的心微微震动了一下，他真是小看她了，她可不是需要人保护的小姑娘，她是经历过战场洗礼，救死扶伤的女医生。

想到这儿，知非不禁笑了。

她抬头望了望天空，风已经停了，一半天空被橙红的落日覆盖。

她想，这是她见过的最美的傍晚。

知非吃完了饭，才发现手机里有一串未接电话，是从北京打过来的陌生号码，电话打得这么密，不用想也知道谁，她皱皱眉，没有回过去的打算。

刚要收起手机，这时，电话又进来了，她犹豫了五秒，还是选择了接听："喂？"声音很冷淡。

"知非，是我。"电话那头，是陈健妈妈的声音，很急，生怕她挂断似的，一开口就把最要紧的话说了出来，“你先别挂，阿姨有要紧的事跟你说，陈健……陈健他出事了！”

知非心里咯噔了一下，脚步立即停了下来，声音依旧很冷，但已经有了缓和：“出什么事了？”

“陈健铁了心要做野保志愿者，在藏羚羊保护区遇上盗猎者，叫盗猎者的子弹给打伤了……”

知非脑子里轰的一下，陈健这个人她了解，是一个非常惜命的人。让她感到吃惊的是他居然去做这样一件危险的事。知非蹙着眉问道：“他现在情况怎么样，有没有生命危险？”

“暂时倒没有生命危险，可子弹打在了他的肩膀上，那姓林的野保队队长，别说送他去医院了，就连诊所都没送他去，就拿酒洗了洗刀，把肩膀里的子弹给剜出来了……”说着说着，陈母声音哽咽了起来。

以前陈健在民大附属医院住院时，陈母每次过去都是一副居高临下的姿态，不把知非放在眼里。在她看来，年轻医生嘛，能有什么经验，医生这一行她只看资历。当陈健决定让知非做他的主刀医生时，陈母气得差点背过气去，认定是知非蛊惑了陈健，认定了她这是在毁他，难听的话不知道说了多少，为此还闹到了院长办公室。知非碍于医生身份，选择了冷处理，除了治疗之外的任何事情都不和她争辩，不然早就硬碰硬了。

知非心里清楚，陈母讨厌自己不是一两天，给陈健主刀这事，再加上她和陈健恋爱，每回陈健拉着她跟母亲坦白，都能把陈母气个半死。可一物降一物，她再强势也没用，陈健不听她的，她就一点办法也没有。

后来知非因为陈健劈腿跟他分了手，也就不再让着她了，在气势上她明显被知非压了一头，再加上在分手这件事上明显是陈健错了，他三番五次地纠缠知非被拒绝后，陈母在知非面前就更没了气势。但陈母这人既狡猾又现实，是个千年的狐狸，她的所作所为，一切皆为儿子，为了儿子能屈能伸，今天为了陈健求知非，明天为了儿子就能指责知非。知非对她也算是了如指掌，所以她的话，知非听是听了但是一般不往心里去。

可这次不同，她琢磨了一下陈母的话，尤其是说的“姓林的野保队队长”这几个字时，着实吃了一惊。陈母说陈健去了无人区保护藏羚羊，她首先想到的是苦肉计，毕竟当初她提出分手时候，母子俩可是用过这招的。不过很快她就否定了这个想法，她和陈健已经彻底分开，就算这是苦肉计那也是演给韩晴晴看的。不过，隔着万里，她都能感觉到，电话那头的陈母说到“姓林的野保队队长”这几个字时在咬牙切齿。因此，她相信不是作秀，毕竟林队是绝对不会配合陈母的。

其实，有关无人区野保队林队的故事，去过可可西里、羌塘，走过青藏线的人多少都有所耳闻，知非以前喜欢户外，自然不陌生。

知非皱着眉，一边继续往医院走一边问：“怎么回事？他怎么去了无人区了？”

电话那边，陈母似是擦了擦眼泪，轻轻叹了口气，说：“不怕你笑话，自打他和韩晴晴在一起之后，两人就天天闹不愉快，前阵子又出了些事情，他心里不痛快，就说跟人自驾去西藏，净化心灵。”

知非有些无语，去西藏的最佳时期是7到9月，这个时间过去，无论是走川藏线还是滇藏线，一旦下雪就会造成封路，行驶的安全性更差。看来，陈健的任性是一点没变。

陈母说："后来大概过了一周之后，他到了羌塘，有一天，大半夜的给我发了条短信，让我把目前接下来的商业活动全部推了，该推的推掉，已经签约的，该赔偿的赔偿，说他不打算再回北京了，他要留在无人区打击盗猎保护野生动物。我是早上收到的短信，看完之后，就赶紧联系他，可他电话关机了，电话不接，短信不回，还是那么任性。"

听她说陈健任性，知非嘴角微微动了动。

"我赶紧托人去找他，原来他到了那边之后，在一个服务区里认识了什么打击盗猎的野生动物保护队的一个姓林的队长，也不知听那姓林的鼓吹了些什么，就决定跟他一起留在羌塘打击盗猎，保护藏羚羊；我一听就知道不靠谱，赶紧过去找他，赶上下雪，车子堵在路上，差点没死在那儿……"陈母心有余悸地叹了口气，接着说，"我好不容易在保护区的小旅馆里找到了他。我见到他的时候，他已经把子弹给挖出来了。当时他有点发热，我吓坏了，想送他去医院，可附近连个医院都没有。我好不容易打听到附近有个保护站，那里有个小诊所，强行把他送了过去，那个小诊所就一名医生，开了药，挂了水，我要把他带回来，可他说什么都不同意。他说他加入野生动物保护队是为了打击非法盗猎者，他还跟我说，他现在对别的事情一概不感兴趣，他只想留在羌塘……我怎么可能答应他？他脑子发热，我脑子清醒得很。"

知非站在医院门口听陈母把事情经过全部说完，风把知非的头发吹乱，她拨了好几下，才拨开遮在眼前的发丝，一对病人夫妻经过，跟她打了个招呼："中国医生，你好啊。"

知非冲他们点了点头，算是回应。

电话那头，陈母还在大吐苦水："陈健被人洗脑了才会想要留在那边，这不是他的真实想法。知非，你是了解他的，他是一个喜欢热闹的人，喜欢酒吧夜店，喜欢呼朋唤友，更喜欢被追捧，他享受掌声和鲜花，怎么可能愿意彻底消失在公众视野里？没有了掌声，没有了追捧，他一天都活不了，也许他现在不觉得，可等他明白过来的时候就晚了。"

知非抬头看了看天，说："可人是会变的。"

"他不会变，我了解他。"

知非说："人很复杂，会随着环境、心态的变化而变化。"

陈母一时无言，怀疑知非是不是知道些什么："什么意思？"

"也许他到了那边之后，面对群山、旷野、真正认识了自己的内心。"

"不可能，他一定被那姓林的洗脑了。"

知非冷哼一声："林队是打击盗猎的英雄，不屑搞给人洗脑那一套。"

"你认识他？"电话那边，陈母的声音提高了八度。

"不熟。"走过川藏线和滇藏线的人，谁不知道林队长和他的野生保护大队？他本身就是一个传奇，又有个人魅力。知非说，"也许陈健就是通过他的故事，认识了自己，决定留在那边。你还是不够了解陈健。"

陈母愣住！这句话她从林队那里也听到过。

这些天陈健一再拒绝回北京，让她很挫败。她不是没有找林队聊过，可林队说："人独自来到世上，死时独自离开，所有的事，自己选择，自己做主。"

陈母愤怒："他是被你影响了，如果不是你跟他说了什么，他怎么可能钻进牛角尖里出不来?”

“因为这是他的选择。”林队说。

“你不了解陈健，他从生下来，所有的事都是我给他安排好了。他要做什么，学什么，跟哪个教练学，参加哪些比赛，都是我在帮他打算。不做运动员之后，参加什么节目，见什么人，甚至穿什么衣服，都是我帮他选择的。你不了解他，他不是你们，他在这种地方生活不下去。”

林队刚修好车，从车底钻出来，点了根烟，吐出一个烟圈，不紧不慢地说:“你为他做了那么多，可你还是不了解他，这么说来，你对他不够用心啊。”

陈母想到这句话，突然开始着急:“绝不可能！这个世界上没有人比我更了解他。”话一说出口还是有些露怯，以前这句话没错，可现在，她开始怀疑自己是不是真的像她以为的那样了解陈健。

“那边是什么环境？生命的禁区，动物的天堂，一眼望不到头的荒漠连着荒漠，白天热得要死，晚上冷得人牙齿打战，天气说变就变，刚刚还晴空万里，转眼就下起了鹅毛大雪……我去过一次绝不想再去第二次，为什么叫无人区？就是因为人无法在那种环境下生活。陈健吃不了苦，他从小生活优渥，养尊处优，除了训练时吃些苦，在生活上从来没有吃过半点的苦，他的生活习惯是每天要健身，每天要吃有机蔬菜和进口牛肉，他喜欢的鞋子，新款上市他要第一个买到……”

知非前脚跨进了门诊部的大门，突然瞥见自己的头发上沾了一片花瓣，伸手捻了下来，蓦然想起了修羽从车下爬出来时候，脸上沾着了一抹机油，有点野也有点萌。

她走了神，听到耳边陈母的叹息声才回过神。

“再说了，他现在身上有七八个商业代言，四五个正在录制的综艺，还有刚刚签的影视剧、商业活动……他说走就走，太不负责任了。”

“可这事……你不该来找我，我也帮不上什么忙。”

“不不！知非，你的话他还是愿意听的……”

“可我现在人在非洲。”

“你给他打个电话，发个短信也行。”

知非没说话。

“我知道以前是陈健对不起你，我替他向你道歉。你就帮帮阿姨好不好？”

知非无言。

“我就这么一个儿子，捧在手心里养大，他要是出点什么事，我也不想活了。再说，你曾经是陈健的主刀医生，要是没有你，他康复得也没有那么快，你救人救到底，再帮他一次行吗？”

知非倒不是不愿意帮这个忙，只是她不喜欢随便给别人意见：“要说劝，韩晴晴比我合适。”

陈母叹了口气，语气生硬地说道：“你就别再提韩晴晴了，陈健已经跟她分手了，她巴不得陈健永远留在无人区，那样的话，她的那些见不得光的事就没人知道了。”

知非不关心这些。当初韩晴晴一次又一次打电话给她，莫须有的罪名一次又一次扣到她的头上，她很是无语，原以为他们会相爱相杀白头到老，没想到居然这么快就分手了。

“其实，我刚开始反对你们在一起，是因为小健他的病刚好，我希望他把更多的精力放到工作上。”

知非冷声道："早就过去了。"

陈母连声附和："是，是早就过去了，可我这心里一直放不下。当初你跟小健分手，错的是小健。他年轻，不懂事，经不起诱惑。你去了非洲之后，小健好几次喝醉了哭着跟我说他后悔。他是真心喜欢你，想跟你在一起的，不然他也不会在节目上公开向你求婚。可那时候韩晴晴逼得紧，你这边又一再拒绝。我想既然你已经放弃小健了，就劝他收心跟韩晴晴好好过日子，可那韩晴晴却不是什么省油的灯，在片场里做了那种龌龊事……"

知非并不知道陈母口中的龌龊事指的是什么，她也不关心。她迟疑了一会儿，才说："我会想办法给陈健打电话。"

"那真是太感谢你了。"陈母如释重负，"你是能帮我劝他回来，我这辈子都念着你的好，真的。那里不是他生活的地方，他就应该站在聚光灯下……"

陈母还在说，知非不咸不淡地打断："我把你的想法转达给他，至于他愿不愿意回来，由他自己决定。"

"好，谢谢你知非。"

知非挂断电话，她看了看时间，迈开长腿，朝齐天的病房走去。

第44章　大家都变了

推开门的时候，夏楠正在给齐天喂饭，一边喂饭一边在絮叨："我说你的嘴是筛子啊，怎么老漏饭啊？你看又漏了……哎哟，你这才二十几岁，现在就这样以后还了得啊？这要等到七老八十了还不知道怎么漏呢……"

齐天眼睛蒙着厚厚的纱布，虽然看不见，嘴里却没闲着："怎么着，这就开始嫌弃我了？"

"常言说得好，久病床前无孝子，何况我只是朋友。"

"打住，不是朋友，是女朋友，再说你才伺候几天啊，就这样了？太不仁义了，将来我老了，指望谁去？"

夏楠手里的勺子用力在碗里拌着饭："千万别指望我，照顾你比照顾我妈养的龟还用心，我都心力交瘁了，还指望我给你养老，咱俩到底谁比谁年纪大啊？"

"根据科学研究的结果，得出这样一个结论，女人的寿命普遍要比男人长，将来我肯定走在你前面，不得你照顾我啊。"

"呸，胡说八道什么。"

"我错了。"

他认错倒是挺快。

夏楠心里既甜蜜又苦涩，甜蜜的是两人的关系终于有了进展，苦涩的是，他眼睛受伤需要换角膜，可现在基维丹的眼角膜还不确定能不能用得上。所有人都为他担心，可他倒是心大，愣是一点不着急，好像需要换角膜的人不是他。

齐天听她突然不说话了，虽然他眼睛看不见，可心里明白她在担心什么，安慰道："好啦，别难过了！你想啊，要不是我眼睛受伤了，你能这么快答应做我女朋友吗？这叫塞翁失马焉知非福，反正我心里美滋滋的。"

夏楠被他逗得哭笑不得："你是不是傻啊？就这也能让你高兴成这样。"

"喜欢你可不就傻吗？"

"你真讨厌，好好一个人，就只长了张嘴。"

"啊，喂我。"齐天张大了嘴巴。

夏楠舀了一勺饭，塞进了他嘴里。

知非站在门口看着他们，很欣慰，齐天居然能安安静静地躺在床上接受治疗，以前简直想都不敢想。想当初他脑袋磕了，来医院缝针，那副嚣张得不可一世的样子还历历在目，短短两个月的时间，却像变了一个人。

齐天的嘴又漏饭了，夏楠拿着手帕一边给他擦嘴，一边唠叨，齐天噘着嘴，偶尔回怼两句，有种天然的默契。

感觉有人进门，夏楠一抬头，看到了知非，有点不好意思，打了个招呼。

知非双手插在口袋里歪着头看着他们。

齐天听夏楠说知非来了，又来劲了，那架势一点不像是眼睛受伤需要换眼角膜的病人："你知道陈健离开娱乐圈了吗？"

知非"嗯"了一声。

夏楠悄悄抵了他一下，小声提醒道："别哪壶不开提哪壶。"

齐天说："我觉得这壶开着。"

"你都这样了，还嘚瑟，张嘴。"夏楠把一大勺饭填进他嘴里。

齐天嘿嘿一笑，解释道："我能不嘚瑟吗？当初他可是我情敌，虽然现在不是了，但是一日情敌终身情敌，我就乐意看他的笑话。"

"小肚鸡肠。"

齐天发现新大陆一般："吃醋了？"

"我吃什么醋……"

"还有一个更爆炸的新闻，就是陈健的女朋友韩……韩什么来着。"

"韩晴晴。"夏楠忍不住提醒。

"对，就是她出轨了。你们知道消息从哪儿来的吗？"齐天故意卖了个关子，接着说道，"我是从娱记那里听来的。"

夏楠一愣，回头看了看知非，知非皱着眉。

齐天道："哈哈哈，没想到陈健这万花丛中过片叶不沾身的花花公子，竟然也有今天，简直大快人心啊……"

夏楠听他越说越没谱，然后拿手使劲掐了下他一下："够了啊。"

齐天龇牙咧嘴地大叫："别掐我，我说的都是实话，这可不就是渣男贱女不得善终的故事么？活该！"

知非拉了把椅子坐下，问齐天："你知道陈健去了羌塘吗？"

"当然知道了！现在还有谁不知道这事？网上都已经传得沸沸扬扬了，他的那点情史被扒得干干净净，时间线都叫人给理出来了。当初那些骂你的人，都在为你抱不平，说你才是受害者，跟你恋爱的时候他就已经出轨韩晴晴了。他们说他是出轨惯犯遭反噬，所以退出娱乐圈保平安。也有人说，他这是洗心革面，重新做人，所以去了无人区保护藏羚羊。他还加入了林队的野保队，前些天跟盗猎者真枪实弹地干了一仗，身上中弹了，差点要了他的小命。”

“他……他真的受伤了？”夏楠惊呼一声，回头看着知非，这些天太忙，根本没有时间上网，只觉得一件比一件刺激，她有点消化不了。

知非问：“你觉得他是真的想要离开娱乐圈还是炒作？”

“真的想离开！”

知非好奇地问：“为什么？”

“人都要脸，陈健尤其要脸，他这人从小到大一帆风顺，这次可算是把脸全丢了，叫人戴了绿帽子还闹得天下皆知，以他的性格哪还有脸在娱乐圈里混！要是我……呸呸呸，这种绝不可能发生在我身上，对不对楠楠？”

夏楠气坏了，用力将手里的勺子往碗里一丢，拿起手帕用力擦着他的嘴，跟擦一面脏了的镜子似的，非常用力：“告诉你，别以为你看不见了我就惯着你，再胡说八道，看我不拿胶布把你的嘴给封住。”

“我开玩笑的，我错了！你要是把我的嘴给封住了，那我还怎么跟你说我爱你？”他仰着脸，露出大牙朝她笑，伸手抓着夏楠的手，撒娇地晃了晃，“关爱弱者好不好，献出你的爱心行不行？来给我一个爱的亲亲。”

夏楠偏偏吃他这套，被他逗得老脸一红，又碍于知非在场，也不好跟他表现得太过亲密，只好原谅了他。

齐天目的达到，继续跟知非说：“其实，要我说，那就是陈健找到了自己真正热爱的事业了。”

“何以见得？”

“你想啊，一个人要有多大的勇气和毅力才能放弃眼前安稳的生活，去那种环境忍受酷热严寒，不为名，不为利，不为财，跟天斗，跟地斗，跟凶残的盗猎者斗。唯有热爱是支撑下去的勇气和力量。”他顿了一下说，“最后一句不是我说的，是网上对林队和他的野保队评价的高赞内容。”

“那是极少数的人。”

“没错，我虽然看不起陈健，但是我承认他就是极少数的人，你还记得他每一次获奖后的发言，要么呼吁是环保，要么呼吁保护野生动物，要么呼吁停止局部战争，总之他就是一个彻头彻尾的理想主义者。”

知非想了想，齐天说得没错，陈健确实是这样的理想主义者，就像当初他选择她来做他的主刀医生时说的，他相信知非会带来奇迹，而没有考虑她的资历。她忽然发现原来自己并不了解他，而且也从未了解过他。知非轻轻叹了口气，拿出手机，搜索关键词，手指在快速浏览新闻。

夏楠知道她不愿意谈论陈健的话题，赶忙转移换题，冲齐天说：“你这是在说自己也是理想主义，因为你也参加了野保组织。”

齐天一本正经地道：“这个我不吹牛，这件事上我还真不如他，我也不如你们，你们来Z国是自愿的，可我来Z国是被我爸逼的。我参加野保组织，那是给自己找了个事情来打发无聊，和真正的野保志愿者有很大区别。就拿石头来说吧，他是真正的野保志愿者，基本都在野外生活，住的帐篷动不动就叫大象给撅了，正吃着饭呢，猴子上来把锅给端走。这些都是小事，最可怕的是什么？是他们经常跟盗猎者纠缠，那些盗猎者都是亡命徒，擦枪走火那是常有的事。所以我从心底佩服这些人！我问过石头，我说你多久没回国了。他说三年了，他离不开草原，他夜里听不到大象狮子的叫声会睡不着。你说这大草原上，缺衣少食的图什么啊？就凭着一腔热爱，凭着对野生动物的热爱，这就是我最佩服他们的地方。”

知非看了一眼齐天，没想到他能说出这样的一番话，略感震惊。

夏楠也颇为意外，愣怔地看着他。

齐天笑得真诚，道：“你们肯定不信，我也不信，我居然还有服气的人。不然的话，我怎么可能愿意屁颠屁颠地跟着石头在草原上跑，还巴巴地给他送物资，大晚上躺在营地闻他的臭脚丫子，忍受他打雷似的鼾声。我又不自虐，就是服他，打心底里服他这个人。”

知非眼睛看着别处，想起了那晚草原上跟石头见面的场景，想起石头和修羽跟盗猎者火拼，想起听到远处的枪声，她焦急等待后看到修羽时的激动，一瞬间释放的压力……

她刚想到这里，门口响起了敲门声。

夏楠冲着门口说了一句：“请进。”

病房的门被推开，石头打外面急急忙忙地走了进来，直奔向齐天的床前：“老齐，你好点了吗？”

“石头来啦！好多了。”

“我不信。这边医疗环境不好，要不给你安排回国治疗？”

“嗨，小事情。”

“这还叫小事情？我给你家里说”。

“别别，千万别打，我爸城府深，他要知道的话，我猜不出他会有什么反应，反正我妈要是知道了，肯定得急出心脏病。再说了，现在我连公司那边也还瞒着没让他们知道呢，不然这会儿哪有这么清静，还不把医院给闹腾翻了啊。”

“你就一点不怕？你可是将来要继承齐源集团的太子爷。”

“怕啊！所以瞎了之后，赶紧找了个不嫌弃我的女朋友，趁着我爸现在还算年轻，让他再干上二十年。我的计划就是抓紧结婚生子，将来让我儿子来继承家业……”说着扯住夏楠的手，“怎么样？嫁给我吧，结婚生娃提上日程，我听你的。”

“没点正经。”夏楠一把推开了他。

“啊？”石头愕然，一会儿看看夏楠，一会儿看看齐天，最后瞧了瞧知非。他还没从齐天之前疯狂追求知非的情境中完全理清头绪。

齐天也懒得解释，反正这事他自己想想也就明白了。

“石头，现在是一年里盗猎最严重的时候，你怎么又跑医院来了。”

“我当然要来啊，你是我最好的兄弟，除了大象、狮子、羚羊，长颈鹿……”

“得！排在动物世界的后面，不过排在了其他人类的前面，我还是甚为欣慰的……”

知非正听他们说话，忽觉口袋里的手机在疯狂地振动，她晃了晃手机跟众人告别之后，走出了病房，带上门。

电话是陈健打来的，她一边往楼下走，一边按了接听：“喂！”

陈健的声音有些嘶哑：“知非，是我，我现在无人区，刚看到你给我打了电话，我找了个信号稍微好点的地方给你回了过来，不过这边信号不稳定，很可能一会儿就断了。”

知非“哦”了一声，一时之间竟无话可说了，过了一会儿才问：“我听说你受了伤，现在情况怎么样了？好点了吗？”

“好些了，子弹取出来了，就是伤口还没完全好。”

“身边常备药都有的吧？”

“有。”

“你记得伤口要常清理，记得换药，如果有发热、感染的症状要立即去医院治疗，要是附近没有医院的话，你就给我打电话，我告诉你怎么处理。”

陈健半天才说了句：“好。”

很久没有这样平心静气地聊天了，知非竟然不知道该聊些什么，停了有三秒，才问：“你跟林队在一起？”

“嗯，我在他队里。”

“真的准备留下来保护藏羚羊？”

“是！”陈健没有丝毫的犹豫，“很多人不信，我以前也不信自己会作出这样的选择，因为我从来没有想过会喜欢上这样的生活方式，枯燥无味，日复一日。当我到了这边之后，才发现自己真的很爱这种生活方式，这就和我小时候的训练一样，枯燥无味日复一日，可就是让我觉得有意义。”

知非一直以为他是一个热爱热闹的人，频繁地换女朋友是因为他花心，原来是他的伪装啊！因为骨子里是一个孤冷的人，所以努力扮演出一副热爱狂欢的架势。现在他终于卸下了伪装，他比任何时候都要冷静，像是在无人区里找到了灵魂，终于变得充实。

知非突然意识到，现在对话的陈健才是他最真实的状态："恭喜你，找到了自己。"

陈健道："没人知道当我退役之后，内心是什么样的？我现在可以坦然地告诉你，之后的每一天，我都会感到茫然无措。离开了训练场，我不知道我该干什么不该干什么。我参加节目也好，做代言人也罢，不管我做什么我的心都是浮着的。我喝酒、抽烟、频繁地恋爱分手，总之，这些都是我逃避生活的方式。"

知非走到了走廊尽头的窗子跟前，停下脚步，一只手撑在窗棂上，目光看着黑沉沉的远方。

这是她头一次这么认真地听他说话。

陈健说："我真的给很多人在感情上造成了伤害，也包括你。对不起。"

知非没说话，不是不接受他的道歉，而是已经没有必要了。

陈健："尤其在我生病之后，我常常问我自己，活着的意义到底是什么？那时候我没想明白，可能是因为我太惶恐了吧，活下去是我唯一的目标，所以当你走近我的时候我牢牢地抓住机会，我要活下去，活下去才有希望。"

"是什么让你决心做一名野保志愿者？"

"是在我遇见了林队之后。"

知非想，果然是这样。

陈健点了支烟，抽了一口，说："那天我开着租来的越野车在荒原上狂驰。天说变就变，刚才还是晴空万里，转眼就刮起了大风，到处飞沙走石，气温下降得很快，没多久就飘起了雪花。我紧赶慢赶，赶在下大雪前住进了附近的一家旅馆……"

知非看着远处，平静地道："那边确实有个旅馆，名字叫'风花雪月’对吗?”

陈健明显吃了一惊:“我住的就是风花雪月!你知道?”

“知道,我去的时候是七月,正是旅游的旺季,‘风花雪月’里住满了人。”知非道,“老板娘年纪大概三十七八岁,大家都叫她岚姐。她喜欢穿大红裙子,绣花拖鞋,一头波浪卷的长发,眼睛又细又长,给人一种说不出的味道,非常特别。”

“对!岚姐是个风情万种的女人。”陈健有点迟疑地问,“你还知道什么?”

“我还知道她喜欢抽烟,喜欢喝酒,唯一的爱好就是打游戏,玩的还是单机游戏。她养了一只鹦鹉叫雨来,据说是下雨天在外头捡到的所以取名叫雨来。雨来喜欢站在岚姐的肩膀上,话比岚姐可多多了,一言不合就开怼,据说是因为店里的一个员工喜欢听相声,雨来跟着相声学的。”

陈健震惊了,知非知道的比他想象中的多得多,忍不住好奇地问:“岚姐是什么样的人?”他快好奇死了。

“跟林队比起来,岚姐更像一个谜。对人冷淡,根本不像一个生意人,也不在乎小旅馆赚不赚钱,据说开店以来,房费就没变过,物价翻了几番,但她的小旅馆好像活在地球之外。”

陈健有点说不出话来,半天才问:“你是怎么了解的?”

“做过旅游攻略的人都知道,我以前也算是个驴友,几年前路过那儿,就在旅馆里停了两天,自然就了解了。”

陈健不说话了。他算不上驴友,他连攻略都没做就出发了,原本想的是到了这边找向导,可向导临时有事,他就彻底迷路了,荒山野岭,要不是遇上了“风花雪月”他恐怕要被大雪堵在路上,那样的话后果不敢想。

知非缓缓吐出一口气，道："那时候，年少轻狂，想去哪里就去哪里，根本不想后果，背着背包就出发。"

陈健噎了一下，这句话，一下子把她和自己的距离拉开了。陈健想，难怪他那么喜欢她，这个女人跟他见过的别的女人不一样，别人是温室的花朵，而她是峭壁上的野花。可这朵野花，却注定不属于他。

知非把手机放在窗台上，开着免提，没说话了。她想起独自去藏区旅行，正是西藏旅游刚开始火起来，她在网上寻找攻略，无意中读到了林队和岚姐的故事。

不知道是谁写的，文字经过转载和加工，像一部带着悬疑色彩的爱情小说，讲的是游侠与美女的爱情故事。游侠说的是林队，美女自然就是岚姐。大致说的是两人相识多年，既是大学同学又是叱咤商场的情侣，因为种种原因，两人在事业最巅峰的时期，将网站卖了实现了财务自由。之后，两人离开了北京。林队在无人区组建了野保队保护藏羚羊，岚姐在附近开了个旅馆。这对恩爱情侣却一直没有结婚，据说是林队因为保护藏羚羊跟盗猎者结了仇，怕连累到岚姐，不过岚姐也不在乎那一纸证书，她开旅馆就是想给林队一个休息的地方，每次林队经过那里的时候都会去旅馆里小住。

还有另外的商战版本：林队曾经是互联网行业新贵，因为对赌协议输了，所以才销声匿迹。还有个童话版，说林队是因为深爱一个女人，才追随她来了无人区，后来女人跟别人结婚，他伤心欲绝，心如死灰，在一个大雪天差点冻死，因为喝羚羊奶活了下来，便组建了一支野保队保护藏羚羊……

知非那时候还是个满脑子都是浪漫爱情故事的大学生，被故事吸引，想见一见传说中的林队，就在旅馆多住了一天，后来没能见到，据说是因为临时有事去了别的地方。

她很想见见林队的。

“我去的时候，没能见到林队。”

“那我算是幸运的。”陈健按着打火机，发出啪啪的声音，“大概晚上8点，林队他们到达的旅馆。现在是旅游的淡季，加上下雪，旅馆里就我一个客人，大家都睡下了，岚姐还在楼下。我在查资料，查完了，正要回去睡觉，这时突然响起了敲门声。岚姐喝了点酒有点微醺，听到敲门声，一路小跑开的门。当时外面雪很大，地面已经落了半尺多深的雪，门一开，就看到外面的雪地上站着几个穿着皮袄，戴着皮帽的人。其中像极了电影里座山雕的那个人就是林队。说实在的，要不是岚姐一头扑上去，我真以为是遇到打劫的了。后来我才知道，当天是岚姐的生日，林队有点事耽搁了，冒着大雪赶来的，雪太大，车子在距离旅馆大约五公里的地方抛锚了，几个人踏着雪走过来的。”

知非听得很认真，她还是学生时就喜欢这个故事，现在终于听到了真实版本，跟她希望的一模一样。

陈健说这个故事的时候有点唏嘘，或许还有点儿羡慕：“林队他们一到，冷清的小旅馆里顿时就热闹了起来，他们带了酒，还带了一只羊，他们烤了羊，招呼我跟他们一起喝酒。”

知非听着他的描述已经想到了旅馆里的画面，大雪封门，夜深人静，点着火盆，喝着酒吃着烤羊肉，看着一对神仙眷侣，想想就让人沉醉。

听到陈健突然停了下来，知非连忙追问：“然后呢？”

陈健似乎在喝水，轻轻咳嗽了两声，说：“林队非常豁达，也很健谈，我以前以为，他应该非常神秘，不苟言笑的，实际上并不是。我跟他们一起喝了顿酒，就这样认识了，他说他在青藏线沿途的广告牌上看到过我，知道我是谁。他还看过我的比赛，就比赛的情况，跟我聊了聊，他懂的很多，很随性，没有城里人的客套，很真诚。我们在一起大口吃肉大碗喝酒，聊了很多，开始时他以听为主，喝多了，话也多了起来。我问他在这边的生活状态，以为他会侃侃而谈，然而，他就说了两个字：枯燥。我问他后悔吗？他说不后悔。”

陈健停下来兀自笑了笑，说：“你听，枯燥却不后悔。我就像八卦记者一样刨根问底，他知无不言，言无不尽。讲了如何利用自然条件认识天气，讲了在物质匮乏的情况下如何在荒山野岭生活，讲了盗猎者如何残忍血腥，还讲了野生动物的可爱……”

知非觉得有意思：“跟他聊天一定能学到很多东西。”

陈健说：“是啊，听君一席话胜读十年书。我就是在跟他聊完之后，感觉到自己的血液在燃烧，我突然明白了，这就是我想要的生活方式。”

知非淡淡说道：“这样会不会草率了？就聊了个天，喝了个酒，你就决定跟他走了？”

“对呀！”陈健自豪地笑了一声，他不想让知非觉得自己这么决定是一件草率的事，解释道，“林队只是让我看见了自己的内心世界。其实，我以前真不了解自己，以前我就像掉进了大海里，拼命地游啊游，不管多么用力我都在大海里。”

知非有点理解他。

陈健实话实说：“没有安全感，赚再多的钱，对我来说也没有意义。当我决定加入林队他们的野保队时，我的心一瞬间就安定了下来，其实从我踏上无人区开始，我就已经知道了，自己真正想要的生活是什么样的。”

“所以，你想好了要留在那里?”

“对！我要从以前的环境中彻底抽离，开始我的新生活。”

知非淡笑了一下，说：“可你选择的生活不仅仅是枯燥这么简单，还有物资匮乏，风吹日晒，以及时时刻刻来自大自然和盗猎者的双重危险。”

“林队说，保护藏羚羊这件事，就是说起来很伟大，实际上很艰苦。”

何止是艰苦。

知非说：“在物质生活丰富的现代社会里，他们的行为是普通人难以理解的。”

陈健嘿嘿一笑，说：“以前我也是这么想的，我觉得能在这样环境下生活的人，不是傻子就是疯子，要么就是骗子。可真正接触了之后才发现，根本不是那样的，他们既是理想主义又是现实主义，他们的精神世界比普通人既丰富又精彩。”

知非明知道隔着电话陈健看不见，还是点了点头，表示赞同。

他说得很真诚，知非不想打断他，让他继续往下说。“真的，我以前只想住北上广最好地段最顶级的房子，吃有机食品，追最漂亮的姑娘，满足自己的虚荣心。我从来没想过我要过这样的生活，漂泊不定，对抗自然，追逐盗猎者，说不定哪天命就丢了。可你说奇怪不奇怪，我这么想居然一点不觉得焦虑，而且当我作出这个决定的时候，夜里都睡得特别踏实。有时候我想，或许我前世是荒野的一头野兽，所以对这种生活既陌生又熟悉，又或许是我老了?”

“你这个年纪，很多人刚从学校毕业，人生才刚刚开始，我在你这个年纪还在读书，你要是老了，那我们岂不是更老了。”

她比他年纪大，她在刻意拉开年龄的距离。身后，走廊里的白炽光盖过了窗外的黑暗，有护士走过，脚步很轻。

陈健沉默了几秒说：“可能是我的心老了，训练和比赛，陆陆续续走过大半个世界，接着是连轴转的工作，身心疲惫了。”

接下来两人都不说话了。

陈健突然意识到，可能这是跟知非最后表白的机会，他还想再争取一下：“知非，我还有机会吗？”

“什么？”

那边安静了，似乎在斟词酌句：“我在这边，想得最多的还是你，我发现自己还喜欢着你。我肯定不可能像以前那样有钱，能给你制造浪漫，买奢侈品，买车别墅，可能还会因为违约要赔偿很多钱，甚至变得一无所有，但我还能像以前那样喜欢你么？”

知非：“我需要这些么？”

陈健笑笑，是的，她不需要，他追她的时候，什么名牌衣服、化妆品、奢侈品包包、首饰，他都送过，最后她一样一样给退了回来。她说她大部分时间都在医院，穿的是白大褂，下了班只穿纯棉的衣服，亲肤、舒服，上手术台，手上不能戴首饰，也不能用香水，化妆品放到过期也用不上两回，一支口红打天下。

她说那些的时候，十分坦然，确实，就连约会她也只化个淡妆，五分钟之内搞定化妆是她的生活态度。

他早就知道，她跟别的女人不一样。

“可我还是喜欢你。”

知非抿着嘴。

“我越来越觉得，没有人比你更适合我。”

知非笑了笑，说：“陈健，你会遇到更适合的人。”

回到办公室，关上门，知非一个人静静地坐在黑暗中，内心涌动着难以抑制的波澜。

自她从美国回来，到加入援非医疗队，再到Z国，中间发生了很多事，她快速地在脑子里过了一遍，然后逐一理清思绪，看了看时间还早，决定早点回去。

天气转凉，习习凉风吹得人身心舒畅。夏楠还没回来，宿舍里很安静。知非最近很忙，回到宿舍就眼皮打架，洗漱完毕，倒头就睡。早上闹铃一响立即起床，匆匆忙忙出门，忙到没有时间留意任何工作以外的事情。她突然发现，狭小的宿舍不知道什么时候开始变得干净又整洁。

想到刚来这里的时候，夏楠嫌房间太小，床板太硬，地面的毛水泥太脏，拿着刷子蘸着洗衣粉一点点地刷一点点地擦。夏楠还在附近的小街上买了台布和窗帘，稍微布置了一下，才有了点女生宿舍的样子。不过夏楠从小到大也就是大学军训时住过几天集体宿舍，平时家里有钟点工打扫卫生，所以刚到这边的时候，衣服到处乱扔，连知非的床头都挂着她的文胸，箱子打开也不关上，就躺在宿舍的地上，里面衣服乱七八糟堆在一起，每天早上知非都能看到她在箱子里翻衣服，一件件地扯出来再塞回去……

知非还调侃她实在收拾不动，干脆请个保姆。夏楠确实也这么想过，但是后来放弃了，因为医疗队代表在非洲是中国的一张名片。

知非帮她收拾了两回，后来实在太忙了，再加上收拾完她马上又弄乱了，也就由她去了，反正没人检查宿舍，门一关，里面再乱外人也看不出来。

不知不觉，一切无声无息地变了，宿舍里干净清爽，箱子收拾好放在床下，生活用品摆放得整整齐齐。刚来这边的时候，生活物资短缺，吃得也不合胃口，夏楠过一阵子就去街上的中国超市搬些零食回来。她的床头柜上摆满了各式各样的零食，现在一件件零食都不见了，竟然替换成了医学类的书籍。知非跟她认识这么多年，她平时睡前总爱刷微博，逛豆瓣，这习惯什么时候变了？

知非仔细想了想，大概是从自己给得艾滋病的产妇做手术导致职业暴露之后，夏楠整个人都变了。她不再抱怨，话也少了，手术量爆发式地增加，每天早出晚归，任劳任怨。有几回她看到夏楠吃饭时，居然打起了瞌睡，可只要一进医院，立即精神抖擞，像打了鸡血那样一台接着一台做手术。

知非走到床边坐下来，拿起枕头边的辛米医生的笔记翻了翻，这本日记她反反复复看了十来遍，每一个字都已经熟烂于心。她太想念父亲了，原本她希望在日记里看到和他有关的消息，哪怕是一丁点儿都行，可里面记录的只有一些特殊病例以及风土人情。知非打开行李箱把笔记放了进去。行李箱有点乱，她稍微整理了一下，在箱子底下，发现了半盒烟，不记得是什么时候放进去的。知非抽出来一支放在鼻子下闻了闻，细细的女士烟带着一点薄荷味。以前她长时间手术，累的时候就喜欢抽支烟提神，现在戒了之后，也就刚开始的几天有点心心念念，但是忙起来根本没有时间抽烟。

知非把烟又丢进了箱子里，关上箱子，放进床底。

时间还早，她一点倦意都没有，洗头，洗澡，吹干头发，坐在床上，拿出手机，打开新闻，把国内最近发生的事浏览了一遍。

第45章　是风动是心动

和陈健有关的新闻总是免不了要带上知非，媒体称她是正能量代表，是陈健最爱的女人，网友的评论更是发挥了自己的想象力，说她是陈健心头的红玫瑰，说陈健配不上她……知非冷笑，当初可是全网都在骂她配不上陈健，后台一打开就是上万条私信骂她，她都翻过这一页了，转眼风向又变了。她不想再看评论，手指一滑，退出了，不管以前骂她还是现在夸她，都让她感觉不舒服。知非的目光在热搜榜上扫过去。其中一条，是关于宋图南的。知非盯着那个名字看了五秒，才慢慢地点开，这是一条有关近期在非洲出现的埃博拉病毒的采访报道。视频里，坐在宽敞明亮办公室里的宋图南戴着金边眼镜，穿了一件白衬衫，上面的景泰蓝袖扣还是她送的。看到他脸的一瞬间，知非的心跳不由自主地加快了。知非这才意识到，她竟然还是没有忘记他。

"我们想请宋教授给我们观众做一个有关埃博拉病毒的知识普及。"

"……埃博拉病毒是一种十分罕见的烈性传染性病毒，生物安全等级为4级……"声音低沉有力，条理清晰，言简意赅。

"宋教授，我们知道您一直从事病毒方面的研究工作，您对此次非洲再次出现埃博拉病毒感染者有什么看法？您认为是否会造成大流行……”

知非怔怔地看着画面上的宋图南，几年不见，他好像也没怎么变，外表看起来，根本不像已过不惑之年，看起来顶多35岁。

采访内容是电视新闻的片段，大概一分多钟。

知非看完走了个神。她扔了手机，后背靠在床头，仰着头，头抵着墙壁，望着天花板。

夜极静，外面一丝声音都没有。

她想起了几年前自己还在美国读书，染上了神秘病毒，若不是他竭尽全力地治疗，或许自己已经不在人世了。只是后来，病愈之后，知非发现自己爱上了他……那时候，在她心里，他就是黑暗里的一道光，她几次暗示都被他婉拒。

想到这些，知非叹了口气，起身，又打开了箱子，从旅行箱的夹层里找出了一个淡蓝色的首饰盒，打开，取出里面的项链。是蒂芙尼的微笑项链。

知非看了好一会儿，才用手轻轻摸了摸上面的碎钻，项链是宋图南送给她的22岁生日礼物，那是她病得最重的时候，他在重症监护室里陪她过了一个特别生日，他说希望她永远做微笑的少女。

她兀自笑了笑。

项链她只戴了一会儿，就因为治疗摘了下来。她平时不佩戴首饰，因为进手术室要摘下，她嫌麻烦。所以出院到现在再也没戴过，可无论她去哪儿都把它带在身边。项链很好看，衬她。她盯着项链看了一阵，就在这时，窗外响起了脚步声，是夏楠回来了。

知非来不及取下，手不自觉地抓了抓睡衣的衣领。

夏楠手里拿着一个饭盒进门，看知非还没睡，说：“正好你没睡，给你带了豌豆黄。”说完，将饭盒打开，放在知非面前。

知非看了看，问：“哪儿来的？”

“超市老板的媳妇给齐天做的，他吃了两块，余下的叫我带回来跟你一起吃。”

知非取了一块，吃了口，很香很糯，不算甜，和之前修羽带给她的一个味道。

夏楠的目光落在了知非脖子上的项链，小心翼翼地问：“是……宋教授送的那条？”

“嗯。”知非有点不大自在，她不愿提起宋图南。

“挺好看的。”

知非将手里余下的豌豆黄塞进嘴里，掩饰自己的尴尬。

夏楠俯身看了看，说：“是带钻的款啊？”

知非问：“有区别吗？”

“当然有了，这款要两万多。”

知非对这些不太了解，只知道这个牌子的东西价格不菲，但没想到竟然要两万多。

“这款玫瑰金钻石项链，是这一系列里面最贵的。这么看来，他很用心了，也许他也在暗恋着你。”夏楠顿了一下，说，“双向暗恋。”

“就凭一条项链？”

夏楠点头。

知非不信，夏楠也不解释。她是在爱上了齐天之后才懂，爱一个人的时候，恨不得把世界上最好的都给他。她看着知非，知非的手摸着脖子上的项链，皱着眉，不知道在想什么。她想说点什么，可是又不知道从哪里开始说。从她畏惧得艾滋病的产妇，知非替她手术，到手术职业暴露之后，一直到现在，她都一直很后悔。知非是她从小到大最好的朋友，她却差点害了她，那原本应当是她的工作，却让知非承受了不该有的压力。

这段时间她尽心尽力地工作，希望能弥补退缩产生的愧疚。

可偏偏这时，她发现自己居然爱上了齐天，而齐天偏偏最开始追的又是知非。她特别矛盾，但是爱是藏不住的。以前她大大咧咧的，是个女汉子，什么事都跟知非说，从不藏着掖着。家里也没少安排相亲，可她愣是没有遇到过心动的，直到遇到了齐天。一开始她觉得就算全世界只剩下她和他两个人，她都绝对不会爱上他。或许命中注定，或许是造化弄人，偏偏就爱上他了。

这段时间，她刻意避开知非，不知道怎么面对知非！这一次柳阿姨过来跟她聊了聊，说她和知非从小就像亲姐妹，又一起进了医疗队一起来到战乱区的医院，要相互帮助。

她听了很难过，从小到大就算知非在美国，而她在国内，都没有像这段时间这样很少说话，何况两人还住在同一个宿舍里。她想跟她回到以前无话不谈的状态。可是，人一旦有了隔阂，就很难再亲近。

就连蒙着纱布的齐天都感觉到了她和知非之间的疏离。

齐天跟她说："你和知非是最好的朋友，如果就这样疏远了，将来一定后悔。"

她没想过齐天会跟她说这样的话，其实这段时间也幸亏有齐天，不然她都害怕自己会受不了。

她开始审视自己。

她不能失去知非这个朋友。

“非非。”夏楠坐在她对面，声音有些低，“你还喜欢宋教授吗?”

“不知道。”知非想了很久才说，声音低到自己都快听不清，“宋教授他不会喜欢我，他心里有别的人，他对我好，是基于我爸是他的老师，念着我爸的情。他以前还在读书的时候，父亲公司倒闭，母亲被追债差点跳楼，是我爸资助他上完了高中，后来考了医学院成了我爸的学生，也是在我爸的帮助和推荐下去美国读的硕博。”

“如果是这样，他没必要送项链给你。送礼物是有讲究的，项链与‘想念’‘相恋’谐音，也有守护的意思，要是真的只是念叔叔的情，他费尽心思治好了你的病，就够了，没必要花心思挑一条项链给你，送电子产品，更简单，也不会引起误会。”

知非没有说话。

夏楠看了她一会儿，说:“我没见过宋教授，只是在网上看到过他。他很有爱心，捐了一座小学，一对一资助了十来个学生，一半多的学生都学了医。他很爱国，美国那么多医院那么多所大学挽留他，他还是选择了回国。并且他至今还是单身……”

知非悄悄捏了下拳头:“可能他在等真正喜欢的人吧，我不是……”

“为什么不能是你?”

知非一下子无言了。

“齐天以前喜欢的人是你，这件事整个医院的人都知道，而我跟他从一开始就水火不容。后来我发觉自己喜欢上了他，但我觉得他不可能会喜欢我。结果，他跟我说，他也喜欢上了我。你看，这世上有很多事，要后来才明白。”

“他不会……”

“你不去争取一下怎么会知道有没有缘？非非，你问问自己，你现在还喜欢他吗？放弃他的话，你会觉得难过吗？如果你会感到不舍，你就面对自己的内心，勇敢一点，别再错过了。”

接下来两个人都不说话了，大概过了三分钟，夏楠迟疑着说：“刚在病房里，齐天要听新闻，我找给他听，在热搜上看到了宋教授。”

知非恍惚了一下，“嗯”了一声。

夏楠说：“我刚刚跟传染科的医生打听了一下，新礼昨天刚刚确诊了几例埃博拉患者……”

知非听得不清楚，抬起头问了一句：“你刚刚说什么？”

夏楠又把话重复了一遍，知非是那种工作和感情可以迅速分开的人，心里咯噔了一下，新礼有病人确诊，这是一个非常危险的信号：“确诊了？”

“确诊了。”

知非愣了一下，什么都没有说。

夏楠说：“这边的医疗条件不好，病情发展的速度可能会超过预期，有人预测宋教授会过来。”

知非没有回答，愣了一会儿，拿起手机，迅速翻看，Z国国内的新闻。

夏楠洗漱完毕，又回到了宿舍，知非已经躺下了，面朝另一边，侧着身子。她轻手轻脚地上了床，关了灯，黑暗中，问知非：“非非，你睡了吗？”

“还没。”知非没睡，她心里有些烦躁。

“齐天刚刚接了陈伯伯的电话，陈伯伯说，基本上已经确定把基维丹的眼角膜移植给齐天。”

黑暗中，知非快速转过了身，面对着夏楠，声音因为激动明显提高了：“真的吗？那太好了，陈伯伯有没有说移植手术谁来做？”

“陈伯伯说，明天会派医疗队的眼科医生过来。”

“是吴医生吗？”

“是他。”

“齐天的眼睛有希望了。”

“希望一切都顺利。”

知非想，齐天确实是最符合基维丹要求的受捐者。

第二天一早，下起了小雨，气温又降了一些，知非穿着长袖，仍能感觉到丝丝凉意。

这也是医疗队来Z国之后最凉爽的一天。

吃完了早饭，院长克立斯博士来到齐天的病房，带来了最终决定：基维丹的眼角膜移植给齐天。

很快，眼角膜移植的手术就确定了下来，手术由中国援Z医疗队的吴现医生负责。

医疗队来Z国之前培训过半年，队员之间相互都有一些了解。吴医生是眼科医院的主任医师，来Z国之后成功治愈了近百眼病患者，并且，他在十年前就做过眼角膜移植手术。

Z国媒体一直在追踪报道基维丹捐献角膜的后续情况，确定基维丹眼角膜的受捐者之后，媒体开始报道，并且深挖了齐天的身世，发现齐源集团在Z国提供了数千个工作岗位。消息出来之后，国内的媒体纷纷开始转载，很快齐天在Z国被歹徒刺伤眼睛造成眼角膜损伤，确定移植基维丹捐献的眼角膜因此上了热搜，并且迅速登顶热搜榜第一，而这一天，也是齐源集团环保新项目落地的第一天。

老齐总刚从市政府办公厅出来，秘书焦急地等在门外，快步跟上，一边走一边低声汇报："齐总，小齐总在Z国出事了……"

老齐总脚下步伐不停，一边走一边听秘书的报告，笑吟吟地跟迎面走来的商业对手打了个招呼。

秘书小声地将齐天眼角膜受伤一事跟老齐总讲述了一遍，然后说："这些是Z国媒体的报道，国内主流媒体也有转发，从消息出来之后到现在已经有十余家媒体打电话询问相关情况……"

"跟齐天确认了吗?"

"小齐总联系不上，电话一直处于关机状态。"

"Z国分公司那边怎么说?"

"刚给分公司打过电话，几位领导层的人都表示对此事不知情。张总说，小齐总的确已经好几天没有回分公司上班，但是按照跟他的君子约定，每天都有给他发安全确认的消息，就是电话一直打不通，所以无法确定事情的真伪。不过他接到媒体消息之后，已经派人去医院确认。"

老齐总边接电话边出大门。司机毕恭毕敬地站在车子边，见老齐总走出来，立即拉开车门。老齐总走到座驾旁，停了一秒，吩咐秘书："继续给齐天打电话。"

"是。"秘书拨了齐天的电话，紧跟着上了车。

车子开动，秘书扭过头小声报告："小齐总的电话还是处于关机状态。"

老齐总微微皱眉，拿起电话，找到陈明宇的号码。

陈明宇正在主持会议，放在一旁的手机嗡嗡地狂震，他看了一眼来电显示，是战友老齐打来的，他示意大家继续，起身拿着手机出去接听。电话一接通，那边直奔主题：“老陈，我刚看到新闻，国内外媒体都在报道齐天眼睛受伤的事情，到底怎么回事，你了解不?”

“那小子没给你打过电话?”

“他关机。”

“难怪之前我去医院去看他的时候，他再三跟我说，让我不要跟你们探讨有关他眼睛受伤的情况，说怕你们担心。”

“看来果然是出事了。”老齐总皱眉，“情况跟媒体报道的符合?”

“我看过几篇报道，情况基本符合。”

“移植手术确定了?”

“确定了，早上刚刚确定主刀医生。”

“老陈，咱俩就不拐抹角了，分公司刚成立的时候，我在那边待过，当地的医疗水平我了解，相当的薄弱，跟发达国家相差十万八千里。在医学方面你是专家，我就这么一个儿子，你是看着他长大的，你给我句实话，齐天现在的情况适不适合在Z国手术?”

“这边的医疗条件确实不好，这点毫无争议。但是角膜移植手术经过几十年的发展，技术已经非常成熟了。关于角膜移植的基本情况我给你简单说一下，眼睛上没有新生血管，术后排拆率很低，所以说手术的成功率很高，当然也不排除部分移植患者会产生排斥反应，需要再次手术。”

“你的意思是说，这样一台手术放在Z国，无须担心?”

“我认为不用担心。我再给你简单介绍一下角膜移植的常规流程，角膜送到眼库之后，移植受者的遴选开始。世界上眼病患者很多，无数人都在排队等待眼角膜。这次的情况特殊，因为基维丹生前立下口头遗嘱，希望在自己死后，把眼角膜捐献给热爱旅行并且去过世界上很多地方的年轻人，所以才这么快确定移植给小天。”

“新闻上有提到，可我就是不放心手术成功率，毕竟是眼睛。”

“我理解，你有这样的担忧很正常。可老齐啊，我们医疗队的吴医生所在的眼科医院每年完成上千台角膜移植手术，他本人每年也要完成200余台的角膜移植手术，非常有经验。”

老齐总忐忑的心总算是平缓了下来，跟陈明宇又聊了几句手术的情况，结束通话之后，身体靠在靠背上，看起来闭目养神，实际上，脑子里一刻都没有停下来下。他离开部队那年，齐天3岁。齐天小的时候，正是他事业发展的起步阶段，经常出差，一两个月见不到儿子一次面，妻子又很惯孩子。后来，齐天到了青春期，非常叛逆，为了锻炼他，把他送去国外读书，直到他回国频频和网红出现在热搜上，老齐总才发现儿子真的长大了，再想管教为时已晚。于是他想了个办法，把齐天派去Z国锻炼，可到底还是低估了儿子的冒险值……

车子快到公司的时候，车速突然放缓了。

秘书小声说：“齐总，公司门口被记者包围……您看……”

老齐总睁开眼睛，示意继续开车。

接到消息的媒体已经把齐源集团的大门给围了个水泄不通。

车子缓缓停了下来，媒体蜂拥而来，长枪短炮齐齐对准了车门。

司机下车开了门，老齐总抖擞了一下精神，气定神闲地下了车，冲着镜头挥了挥手。作为上市公司的掌舵人，一举一动都备受关注，影响着公司的股价涨跌，他从不敢掉以轻心。

媒体将他团团围住，各种问题连珠炮似的抛了过来。

“请问齐总，齐天在Z国到底发生了什么事？眼睛为什么会被歹徒刺伤？对于Z国官方报道的，歹徒是随机作案的说法，您有什么看法？”

“齐总，齐天在国内搞电竞，进军互联网，做的都是新兴产业，突然放弃了国内这么好的生活环境，去接手Z国分公司，是公司布局还是父子之间的矛盾所致？您是否认为齐天是齐源集团最合适的继承者？”

……

老齐总保持着一贯的微笑，他久经沙场，跟媒体打交道早已得心应手，大方表示情况已经知道，感谢了基维丹，感谢了中国医疗队，表达了对中Z友好的愿景，并表示将来要扩大齐源集团分公司在Z国的规模，提供更多的就业岗位，助力一带一路发展，带领企业走向世界。同时还感谢了媒体记者的关心。

他说完正准备进公司，身后一个模样青涩的实习记者，抓住最后的机会，说：“齐总，我是娱乐周刊的实习记者，我有个问题想请问您，您是否听说过齐天在Z国疯狂追求医学博士知非？对于这件事您怎么看？”

周围一片哗然，所有人的目光全部都投了过去。

老齐总看了看她，很平静地说：“齐天的个人感情问题，你可以等他眼睛康复之后问他本人。作为父母，我们从不干涉他的私生活。”

老齐总路过前台的时候，两名小文员正在拿着手机刷着直播一边窃窃私语。

“小齐总居然追了陈健的前女友。我也太伤心了吧，我是因为他才来公司的……”

“你就别做梦了，来我们公司的小姑娘十个有八个是冲着小齐总来的，难怪老齐总要把他派去Z国，免得你们这些女人成天惦记着。不过……你们怎么想的啊？咱们公司可是明令禁止办公室恋情，来公司上班那才是真正没有希望呢。”

“公司的条例是给员工定的，他想废除，还不是分分钟的事。我就纳闷，我长得哪里比知非差了？陈健喜欢她，小齐总也喜欢她……真是人比人气死人。”

“你去看看人家的资料，就知道你比人家差哪儿了？医学界的希望之星，外科手术的天才魔术师……”

两人正说得闹热，忽听身后有脚步声，回头看到了老齐总，连忙问了声好，就赶紧回工作岗位去了。

老齐总回到了办公室，齐天的母亲已经在办公室里等他了。齐夫人很少来公司，今天实在是急了。适才老齐在开会不听电话，儿子的手机又关了机，她在家里如坐针毡，干脆来了办公室等他。见他进门，眼泪吧嗒吧嗒地往下掉，问他怎么办，齐天的电话一直打不通，她有多担心。

老齐总关上门劝了她一会儿，叫她别着急，又把陈明宇的话跟她说了一遍，说：“有老陈在，手术的事你就放心吧。”

“我就是后悔当初没拦着你，不该同意你把他派到Z国去，要是在国内也不至于出这样的事。”

“他就是太顺了，心中缺少敬畏，一个大男人整天沉迷于情爱，在国内是这样，三天两头跟网红闹绯闻，去了Z国还是这样。”

齐夫人刚刚看了采访的直播，知道老齐所指，抹了把眼泪说：

“捕风捉影的事也没少见，可不管怎么说，这个知非医生倒是个有能力的姑娘。据说她是援外医生，只是不知道陈健这事闹得沸沸扬扬，会不会真跟咱们小天有关?”

“给他打电话，问问他不就知道了。”

于是，齐夫人又给齐天打电话了。

齐天昨天晚上睡得迟，刚刚睡醒，躺在床上打着哈欠，百无聊赖。他自小就精力旺盛，喜欢运动，现在眼睛看不见，过着昼夜不分，困了就睡，醒着也不知道该干什么的日子。

病房里的Z国小护士特别喜欢他，说别人遇到这种事早就崩溃了，他可好，跟没事人一样，就是废话有点多。

齐天年纪不大，但他心大，这小子什么都想尝试，他了解现代医学，换角膜的技术很成熟。况且这种事这对他来说，不失为一段精彩的人生经历。尽管这样他还是会发出感慨：“Z国每年只有这个季节最舒服，天气不冷不热，这个季节，白耳赤羚开始了漫长的迁徙，草原上处处都是好景致，可惜小爷今年是看不到了。”

昨天夜里，夏楠回去之后，齐天躺在床上翻来覆去睡不着，呼叫Siri，让它帮忙找到某大神的盗墓小说有声版，结果听得入了迷，早上五点多才睡觉，为了不被电话骚扰，他在睡之前关了手机。

夏楠一大早给他送饭过来，喊他起床吃饭，他说不饿，只想睡觉。夏楠给他量了体温，挂上了吊瓶，说：“那你好好休息，等你睡醒了再吃饭。”

他应承后就昏睡了过去。到了中午，他终于醒了，伸了个懒腰，躺在床上左翻右转穷折腾。夏楠把给他留的早饭端过来，喂他吃饭。

饭有点烫，夏楠放在嘴边吹了几下，放在嘴里试了试温度，才喂给他。

齐天一边吃饭一边笑眯眯地问她："今天天气好吗？"

夏楠说："好着呢，早上下了点雨，现在雨过天晴。"

齐天感慨："可惜小爷看不见了。"

"你忍忍，等做完移植手术就能看见了。"

齐天听她情绪不高，突然想逗逗她："宝贝，我这眼睛要是不能痊愈了，你会不会甩了我？"他小狗一样仰着头。

夏楠看着他，犹豫了一下："嗯。"

"你有没有同情心？想甩我，没门儿，等我眼睛好了，等你结束了这边的医疗队工作，咱俩回国就把证给扯了。"

夏楠笑不出来。对她来说，婚姻是两个家庭的结合，她比齐天大了七岁，他又是齐源集团的接班人，就算他想跟她结婚，他父母会同意吗？就算他们同意，她也没什么信心，十年之后，她四十，他才三十几，平时他身边就不缺美女，到那时年纪加持更有魅力，她岂不是自找苦吃……

夏楠说："谁说我要跟你结婚了？"

"那你想跟谁结婚？"

"我还没想过结婚这个事。"

"没关系，那你慢慢想，实在不想结，就先把孩子生了，拿了家族的奖励再说。"他嘿嘿地笑着，从枕头边摸出手机，摸索着开机，嘴里说，"咱俩以后都不用工作了，靠生孩子挣我爸妈的奖励就足够生活。"

夏楠无言地笑笑。

手机刚一开机，几十条呼入提醒的短信涌了出来，他正准备叫夏楠看看是谁给他打的电话，这时手机就响了。

夏楠看了一眼，提醒齐天："来电显示是老齐。"

齐天一听，大呼："完了完了。"

"怎么了?"

"我爸！他一定是知道了我眼睛受伤的事了。"

"你的意思是，你瞒着家里到现在？你不是已经跟家里说了吗，你还说他们同意你在这边做移植手术……"

齐天看她着急，赶紧打断："宝贝，你先冷静一下……"

"你这是欺骗。"

"我就是怕他们担心，所以没有告诉他们。"齐天可怜巴巴地说，"我要是跟他们说了，他们肯定不让我留在Z国治疗，会送我去美国，找最好的医院最好的眼科医生，可我要是去了美国……我就会很长时间见不到你，我为了你才没跟家里坦白。"

夏楠一时之间不知是喜是忧，问他："电话接还是不接?"

"你让我想想……"

"都这个时候了，你觉得还能瞒得住吗？你以为还跟几十年前似的，就算发生天大的事情，只要不说就没人知道。你清醒点，这是信息社会，你又是热搜体。"

"这……这么快吗?"

夏楠嘟囔道："你也不想想，以前连跟网红吃饭都能上热搜，何况是这样的爆炸新闻，你，齐源集团的继承人，在Z国被歹徒被刺伤了眼睛，Z国首个奥运奖牌的获得者基维丹去世之后捐赠眼角膜的受捐者，还有……"夏楠一边说，一边滑开自己的手机，点开热搜，赫然出现的是陈健退出娱乐圈因齐天追求其前女友。

“现在热搜第一的词条是什么?”

夏楠没回答他的话，声音低了下来，问道：“电话接还是不接?”

“接啊！反正迟早他们也会知道。”齐天硬着头皮道。

电话一通，母亲的声音就传了过来，带着哭腔：“宝贝你怎么样了?”

“妈，我没事……没事，别哭啊乖。”

电话内容，出乎了齐天的意料，父亲并没有骂他，母亲字字句句都在关心他。

父亲说：“你妈妈早上从电视上看到你的新闻，饭都不吃了，赶紧给你打电话，想问问到底是怎么一回事，可你的电话打不通。她又问了分公司那边的人，他们也不知道你在哪儿，只是说你几天没回去上班了。她着急坏了，立即就叫秘书订机票，她要马上飞到Z国来见你，可飞Z国的航班，票都卖完了，只能等一周后的航班，你妈急得低血糖都犯了……”

“你爸也着急，我跟他生活了这么多年，不管遇到多大的事情，就算是之前公司资金链断了，他都没着急过，可这次听说你眼睛受伤了，先是给你陈伯伯打电话，后来给眼科医院的院长打了电话，刚刚又给你的主治医生打了电话……”

第46章　相谈甚欢

齐天有点蒙，小时候父亲对他很严厉，总是以军人的标准来要求他，他一直觉得父亲并不爱他，所以跟父亲不亲。进入青春期之后，他非常叛逆，故意跟父亲作对。比如，他学习明明还不错，却偏偏伪装成学渣，考全班倒数第一来气父亲。父亲越是希望他好好学习，他就越是逃学贪玩。学街舞、玩滑板，躲在游戏室打游戏、玩街机，甚至跟人打架，假装追女孩，总之他想方设法让父亲生气，于是父亲一气之下，把他送到了国外。

刚出国的时候，他觉得自己终于逃出了牢笼，获得了自由，但是很快就发现，没人管他了，一点也不好玩。一个人在外，生活中处处需要自己打理，父亲从来不去看他，连电话也不打给他。母亲倒是每个月都会去看他，每次待一个星期，见面了也不和他讲父亲的事情。

刚开始时，寒暑假他故意用不回家来试探父亲的反应，很快他就发现这个办法不管用，父亲压根儿没反应。他好奇死了，一度以为父母是不是已经偷偷离了婚，法院把他判给了母亲。于是他主动要求回国，想查明真相，事实告诉他，父母并没有离婚，父亲见到他，既不热情也不冷淡，就好像他一直在身边每天见面一般。更让他奇怪的是，父亲不再关心他的学习情况了，给他的感觉就是已经彻底放弃他了。他不信！故意出去染了个黄毛回来，结果父亲视而不见，目的没达到，他打碎了父亲的古董，父亲默默找人修复。总之干什么都被无视，他觉得没意思了，转而好好读书，真正做了一些自己喜欢的事情。

等他上了大学之后，拿着母亲给的创业基金开始了创业，一路亏损，好不容易才挣到了第一桶金。这时他才发现创业艰难，想到父亲把一个小作坊做到了上市集团公司，着实了不起。可这时候，父子关系越发疏远，他内心深处一直羡慕那种父慈子孝的家庭，因为这是他求而不得的。直到现在，他才发现，原来父亲一直默默关心着自己。

“……你一定要好好配合医生的治疗，争取尽快恢复健康，在我们心里你的健康比什么都重要。”母亲的话朴实无华。

“你现在安心养病，别的什么都不用考虑……”

齐天感觉心口一瞬间填满了温暖，这是他长这么大第一次听到父亲说这样的话，心里既高兴又难受，人却硬气得很，语气里尽是无所谓：“嗨，没事。”

“那妈妈下周过去看你。”母亲说。

“别别，这边是战乱区，非常危险，妈您千万别过来了。您如果要过来，从现在开始我就提心吊胆，寝食难安，万一影响了手术，得不偿失，所以求求您就别过来了，等我手术成功了，回国看您，行吗？再说了，陈伯伯在这边，分公司的人都在，您还不放心啊？”

话虽如此，母亲还是不放心，又聊了一会儿，突然问道：“知非医生还好吗？是她在照顾你？”

“医疗队的医生都很关心我。”

“下次带回来让妈见见。”

“那可我带不了。”齐天生怕夏楠误会，忙说，“她又不是我女朋友，凭什么带回去？再说了，人家也不愿意啊。”

“可网上不是说……”

齐天大概明白了：“网上的消息你怎么能信呢？妈，我现在真有女朋友了，也是一名医生，援Z医疗队的，是一名妇产科的医生。”

坐在一旁的夏楠听到他跟家里人提到自己，手一抖，勺子掉进了碗里，伸手推了齐天一下。

“所以啊妈，少上网，少看娱乐八卦，那些都是捕风捉影的。”

齐母也不是完全不干涉他的感情生活，只是她开明，凡事想得开。他以前经常跟女网红一起上热搜，但是实锤却没有，她都习以为常了。只是这次情况不一样，儿子亲口承认恋爱了，她一听可高兴了：“那是她在照顾你？”

“那当然了，她正给我喂饭呢。妈，我跟您说，她长得可好看了，肉嘟嘟的，一看就旺夫。”

夏楠无语地看着他，想，有这么夸人的吗？夏楠拿眼睛瞪他，可齐天的眼睛上缠着纱布根本看不见她在瞪着自己，满心欢喜地冲着夏楠说：“宝贝儿，你过来，让咱妈看看你。”

夏楠无语。

齐母虽然担心齐天的眼睛，可见看他满心欢喜地介绍自己的女朋友，能感觉到他这次是真的恋爱了。儿子从小到大绯闻不少，可真正的恋爱却从来没有过。不管怎么说，儿子现在这样的情况，人家姑娘没嫌弃，还体贴照顾，光凭这些她就觉得姑娘人不错。又听听他用肉嘟嘟这个词，大概也不是网红排骨精，看来这次是遇到真爱了。

她跟齐父对视了一眼，说："要是能这样见见，自然是好，不过要是她不乐意，你也别勉强，等你们回国了再见面。"

夏楠就在旁边，电话开的是免提，听得清清楚楚，她也不是忸忸怩怩的小姑娘，冲着镜头，微笑着打了个招呼，打完招呼就想要撤开，却被齐天一下子抓住了手，宣誓主权似的往上一举，也不管有没有对准了镜头，父母那边有没有看到，总之他就是想表达一下，自己是真的恋爱了："长得漂亮吧？妈。"

齐母笑呵呵地说："漂亮。姑娘你叫什么名字？"

"伯母，我叫夏楠，是妇产科的一名医生。"夏楠大大方方地说，不过内心还是有些小忐忑，她终于明白那句丑媳妇早晚见公婆的含义了。以前她在网上见过齐天父母的照片，也看过一些采访报道，几乎都是财经版，非常的商务。不过，现实中，齐母长得富态，说话也是和和气气的，一看就是好相处的人。齐天的父亲，话不多，自带威严，难怪齐天提起父亲时，总有一种距离感，不过，夏楠觉得还好，起码他是发自真心地微笑，跟齐天母亲对视时眼神很暖，一看就很宠妻。

齐母生活化地问她是哪里人，家里还有谁。

齐天抢着道："妈，您这问题问我就行了，这么当着人家的面问，弄得跟相亲似的。她是北京人，外公外婆爷爷奶奶都健在，出身医学世家，父母都在民大附属医院工作，我可是高攀了，所以得抓紧了，免得她把我踹了。"他一边说一边将头靠在夏楠的肩膀上，一副小鸟依人的模样。

"医疗队工作辛苦吧，我听说在那边一年的工作量是国内的三倍，你还习惯吗？"

“刚来的时候不习惯，每天从早到晚都排满了手术，不过现在已经习惯了。”夏楠说完顿了一下，决定把两人之间年纪差距主动说了出来，反正他们迟早要知道，也不必藏着掖着，“我们医疗队的队员都是有经验的医护工作者，像我们临床科室，要求是具有中级以上职称和5年以上的临床工作经历，所以基本上年龄都在三十以上，而我今年刚好30……”

齐天立即接上去：“大了我7岁！”他问夏楠，“你介意吗？反正我不介意。没有自信的男人才会在乎女人的年纪，找个年纪小的单纯的在她们面前才不露怯。我不一样，我这个人天生自信，喜欢一个人就不在乎她的年龄。”

视频另一边，齐天的母亲看了一眼齐天的父亲，跟夏楠说：“其实，我跟小天的父亲也相差了几岁，是经人介绍认识的，当时我心里很忐忑，可他跟我说女大三抱金砖。”

“这话是我说的。我不在意年纪，我还担心你介意我比你小三岁。见面前一天，还特意借了老陈的西服和领带。他家境好，当时在我们团里数一数二，那身西服是他为了给战友当伴郎才买的。他比我高比我壮，西服穿在我身上一看就是借的。”

说到这事，两人心照不宣地笑了。

以前父亲太严肃了，齐天从来没听他说起过这个事，非常诧异。

“说来也巧，我看上他就是因为他很坦然地告诉我西服是借的。我心想哪有这样的人，穿借的衣服还要告诉别人，觉得他实诚。其实年纪不要紧，关键是在一起时两个人的感觉，鞋子合不合脚只有自己知道，日子不是过给别人看的，你说对不对小夏？”

夏楠点点头。

齐母道："希望你们往后好好相处，将来能修成正果。"

夏楠脸红了。

齐天赶紧插话进来："放心吧，我们一定会修成正果，您等着抱孙子吧。"

齐母缓缓道："既然你不希望我过去，那我就不去了，等你手术康复了以后回家。小夏，齐天就拜托你了。"

"伯母，您就放心吧。"

挂了电话，夏楠回头看着齐天，笑了。

齐天一脸的嘚瑟："怎么样，未来的婆婆不错吧？"

"八字还没一撇呢……"

"公婆都见过了，后悔也来不及了啊。"

夏楠说："你妈妈人是挺好的，你爸人也不错。以前在财经类的节目里看到过他，他一说话，我就觉得太严肃了，没想到生活中是这么和蔼可亲的一个人，并且还分享了他的感情经历，真是没想到啊。"

齐天沉默了几秒："我也没想到他居然还有这一面，刚才都把我说蒙了。我在想，这是我们家那个不苟言笑的老头儿吗？当年他追妻的时候比我还猛啊。"齐天撞了一下夏楠的胳膊，"我就纳闷了，到底怎么回事啊？你还没进我们家的门呢，老头儿老太太就什么话都跟你说了，我寻思着，到底谁才是他们亲生的？我这还在病床上躺着呢，他们居然跟你聊得热火朝天的。会不会你才是他们亲生的，当年出生的时候，叫医院给弄错了？"

"嘿，那真不好意思，你出生的时候，我都上小学了。"

"那你肯定就是那时候看上我了。我真亏，我还以为是我追的你呢，弄半天原来小时候你就看上我了，放长线钓大鱼啊。"

饶是夏楠怎样伶牙俐齿也被他说得无语了。

“这么一想还真有可能，你知道吗？我妈是在你们民大附属医院生的我。”

“真的假的？”

“千真万确！我妈生我的时候难产，肚子疼了三天，我爸开着车连夜从老家送去北京那边的医院，当时接生的医生叫方静，现在是主任，你们一个医院的，不信你问她……”

“谁？”听到方静这个名字，夏楠不由得瞪大了眼睛。

“方静方医生啊。”齐天被她吓了一跳，说，“她现在应该还没退休吧？应该还在你们妇产科，你不认识？”

夏楠脸凑得很近地看着他，问：“你确定是民大附属医院的妇产科方静方主任接生的你？”

“错不了！我妈时不时地提起她，我18岁生日那天，还特意带我去你们医院拜谢过方主任。我妈常说，没有她就没有我们母子。”齐天躺在床上，问夏楠，“你在妇产科这些年，有没有遇到过羊水栓塞的病人？”

夏楠摇摇头：“我还没有遇到过，羊水栓塞的发病率很低，只有十万分之二三的可能，但是死亡率却高达80%甚至是90%，所以也被称之为‘产科死神’。这种病发病很快，死亡率很高，发病的时候毫无征兆，不过要是处理得当的话，还是有希望救回病人的。”

“我妈生我的时候就是羊水栓塞，幸亏方医生发现得早，把能用上的药全都用上了，这也是后来我爸说什么也不让我妈生二胎的原因……”

夏楠呆了半天才恍然回过神：“我在我们医院的资料室里看过

这个病例……那台手术，用血量将近一万毫升，相当于两个成年人全身所有的血量，那是我们医院遇到的最严重的羊水栓塞产妇，能救回来是个奇迹。”

“嗯。”过了五秒之后，齐天才笑嘻嘻地说道，“所以说我福大命大嘛，不然怎么会遇见方主任这么厉害的医生。这一次也是，我眼睛受伤，刚好就遇到了基维丹捐献眼角膜，并且我的条件和他的遗嘱恰恰又那么吻合，不然，我都不知道我要在漫长的黑暗中等多久才能等来眼角膜。”夏楠心疼地抚了抚他的手，齐天露着大白牙笑得像个孩子，“不过，要说幸运，最幸运的一件事，还是遇到你。我不是拍你马屁讨你欢心，我说真的。”

“等你眼睛好了，等我结束了这边的援外医疗工作，回去之后，我请年假，你想去哪儿，我就跟你去哪儿。”

“真的？那我想去南极。”

“南极？”

“看企鹅。”

“还有呢？”

“还有……我想回去之后，带你去见见方主任，刚刚听你这么一说，我才知道，原来羊水栓塞比我想象中还要严重。”说到这个齐天又嘚瑟了，“方主任人特别好，和蔼可亲的，而且气质也好，就是那种身上自带天使光环的人，你们妇产科的医生是不是都这样？”说完，对自己的话又进行了否定，“好像也不是，我刚认识你的时候，你身上是自带另外一种光环，黑天使的光环，可凶了。”

“那你是没见过我接生的时候，小朋友看我也是天使好不好？”

“你现在就是天使，从我眼睛看不到的时候开始，我就看到了你身上的天使光环。对了，我妈说过，方主任有个女儿，她小时候见过，长得特别可爱，胖乎乎的。我刚生下来的时候身体不太好，住在医院里，方主任的小女儿经常过去逗我玩，当时她都读小学了。我妈说，可惜了，要是差不多的话就好了，就刚好结成亲家了……”见夏楠没说话，齐天有点紧张，“吃醋啦？哎呀，都是我妈一厢情愿，我都没见过那姐姐长什么样呢，我妈也只是小时候见过，后来再也没见过了，她应该三十多了吧，肯定早就结婚生子了……”

夏楠冷不丁地打断：“没！”

“什么？她还单身啊？”

“嗯，你现在还想跟她结亲家吗？”

齐天笑得特贼：“我说着玩的，我都有你了，不想别人……哎呀，你不会真吃醋了吧？”

夏楠说：“我没吃醋！”

“我闻到酸味了，别不好意思了，吃我的醋又没什么……”

“真没！因为……”夏楠顿了一下说，“方主任的女儿就是我。”

“啊！”这回轮到齐天愕然了，老半天才闭上嘴巴，问，“你是方主任的女儿？你说真的吗？没开玩笑？这……这也太巧了吧！”

夏楠说：“你不是说过你了解我么，你不知道我妈叫方静啊？”

“我不知道啊，我了解你就够了，我爱的是你，我又不跟你爸妈过一辈子，了解他们干什么？不过我妈要是知道你是方主任的女儿，她一定乐坏了。”齐天瘫在病床上，一声大呼，“可能这就是命中注定吧。要不这样，咱俩发个官宣在一起的微博，我的天啊，这才是值得上热搜第一的八卦。”

夏楠拒绝："我可不想上热搜。"

"可是我现在还在热搜上挂着的吧？"

"嗯，热搜第一，你、陈健、非非……"

"你看，这种捕风捉影的三角恋居然也能上热搜，人民群众的生活太枯燥无味了。不如我们自爆吧，不给那些八卦版记者机会，这届狗仔队太缺乏敬业精神了，连蹲点都不用，自己坐在电脑前，新闻全靠编。要不是我眼睛看不见，我真想劝劝他们，好好挖挖我现在的女朋友是谁。"

夏楠无语地看着他，她可不想上热搜被人指指点点。

齐天见她不说话，赶紧说："好吧，好吧，听你的，咱们不上热搜了。不过，你也不要因为我跟知医生、陈健一起挂在热搜上，就胡思乱想。你知道的，我现在心里头，就只有你。"

夏楠心里一暖："我才不会那么想，再说了，非非心里的人可能很快就要到Z国了。"

"谁？"齐天一头雾水，朝夏楠凑近了一点，小声地问，"她心里的人不是修队吗？"

夏楠没回答。

齐天愤愤不平地说："我一直以为她喜欢的人是修队。难道那人比修队还值得？"

夏楠喃喃地说："现在想来，她喜欢的那个人确实很值得。"

"不会吧，还有比修队更强的人？"

"等见到他你就知道了。"夏楠说完，端起饭碗，"吃饭了，饭都凉了，张嘴。"

"啊——"齐天听话地张大了嘴巴。

修羽去新礼接吴医生来穆萨城中心教学医院。这条路，他来来回回走了好多次，路况非常熟悉，可每次走到木咔土的那条山路时，总是会不由自主地想起知非，想起初次见面时的场景，想到她当时虽然无助，却丝毫没有在劫匪面前露怯，坚强又倔强。

吴医生板板正正地坐在副驾上，他大概三十五六岁，戴着眼镜，圆脸，给人和蔼可亲的感觉，说话时温文尔雅。

两人有一搭没一搭地聊着。

吴医生挺欣赏修羽，他话不多，字字精准，是个硬汉，符合他心目中军人的形象。

修羽也欣赏吴医生，人好，聊起专业也让人心服口服。

吴医生今天略显疲惫，昨天下班回到宿舍之后，研究了一遍齐天的病例以及穆萨城中心教学医院的手术室情况，导致睡太晚了。早上因为要收拾东西，又起得太早了，所以上车不久就打起瞌睡来。刚才接了一通齐天父亲的电话，齐父问了很多有关手术方面的问题，他都耐心地一一作答。挂了电话，他又打了一会儿瞌睡，现在刚刚醒来，但是思维还没完全醒来。

他挪了挪坐得板板正正的身体。在来Z国之前，他是眼科医院的医生，一年做200多台眼角膜移植手术，对他来说角膜移植是非常熟悉和简单的手术。国内的眼病患者很多，而这边的眼病患者更多，大多数患者是因为没有及时治疗而导致失明，他很痛心！

因为精力有限，分身乏术，并且医疗队在这边只有一年的时间，他全部的精力都投入到了工作里。为了能帮助到更多的患者，他每天都把工作量排得很满，从医疗队到达新礼之后至今，他总共才休息过两天。而这次去穆萨城，是他第一回离开新礼。

一路过来，是接连不断的荒原，自然景观很美。正值旱季，草木枯黄，有一种衰败的美。

吴医生不由得感慨了一句："原来这个国家这么美。"

修羽说："你要是有机会去草原看一看动物大迁徙，你会觉得这里更美，生态和谐，人与自然和谐共生。"

"很想去看看，可我怕没有时间。等以后有机会了，我一定要回来。"

就在这时，放在中控台上的手机"丁——"了一声，屏幕亮了，一条新闻跃然出现在屏幕上，吴医生很缓慢地转过头看了一眼。

恰好车子到了拐弯口，修羽打了个转向盘，视线落在手机屏幕上，是一条新闻，标题很大，他一眼就看到了知非的名字，眉头顿时就皱了一下。

他不关心娱乐新闻，但是关于知非的八卦，就算他不想知道，队里的人也会拐弯抹角透露给他，尤其是江琦。最近江琦负责文宣工作，会经常去电脑房工作，网上的八卦看多了，人也变八卦了。

昨晚，修羽正准备睡觉的时候，江琦去了他的宿舍里，说要跟他聊聊："队长，我有点事想跟你探讨探讨。"

"最近电脑房遇到女网友了？"修羽揶揄他。

江琦坐在地上，身体靠着床，一副要跟修羽长聊的架势："严格意义来说，不算是女网友，应该说是我的粉丝。"

"小说粉丝？读者？"修羽知道他读书的时候在网上写连载小说，号称一亿点击量，后来封笔不写了。要说江琦确实有才，警卫队里最能说会道的就是他。

"是啊，画漫画的，说自己最近工作压力特别大，老板性骚扰她，她受够了，想马上辞职来一场说走就走的旅行，听说我在Z国执行维和任务，立马说要来Z国见我。”

修羽知道这小子说话一向夸张，他就听听，全当听故事了。

要是杜峰在这儿的话，早就怼他了。

想起杜峰，修羽突然有点伤感，前些天他刚跟杜峰联系过，杜峰在电话里表现得很乐观，说自己没事，可修羽知道他从来报喜不报忧。他跟杜峰的主治医生也打过电话，可主治医生说，杜峰不让他说太多，说不想因为自己影响到任何人的生活。

修羽想到这里，忽然被一声号叫震得一抖，草蜢的《失恋阵线联盟》轰击着修羽的耳朵，这么老的歌，很久没人唱了，况且这还是军营里，江琦也没失恋，唱这歌只能说他确实有心事了。

修羽拍了拍他的肩膀：“不许唱了啊，这么晚了，你想把执勤兵给引过来？”

江琦仰面头搁在床上，声音戛然而止。

修羽歪着头看他，问道：“你到底是怎么了？”

“没事，就是心情不好。”

“你总得让我知道知道原因，我才能安慰你吧？刚刚不是还在说女粉丝要来Z国奔现，人家主动要来见你，你应该高兴才对。”

“我让她来了吗？我让她别来，她问我为什么，是不是我不喜欢她。我说不是，我是军人，是来执行维和任务的，这边是战乱区，不是旅游的地方，很危险，而且到了这边我也不能陪她。”他歪过头看着修羽问，“队长，我说的是不是实在话？”

“是实在话，她怎么说？”

江琦顿了好久才说：“她说她就是想试探一下我的反应，可我的反应太让她失望了，她说我一点都不像我小说里的男主角那样凶猛又霸道，让她很失望，然后……然后，她说冷静冷静，就没理我了。”

“那就让她冷静冷静呗。”

“队长，你是不是这么多年没谈恋爱，忘记女人是什么属性了？”

修羽想了想：“我现在确实不了解女人。”

“口是心非！”

修羽叹了口气，问：“你到底要说什么？”

“你为什么喜欢知医生？”

“不是，刚刚不是在说你跟你粉丝的事情嘛，怎么突然就说起知非了？江琦，你到底想说什么？”

“陈健退出娱乐圈了。”

“他就是退出地球都跟我没关系啊。”

“可这跟知医生有关系，他满世界地宣扬知非是他最爱的女人啊，他曾经在综艺节目里亲口这么说的。”

“所以呢？”修羽问，“他要表达什么难道还能捂着他的嘴不让他说？”

“他天天这么带着知医生上热搜，弄得好像是知医生对不起他，是知医生辜负了他。唉，我都把话说成这样了，你居然一点反应都没有。我输了，你是真汉子……队长你到底在想什么？”

“你拐弯抹角的累不累？你这过气作家当初是怎么写小说的？就你这表达能力能有过亿点击？是不是你自己没事就给自己点，点了一亿下。还是来说说你吧，当初怎么想起写小说了？”

“偶尔为之！这么跟你说吧，我就是人们嘴里常说的别人家的孩子，从小学到高中我一直都是班里的第一名。高中的时候，网络小说刚刚兴起，我第一本书写了十万字就签约了，拿到了第一笔钱两千五百块，那时候二线城市的房价也就两千一平方米，我开心坏了。不过，说真的，那时候真是一点功利心都没有，就是热爱，脑子层出不穷的灵感，有时候做梦都在写小说，我想我这辈子就吃网络小说这碗饭了。”

“后来怎么又不写了？”

“说来话长。”江琦突然叹了口气，“高三的时候，我还是热衷写小说，我们班主任特别好，他知道我写小说，还总问我，什么时候完稿啊？能不能给点剧透啊？你看我们班主任多好，知道你热爱什么，他不去压制你，还鼓励你，不像有的老师，就会说你不务正业。地震发生那天，我没上学，那天我小说写到了结尾处，写嗨了，我想要一鼓作气完稿，然后好好备战高考，等高考结束，再开一本新书。那天，我起了个大早，刚写完最后一个章节，在电脑上敲上完稿两个字，地震来了，我还没来得及保存，就被我妈连拖带拽地给扯下了楼。外面到处都是人，很热闹，不是恐慌的那种，就是热闹，因为我老家那个地方在地震带上，每年都会有一些小震，大家也都很习惯，等地震过去了，就纷纷回家了，我着急把稿子上传到网上，也回家了。谁能想到第二波地震来了，房子瞬间就倒了，我被埋在了房子下面。”

江琦说到这里停了一会儿，接着说：“我很幸运，刚好被埋在一个角落里，没有被压倒，也没有受伤，可我们住的是楼房，我们家住在三层，当时我妈就在我附近，地震来的时候，她在客厅看电视，刚开始我喊她，还能听到一点回应，后来听不到了，四周都是黑，什么声音也听不到，而且余震来的时候，特别恐怖，分分钟都觉得下一秒就要挂了，黑暗、恐惧、害怕……把时间拉得特别长，就好像没有尽头一样……还好我有个手表，是带夜光的，在黑暗中那点光是全部的希望，我一秒一秒数着时间，度过了三天，到了第四天，我又饿又渴，已经筋疲力尽了，我感到了绝望，我想我肯定会这样无声无息地死掉。我看着时间到了十点零五分，突然听到头上有声音，我那时候已经没有喊的力气，用尽力气敲击墙壁，我听到有人喊，下面有人活着……又过了两个小时，我看到了一束光照进来，有声音一直在喊，让我坚持……后来，我被救出来了，但是那场地震让我失去了亲人，我在黑暗看到的是穿着橄榄绿的军人，就是那一瞬间，我的从军梦生根发芽，我渴望成为他们那样的人。”

“我明白。”修羽说。

江琦苦笑了一声，好一会儿才从回忆的状态中出来，用力眨了眨发红的眼睛，问修羽：“队长你真的明白吗？可我们完全不一样，你走中医这条路完全可以顺风顺水地抵达金字塔顶端，可你竟然放弃了。我琢磨了好久也想不明白你为什么要弃医从军？到底是什么事促使你改变了人生的方向？而且是这么大的改变，这得多难抉择啊？”

修羽说：“也没多难，那时候我就是觉得，军人辛苦，军人累，我就是想让自己每天都很累，累到大脑没有时间思考别的事。抉择是一瞬间的事，理解军人是后来的事。”

江琦夸张地点头：“确实挺累也挺苦的。”

“但是成长也很快。”

“的确，部队生活是我成长最快的一个时间段，刚进连队的时候，我连豆腐块都叠不好，从全连行动力最慢的兵，到全连队最优秀的兵，我用了一年半的时间。我觉得很慢了，可他们都说很快，说我成长的速度仅次于你。老实说，我不服气，我要做就得做第一。”

修羽沉默了一会儿，说：“江琦你今天跟我讲的这些你过去的经历，让我很意外。你很特别，有主见有想法。”

“你们总说我油腻，尤其是杜峰，他说得最多。他说，江琦，你平时比红烧肉还油腻，你唯一不油腻的地方，就是在执行任务的时候。”提到杜峰，两个人不约而同地笑了，是那种会意的笑，“要是杜峰在，多好，还能跟他吵几句，不过，像他那样有韧劲的人，不管到什么地方，都会发光发热。”江琦说完，问修羽，“队长，你今年三十三，马上就三十四了，就没想过成个家？”

“你们就是我的家人。”

“我说的是结婚，我们不可能跟你过一辈子。老杜走的时候跟我们说，他说队长要是真喜欢知医生的话，大家就别拦着了。他还说，你和知非医生要是能在一起也挺好的，挺配。”

“打住，这是真心话吗？当初是谁天天拦着，在我耳边狂轰滥炸说知医生不行知医生不好？就是你们。”

“队长，天地良心啊，我只是随大流反对，实际从我内心来说，我觉得知医生不错，长得漂亮又美又飒，单凭这点我就觉得跟你合适。”

“少废话，漂亮还用你说？有目共睹！当初我才刚跟她认识，总共见了一面，你们就觉得她一定会拖累我，你们一个个的怎么想的啊？”

江琦立马把责任推在了杜峰身上：“对啊，我当时就是这么问杜峰的。我说，你以前为什么总是拦着队长不让他跟知医生交往？不知道的人还以为你跟队长才是一对。”

“扯犊子！”

江琦呵呵一笑，说：“杜峰说，刚开始的时候，他确实觉得知医生网上负面新闻太多，事精一个，脾气又大，又总是惹事，再加上她跟陈健恋爱的事，闹得沸沸扬扬，一边炒作两人已经分手，知非因感情失败参加医疗队来了非洲，一边又是陈健深情款款在电视节目里求婚，所以，在这种情况不明的时候，作为战友，坚决不能让你一头扎进三角恋的火坑里。后来，不是网上曝光了两人早就分手了嘛，而且网上给出了韩晴晴和陈健恋爱的时间点，从时间点上来看，是知医生还在跟陈健恋爱的时候。还有就是，加入医疗队来非洲也不是一朝一夕完成的事，要申请，要审核，要培训，中间要很长的一段时间，再加上慢慢相处下来发现其实她人还不错。”

修羽哼了一声说：“现在又说人家人不错了？”

“一个这么漂亮的女同志，居然能耐得住寂寞，天天泡在手术室里，工作认真又严谨，有理想、有能力、有水准，是一个敬业专业的医生。她根本不像网上的黑粉说的那样，什么来Z国就是作秀。作秀谁跑战乱区？头太铁么？杜峰走之前，特意交代了我们，说要是能撮合的话就尽量撮合，不然你这脾气想要找个合适的女人也挺难。”

修羽有点儿哭笑不得：“这话说得就好像你们一个个找媳妇很容易似的。”

江琦苦笑着说：“其实，我最怕有人把我和小说里的男主角对上。”

“你看啊，江琦，我不知道这些事的时候，我觉得你矫情，现在你跟我说了原因，我就理解你了。跟战友尚且如此，跟女朋友还跨着性别，更需要沟通。”

“说得轻巧！连面都见不着，网上沟通更不行，一句话就能搞砸。”江琦碎碎念道，“居然说我的人设不符合她的想象，我在她想象中什么样，我怎么知道？再说了，我不符合她想象的地方多了去了，我干吗要活成她的想象，我就是我，不是小说，当初我要是写的是异能小说，难不成还真有特异功能？闹心！”

“那你跟她聊天的时候，你当成写小说。”

“这不一样，小说里的女的想什么说什么，那都是我想的，我有自己的把控，她我把控不了，我怎么知道她怎么想的，而且，我发现女的太复杂了，不知道怎么就生气了。”

“一落到实处，你就不行了？”

“我哪不行了？我就是不惯着她。我要让她知道，我不是小说里的主角，就是个普通军人。不管是战场上，还是救灾抢险的时候，只要需要我们，从来不含糊的。不管是国内还是在国外执行维和任务，我代表的就是军人的形象。”

修羽朝他竖起了大拇指。江琦闭着眼睛，说：“也不知道杜峰现在在干什么？”

“也许正在想咱们。”

“也对，没准儿躺在医院的病床上，正在跟同病房的人聊天，就像咱们这样。”

第47章　爱情的酸臭味儿

冉毅意就在这时走了进来，他也是来找修羽说话的，晚上刚给家里打了电话，母亲告诉他，说他妹妹冉芸追星追得魔怔了，最近放寒假在家，饭也不好好吃，觉也不好好睡，成天在网上跟人撕，让冉毅意好好劝劝妹妹。冉毅意本来也不反对妹妹追星，现在的小姑娘谁还没个喜欢的明星，跟冉芸聊了一会儿才弄明白，原来她喜欢的明星是陈健，这他就不服气了。

冉芸不愿听，吵了起来："不许你说我哥，我哥哪儿不好？"

冉毅意听得头疼："陈健什么时候成你哥了？你哥是我，不是他……你喜欢谁不好，你喜欢他，他退役之后，还有吸引人的地方吗？"

"这都怪知非。要不是因为她，我哥能跑去无人区参加野保队吗？不去参加野保队他就不会受伤，都是叫知非给害的，害人精……"

兄妹大吵了一架，冉芸直接挂了他的电话，说自己就没这样野蛮不讲道理的哥。

冉毅意气得差点吐血，刚打了会儿篮球，气不过，过来找修羽聊聊，进门的时候还在气头上，气呼呼地问："队长，还记得野保队的林队吗？"

修羽说："记得，怎么了？"

"陈健跟他在一起。"

修羽一下子没听懂，问他："什么？"

"陈健跑去无人区，遇到了野保队的林队，然后突然宣布退出娱乐圈，跟林队保护藏羚羊去了。我就纳闷了，陈健这种渣男怎么还有小姑娘喜欢？出轨都实锤了，非要当睁眼瞎看不见，还给这种人洗白，我真想看看她们的脑子里装的是什么浆糊。"说完，绷着脸，用力捋了一下头发。

江琦好久才反应过来，说："粉丝啊，别计较了。"

"关键那个脑残粉是我妹妹。为了陈健代言买猫粮居然背着我妈买了只猫，跟陈健同款的猫，你说她是不是疯了？而且又是因为他，刚刚跟我大吵了一架，说陈健是她哥……那我是谁啊？"他气呼呼地说完，一屁股坐在了地上，灰头土脸地说，"我算是明白了什么叫女大不中留了。"

修羽问他："你刚刚说，陈健跟林队保护藏羚羊去了？"

"嗯，这是我家妹子冉芸说的，她是陈健的脑残粉，号称对陈健的一切了如指掌。但是我的理解是，陈健就是想避开媒体，清静清静，等这事过去了，再重新回到大众视野。遇到了林队，反正就是最后在不知道什么原因的情况下，加入了野保队。"

林队，修羽认识。几年前一次特种大队的抓捕走私行动中，修羽在边境遇到了林队和他的野保队，他们追踪一伙盗猎分子到那边，两边配合将一个走私团伙一网打掉。行动结束之后，两队人还吃了顿饭。但是陈健加入野保队，还挺让他意外的。在他印象里，野保队的那些人个个是硬汉，不修边幅，皮肤被太阳晒得又黑又亮。而陈健自打从退役之后，身上的肌肉少了，人也娘了，前年开始代言护肤品，经常在日化产品上看到他一脸嗅到金钱味道的假笑。他和林队不是一路人，如果说林队是山，是水，那么陈健就是一块朽木，一捧枯草。

“林队把他收留在野保队里图什么？图他钱多，会捐钱？不可能，林队不缺钱，他早就实现财务自由了。图他陈健名气大？能带动粉丝一起做公益？林队自己粉丝也不少，虽然他不上网，也不接受采访，可网上的呼声很大，看看关于他的文章有多少转载量就知道了。他自己就是活招牌，个人魅力那么大，只要他说一句话，多的是明星愿意跟他一起做公益。”

“道理是这个道理，但是据可靠消息林队就是收下了他。”江琦说，“而且就在上周他跟野保队和盗猎分子发生了火拼，还受了伤。你别看那小子平时细皮嫩肉的，到底是拿过冠军的人，有两把刷子，也这能忍得住，子弹打在肩膀上，林队拿刀直接剜了。”

修羽震惊。

“你不信？”

“我信，那种环境下，想要找个诊所很难，子弹不及时取出来的话，伤口一旦感染就更麻烦。而且林队那人，做什么事都一视同仁，他不会因为陈健拿过奥运冠军，或者是明星就会对他特殊对待，可林队为什么收下他？”

“没准是因为他感情失败，决心走上这条路感动了林队，别忘了，林队当时也是感情失败，才去了无人区……”

冉毅意拍了拍脑袋：“等等，你的意思是，他留在无人区的目的，是为了等知非跟他重归于好？”

“他可能是这么想的，但是知医生不一定，她不是那种在感情上会回头的女人。”江琦突然一副讳莫如深的表情，“你们知道吗，知医生除了陈健之外，曾经还有过一段恋情。我是在一个爆料里看到的，我随便一说，你们随便一听，别太当回事。”

修羽不关心这些，说话带着点火气：“不说拉倒，我本来也不想听。”

“爆料的这个人，自称是知非在美国的大学同学，她坦承自己是陈健的粉丝。她爆料的目的，就是想说陈健不该太深爱知非，因为知非另有所爱，说陈健才是感情上的受害者。她说知非真正爱的人在传染病领域享有盛誉。爆料的人很鸡贼，没有直接说他的名字，大家也都在猜测她说的到底是谁，列举了国内国外好几个专家学者，可她都说不对，她说这个专家是中国人，虽然在美国读的书，但是并没有加入美国国籍……不过这点难不倒我，我把这些碎片资料拼凑在一起，大概知道这个人是谁了。”

“谁？别卖关子。”冉毅意好奇地问。

“就是传染病专家宋图南宋教授。”

修羽眼睛一下子瞪大了，然后紧紧皱了一下眉，陈健从来没有让他感觉到压力，可宋图南不一样，那可是标杆一般的人物。

修羽学过医，虽然弃医从军多年，但是对医学界的人多少有所了解。他出身医学世家，爷爷奶奶父亲都是桃李满天下的人，他们的学生出去之后，大都是各大医院的主任医师。家中拜访的人多，医学界大咖的名字常常被提到。最近十来年，回家探亲的时候，宋图南这个名字出现的频率很高。

不仅仅是因为他在传染病领域十分出色，还因为他非常有个人魅力，在国内设立奖学金，在传染病领域有新的突破，又是病毒专家，研究埃博拉获得重大突破。不但如此，他还长得风度翩翩，最要紧的是他至今未婚，据说追求他的人很多，但是他似乎对感情没什么兴趣。所以……知非喜欢他……让修羽陡然有另一种无形的压力，他有点不爽。

后面聊的什么他都听不见了，一直走神，好几次冉毅意跟他说话，他都忽略了。江琦临走前拍了拍他的肩膀，用同情眼神看着他，说："节哀。"

哼！节哀！那家伙的嘴可真够狠的。

想到这里，修羽的手不由自主地握成拳头，克制地敲了敲方向盘。

吴医生拿过手机看了看，是一条带着知非名字的娱乐新闻，没头没尾的，他皱皱眉，手指一滑，点开，果不其然满篇充斥着暧昧不清的三角恋，忍不住感慨："现在的娱乐新闻，都是一些博人眼球的东西。我就搞不懂了，一个在非洲平均每天工作十个小时以上的女医生，吃不好穿不好，天天待在手术室里，大家不关心她的工作状态生活状态，却对她的感情生活品头论足，到底是怎么想的？"

修羽没做声，不可察觉地皱了皱眉。

吴医生继续说道："我还是很佩服知医生的，医疗队里最年轻的女医生，在战乱区的医院工作，手术量比任何人都要多，好几项手术都创造了Z国第一。前几天，她跟柳主任联手做的连体婴儿分离手术堪称经典案例。这么优秀的女医生，大家怎么忍心攻击她？"

"吃饱了撑的。"修羽淡淡地说，"要是把他们扔到这边，三天就能治得服服帖帖。"

吴医生赞同地点头："其实知医生本来不用来这里，她在国内已经很有名气，不缺手术病人。但她还是来了这么危险的地方，她说过，既然来了，就要去病人最需要的地方。”

“所以你们都是英雄。”

“我们都是普通人。”

“能来这里都不是普通人。”

“我们来这里是希望能治好病人的病。我来Z国之前，就是知道这边有很多的眼病患者，每年有很多人因为得不到及时治疗导致失明。我在新礼，每天有许多病人来找我看病。找我们中国医生看病是免费的，还可以免费领取药物，所以每天一上班，门口已经排起了长龙。”说到这个事，吴医生发自内心的高兴，“我现在出门经常会遇到我治疗过的病人，他们会跟我热情地打招呼，我很高兴……”

聊起治病，吴医生侃侃而谈。

中午正是一天里最热的时候，一头白耳赤羚出现在荒原上，低着头吃草。车子经过，羚羊灵活地跑开了。

车子一路狂驰，在两点前抵达了穆萨城中心教学医院。夏楠、谢晟、张潜在门口迎接吴医生的到来。几个月不见，吴医生明显黑了也瘦了，不过人却开朗健谈了很多，众人相见，热情地打着招呼。

修羽见知非没出来，问夏楠：“知医生呢?”

夏楠说：“非非是接诊时间。”

“几点结束?”

“估计快了。你去她办公室等她吧。”夏楠靠近他小声说道，“最近陈健的事闹得沸沸扬扬，非非也受到了影响，你去陪她聊聊。”

修羽点点头，他刚要走，夏楠又叫住了他，用很郑重的口气问道："你……是喜欢非非的吧？"

修羽一愣，几乎不可见地点了一下头。

夏楠说："以后，你别伤害她。"

修羽说："我不会。"

修羽说完，开始往医院走。午后的阳光照在他身上，他步伐很稳，行走如风。门口的保安早就认识他了，看他那身军装和标准的军人步子，不由自主就板直了腰，朝他挥了挥手。

知非正在给最后一个病人看病，修羽站在门口看着她。工作时候的她特别专注，白大褂上像披着一层朦胧的光。

从他走过来的时候，知非就看到了他，他的那身军装太引人注目了，周围经过的病人不由自主地去看他。

知非用唇语说："你等我一会儿，马上就好。"

修羽点头，坐在办公室对面的长条椅子上等她，眼睛一眨不眨地看着她工作。

知非看完了病，将病历递给病人，让他去做胃镜检查，病人走了之后，修羽起身，走进办公室。他皮肤好像黑了一些，看起来更健康，更有魅力，他的站姿、坐姿、他的一举一动，无时无刻不在说明他是一名优秀维和部队的军人。

修羽坐到椅子上，跟知非面对面坐着，看着她："最近，还好吗？"

知非看着他："你过来就为了问我这个？"

"你好像又瘦了。"

"没办法，我是易瘦体质，忙起来就忘记吃饭，也不是忘记了，是不饿，不饿就不吃，还省下了粮食，这边的粮食这么紧缺，我省了一顿，就有人能多吃一口。反正少吃两顿也没什么，传统文化中不是还有辟谷养生，祛病、健美、益智……”

修羽一下握住了她的手，办公室的门开着，外面经过的病人和医护人员偶尔会往里面看一眼。

“往后能不能好好吃饭？别再因为忙于工作忘记吃饭了。”

“有时只是错过了吃饭时间，但是我有零食，齐天送给夏楠的，抽空我也会吃一口，饿不着自己。”说到这里，知非忽然想起一件事，说，“你稍等一下，我去取个东西给你。”说完抽出手，起身快速出门。

修羽呆呆地看着她的背影，看到白大褂在她身上更宽松了，更觉心疼不已。

知非飞快冲出了办公室，走过走廊，出了门诊部大厅，朝餐厅走去，步伐太快，以至于经过的人都纷纷看向了她。她到了餐厅，问厨师长要回存放在冰箱里的豌豆黄。

修羽站在知非办公室的窗口，从窗口往下看，视野开阔，转过身回看了一下办公室，简陋，干净，办公桌稍微有点乱，烧水的电茶壶，还插在插座上，他习惯性地用手理了理。

知非进门，第一眼就发现办公室被收拾过，办公桌上的病历整整齐齐地摞着，也不知道他怎么收拾的，那些大大小小的纸张，被他理得整整齐齐压得平平整整的。电茶壶的插头被拔下来了，线头收拾得跟出厂时一模一样，她真是服气了，再一看，连垃圾桶都规规矩矩地放在桌腿边，里面的垃圾袋也已经换了。知非惊呆了，她就去了一趟餐厅，他就全部整理好了，太快了。

知非扫视了一圈，感叹：“不愧是经常拿内务第一的人，这也太厉害了，我都不敢动我的办公桌，还有这电茶壶，我也舍不得用了。”

“你只管弄乱，我下回过来再帮你整理。”说到这儿，忽然闻到了一股清香，目光顺着香味看向知非手里的饭盒，“是豌豆黄的味道？”他嗅了嗅，“不是加工厂做出来的，是手工做出来的。”

知非竖起大拇指：“那你再猜猜是谁做的？”

“超市老板娘做的？”

“又说对了，喏，给你留的。”知非将手里的用盒子装好的豌豆黄送到他面前。

“特意留给我的？”他问。

“嗯！这边天气热，怕坏了，放在厨房冰箱里保险。”

“咱俩一块吃。”

“都是给你的。”

“我只吃一块。”修羽说罢伸出手，快到盒子跟前的时候停住了，开了一天的车，手心里全是汗，声音放低了一些，说，“我手脏……”

知非就伸手从盒子里拿起了豌豆黄，送到他嘴边。

他低头看着那双白皙的手，然后用嘴从她手里叼走了豌豆黄。

知非感觉身体不由自主地一僵，脸微微有些发烫，却故作坦然地问：“好吃么？”

“好吃。”他很认真地说，“主要是你留给我的。”

知非的心又跳得飞快。

修羽吞下嘴里的豌豆黄，看着知非问：“这么好吃的东西，你省下来给我吃，我很高兴。”

知非听他的口气是把自己当成了小孩，不由得笑了，又拿起了另一块，送到他的嘴边：“既然喜欢，那就把这块也吃了。”

修羽不舍得吃，这边物资短缺，这算是奢侈品：“超市老板娘来看过齐天了?”

“昨天晚上来的，张嘴。”她将豌豆黄往他嘴边送了送。

“你喜欢的东西，我吃了我会心疼，等将来回国了，天天叫人给你送。”

知非说：“回国了就不吃这个了。”

“那你吃什么?”

“火锅、炸酱面、卤煮、羊蹄、驴肉火烧……回去了，遍地都是好吃的。”她说着顺势把手里的豌豆黄塞进了修羽的嘴里。

“我以前一直以为我对吃的不讲究，不像夏楠那样瞪着眼睛到处找好吃的，就拿北京来说，大大小小的饭店就没有她不熟的。她尤其爱路边的苍蝇馆子，她说那种馆子味道最正宗，可我吃着感觉都一样。直到来了这边，我才渐渐明白了，以前是因为想吃什么就可以买，现在是想买都没地方买，还好齐天有门路。”

修羽不爱听她说齐天：“他倒是挺关心你和夏楠。”

知非笑笑：“我怎么觉得……”

“没错，我吃醋了。”

“你是不是知道了热搜的内容?”

早上她翻手机无意中看到的，她对热搜没兴趣，都是捕风捉影，换作平时她也懒得解释，可不知道为什么她居然愿意跟修羽解释：“齐天是热搜体，跟网红吃顿饭都能上搜，何况现在被刺伤眼睛等在医院里换基维丹的眼角膜，你听听光这一句话就全是热点。”

“我在乎的是他拉着你上热搜。”

空气一瞬间安静，知非皱着眉，过了一会儿抬起头看着修羽：“你刚才说……”

“我在乎!”

“哦……”

办公室的门被推开了，张潜进门，略微有些大声：“知医生，吴医生让我……”他举着手里的巧克力，停在了空中，猛然感觉办公室的气氛古怪，话说了一半的话停了下来，然后将目光在知非和修羽身上来回转了一圈，这才放缓了声音说，“这么巧，修队也在?”

修羽已经恢复了如常的神态，冲他略一点头。

张潜将巧克力放在知非面前的桌子上：“吴医生给的……”冲她和修羽说，“你们聊，我就不打扰了。”一边走一边后退着出了门，随手关上了办公室的门。

知非靠在椅子上，她想找点事情做做，可办公桌叫修羽收拾得太干净了，她不忍心弄乱。她拆开巧克力盒子，拿出一块塞进嘴里，一会儿看着自己桌面，一会儿看着窗外。

修羽在她对面坐着，她干脆转过头。他闷闷不乐地看着她，也看她看的地方。知非不想把气氛弄得太沉闷了，递了块巧克力给他。

他没接，说：“我不吃。对了，齐天的角膜移植手术准备得怎么样了?”

“吴医生是专家，他负责角膜移植的手术，没有任何问题。不过移植之后，视力恢复还需要一定的时间。”她说话的时候，眼睛还是不看他。

“我刚才去过他的病房，他在午休，我听他病房里的护士说，他心态非常好，很乐观，这点出乎我的意料。我还以为遇到这种事，他的反应会很强烈。很多眼睛受伤的人，会因为突然看不见了，变得很暴躁，据说他完全没有。”

知非嘴里的巧克力吃完了，又拿了一块放进嘴里：“可能是因为夏楠在陪着他。”

“你的意思是爱情的力量？那……你相信爱情吗？”

知非苦笑：“我相信他们的爱情，齐天我不了解，但是夏楠，这是她这么多年来，头一回这么认真地喜欢一个人，照顾一个人，她以前从来不知道……也许我不该这么说她。”

“是么？”修羽问。

“讲真的，夏楠以前没有真正恋爱过，准确地说，她喜欢的人都不喜欢她，比如……你。”

“嗯？”修羽表示疑惑，“我完全没感觉到她喜欢我，也许从一开始我的视线就一直在你身上。”

知非无语了，他就这么把话题又引回到她身上，这算什么？表白吗？也太生硬了：“我在说夏楠，你能不能别打断我的话。”

“可以。”

她不想再谈论夏楠和齐天的感情，抬头起看着修羽说：“说点正事。”

“说。”修羽后背靠在椅子上，目光别有深意地看着她，他就是喜欢看她一本正经地掩饰慌乱，还有现在刻意装出一副若无其事的样子。

“原计划后天的义诊，你去吗？”

“去！我带队保护医疗队的安全。”

“这次去义诊的学校，是齐源集团捐建的。齐源集团在这边捐建了不少项目，主要是学校和医院，像我们医院的无菌手术室就是我们医疗队联合齐源集团一起捐建的，并且好几个捐建项目都是齐天发起的。”

修羽知道齐源集团在这边深耕很久，但齐天参与了那么多的项目着实让他感到意外：“我还提醒一下，这次义诊的危险系数很高，战乱区的学校，情况要比难民营复杂。难民营有维和警察，可学校的保安根本不抵用，并且新礼发现了埃博拉患者。常识告诉我，一旦有了第一例，就意味着已经有很多例，只是还没被发现。”

知非皱着眉。

修羽问：“怕吗？”

“害怕有用吗？”她反问。

修羽站起身来，来回走了几步，停下，目光炙热地看着她，一如当日头一回见她，她是发光的白衣天使。

他轻声说：“知道你最吸引人的地方是什么吗？你就像火，不是那种熊熊燃烧的大火，而是一团小火苗慢慢地变成火焰……”

“原来在你眼中，我是这样的啊？”

“我喜欢火。”

知非看着修羽：“那你知道我喜欢什么吗？我喜欢风，风是抓不住的，但是，风也是自由的，想要留在谁的身边，就留在谁的身边。”

修羽猛然想起了宋图南，曾经有文章形容过他，说他像风，好像不存在，又无处不在。修羽眯着眼睛。

知非举起双手：“好吧，好吧，其实我希望自己像风一样自由，想去哪里就去哪里，可是做人，哪能这么任性。”

修羽最怕她说这种软话。

对于这次义诊吧，他心里总觉得不踏实。

昨天警卫队去了学校一趟，车子险些跟一辆没有牌照的车撞到一起，对方车窗开着，车上坐着一个女人，有枪，装备精良，压着帽子看不清脸。但修羽的第六感告诉他，她就是那个刺伤知非和齐天的女人。

警卫队立刻跟踪上去。

那女人很疯，车子在街上横冲直撞，根本不顾行人的死活，三个路口就把他们甩了。

想到这些，修羽深吸一口气，起身，走到一旁拿过烧水壶烧开了水，倒了一杯放在知非面前。

知非像是会读心术似的，突然问道："刺伤我和齐天的人找到了吗？"

修羽微微一愣，随后点头。

知非立马坐直了："对方什么情况？"

"曾经是马布里的保镖，以前在泰国打泰拳，获得过首条女拳王金腰带，并且她还在我们国内学过中国功夫，出手稳狠准。"

"难怪，我也是练过跆拳道拿过黑带的人，可是在她面前，连一个回合都撑不到。"

"她就是个疯子。"

"对！她就是疯子，下手毫无目的，随时行凶，也许她还会对别人下手。怎么，还没有抓她？"

"我们还要再等等。"

"等什么？"

"马布里并没有死。"

知非不说话了。

齐天的手术很顺利，两个多小时的手术，很快就做完了，当吴医生从手术室出来谈笑风生地走出来时，迎面就看到夏楠和知非等在门口。

轮床上的齐天麻醉药效还没过，人还没完全醒来，两人却一起松了口气。手术室老规矩，主刀医生越轻松，就意味着手术相对越容易、简单，要是手术室的人个个紧张得要死，一句话都不说，那也就是手术风险越高越危险。

夏楠询问了几句手术中的情况，吴医生一一作答完毕，夏楠道了谢，便追随轮床走了。

知非站在那手插在白大褂的口袋里，微笑着跟吴医生打了个招呼："学长，好久不见。"

吴现是知非的学长，两人在培训时认识，因着这层关系，自然亲近了许多。

吴现冲她微微一笑："好久不见，最近还好吗?"

"手术一台接着一台，连做梦都在手术台上，你说好不好?"

"对别人来说未必是好事，对你来说，却是再好不过的事情。"

知非笑了："走，去我办公室坐坐。一会儿你还有个采访。"

吴现跟她并肩往前走，看着步伐如飞的知非，说："来的路上，我看到了热搜。网上的评论，你别在意。"

知非说："我不在意，每个人都是带着自己的情绪去评论。悠悠众口，哪管得了那么多。"

"你比我想象中豁达。"

"我不是豁达，我是看开了。"

"此话怎讲?"

"我们是医护工作者，见惯了生老病死。"

"没错。可网友那么骂你，你也无所谓吗?"

“我懒得去看，眼不见为净。我为什么要因为不了解我的人对我评论几句，就不开心？这边战争、饥饿、疾病，很轻易就会夺走一个人的生命，国内的网友在和平环境下，过着岁月静好的生活，我觉得他们很幸运。”

吴现看着她，发现几个月不见，她变得成熟了：“你能这样看得开，我为你高兴。”

“也可能是我没那么多的精力。”

“我们跨山越海而来，把生死置之度外，我们的担当是守护生命的这座大山，这是作为援外医生最起码的职责。”

知非重重地点了点头。吴现随她进了办公室，坐下之后说：“我有个事情要跟你说。”他从背包里面拿出一摞资料，往知非面前一放，“新礼出现了埃博拉患者，这是相关资料。”

知非立即回到了工作状态。

“埃博拉病毒，是一种高度致命的病毒，传播源头未知，与马尔堡病毒关系密切。属于丝状病毒科，是人类已知的致命病毒，致死率约为90%，到目前为止，对此没有任何治疗方案，并且实验表明，只要有一个有活性的埃博拉病毒粒子进入人类血液循环系统，就会导致致命感染。”

知非问：“你们接收的患者情况怎么样？”

“已经去世了。是一名来自乡下的孕妇和她4岁的儿子，此前一周他们从边境出去过。知医生，你见过埃博拉病人吗？”

知非摇摇头。

吴现叹口气：“也许以后你会见到。就像教学片里描述的那样，病人起初出现腹痛、呕吐、腹泻，随着病情恶化，病毒侵袭血管内部，病毒还会破坏肝脏细胞，最终导致患者血压急剧下降，休克和多器官衰竭。你看过武侠小说吗？就像武侠小说里描述的，江湖上有一种很厉害的毒药，叫七步断肠散，吃了之后，七窍流血气绝身亡，埃博拉病毒就是这样。”

知非看过相关的资料，也看过有关埃博拉的影视剧，演员演得很痛苦，但她觉得还不够真实，真实比演的更痛苦，并且这病至今仍没有获批的治疗药物，也没有疫苗。

吴现说：“资料上有预防方法，打印分发下去，这一次，我们的对手是看不见的病毒，是人类已知的最致命最恐怖的病毒之一。”

“OK。”

这时有护士过来喊吴现，说采访已经准备好了，让他现在过去。

吴现走了之后，知非拿过资料，认真地看起来。下班后，她又带着资料回了宿舍。夏楠比她先回来，正在看书。

知非问她：“今天怎么这么早回来了，没留下来陪陪齐天？他现在怎么样？”

“情况很稳定。最近因为他耽误了不少事儿，现在他手术已经做完了，我也应该收心把精力放在工作上。今天看到吴医生的工作状态，我很惭愧。你们每个人都比我优秀还比我努力，我得加油啊。”

知非被她逗笑了，扬了扬把手里的资料：“看看这个，吴医生带过来的。”

夏楠拿过来，认真地翻看着。

知非继续说道：“新礼的埃博拉患者已经去世了，我们要防患于未然。”

夏楠抬头问知非："这个病致死率很高，但是传播的速度却很慢，我想应该不会在穆萨城出现吧？"

"这很难说，从几次的爆发情况来看，每次都是突然出现，突然消失，我们到现在也没能掌握病毒的传播途径。虽然报道上说很多医疗团队在研发治疗药物，但是到目前为止市场上没有出现有效的治疗药物，也没有疫苗。现在的治疗方式跟以前一样，医生唯一能做的就是给他们挂水，保证病人不会脱水死亡。资料上写得很清楚了，我们作为医生，需要接触病人，必须要做好预防和保护措施。"

夏楠唉了一声："但愿这次也能很快就消失。"

第48章　危险与救赎

春节的前一天，是医疗队开展义诊的日子。因为第二天就是春节，计划医疗队和维和部队搞一场联欢活动，包饺子、贴春联，过一个热热闹闹的春节。

清晨，猛士车一前一后，中间是两辆越野车和一辆救护车，浩浩荡荡朝学校开去。车上带着医疗物资，还有食物，医疗队本着不打扰学校的原则，自己带了锅和泡面。

因为临近春节，医院为了营造春节的气氛，已经挂起了灯笼。

Z国有好几个大型基建项目是中国人在建，所以在Z国的中国人不少，沿路偶尔也能感受到春节的气氛。

知非乘坐的是修羽开的车，两人只是见面时相互问候了一句，其余时间并没有太多话，但是彼此都能感觉到对方在时的那份安心。

夏楠昨夜没睡好，上了车就蜷缩在座位上。

知非看她脸色苍白，问她怎么了。夏楠手指了指了肚子，知非知道是例假来了，肚子疼，问她要不要回去休息。

夏楠说不用，说刚刚吃了止疼药了，过一会儿就不疼了。

她躺了一会儿，勉强撑了一下身体，问修羽："修队，中医有没有治疗痛经的方法?"

修羽开着车，头也不回地说："痛经多是身体内有寒气，血瘀造成的，泡脚、艾灸能缓解。”

“这么简单？”知非不信。

“只能缓和，想要治好，得对症下药。”

正说着，车子打一家中医诊所门前开了过去，知非后背一用力，从座椅上弹了起来，扭着头看着车窗外，问修羽：“那儿有家中医诊所，你认识里面的医生吗？”

“认识，他们五年前从国内过来，是一对退休的夫妻。老爷子以前是三甲医院的中医，老太太是西医，自打穆萨城成了战乱区之后，中药材进不来，便以老太太的西医为主。”

“老头老太太退休之后做这么有意义的事情……也太浪漫了吧。”

“老两口没孩子，在国内的时候，遇到一个Z国病人，从他嘴里听说这边医疗条件不好，非常需要医生，于是退休之后就过来了。两位老人一辈子的积蓄都用在了治病救人上面，他们真的把病人当成了自己的家人，还收养了几个在战争中失去父母的孩子，教他们中医。”

知非盯着小诊所，透过玻璃门，看到一个头发花白的老爷爷在给病人号脉，微微弓着身子不知道在和病人说什么，身上有一种中医特有的气质。她还想看看老太太，看看优秀的同行长什么样，可车子行驶的速度太快了，眨眼就从小诊所门前开了过去。

知非觉得老先生有些眼熟，问夏楠：“你记不记得小时候咱们医院的家属区有一对模范夫妻，住在最后一栋楼的顶楼。夫妻俩的感情特别好，从不吵架红脸，但遗憾的是，两口子一辈子没有孩子。据说是老奶奶年轻时，在东北农村插队当知青，有一年遇到儿童落水，下去救人，冻伤了身体……”

“你说的是金叔和杨阿姨吧！我当然记得！金叔是中医，杨阿姨在儿科工作，杨阿姨年轻时长得真漂亮，又有爱心。她在儿科工作的时候，小朋友都喜欢她，别的医生搞不定的熊孩子，到她那儿准服服帖帖的。她办公室的抽屉里有很多零食和玩具，我小时候就总爱去她办公室玩。”夏楠停顿了一下，“你的意思是刚刚的中医诊所是金叔和杨阿姨开的?”

“他们确实一个姓金，一个姓杨。”修羽说。

夏楠震惊了，她对两位老人家记忆深刻，他们退休那年，她刚进医院，据说是两位老人婉拒了医院的返聘，退休当天，几百人前来送别，很多人的眼睛都是红的。退休欢送会上，院长说，两位老人家行医三十余年，救治数十万人次，有的甚至是一家两代人经过两位医生的诊治，这些年从没有出现过一次医疗事故和差错，培养了上万的学生，桃李满天下。

退休后的第三天，两人就搬走了，说是回了南方老家。

夏楠蜷缩在座椅上，感慨道：“我还以为他们退休之后，享清福去了，原来是来了这里。”

修羽点点头：“他们这辈人是在变革中成长起来的一代，出生在困难时期，学习在上山下乡时期，在改革的浪潮中摸爬滚打。拼搏就是这代人的标签，所以他们在退休后放弃国内的安稳生活选择来到这里，一点儿也不奇怪。”

知非的视线投向了远方，感慨地接话：“还有的人，把生命永远留在了这片土地上……”

这句话出口的一瞬间，伴随着紧急刹车的声音，越野车停了下来，修羽脸色瞬间发白，胸口剧烈起伏，目光定定地看向虚空。金灿灿的阳光慢慢被星空吞噬，满天星斗中，一个穿着白色婚纱发光的身影，从星海中轻盈地向他走来，停在他面前。

“真的是你么？”修羽慢慢地向着发光的身影伸出手，“子清……”

车里的知非和夏楠，全都吓了一跳，目光齐齐看向了修羽，殿后的猛士车紧急刹车，驾车的冉毅意下车查看，跑过来敲了敲车窗。

“砰——砰——”车窗的敲击声，伴随着呼唤声：“修队，修队……”

敲击声将修羽唤醒，星空消失了，刺目的阳光重回眼底，他彻底清醒了过来，扭头看向车窗外。

是冉毅意！

冉毅意的声音隔着玻璃窗听得不是很清楚：“修队怎么了，没事吧？”

他摇摇头，感觉到车内注视他的几道目光，然后发动车子，继续向前开去。

冉毅意回到车上，被修羽刚才的眼神给震惊了，那完全是一双如入幻境的眼神，去往另一个世界，还伴随着下意识的伸出手。

副驾上的江琦惊奇地问：“刚才怎么回事？队长突然停车，吓我一跳。”

冉毅意喃喃地：“队长……是要出事啊……”

“你什么意思？”

“队长今天不太对劲。”

“扯吧，队长不对劲，那只有喝多了的时候。几年前有一次军演结束，我们野战排在草原上埋锅造饭，那天晚上队长喝多了，躺在地上看着星空，像神游进另一个世界，嘴里还叫着一个人名字……子清……白子清？”

“谁？女的啊？”

“咱也不知道！咱也不敢问！反正第二天提到这个名字的杜峰，被他狠狠揍了一顿，那天他发了很大的火，反正从来没见过他发过那么大的火，大家都愣住了。”

“杜峰他都舍得动手？这得多大的事啊。”冉毅意咂了咂嘴，说，“别看队长跟咱们那么熟，可他心里想什么我们还真不知道。”

“我觉得，能让一个男人发这么大火的，唯有爱情！”

“爱情？”冉毅意扭头看了一眼江琦，问，“江琦你说爱情是什么？”

“爱情嘛……”江琦停住，想起那晚修羽跟他聊天时说过的，冉毅意经常问他爱情是什么，这家伙居然又把这个问题抛给了他，于是他速战速决地拍了拍冉毅意的肩膀，“等你爱上一个女人之后，你就明白了。”

“嘿！你怎么和队长说的一样。”冉毅意抖掉肩膀上的那只手，郁闷地说道，“我们都知道队长心里有人，可那人是谁，干什么的，这些咱们都不清楚。可你说，真的有那么刻骨铭心的爱情吗？十年了，再怎么样也不至于十年还过不去一道坎儿吧？到底什么样的女的啊？说不定人家孩子都打酱油了。”

江琦问他：“老冉，你有念念不忘的人吗？”

“当然有。”冉毅意想了想，“要说真正忘不了的那就只有我奶奶，不过，五年前老人家已经驾鹤西去了。我是奶奶带大的，她对我最好，给我的关心和温暖最多。你知道我最难过的是什么吗？就是她去世之前，她知道我要参加军演，怕影响到我，让家里人不要通知我，说不能让我分心，那时候她已经病得很重了，一直到我参加完军演，家里人才告诉我奶奶去世了。我当时感觉天都塌了……我最后悔的就是没能带她去一次天安门，因为她曾经跟我说过，这辈子最盼望的就是去一次天安门，去亲眼看看升国旗。我跟她说你等我，我一定带你去，可一直到她去世我都没带她去过……”冉毅意说到这苦笑，“我常常在想，我为什么不能早点带她去啊？”说到这里，他突然恍然大悟了一般惊呼，“你的意思是那个白子清去……”

他说到一半陡然停住，惊愕地瞪大了眼睛，讷讷地看着前方的越野车：“这……队长得多难受啊。”

“可不！”

学校是齐源集团在Z国捐建的第三所学校，包含了小学到高中的全部教育，老师大部分是Z国人，也有支教的中国人。

简单的交流过后，知非、夏楠、张潜、谢晟还有吴现，紧张地开展起义诊活动。上午的活动内容是讲解流行感冒、结核病的相关医学知识，以及现场发放宣传资料。

中午有一个小时的休息时间。

支教老师巍澜，给医疗队煮了一锅方便面端过来。

巍澜22岁，性格很开朗，是去年从首都师范大学毕业后加入了公益队伍来到Z国，被派到了这所学校，进行为期两年的支教。

知非看到方便面里放了青菜，旁边还有一碟拍黄瓜，问她：“是你自己种的？”

“是的。来之前就听说这边蔬菜少，于是我就想办法自己种，可种菜太难，黄瓜总共就结了两个，都在这儿。”

说到种蔬菜，谢晟很发言权，接话道：“这边天气干旱，所以要每天给植物浇水，用完的生活用水拿来浇地用别浪费了，如果有虫子的话，要及时捉掉，不然虫子越来越多，到那时候这一季的菜就白种了。”

“一看就是有种菜经验的人，回头就按你说的方式试试。”巍澜愉快地道。

冉毅意、江琦勾肩搭背的刚好进门，后面跟着马丁，两人交头接耳不知道在说什么。

巍澜热情地打招呼：“快坐下吃饭。”

江琦斜了一眼冉毅意，冲巍澜说：“小巍澜，你有20岁吗？有人打赌说你不满20。”

冉毅意一听，瞪了一眼江琦。

“我都已经22了。”巍澜笑起来，声音悦耳好听。

“22了啊？完全看不出来。那你这个年纪应该有男朋友了，小巍澜，你来这边支教你男朋友同意吗？”

“我还单身呢。”巍澜捞好了一碗面，递给面前的冉毅意。

冉毅意正在偷看她，以为被她发现了，吓了一跳，赶紧接住了饭碗。

修羽经过，揉了揉他的脑袋，说：“老冉，你发什么呆啊？”

“我……哪有发呆。”冉毅意矢口否认，端着碗赶紧走到一边。

刚进门的另外一名支教老师，叫余影，跟巍澜的年纪差不多，短发，穿得像个假小子，闻言笑着说：“以前在国内上学的时候，追我们巍澜的人可多了。有个学长约她出去吃饭，说要送她一辆宝马，让她给拒了。那学长家做餐饮的，家里好几个火锅店，就是那种生意火爆，饭点时过去，要排上两个小时队的那种。人家父母都发话了，只要巍澜同意嫁给他们儿子，毕业就安排结婚，送一栋别墅，你们猜怎么着，她拒绝了。她说心灵契合才是最重要的。”

江琦举起了大拇指：“小巍澜好样的。”

冉毅意深深地看了一眼巍澜，生怕她发现了，又假装若无其事地埋头继续吃饭。

“不适合当然不要勉强啊，而且我早就决定了，毕业之后来这边支教，我们支教队伍里的女孩子都是单身哩。”

“原来都是单身啊。”江琦咳嗽了一声，故意用胳膊撞了一下冉毅意。

“干吗？”冉毅意小声抗议。

“没干吗啊，就是跟你说一下。”

江琦和周晨一左一右坐在他旁边，江琦撞一下，周晨又撞了一下，冉毅意被撞得东倒西歪，干脆背过身去。

江琦嘴贴到他耳边揶揄道：“喂，老冉，爱情是什么？”

冉毅意脸更红了。

江琦和周晨对视了一眼，会意地笑着。

修羽看着他们几个，对巍澜说：“我们警卫队也都是单身，就冉毅意有女朋友。”

冉毅意把方便面塞了一半进嘴里，惊愕地抬起头。

巍澜问：“冉毅意，你女朋友在这边还是在国内？”

冉毅意赶紧将吃了一半的面塞进嘴里，着急忙慌地解释道：“没有，我没有女朋友，队长是开玩笑的，我在这边执行维和任务，哪有时间谈恋爱。”

江琦顺着修羽的话：“前天在出去执行维和任务的时候，不是还有个Z国姑娘跟你表白来着。”

周晨：“上周也有，还邀请你去家里做客，我们冉毅意的魅力那是相当的大，深得Z国姑娘的喜爱。”

马丁一头雾水地小声问道：“什么时候的事？”

周晨：“就上周！你怎么给忘了？冉毅意还主动帮人家搬东西来着，想起来没？”

冉毅意看他们几个一唱一和，急了：“别胡说啊，那是因为我帮了人家，人家只是表达一下感谢，根本不是你们说的那样，再说了，我……我只喜欢中国姑娘……”

余影聪明，看出来他们几个在故意捉弄冉毅意，很明显是想撮合他和巍澜，于是也掺和进去：“跟你们说个秘密吧，巍澜的爸爸跟你们一样也是军人。巍澜一直跟我说，她说她小时候就有个梦想，长大了一定要嫁给一个军人。”余影的话没说完，巍澜的脸就红了。

江琦起哄道：“巧了巧了，冉毅意有机会了。”

冉毅意的脸更红了，众人笑着看他们，知非也看他们笑。突然她看见坐在旁边的修羽正看着自己，不由自主地摸了摸自己的脸，问：“怎么了？”

修羽声音不大：“你笑起来的时候很好看。”

知非：“我平时很严肃么？”

修羽没回答，见她放下筷子，问：“吃饱了？”

“嗯。”

“吃太少了。”

“嗯？”知非挑挑眉，嘴唇微微一弯，“你到底想说什么？太瘦了不好看吗？”

“我可不是这个意思，而且，你不论胖瘦都好看。”

知非无言，小声道：“修队的嘴是越来越甜了。”说完起身收拾起碗。

巍澜赶紧说道："放着吧，一会儿我们收拾。"

知非先出去了，她想去趟洗手间，然后继续下午的义诊工作。

外面，正午的阳光炙热地烤着大地，她站在太阳下，眯了眯眼睛，回想起刚刚修羽说的话，心里觉得很甜，很温暖。

身后有人叫她："走这么快，还有水果没吃呢。"

知非回头看见修羽走上来递了个剥好的西柚给她："补充维生素C，有点苦，但是不爱吃也得吃。"

知非不是不爱吃，只是西柚的皮太结实，剥皮太麻烦了，所以才不吃。她接过西柚，往空中抛了一下，撕下一瓣送进嘴里，说："很好吃，谢啦。"说完，转身走了。

知非在学校里随便走了走，学校不大，分为教学区和宿舍区，墙上都是中英文双语。她按着指示牌，往学校西北角的卫生间走去。

走着走着她发现不对劲，身后一直有人跟着，回头一看，是个小孩，年纪大约十二三，长得又黑又瘦，头发卷卷地贴在脑袋上，眼巴巴地看着她。

知非有点纳闷，朝周围看了看，附近没有人，这小孩已经跟了她有一段路了，而且他也不像是学校里的学生，只穿了条裤衩，光着脚，脚腕处还受了伤，有点感染了。

知非有点紧张，刚来这边的时候，她亲眼见过一个年纪跟这个小孩差不多大的恐怖分子刺伤一个成年人。

她警惕地目测了一下距离，用英语问："你叫什么名字。"

小孩没说话。

知非又问："跟着我干什么？"

小孩往后退了一步，眼神露怯。

知非换了个好点的语气问："你脚受伤了？让我看看……"弯下腰想去查看，谁知那小孩马上向后退了步，不给她看。

知非直起腰，问："那你能不能告诉我，你为什么跟着我？"

小孩倔强地看了她一眼，又垂下了头。

知非："你不说的话，那我可走了啊，你别再跟着我了。"

知非说完就走，一步、两步、三步……走到第六步的时候，知非听到身后有声音响了起来，带着哭腔，突然说了句话："你是中国医生吗？"

她马上停住脚步回头："我是中国医生。"

"你能救救我妈妈吗？"

"你妈妈怎么了？"

小孩啜泣："我妈妈被人割伤了……"

"她在哪儿？你马上带我过去。"

小孩却站着不动，嘴里一直说着："我妈妈流了很多血……"

知非被他弄得有点急："那一定是很严重了，带我过去。"

小孩还是没动。

知非只好说："我是中国医生，我给你妈妈看病，不收钱。快带我过去。"

小孩一听顿时两眼放光："你跟我来。"说完转身便跑。

知非赶忙追了上去。

小孩虽然长得又瘦又小，却跑得飞快。

知非一边跑，一边给夏楠打电话。

电话一接通，夏楠就在催："非非，义诊马上开始，你在哪儿……"

“我现在有很重要的事，修队在吗？你把电话给他。”

“哦。”夏楠听见电话那边急促的呼吸声和奔跑的脚步声，毫不犹豫地将手机递给了旁边正在忙碌布置的修羽，说：“非非找你。”

修羽接过手机：“我是修羽……”

“你听我说，有个小孩找到我，告诉我他妈妈病了流了很多血，但是这个小孩不是学校的学生，我现在跟着他已经出了学校大门，现正在往右手边跑，你马上过来找我……”

修羽接了电话，就朝学校大门狂奔了过去。

义诊现场已经来了许多学生，排着队站好，等待体检。

夏楠没空多想，目送修羽背影远去。

余影经过时小声地问夏楠：“夏医生，修队怎么出去了？”

“他有事。”

“知医生呢？”

“知医生暂时过不来，可能要晚点过来，我们做我们的。”

知非跟着小孩一路狂奔，穿过人群，穿过破旧的小镇，穿过用杂草和泥巴建成的窝棚区，满头大汗地一边跑一边问：“还有多远才能到？”

“就在前面了。”

再往前，是一片河塘。知非在Z国生活了一段时间，了解到这边穷人的生活现状很差，小镇的居民大多住的是窝棚，特别穷的，埋四根木桩撑起一块布，一家人在里面生活，在旁边垒砌石头生火做饭，就是全部的家当。

在河塘边的大树上，撑着一块布，树下斜靠着一个女人，旁边的地上是鲜红的血……女人已经休克，脖子上有一道伤口，伤口已经被血黏住了，流得很慢。

知非原本已经跑得精疲力尽，鲜血冲进她视线的瞬间，她就像打了一针鸡血，飞快地跑了过去。与此同时，修羽开着车，追到了跟前，车子停下从车上一跃而下。

两人几乎没有任何的交流，开始工作。

知非在检查伤口，颈部血管损伤，情况危险，但万幸没有伤及颈动脉，不然几乎没有生还的可能。

修羽也在检查伤口，伤者不是自杀，周围没有刀片，从刀口的位置，角度、力度，推测出凶手使用的匕首型号，跟知非受伤时使用的匕首一模一样。

是那个女人！

他没有惊动知非，暗暗捏了捏拳头，检查了一下周围的环境，地上有脚印，他朝着脚印离开的方向看了看，又环视了一下四周。

知非正在一边做简单的止血，一边在打电话："救护车吗？立刻过来，有人受伤，出校门往右手边，见到河塘就看到我了。"

修羽也拿出手机拨了个号码，声音冷沉地道："杨医生吗？我是修羽……有人受伤，大概的情况是这样的……我们需要你帮忙……我们马上将人送去你们医院……"

知非看了他一眼，与修羽有着一份默契。

救护车很快开了过来，知非简单地给病人进行了止血包扎，给氧、输液，然后用担架抬上了救护车。

小孩呆呆地看着知非。

修羽过来，直接将他举起来塞进救护车里，对司机说："出发，车子跟上我。"说完上了车，朝中医诊所开去。

蓝天之下，在棚屋区的旁边是一所简陋的诊所，周围种着一些花草。两位花甲老人腰杆笔直，等在了门口，他们身后的诊所里，几名护士正在忙碌，里面有人在输液，有老人，也有孩子。

救护车刚停下，两位老人马上过去，熟练地抬起担架上的病人。

她跟在他们的后面进了诊所，医护人员正在进行抢救，她完全帮不上忙。诊所不大，四间房，其中一间是药房，另外一间是治疗室，一间是手术室，另一间是病房。

知非隔着玻璃窗看杨医生给患者治疗，她见过太多优秀的医者，可是在这种简陋的环境下，还能如此高效地工作，她感到震惊和深深的敬佩。

五分钟之后杨医生推门走了出来，修羽和知非马上迎了上去。

知非问："病人情况怎么样?"

杨医生叹了一口气，说："情况不算好，病人失血太多，需要输血，可我们诊所没有储备AB型血……"

知非毫不犹豫地卷起袖子："我是AB型血，抽我的。"

杨医生打量了她两眼："你太瘦了，应该有低血糖吧?"

"没关系，抽我的。"

"抽了，你昏倒了怎么办?"

"你这儿有红糖水吧？给我一杯！我把她送过来，就有责任帮助她活下去。"

杨医生没说话，点了点头。

400CC的血抽了出来，流进了女人的身体里。

知非坐在诊室的椅子上休息，热热的红糖水就放在边上，她的头好晕。修羽正在和金医生说话，讲的都是中医里的用词，知非听不懂，但是她知道是在聊她。

红糖水终于凉了一些，她端起来，一口气喝下去。

杨医生给病人输上血，交给护士，扭头找知非，递给她一杯牛奶："怎么样，头很晕吧？"

知非点点头又摇摇头，说："已经好多了。"

"你这身体原本是不适合献血的，可你又跟她血型相同，我只能答应你。"杨医生在她旁边坐下，细心地拍了拍她身上的泥土，"修羽懂中医，他会有办法尽快让你身体恢复的。"

知非发现杨医生误会了她和修羽关系，想解释，可又觉得解释没什么必要，只好笑笑。

"你母亲还好吗？"

知非一愣，忙说："好。杨阿姨，你记得我？"

"我怎么不记得！你叫知非。咱们小区的孩子我都记得，还有那个叫夏楠的，你们老是在一块。她活泼嘴甜，你平时不爱说话。不管到哪儿都是她走在前面你走在后面，她是姐姐，你是妹妹。夏楠我倒是在医院见过，可你，我已经好多年没见过了，没想到居然在这里见面了，更没想到你成了一名援Z的医生。"

"是啊，真巧。"

"在这里还适应吗？"

"适应，对医生来说，在哪里都是治病救人。"

"可是这里的生活对你们年轻人来说太枯燥了，不像国内多姿多彩。"

"我不年轻了，都奔三了。"知非说完看着窗台上的一串红，她想起小区花园里就有很多这样的一串红，突然，有点想家想母亲了，"其实生活枯不枯燥，在于自己怎么去生活。"就像杨医生和金医生，他们可以在忙碌的生活中，把用完的药瓶种上各种各样的花，这样的日子也很美好。

她打了个哈欠，眼皮有点打架，她需要休息。一刻钟后回学校继续参加义诊。

她设了个闹铃。睡着之前，她隐约听见杨医生在问她："来这边是不是也跟你父亲有关？你有他的消息吗？"知非摇摇头，然后就睡着了。

十五分钟很短，闹铃叫醒她的时候，抽血带来的疲惫感也已经恢复了一些，她叫修羽准备出发回学校。

杨医生拿着一个皮面已经发黄，破旧的笔记本过来，放在知非手边的茶几上，轻声说："这是我偶然得到的，也许对你有特别的意义，是你父亲在这边工作时留下的工作日记。"

"我爸的？"

"上面有你父亲的名字，还有他的字迹，你金伯伯认识。"

知非震惊了，手有些颤抖地捧着日记本，激动地翻开，果然是父亲的笔迹。

杨医生说："我们跟你父亲很早就认识，他为人忠厚善良，我们也是受了他的影响才选择到这里来，日记本是我们找了好久才找到的，原本想托人给你捎回去，可又不知道你有没有回国。刚好遇到你，就送你了。"

"这对我来说太珍贵了，太重要了。我到了这边一直想找和爸爸有关的线索，可是我几乎一点线索都找不到，太感谢你了杨医生。"

她紧紧地抱着日记，朝杨医生和金医生深深鞠了一躬。

知非心情五味杂陈地走出了小诊所。上了车，修羽突然说了句："这就对了。"

知非不知是何意。问："你说什么？"

"你找到了想要找到的东西，可你却没有着急去看，你想的还是义诊的事，这就对了，说明你没有被情绪干扰。"

知非没有多想，说："我因为父亲来到这里，但也不完全是因为他。"

"那当然，你是一名医者。"

知非不这么想："我觉得像我父亲那样，像杨医生、金医生那样的才算是医者，'医者，仁术也，博爱之心也。当以天地之心为心，视人之子犹己之子，勿以势利之心易之也。如使救人之疾而有所得，此一时之利也。苟能活人之多，则一世之功也……'"

"医者仁术，博爱之心。"

她依在车窗边，头还是有点晕，紧紧地抱着笔记本。

修羽问她："头还晕么？"

知非点点头。

修羽说："一会儿到了小镇上，给你买点蜂蜜带回去。"

知非心不在焉，完全没听见修羽在说什么，她头靠在车窗玻璃上，闭着眼像是睡着了，实际上，内心却翻涌着惊涛骇浪，她太想知道父亲当年在这边经历了什么，但她接下来还有工作要做，不能乱了心思。

修羽沉默地开着车，他所有的心思都在女人脖子上的伤口。那凶手是疯的！作案完全随机，连一个普通女人都不放过。刚才他趁着知非睡觉的时候，去了趟病房，女人已经醒了，很缓慢地告诉了修羽全部的经过。

她说，当时她正在午休，一个举止打扮都跟男人无异的女人经过，刚好吹过一阵风，把挂在树枝上晾晒的衣服吹落在那人的身上。那人恼羞成怒，大骂衣服弄脏了她，于是撕碎了衣服。她心疼衣服，上去理论，不料对方突然朝她下了手……

修羽又问孩子谁让他去学校找医生。小孩没说话。修羽再问他，他哇的一声大哭了起来。

女人心疼地搂过儿子，对修羽说："是我让他去的，附近的人都知道学校今天有义诊活动，每一个中国医生都很了不起，尤其是有个叫知非的女医生。消息一周前就在小镇上传开了，我们都知道中国人很友好很善良，给我们修路、建学校、免费义诊、支援教育。我受伤了，快要死了，我只能求助中国医生，因为他们不会见死不救。"

修羽没再问了，看了她一会儿，说："好好养伤，一切都会好起来的。"

第49章　双双遇险

车子很快进入了小镇。

小镇中心有个超市，修羽去过，知道里面有蜂蜜卖。

车子停下时，知非睁开了眼，问：“到了吗？”

修羽说：“还没有，我去超市给你买点蜂蜜。”

修羽下了车，知非眯着眼透过车窗看着热闹的小街，小镇上人来人往，有人骑着三轮车，也有人牵着牲口，街边各种小贩，还有修鞋的……

车里有点闷，她摇下车窗，深吸了一口气。

车子不远处，有个穿着破烂的疯子，看修羽下了车，车子只有一个女人，便吊着膀子朝车子走了过来，经过越野车时，突然毫无预兆地伸手，扯住了知非怀里的笔记本。

知非下意识地紧紧抓住笔记本，对方扯得非常用力，知非怕扯坏了，迫不得已松开了手，那人抢了撒腿就跑。

知非一个健步冲下车，冲着背影喊了一声：“站住！”

修羽正在付款，听到外面知非的喊声，连忙回过头，只见一个衣着破烂的男子，拿着知非的笔记本朝这边跑过来，知非在后面追。

他毫不犹豫地从小超市里冲了出来，在疯子经过的时候，抓住他的肩膀，用力一拧再一摔，疯子应声倒在了地上，笔记本从他手里滑脱掉在了地上。修羽弯腰从地上捡起来，拍干净上面的尘土，递给了随后赶来的知非。

疯子躺在地上目瞪口呆地看着修羽，他身上的沙漠作战服和头上的蓝盔，多少让他感到一些忌惮，他不甘心，用当地话大喊：“你干吗打我，你们干吗打我？我恨你们！打我的人都要死，你们也要死！那东西已经是我的了，还给我……”

给他就有鬼了！知非检查了一下笔记本，幸好没有弄坏，她也不管疯子能不能听懂，朝他大吼道：“这就是一本普通的笔记本，是我父亲留下来的。”

疯子龇牙咧嘴道：“破东西，我不要了。我要你脖子上的项链，有钻石，肯定值钱，把你的项链给我！”

修羽懂一些当地话，被疯子这么一通大吼，才留意到知非脖子上果真戴着一条项链，而平时她从来不戴首饰。

知非自打上次从箱子里拿出这条项链带上之后就忘记摘了，第二天手术时想起来，于是摘下来放在办公室的抽屉里，今天早上去办公室取东西，打开抽屉发现了项链，怕留在办公室里不安全，就戴在了脖子上。她懒得跟一个疯子计较，对修羽说：“算了，放了他，咱们走吧。”

疯子坐在地上耍起了赖皮，张口就来：“一定是男人送的，女人都是坏东西。喂，把你的项链给我，反正你要死了，送你项链的人也会死，所有人的都要死，给我吧……”

知非看他越来越猖狂，转身就走。疯子一把抱住了她的腿，吓了她一跳，想要抽开，可他抱得紧，居然抽不开。

修羽大喝一声：“放开！”

疯子不放。

“我数三声，三、二、一……”然后，修羽一拳打过去，打得他蜷缩在地上。

疯子明明疼得打着哆嗦，可心情却好得要命：“哈哈哈……一群蚂蚁……你们都是蚂蚁。蚂蚁们，你们都要死了，很快都要死了……”

修羽拉着知非上车：“别管他，咱们走。”

修羽驾着车，朝学校开去。知非木然地坐着，她在想疯子的话，虽然一个疯子的话根本没必要在意。

小街上的人越来越多，车子走走停停，开得很慢。

修羽瞥了一眼知非，见她一动不动地坐着，问道：“今天怎么想起来戴着项链出门？”

知非没听清他在说什么，便没说话。

修羽继续说：“以后还是别戴着这么贵重的物品出门，被人盯上的话，会招来危险和不必要的麻烦。”

这句话知非听清了，说：“以后不戴了。”过了一会儿问修羽，“你没觉得疯子有问题吗？”

“什么问题？”

“他明明看到了我的项链了，却要抢我的记事本。”

“他是疯子。疯子的行为，我们正常人当然难以理解。”

“可我看他的样子，明明对我的项链更感兴趣。而且……你下车的时候，他就在旁边，他一定看到了你进了超市，可他抢了我的记事本之后，却还要故意要往超市方向跑，为什么？是为了让你抓到他吗？”

修羽不想对疯子的行为作出判断。

“还有，中午我出来的时候，这条小街上几乎没什么人，可现在，你看这街上怎么突然那么多人?”

她话音未落，突然从旁边的巷子里驶出来几辆悍马，堵在了越野车的车头。街道本来就窄，街上的人又多，进退都很难。

知非有点纳闷，不过聪明如她，虽然不知道这些是什么人，但是可以确定这些人冲着他们来的。

修羽冷沉地说了句：“坐好了。”说完，突然开始倒车，转头进了巷子，冲进了窝棚区，那几辆悍马分毫不让地追了上去。

知非的手紧紧地抓着扶手。车子在狂驰，她来不及思考任何东西。前方有个转角处，突然横冲出来一辆悍马，修羽一个急刹车，车子差点就翻了，停得太猛，知非的头往前磕了一下，她咬咬牙。

“坐稳了。”修羽的声音不高，异常冷静。说完倒着往后开，他从后视镜里看到后方有车堵了过来，他立即换方向，冲进了另一条巷子，那两辆悍马来不及刹车，撞在了一起。

前方拐角处，修羽突然停住车，跳下去，打开知非那侧的车门，冲她说：“找地方藏起来，不要乱跑。”说罢，不由分说将她拖了出去，然后上车继续往前开去。

知非愣了两秒，快速做出反应，身后是一个破窝棚，里面很黑，窝棚门口处有个编筐，编筐很大，她赶紧藏了进去。

她从编筐的缝隙，看见悍马飞驰而过。

周围很安静，只有车辆发出的巨大引擎声和刺耳的刹车声。

她听着车子开远了，从口袋里摸出手机，慌慌张张地夏楠打电话，拨完了号码才想起来夏楠的手机在修羽手里，电话传来熟悉的声音“对不起，您拨打的电话已关机”。

她又给张潜打，张潜也没接，又打给了谢晟，谢晟也没接。她想起来这个时间大家都在参加义诊，手机应该是开了静音。

她决定打给陈明宇让他想办法。可这时，她听到有人从窝棚里走了出来，脚步声很轻。知非警觉地抬头看去，头顶出现一张Z国中年妇女的脸。

知非连忙用手指压着嘴唇嘘了一声。

中年妇女打量了她一眼，看着她身上的白大褂问："你是中国医生？"

知非点了点头。

"那些人是在找你吗？你别出来，我不会说的。"中年妇女说完在筐上放了点东西，又进了窝棚。

知非一动不动地蹲在编筐里，双手抱着膝盖。

这时，车辆的轰鸣声又近了，车子停下，有人在呼呼喝喝地在问："有没有看到一个中国女医生？"

接着听到枪声，还有惨叫声。

周围特别安静，是那种死一般的安静。

知非脑子里一片空白，蒙了，她不知道那些人要为什么找自己。她有什么特别的价值吗？她只是一名普通的医生！

她想起修羽刚刚把她赶下车时，对她说"不要乱跑"。

她不会乱跑的！

她现在唯一能做的就是紧紧地抱着笔记本，她感到恐惧和无助，要说怕也没什么怕的，只是不想死。

她哆哆嗦嗦地打开了笔记本，扉页是父亲手写的一行英语'keep your promise'。

她看着那一行字，眼睛一下子就湿润了，父亲的字她太熟悉了，这句话也太熟悉了，是父亲教给她的第一句英语。

“keep your promise！”她呢喃着。

她突然开始后悔，刚刚为什么要听修羽的话从车里下来，她就应该跟他一起，就算是死也在一起，总好过现在这样，他生死未卜，而她躲在这个狭小的编筐里彷徨。

她到底在担心什么？她只是一名普通的援外医生。

父亲在Z国最乱的时候来到了这边，最后把生命留在这里，他至死仍信奉这句，keep your promise！

想到了这里，她没那么害怕了。

她听见有脚步声冲进了窝棚，接着听见妇女在哀求：“我没见过，我真的没有见过，放了我吧……”

知非透过编筐的缝隙，看到了几个身上穿着沙漠作战服，蒙着脸的反政府武装力量的恐怖分子。

“她刚才就在这附近下的车，想活命的话就老实交代……”一个人扯着中年妇女的头发，将她从窝棚里扯了出来，“你说不说？”他使劲地扯着她的头发，枪在她身上指指点点，妇女浑身都在发抖。

知非毫不犹豫地从编筐站起来，用英语说：“放开她，你们要找的是我，跟她没关系。”

武装分子看了她一眼，放开了中年妇女，冲知非走了过来。

知非被他们推着往前走，她一边走一边问：“你们是什么人？刚才的维和军人，你们把他怎么样了？”

那些人根本不理她。

“他到底怎么样了？”

“闭嘴。”

知非不说话了。确实也没什么好问的，她现在是人质还是俘虏都不清楚。谁要绑架她？为什么绑架她？绑架她的目的是什么？她什么都不知道。

不远处停着一辆车。

车门打开的一瞬间，她的眼睛亮了一下，他看到修羽坐在车里，只不过眼睛被蒙上了，好在他身上看起来没有明显的伤口。

接着她就被推上了车，一个黑色的头套套在了她的头上。

修羽头也不抬地坐着，他虽然看不见，但他能够感觉到上来的人是知非："你没有受伤吧，知非？"

不知道为什么，听到他在这种情况下叫自己的名字，而不是疏远地叫她知医生，让她感到温暖："我没受伤……我挺好的，你呢？"

"我没事。"

知非小声地问："绑架我们的是马布里的人吗？"

修羽同样声音很小地说道："是的。指名道姓要抓你，也许是因为上次你在战场上给他做手术，让他记住了你……这次行动，没有伤害你，那是证明了你很重要。"

"他需要医生的话，完全可以去医院找我，治病救人是我的工作，我不会拒绝，他为什么要搞出这种事？"

"你想得太简单了。"

"可事情原本就是这么简单，是他搞复杂了。"

"他不这样想，他只会用最直接的方法劫持你，并且不会对外宣称是他绑架了你……知非，委屈你了。"

"不委屈。只是……连累了你。"

"是我没有保护好你，我早该想到，义诊地点确定之后，那个女人突然出现在小镇上，那个时候我就应该有所警觉，可我大意了，是我想得不够周全。”

知非被点醒了：“你的意思是，那个Z国女人的受伤不是意外？那小孩去学校找我也不是意外，都是安排好的……”

修羽苦笑着：“所以说，是我没有保护好你，我很愧疚。”

“如果是安排好的，那么，当时我跟那个小男孩跑出去的时候，他们就可以劫持我，为什么要等到现在？或者说，我们在去中医诊所的路上也可以劫持我们，为什么偏偏是在小镇上，那么多人，万一有平民受伤呢？”

“马布里才不会在意有没有平民受伤。”他的眼睛被蒙住看不见，将头转向了她的方向，问道，“知非，你害怕吗？”

知非也看不见，却也默契地将头转向了他：“不怕。”

“你刚刚抽了400CC的血，你告诉我，你现在头晕吗？难受吗？”

“有点头晕。”

“你现在深呼吸，然后让自己平静下来，别紧张。没事的，我在呢。”他语气很温和，对知非来说，有很大的抚慰作用。她将背靠在车子上，按他说的方法呼吸吐纳。

果然头没那么晕了，过了一会儿，她问：“其实以你个人的能力完全能够突出重围，你被俘是因为我吧？”

“我要跟你在一块。知非，我刚刚看到河边有两具死尸，很像埃博拉患者。”

知非一震，有几秒什么话也说不出来。

车上押着他们的武装分子听他俩说了半天，听烦了，冷斥了一声：“都他妈闭嘴！”

两人不再说话。知非只觉得手脚冰冷，一种从未有过的恐慌迎头袭来。这边医疗系统薄弱，而90%的死亡率跟医疗系统有很大的关系。她在心中祈祷，希望埃博拉可以放过Z国。她希望死亡的人，或许是患上了别的病并不是埃博拉，但愿修羽看错了。

不知道开了多久，车子终于停了下来。

知非和修羽被带下了车，头套摘下来才发现外面的天已经黑了。可很快他们又被戴上了眼罩，被人推着往前走。摘下眼罩的时候，她发现自己站在一个书房里，马布里坐在书桌的后面，冲她点头："坐！"

几个月后再见到马布里，知非感到了巨大的震惊，他和战场上见到的时候完全不同。

"知非医生，过去在战场上，你救过我，我的手术也是你做的，我深信你是一名伟大的医生。"

终于见到了他，知非不再忍了："所以，你把我绑架过来是为什么？就为了这样见面？我不是什么伟大的医生，我只是一名普通的医生。"

马布里笑了笑，说："我很尊敬医生，我尊敬你。"

知非冷哼一声："你嘴上说你尊敬医生，可实际上你却用这种方式逼迫我跟你见面。我想问问你的手下在窝棚区横冲直撞，影响了平民百姓的生活，是否心安理得？我希望你能记住一点，我是中国人，是中国支援Z国医疗队的医生。"

马布里很有兴趣地听着："中国医疗队的医生怎么了？"

"中国和Z国关系一直很友好，你现在绑架了两名中国人，一个是医疗队的医生，一个是维和部队的军人，你到底想干什么？"

"我可不是绑架，我是请你们过来，并且你可以问问那位军人，他是自愿的，他说他要保护你。他说你是他爱的女人，他必须跟你在一起。”

“他不会说这种话。”

“知医生，从来没有人怀疑过我的话。”

“我不是你的手下。”

“那我请问，我的手下有伤害你和那个军官吗？”

知非语塞，她仔细想了一下，拉开车门看到修羽的时候，他的确没有受伤，甚至也没有被捆住手脚，只是戴了一个头罩。

她避开了这个问题，说：“我们没有受伤，但是当街用车堵我们是真的吧？追我们进了窝棚区也是真的吧？对平民动手，也是我亲眼所见。”

马布里并不认为这是多么严重的问题：“那你觉得我为什么要把你绑架过来？”

马布里问了一个她难以回答的问题。

“这个问题我回答不了，因为这是我想问你的问题。”

马布里很有耐心地说道：“是想用你们作为人质威胁外交谈判！交换医药用品军需物资！”

知非有些怒了：“什么外交谈判，医药用品、军需物资，这又不是谍战电影。”

“你说得没错，你是医生，我把你请过来，只有一个目的，就是因为我的女儿病了，我想请你做她的主治医生。”

“治病去医院。”

“我是不可能送她去医院的。”

“我所在的穆萨城中心教学医院，医疗设备齐全。现代医学要借助医疗手段，不是我看一眼就能知道她得了什么病，要怎么治疗，用到哪些药物。另外，我不是你的私人医生。”

刚进的黑衣人面色冷沉，冷声道：“让你过来治病，你就老老实实治病。”

知非看了他一眼，他戴着茶色眼镜，目光锋利而笔直。知非在网上看到过他的照片，知道他是马布里的女婿米歇。她皱皱眉，无惧地看着他：“听不清楚吗？想看病，请去医院找我，我不是为某一个人服务的，我不管那个人是谁。”

米歇脾气有点急：“要是能去医院的话，还请你回来干什么？”

“要是每个病人不想去医院治疗，都去绑架医生的话，还有底线吗？”

米歇咬咬牙，忍了忍说：“我们是花重金请你……”

知非坐在椅子上，冷冷地说：“我没有看到重金，也没感受到被邀请。对不起，我不接受。”

“你是医生，医生的职责是治病救人，你来Z国不也是这个目的吗？或者我们谈谈别的办法，你治好珍妮的病，我想办法帮你拿奖怎么样？”

这是在羞辱她！知非淡淡地笑了一下：“治不了。”

米歇不耐烦了：“那你有什么条件？”

知非看向他：“我给病人治病不需要条件，但前提是按照规矩，想看病去医院找我，我的病人我会负责，哪怕没钱治，我都可以想办法。可强迫我做某个人的私人医生，我绝对不会答应。”

“你……”

马布里轻轻咳嗽了一下，米歇不说话了。

“知医生，我们之间可能有误会，是我之前没说清楚。当时你冒着炮火硝烟冲过来救我，我从来没见过像你这么大胆的女医生，我被重重包围，你毫无畏惧，我把你当了人质，可后来到了医院，你依然不计前嫌地给我做手术，这件事我一直记着。”他打开抽屉，拿出一叠资料，往知非面前一推，“这是我女儿的病情资料，我女儿珍妮已经确诊是乳腺癌。”

“不用给我，我擅长的是心胸外科，乳腺癌我不擅长，你找乳腺科的医生吧。”

“我只相信你。给基维丹做肺腺癌晚期切除手术，你擅长吗？你这么年轻，应该也没做过那样复杂的肺腺癌晚期手术吧？”

提到基维丹，知非的心揪了一下：“你说得没错。他是我的第一个肺腺癌晚期患者，手术也的确是我做的，可我并没有治好他的病，他已经走了……我承认，是我自大了……”她下巴微抬地看着马布里说，“实际上，我并不是经验丰富的医生。”

“可对大多数的病人和他的家属来说，医生的态度更加重要。基维丹在意的是你在他生命的最后阶段与他并肩战斗的过程，这比独自默默为生命倒计时更有意义。你知道人在快要死的时候最怕什么吗？是孤独，那种孤独感，是不管身边有多少人，都无法消除的，医生在治疗，是他能感觉到的唯一慰藉，因为有人跟他一起奋斗，这个过程很重要。”

知非愣住了，用力捏了捏自己的手，缓缓吐出一口气：“就算我愿意试试，可还是要去医院。”

“这个你不用担心，我这里的医疗环境，不比医院差。”

知非没再说话了，拿过面前的各项检查资料看了看。

马布里终于松了口气：“时间不早了，你先用餐，休息好了，明天去见珍妮。”他拍了拍手，从外面进来一名用人打扮年纪三十上下的女人，领着知非出门。

知非起身时，头晕了一下，赶紧扶住了椅子。

“知医生，你没事吧？”

知非没说话，摇摇头。

“听说你下午给一个病人捐了400CC的血……那只是一个平民，值得吗？”

“值得！每一个人病人都值得。”

知非走了。

马布里露出了不可思议却又带着敬佩的表情。

米歇坐到了旁边的沙发上，拿了一瓶酒柜里的威士忌，倒了一杯，喝了口，问马布里：“您确定她能治珍妮的病？她看起来太年轻了，没什么临床经验，而且就连她自己也说了不擅长乳腺癌的治疗。”

“这不重要了，欧洲的医生已经给出了不可能的答案，她能治愈的概率有几成我不管，重要的是我觉得她能治。”

知非在吃饭的时候，见到了修羽，他在餐厅等她。见到知非的时候，修羽稍微放松了一点，问她：“没事吧？”

“没事。对了，你是不是早就知道马布里绑架我们是为了给他女儿珍妮看病？”

修羽点点头：“我被堵在窝棚区的时候，马布里和我通话时，他这么跟我说的。可我并不相信他的话，不是不相信他的女儿病了，而是不相信如果治不好的话，他会让你从基地离开，所以……”

“所以，你跟他说你要跟我一起过来。”

“我说……你是我爱的女人，我要保护你，必须跟你一起过来。”

“我懂，权宜之计。”

“我说真的。”修羽看着她，“我说过，我要保护好你。”

“可你有没有问我？我时时刻刻在担惊受怕。”

修羽不说话了，他在想，刚刚这句话的重点难道不是在告诉她他已经爱上她了吗？

是什么时候开始爱上她的呢？也许是第一次见面时，她身上同时存在两种特质：坚强和脆弱，吸引了他，从那时候起，他的视线就再也没有离开过她，他的命就和她拴在了一起，尽管他一次又一次地告诫自己，不可以！不可以！却又一次次地放弃抗拒，向她靠近。虽然他知道，多数时候，她是一个坚强得仿佛无坚不摧的女人，可只要一想到停留在脑海中的她曾经有过的脆弱眼神，他就想把她护在身后，一切的危险他来面对。

十年来，他从来没有这样担心过一个人，挂念过一个人，紧张过一个人，可这个女人啊，居然直接无视他的感情。

也许她心里只有工作吧。

他抿了抿嘴，这个女人，他是拿她没有办法了。

“过来吃饭。”知非在叫他。

他走过去，跟她面对面坐着，用人端了饭过来，是两份牛排、沙拉和牛尾汤。

知非的手握紧了刀叉，她用了很大的力气在切肉，虽然切肉的时候并不需要这么大的力气：“你说过，你会保护我。是真的吗？”

“是。”

“keep your promise.”

修羽想，她的硬壳终于脱了。她看着他，眼里有光，等他回答，他下意识想要抓她的手，可他忍住了，只是用力地点头说：“我会的。”

“修羽，那你能听我的话吗？你明天回去吧。”知非声音不大。

“可我还说了我要保护你。”

“我还不能回去，我答应了马布里给他女儿珍妮治病，我要信守承诺。”

“那我留下来。”

“我很高兴你这么说，可你有你的责任，不能只是陪着我守护我。”

修羽抓过她的手，用力地握着，那力度似乎要将她的手捏碎了。“知非……”他不知道该说些什么来反驳她的话，他没有反驳的理由，确实他冲动了。

“修羽，我们都不是任性自私的人，你相信我，我会保护好自己，平安回去的。”

“我怎么可能放心？你当初是怎么受伤的？那个女人就在基地里，我把你留下来，你会时刻面临危险。你是我爱的女人，也是我的同胞，我有责任和义务保护好你。”他过去拥抱着她，是那种令人窒息却踏实无比的拥抱。

“知非，下午的时候，我已经跟营长通过电话，他同意我留下来保护你。”

知非的手机被没收了，没办法跟外界联系。父亲的笔记本就放在床头，可她却没有时间阅读，她要把全部的精力投入到研究珍妮的病情资料上。

研究完，已经很晚，知非倒头就睡着了。

第二天早上，生物钟准时将她叫醒，天还没完全亮。

她起床，穿好衣服，洗漱完毕，想出去走走。

清晨，基地里，已经来来往往很多人，有一部分女人是附近的村民，被强迫过来做饭打扫卫生的。

她过去跟她们聊了几句天，那些女人也不敢多说话。

基地门口三步一岗五步一哨，知非还没到门口，就被阻止，她只好往后走。

修羽很早就起床了，可他不能像知非那样在基地里可以自由行动，他的门口有人把守，不许他出门。毕竟他是特种兵，马布里也担心他发现什么线索。

知非来找修羽。

修羽一边做着俯卧撑一边问她："珍妮的病情你研究得怎么样了？"

"我对手术没有信心，现在我知道和妈妈比起来我差的是什么了，是上万的手术病例，所以她的治愈率是99%，而我……如果她在金字塔顶端，那我就在基底。"

"你也很优秀。"

知非摇了摇头，说："要是时间能回头，我真不知道我有没有信心再给基维丹做手术。"

"你一定会的，因为你是知非。"

知非笑了，其实她早就想过这个问题，如果时间回头，她肯定还是会义无反顾地做完那个手术，不让她试，她只会更后悔。

修羽做完了俯卧撑从地上站起来，抓过知非递过来的毛巾擦了擦脸上的汗："我就喜欢你工作时的投入和自信，身上有光。"

知非歪着头看他："你这话说得很像我们总队长开会时的发言。"

“那不一样。”

“说真的，乳腺癌不是我擅长的领域，我一点信心都没有。如果是以前，我可能没有这么犹豫不决。”

修羽坐到她面前的床边上，看着她：“你的犹豫不决只是暂时的，既然想到要给她手术，你就一定会做。”

“也许我没有你想的那么勇敢。”

短暂的沉默过后，知非稍微理了理情绪，说：“珍妮在一年前查出得了乳腺癌……从现在的病情恶化程度来看……现代学医治愈的希望渺茫。”

修羽的脸色突然变了，像是被完全击溃了，痛苦、懊恼、不安各种情绪混合在一起。

“你怎么了？”

修羽坐在床边上，垂着头，声音有点颤抖地道：“你回屋吧……我想再休息一会儿。”

知非担心地问他：“你到底怎么了？”

“别问了。”

知非叮嘱了几句好好休息，带上门出去了，带着疑惑回了房间，又看了一会儿珍妮的病历，这时有人过来喊她吃饭。

她在饭桌上再次遇到了修羽，他的脸色还是有些不好。

正吃饭的时候，马布里来了。

三个人坐在一起吃饭，场面有点奇怪。

知非从来没想到，自己有一天会和这个恐怖分子头目坐到在一张桌子上用餐。

马布里突然开口：“知医生，我刚刚跟一个美国的专家通完电话，他建议我不妨试试中西医结合治疗珍妮的病，您能推荐一位中医给我吗?”

知非看了一眼修羽。

修羽面色沉着，一动不动地坐着。

马布里继续说道:“我听说在中国有位修老，是中医大家，修羽队长您跟他一定很熟悉吧?”

“是我爷爷。但是……老人家已经去世了。”

“听说修家是医学世家，修羽队长，我想请你给我女儿珍妮治病。她现在已经病得很严重了，单纯的现代学医无法挽救她的生命，可我不想失去她，你能帮帮珍妮吗?”

修羽冷冷地回他:“对不起，我不是医生，我是一名军人。你不要寄希望于我，我帮不了你这个忙。”

马布里点点头:“我女儿，你应该听说过吧。”

“当然了。”修羽神色带着讥诮，“世界真小，你女儿珍妮以前在欧洲做记者时，曾经专门写过抨击中医的文章，没想到她的父亲居然寄希望于中医来救她的命。”

马布里微微叹气:“那是她刚刚做记者的时候写的，修羽队长，你难道不想治好她的病，让她后悔当初的言论吗?”

修羽毫无表情地笑了一下:“综合我各方面的水平，我的回答是，我没有这个能力治疗一个乳腺癌晚期患者，我也不是医生，治病救人不是我的责任。”他说完起身走了。

修羽说话的时候，知非的手心里一直捏着一把汗，她生怕马布里突然发火，修羽就算是三头六臂也逃不出基地，可让她意外的是马布里全程情绪稳定。

现在餐厅只剩下知非和马布里。

马布里主动说道:“我洛杉矶的一位医生朋友告诉我，说修老是医学世家，儿子是中西医结合疗法的顶尖人才；孙子少年成名，后来弃医从军，多少人唏嘘不已。我没想到说的就修羽队长。他的水平我不了解，但我想让他试试，我的那位朋友告诉我，中西医结合治疗，也许还有希望。”

“修羽的水平跟修老有天壤之别，更何况他本人不愿意。”

“你呢，知医生？你一直在创造奇迹，这一次难道不想试试中西医结合疗法？”

“我不是奇怪博士也不是科学疯子，以创造奇迹作为唯一的目标。”要说不想是假的，她之前得的恶性疟就是中西医结合疗法治好的，可现在修羽不愿意，她也没办法。

马布里依旧保持着耐心：“你肯定想的。也许你跟修羽队长谈，他会同意。”

“他已经拒绝了。”

马布里手抵着下巴，看着知非：“知医生，你知道修羽队长他为什么拒绝吗？你知道十年前有个叫白子清的姑娘吗？”

知非摇了摇头。这个名字她昨天听修羽念过，只是念了后两个字，原来他念的白子清啊。

“看来你并不知道，修羽十年前。有个女朋友叫白子清。两人的感情很深，原本计划毕业就结婚的，可就在这时候，白子清查出患了乳腺癌。那时候他非常自信，自告奋勇做白子清的主治大夫，可最后白子清去世了。他认为这是自己的原因，在痛苦了很久之后，弃医从军，成为了一名军人。”

知非听了很是震惊，很长时间都没有说话。

马布里继续说道：“你知道他为什么喜欢非洲吗？因为白子清死后，她的骨灰撒在了非洲大草原上。”

知非感觉手微微有些抖，手里的勺子几乎都要拿不稳了，过了好一会儿才缓过神，望着马布里说：“你跟我说这个做什么？他以前是个出色的中医大夫，但是他现在不是。他是否愿意出于人道主义的精神来救治珍妮那是他的选择，没有人能够逼迫他，你也不能用‘治病救人高一切’来要求他，因为他不是医生。”

知非说完，手里的勺子丢进碗里，说：“如果你有时间的话，带我去见珍妮。”

第50章　修羽的心结

知非进门时，拿了杯水放到修羽床头的柜子上，温柔地对他说："你也看到了，这边很安全，马布里对医生也算尊重，要不……你先回营地？"

"不！"

"哦，那……要不，我去马布里的办公室给你找点书看？"

"有中医方面的么？"他声音很平静，听不出任何情绪的起伏。

"应该没有……"

"西医方面呢？"

"应该……也没有。"

"那我想看珍妮的病历和各项检查资料……"知非一怔，看着他，修羽轻声说道，"知医生要是不介意的话，我们联手一次？"

知非看了他一会儿，起身，道："我现在就给你拿过来。"

等知非拿来病历后，二人又研究了好一阵，决定去看看珍妮。给马布里说了之后，不一会儿，他派了两名带枪的士兵领他们去珍妮的病房。

出了房间，修羽发现基地里戒备森严，除了成年的武装分子之外，还有一些小孩，最小只有七八岁，又瘦又小，眼神空洞却带着凶狠，有专门的人在带着他们训练。

修羽感觉很愤怒，想发飙，知非走到他身边，悄悄扯了扯他的手，把他一瞬间扯回到了现实。

“跟他们缠斗了那么久……可现在我就在他们的基地中心，这样一架恐怖制造机器，用了那么多孩子，真是灭绝人性。”

“别忘记了我们此行的目的是治病救人。修大夫，你说过你要跟我联手。”

那两名武装分子，听到他们说话，回头看看了看，他们听不懂中国话，但是脸上的表情他们看得出来，回头瞪了他们一眼，用当地话嘀咕了几句。

知非握紧了修羽的手，她当然明白修羽的愤怒，在这种环境下，任何人都会愤怒，她也愤怒。

基地有完整的医疗设施，珍妮的病房把守森严。

推开第一重门的时候，修羽停顿了一下，他还是十年前接触过乳腺癌，十年前的场景历历在目，他做了个深呼吸。

再往里走，就是珍妮的病房。

知非站在门口敲了敲门，不一会儿门开了，马布里开的门，他冲知非和修羽点点头：“修大夫，我终于等到你了，能在这里见到你，我很欣慰。”

修羽抿着嘴唇，没有说话。

“请进吧两位，我女儿珍妮就在里面。”

进了病房之后，修羽发现这个病房，可以用豪华来形容，堪比国内一些私人医院的VIP病房，病房里，配备了私人医生、护士和各种先进的科学仪器。从外面看很难想象这样一个毫不起眼，甚至看起来落后的基地里竟然有这样的一间病房。

马布里介绍说，旁边还有个欧美标准的无菌手术室。

珍妮躺在病床上，她此前已经做过手术，但是二次复发，整个人精神状态不好，正在看书。

她看到知非和修羽进门，欠了欠身体，抱着书看着他们："爸爸，这就是你给我找的中国医生，这么年轻？用中国话说，您这是病急乱投医啊。"

修羽插话道："原来你知道'病急乱投医'呀。我错了，还以为你既没有去过中国也不了解中国，写文章全靠想象力。"

珍妮打量了他两眼："你就是修羽吧？出身中医世家，十年前你女朋友患了乳腺癌，她的药方基本上都是你配的，可她还是走了。"

就在几分钟前，他告诉自己珍妮是一名欧洲某报的记者，用词犀利，以抨击现实闻名，她的文章大多数只是为了博人眼球，所以见到她之后，不论她说什么话，都不用搭理。可他万万没想到一上来，她就把他埋藏在心里十年的伤疤给揭开了。修羽感觉眼前一阵发黑。

"既然你连自己的女朋友都治不好，我凭什么相信你能治好我？并且这十年基本上你都在军营里生活，几乎没有再接触过病人，而医生最重要的恰恰是经验的积累，空白了十年，你只会比以前更差。爸爸您找他给我治病，是在跟我开玩笑么？"

"珍妮！"马布里打断她的话。

"我说的是事实。"珍妮很坦然地说，"他当初放弃成为一名中医，是因为他逃避现实，能力不够，没有治好白子清的病。他非但没有从中吸取经验和教训，反而想随她一起死。这样一个连自己都不能面对的人，你相信他能面对一个身患乳腺癌的病人吗？"

"珍妮！"马布里再次打断。

“好！”珍妮耸耸肩，“我不说就是了。不过爸爸，全世界的人都知道我不信任中医，我在报纸上抨击过中医。可是爸爸，您为什么这么固执，一定要找中医给我看病？”

“珍妮，这是经过你同意的。”

“没错爸爸，可那是您执意要说服我，我只能接受，我也不知道您最近是中了什么魔怔，对中医有了兴趣，不过我答应您的目的不是为了治病，而且让您亲眼看到中医根本治不好我的病。”

珍妮将目光看向了修羽，说：“我知道你也不想看见我，我写那篇关于中医无用论报道的时候，还没有去过中国，我接触到的也不是真正的中医。不过两年前，我了解了一些中医，他们改变了我的一些看法和想法，像你的祖父、祖母，你的父亲都是非常出色的中医大夫，他们为中医发展贡献巨大，可到了你这儿，你……不行。我难以想象，你在那样的家庭中成长，竟然放弃了中医。”

修羽笔直地站着，脸上毫无表情，一直到她说完，才扯了扯嘴角，一个字一个字地说道：“你相信中医也好，不信也罢，那是你个人的选择，我无权干涉。并且，我也不会为我的过去作任何解释，你可以选择接受我的治疗，也可以选择拒绝接受我的治疗，不用多说废话。”

珍妮唏嘘道：“我只是很失望，你有很大的希望成为一名优秀的中医大夫，为什么你放弃得那么快？”

修羽还是笔直地站着，珍妮的声音不大，但是每一句话都能击中他。当初他放弃中医的时候，没有人敢劝他。

他和白子清很早就相爱。考大学的时候，她根本都没仔细想过填什么志愿，修羽去哪所大学她就填哪所大学。修羽说她傻，她说自己才不傻，能跟他考同一个学校才不用担心别的漂亮女孩勾搭走了他。大学开学的第一天他们就许下诺言，毕业就立即结婚。有一年冬天，特别冷，白子清喜欢吃豆浆油条，为了让她起床就能吃到，他早早骑着自行车到校外买了，装在自己制作的保温箱里送到白子清宿舍楼下。

白子清对他也好，他那时候喜欢打篮球，她就给他拿衣服，给他和队友准备水和零食。所有的男生都嫉妒他有这样一个温柔懂事的女朋友。

白子清也确实很厉害，是一名优秀的星空摄影师，大学期间就为国内外几家杂志供稿。她去过很多地方，喜欢拍星空，她很拼，为了一张完美的星空，可以一个人从天黑等到天亮。她尤其喜欢非洲大草原，每年都要去几次，她拍过一年四季大草原上不同的星空。

她是大二那年检查出患上了乳腺癌，却依然坚持每年去不同的地方拍星空。而修羽那时候，是一个拥有绝对自信的人，每一个见过他的中医大夫，都认为他前途不可限量，甚至会超越他的祖父。

他坚信自己一定会治好白子清的病。父亲曾经建议他，尝试中西医结合疗法，他拒绝了，那时候的他太自信了，而白子清对他也是绝对的信任。她是穿着婚纱死在他怀里的。白子清的去世对他的打击是致命的，他几天几夜没有休息，累到吐血，差点就死了。

白子清的葬礼上，他看到了她的父母，两位老人家一夜白头，让他永生难忘。如果两位老人骂他打他的话，他心里会好受一些，可是他们没有，只是很悲伤地拿出女儿的遗嘱，让修羽把她的骨灰撒到非洲大草原上，因为那是她最深爱的地方。

修羽拖着病体上路，所有人都劝不住他，他差点就死在了大草原上。他躺在草地上，从白天到夜晚。他听见风的声音，听见草生长的声音，听见雨的声音，听见花开的声音，看过日出日落，看过星空……他想陪着白子清永远留在大草原上，是志愿者发现了他，把他送去了医院，他昏迷了三天才醒过来……

回到国内的时候，他已经瘦得脱形了。他把自己关在房间里，烧了从小到大获得的所有中医方面的证书，他放弃当医生选择参军。

修羽看着珍妮，很平静地说："不仅别人对我失望，我对过去的自己也很失望。"

珍妮笑了："我终于发现了你的优点了，就是挺真实。我同意让你试着帮我治疗，不过说真的，你现在的女朋友看起来比你更容易获得患者的信任。好了，可以开始了吗，修大夫？"

"可以。"修羽说完，走到珍妮的病床前，开始有条不紊地进行着望闻问切。

从病房里出来之后，马布里问修羽："修大夫，珍妮的情况怎么样？"

修羽没理他。

马布里笑眯眯地说："修大夫是对我有意见？"

修羽走到了门口处，停下来，背对着他说："我们不是一路人。"

"你是哪路人？"

修羽继续说道："刚才，我从这里走过，看到了很多我不想看到的东西。马布里，这些年，你制造了多起袭击造成无数的平民伤亡，我和世界上所有热爱和平的人一样，憎恨你，看不起你。”

马布里笑了笑：“没关系！我们立场不同。”

“但是，我得承认，你是个好父亲。你和天底下所有的父亲一样，深爱自己的孩子，你为给珍妮治病，建了这么好的病房，还有无菌手术室。为了能治好珍妮的病，你可以劫持医生，你可以不惜一切，真的像个疯子。”

“我不是疯子，我只是一个普通的父亲。”

“你一点也不普通，我也不会因为你这样做，就把你当成好人。”

马布里突然朝知非深深鞠躬，一副沉痛的语气：“对不起，知医生，一直到两天前我才知道我曾经的保镖伤害过你，我这个人做事从不掩藏自己的真实意图，我制造的每一起袭击我都会负责。她是一言不合就动手，而且她背着我做了很多事，已经严重影响到了我，我本来想让她向你道歉后，再交给你处置，但是她得到了消息之后，反倒想要谋杀你，于是，我让人把她解决了。”

他说这些话的时候，一直躬着腰。

知非终于明白过来，原来想引开她的人是那个女人，她又想到了那天夜里，想起刀锋划过皮肤的坚硬感和过后才能感觉到的疼痛。她只觉得背后发寒，问：“你把她杀了？”

“杀了。”马布里轻描淡写地说，“她是我从泰国买回来的，她的命是我的。”

知非不想再说什么，走到门口处，停下，有些话不吐不快：“马布里，我第一次见你是在战场上，你受伤之后劫持了我，很快我们第二次见面，在手术室里，你是病人，我是医生。可这次我见到你，你是这样的道貌岸然，满嘴的仁义道德……我有时候在想，一个杀人如麻的人，真的有良知吗？”

马布里继续弯腰鞠躬道歉：“对不起，这确实是我的错，我从不否认。”

“害死了那么多无辜失去生命的平民，你罪该万死。”

“这些不重要，请继续帮珍妮治病。”

知非冷笑道：“你放心，我会恪守医者的原则‘治病救人高于一切’。”

马布里等知非走了之后才直起腰，轻轻挑了挑眉毛，冲着知非的背影说：“作为珍妮的父亲，很感激你愿意为我的女儿治病。”

修羽还站在病房门口，马布里走过去：“修大夫，作为珍妮的父亲，我也非常地感激你。但是，你的经历我未曾经历，我的经历你也未曾经历过。”

修羽不想跟他谈论治疗以外的事情：“我的治疗是在知医生的手术之后，手术要打开病灶才知道结果，现在我还无法保证。我不是为了你，我只是觉得她虽然是你的女儿，但是她从事的行业跟你完全不同，也不是恐怖分子，她还年轻，还有希望，应该活着。”

马布里一副谦逊的模样：“你说得没错，如果不是因为病重，她是不会回来见我这个老父亲的。其实她回来也不是为了见我，是为了见她母亲最后一面，她母亲在上个月走了，临走前，拉着她的手让她跟我和解。你知道她以前多恨我吗？你想不到，欧洲有很多骂我的文章都是出自她之手，只不过用了不同的笔名，很多人不知道而已。”马布里骄傲地说，“我有十一个儿女，最喜欢的就是她，因为她聪明，有自己的想法，她13岁去了欧洲，靠自己的努力成为了一名优秀的记者，她是我的骄傲。”

“那你是她的骄傲吗？一个女儿与之为敌的父亲，制造袭击，在自己的领土上残杀自己的同胞，你的双手沾满了同胞的血。”

“哦……我还是那句话，我们的立场不同。”

修羽气得咬牙切齿，但不想再跟他废话，走了几步又停住了，说：“你想知道我为什么愿意给珍妮治病吗？因为我知道她在欧洲反对你，我想治好她，让她一直反对你，亲者痛仇者快。”

马布里一直保持着微笑，不过肉眼可见的，他脸上的肌肉在微微抽搐：“可是你看，我们现在已经和解了。”

修羽问：“你说她回来一个月了，可为什么上周英国的先锋报上还有她谴责你的文章？”

修羽从来Z国执行维和任务之后，就一直在研究马布里，以及他在英国的女儿珍妮。修羽从多方了解到珍妮是一个跟马布里完全不同的人，她有好几个笔名，其中一个笔名，是专门写一些剖析马布里，反对马布里的文章。

马布里按捺不住了，低低怒吼了一声：“你居然有这样的想法，你配做一名医生吗？”吼完，转身走了。

修羽回到了住的地方，知非已经在等他。

“二次手术的方案我已经计划好了，最快明天就能进行手术，手术室我看了非常先进，治疗所需的药物也都齐全。仅从这些来看，马布里对珍妮确实做到了一个父亲应该有责任。”

“中医治疗见效没有西医那么快，你说治疗药物都齐全，但是中药却未必有，而且现在的环境下，能不能把所需的中药全部备齐，还得看马布里。”

“这个你不用担心，我已经问过了，这里的医生跟我说，几天前马布里就和中药商人联系好了。”知非把手轻轻放在修羽的肩膀上，看着他的眼睛说，“修羽，为了珍妮，我们一定要让手术成功。等手术成功了，有机会的话，我陪你去草原上走走……”

修羽笑了笑。

“修羽，我一直想问你，你有没有后悔过自己的选择?”

修羽沉默了片刻，说：“我不后悔！人生就只有一次，我作出了选择就一往无前。如果当初没有选择成为一名军人的话，我也不知道我现在会在哪儿，因为那段时间太难熬了。”

知非的手轻轻抚摸了他的脸庞：“那如果有机会再做回医生的话，你愿意吗?”

修羽想了想：“我曾经在梦里梦见自己重新穿上了白大褂，但那是梦……”他没有说完的后半句是，他醒来竟有些失落。

“我这么问，只是怕你会后悔。我父亲当时决定来Z国的时候，我母亲也反对过，因为那时候的Z国远比现在要复杂危险，最后母亲同意了，是因为她怕留住了我父亲，他会痛苦会后悔。虽然父亲永远留在了这片土地上，但我和母亲一直以他为傲。我现在怕你将来也会后悔，修羽，无论你是军人还是医生，我只希望你将来老了之后，回忆这一生的时候没有遗憾。”短暂的沉默过后，知非调整了一下情绪，“我刚到穆萨城中心教学医院的时候，第一例手术就是马布里，当时查出他患有多种疾病，我判断即便是在保证治疗的情况下，他也最多只有半年的生命，现在已经过了三个月了……我昨天建议给他做一个全面的检查，他拒绝了，他说他知道自己时日无多。他身上几处被子弹击穿过，时至今日他要忍受身体上无尽的痛苦，他一直在用吗啡止疼，现在用量越来越大……他在走的是一条不归路，只能一条道走到黑。”她停顿了一下，接着说，“他说他最近觉得自己的身体越来越差，可他的孩子们，这些年在战争中，一个个相继离开了他，如今就只剩一个在战争中失去双腿的女儿和一个远在英国以反对他闻名的珍妮。他好不容易趁着珍妮给母亲奔丧的机会，修复了一点父女关系。其实他知道珍妮并不爱他，甚至恨他，因为珍妮的双胞胎哥哥，十岁的时候听他的话做人体炸弹，死在了公车上。他知道父女关系很难修复，可珍妮是他唯一的希望，他说除了向全世界谢罪，他都可以答应珍妮。

“马布里果然是口才好，你看几句话就把你打动了，他现在垂暮之年，女儿一个身体残疾，一个始终反对他的立场，哦，他还忘记说了，他还有一个似乎很有自己思想的继承者，他的女婿米歇。”

知非放开手：“好了，我回去准备手术，不论怎么说珍妮是马布里唯一健康活着的女儿。我第一次接手乳腺癌手术，要谨慎，不能再犯当初给基维丹手术时自大的错。”

“知非。”修羽叫了他一声。

她刚一回头就被他抱入怀中……

他只想抱抱她，仅此而已。

第二天。手术室内，麻醉师已经完成了麻醉工作。

知非刷手完毕，冲私人医生点了点头，示意手术开始。

就在这时，手术室的门突然开了，修羽穿着无菌服走了进来：“我想更多了解一些病人的情况。”

“欢迎。”知非说。

四目相对，相互给予鼓励的微笑。

手术一共进行了五个小时，手术完成之后，珍妮被送去了病房。

修羽根据治疗，给出后续的治疗药方，并把熬药的方法教给了珍妮的私人医生，叮嘱一定要按疗程服药。

一周后，修羽被戴上头套从马布里的基地送离。

车子大概行驶了四个小时之后，停了下来，送他的武装分子下车，拉开车门，叫他下车。

他下车之后，还没站稳，车子就已经开走了。

修羽摘下头套，眼睛被光刺激，有点睁不开，眯着眼稍微适应了一下。他发现自己站在一片荒原之上，正午，头顶的太阳火辣地照射着，有风，他手搭在额头上，举目望了一下，周围一马平川，头顶上飞过一群蓝耳丽椋鸟，周围只有风声和偶尔的鸟叫声。

他的越野车就停在旁边。他转身上了车，发动了车子，在荒原上飞驰起来。此处叫乌尔镇，距离营地有百余公里。路不太好，坑坑洼洼的，路上一个行人也看不见，偶尔有几头吃草的羚羊站在路边，车子经过时它们快速奔跑。

他早上出门时喝了水，现在口干舌燥，他找了找，车里只有半瓶水，还是以前留下的，他拧开瓶盖一口气喝光。

当日，他拿着夏楠的手机出去追知非，之后被马布里掳走，现在，手机还在车上。他担心那些人动了手机，想检查一下，于是开机，发现竟然还有20%的电，不料刚开机，电话就进来了，座机，营地的号码。

他稍微犹豫了一下，按了接听，电话的那一头，冉毅意在怒吼：“喂，队长，是你吗？”

“是我！”

那边传来了一片惊呼声，听着好几个人。

冉毅意声音最大，冲进了修羽的耳朵里，差点震坏他耳膜，他马上按了个免提。

“我的天啊，也太不容易了，哥几个天天坚持给你打电话，今天终于有消息了。我跟你说，你不在的这几天，他们几个天天在念叨你，念叨得我耳朵起茧子了，他们天天在猜测你到底去哪儿了，去问营长，他怎么也不肯告诉我们。周晨那浑蛋昨天夜里还做梦了，他说梦见你没了，哭着醒过来，醒过来继续哭，被我狠狠揍了一顿——”

周晨有些哽咽：“队长，你别听他的，我就是做噩梦了，冉毅意那孙子，是真下得去手啊，直接给我一耳刮子，我都被打蒙了……这孙子太狠了，我怀疑他故意的。”

“你们能不能少说两句……走开走开，让我跟队长说几句。”是江琦的声音，“队长，你现在怎么样？”

“我没事挺好的。”

隐约有马丁的声音在问：“队长，你什么时候回来？”

“我现在就在回来的路上。”

一片欢呼之后，江琦扯着嗓子说：“那看来真的像营长说的那样，你没事，是我们瞎担心了。”

修羽以前天天听他们扯淡，尤其是江琦就是一个话匣子，走到哪都是一箩筐的话，可好几天没见了吧，居然还挺想他们，就他们这通废话，听起来都觉得无比亲切。

车子经过一处窝棚区时，他口太干了，停车，下来找水喝，他刚走进一户窝棚，突然听到里面传来了“救命……救命……”的叫声。

是小孩奄奄一息的叫声。

他一惊，马上冲了过去。

在修羽离开了一周之后，知非也从基地离开了。珍妮的病情倾向于稳定，术后第一周的检查结果出来后，知非发现中药配合治疗的效果明显优于西药。

马布里同意放知非回去，并亲自送知非到门口。

从基地出来的时候，知非被套上了来时套的头罩，然后跟修羽一样，被抛在半路上。

不过好在她被抛下的地方，距离医院大概有二十公里。

她走了四个多小时，终于走回了医院。

到医院时，天已经黑了。

她拖着两条又酸又疼的腿走进了大门，保安看到她，愣然了一下，用汉语打了个招呼："知医生回来了。"

知非冲他们点点头，走了进去。

进门的时候，她隐约听到两个保安在窃窃私语："你能相信吗？被马布里掳走的人，还能活着回来。奇迹！"

"可能被掳走只是一个传言吧，也许是去了新礼刚回来。"

"我是听我妈妈说的，有个中国医生藏在我们家的编筐里，最后叫马布里的人给带走了。我听她的描述就是知医生。"

知非回头看了一眼，那两个保安立即不说话了，两人站得笔直，两眼看天。

"知医生回来了。"经过的人都在跟她打招呼。

她略一点头。

上到二楼，她的两条腿已经迈不动了。知非停下来休息，这时看到了迎面走来的夏楠和谢晟，两个人看起来都十分疲惫，一边走一边在讨论着什么，突然看到知非出现，他们同时停住了脚步。

夏楠惊愕地看着知非，然后猛地扑了上去抱住了她，头埋在她的肩膀上，眼泪哗一下流了下来："你怎么才回来啊。"本来只是无声的哭，慢慢转变成了呜咽。

知非像哄孩子似的拍着她的肩膀："好了好了，别哭了，我好好的呢。"

夏楠还是一个劲儿地哭。

知非擦了擦她的眼泪："不哭了，你看我没事了，本来想给你打电话，发现手机没电了，就没给你打。"说到这里，她突然想起夏楠的手机在修羽手里，问道，"修羽比我早回来，有没有把手机还给你？"

夏楠没说话，一副很难过的样子。

"哦，没还啊。"

"修队他……病了。"

"怎么病了？"问完，突然觉得事情不像她想的那么简单，夏楠一直在哭，她警觉了起来，"他到底怎么了？"

夏楠没说话。

"他现在哪儿？到底什么病？"

"他……他……"

"他到底怎么了？"

"他感染了埃博拉……"

知非感觉像是被人当头一记闷棒，瞬间天旋地转。

夏楠哭着说："他回来的时候路过一个部落，那里好些人感染了病毒，并且已经死亡，他看有个孩子还活着，就赶紧送他来医院。来医院的路上，那小孩就已经不行了，一直在吐血，他身上全是血……之后他就开始发热，并且出现了疑似症状，现在我们还不清楚具体的传染方式是什么。不过我们已经在想办法了，总队长已经联系了宋教授，宋教授一直在教我们怎么应对。”

她看知非脸色惨白，忙说道：“你不要紧张，你先听我说，宋教授说了以前90%的死亡率是因为医疗设施不好，现在只要积极治疗，完全可以把死亡率降低下来。”

知非看着窗外的夜空，可她却一颗星都看不清，她抹了一下眼泪，问：“确诊了？”

夏楠点头。

她走了那么久，早就疲惫不堪，现在听完这句话，泄了最后一口气，整个人都虚脱了：“在我们医院？”

“在营地的医院。”夏楠看了看时间，“今天太晚了，明天我陪你去营地。”

知非没说话，抱着父亲的笔记本回了宿舍。她累得几近虚脱，可她也不知道为什么却一点也不困，她一页一页地看着父亲的笔记。

每一篇的结尾处，都写着一句话：我亲爱的女儿非非，爸爸爱你！每一篇都是！她舍不得一口气看完，看了几篇就睡下了，可躺在床上却怎么也睡不着。

第二天一早，夏楠起床，穿衣服的时候看见知非躺在床上睁着眼睛，一动不动地看着天花板，她吓了一跳，小心翼翼地问：“非非，你没睡啊？”

“不困。”知非说完才发现嗓子是哑的，几乎没有发出声音，“我想去看看修羽。”

“我跟你一起过去。”

昨天晚上刚刚经过一轮抢救，修羽暂时脱离了危险，被送去了ICU。医生说因为没有特效药，所以给他用的药都是一些维持生命体征的，神奇的是，今天他血液中的病毒数突然降低了，出乎了所有人的意料。

知非隔着玻璃窗，看着里面的修羽，他面色惨白，紧闭着眼睛，周身插满了各种管子，生命仪器显示各项数据还在正常值范围。

她把脸贴在玻璃上，呼出去的气很快就把玻璃给模糊住了。

过了一会儿夏楠过来轻轻碰了碰她，递给了她一张凳子，说："我上午有手术，先回去了。"

知非说："嗯。"

夏楠走了之后，她继续坐在ICU门外，脸贴着玻璃窗看着里面的修羽，看着看着眼睛花了，觉得修羽在对她笑，她连忙站起来，头撞在玻璃窗上才发觉是自己出现了幻觉。

中午，江琦他们几个过来了，给她带了饭，是厨师长特别给她做的，她不饿，可还是吃得干干净净，前段时间抽血，她的身体还没有完全恢复，因为是医生，更懂得身体健康的重要性。

当晚她就留在了医院，她要留下来陪着他。她平时太过自律地生活，高强度地工作，现在只想任性一次。

她在玻璃窗外睡着了，也不知道睡了多久，听到耳边有人说话："病人的烧退了，身体里的病毒数已经减少了一多半。"

知非睁开眼，看到医生正在跟营长说话，她连忙站起来。

营长忙道："你醒了，修羽刚刚转去了普通病房。"他用手指了一下方向，"5号病房，记得穿防护服进去。"

知非点点头，穿了防护服进了病房。

护士过来提醒她："病人刚刚退烧，别说太多话，不要影响病人休息。"

知非走到病床前，修羽看了看她一咧嘴笑了，慢吞吞地抓住她的手，有气无力地说："你像个太空人。"

知非被他逗笑了，笑着笑着眼泪却往下流，戴着的护目镜起了一层的雾。

"你是不是一直在ICU门外等着我？我迷迷糊糊地好像看到你在外面，但我不能确定是真的，因为我太想你了，怕自己在做梦。"

知非仔细看着他的脸，才分开几天他瘦了一圈，下巴都尖了。

两人沉默着却极其贪婪地看着对方，他拉着她的手，虽然隔着橡胶手套，似乎也能感到彼此的温度。

"我这次生病的时候，我认真想过了你那天问过我的问题。生病对我的身体造成了很大的损害，也许要几年后才能完全恢复，我想退伍，把机会留给别人。"

知非摸着他的脸，点头："等你的病完全好了，那时候我应该也结束这边援外医疗任务了。等你退伍了，我们再来Z国待上一段时间。那时候这里一定已经结束了内战，经济恢复，一切欣欣向荣。你想去草原的话，我就陪你去草原，看大象，像狮子，看羚羊……看星空……好不好?"

修羽看着她说："好。"

"修羽，我在我爸爸的日记里看到过一句话，他说，医者心怀苍生，不拘泥于一处。"

这个女人，身上总有一种神奇的力量，像太阳温暖着他，也指引着他，就那么一瞬间，他想明白了，退伍之后，要重回这里。

“你爸爸是真正的仁医。”

“我希望我以后也能像我爸爸那样。”

“会的。”他顿了一下问，“齐天前几天来看我，跟我说，他想开个医院。我以后就在这里开个中医院，把中医发扬光大。”

“那我就是中医院唯一的西医，物以稀为贵，到时候一定有很多人找我看病。”

“知非——”

“嗯。”

“你真的愿意跟我来非洲？”

“嗯，不过……我有个事要跟你说，宋教授要来Z国了，你自带埃博拉病毒的抗体，他要以此作为研究，研发抗埃博拉的药物。”

“等等，就是送你项链的那个……不过，我见他没关系，你见前男友我可是会吃醋的。”

前男友？

算了，他误会就误会吧，最重要的是她现在爱的是他，就如他现在爱的是她。

如此，幸甚至哉！

尾声

知非从隔离病房里出来，一层层脱下身上厚重的防护服，周身早就湿透了，头发像刚洗过一样，汗水顺着鬓角往下淌。

她拿起毛巾擦了擦，看了看被汗水浸得有些发白的手。

在她身后几米远的地方，刚从隔离病房出来的宋图南，飞快地脱下防护服，摘下金丝边的眼镜擦了擦镜面的雾气，问她："知非，你还行吗?"

知非回头看了看他，微笑着点头，说："我还好，宋，我先回去了。"她拖着疲惫的身体走了出去。

宋图南望着她的背影，恍惚了一下，她在美国时的情景还历历在目。

那时候，她像是从来不知疲惫似的一心扑在医学研究上面，平时泡在实验室，周末参加义诊，寒暑假四处游历……面对疑难杂症，从不畏惧，就像猎手看到了猎物一般兴奋。

她喜欢手术室，进了手术室穿上手术袍，她的眼睛会发光，像是和病魔决斗前的宣战。不在手术室的时候，她的眼睛就会变成了另外的样子，干净而又纯粹。

即便是在她患病的时候，她仍坚持和他一起做研究，好像病的人不是她。病得最严重的时候，依旧积极乐观，不抱怨，只是偶尔会嘲笑一下自己，笑身体里的细胞战胜不了病毒。

她就是那样的人，不知畏惧，一往无前。

渐渐地，有传言说她喜欢他。

他的师母柳时冰教授也知道了，母女通话时，被他无意中听到，师母在旁敲侧击，让她不要一厢情愿。她说没有，她只是欣赏他，尊重他。

那时候，他才发现自己其实早就喜欢着她了。他回想了一下，是从第一次见面的时候。那时候知非的父亲资助他读书，他从乡下考上了北京的大学。他到北京的第一天，老师去火车站接他回家里吃饭，3岁的知非在门口迎接他，牵着他的手叫他哥哥，对着他甜甜一笑，温暖了他初来北京时那颗不安和漂泊的心。再到后来，她来美国读书，他去机场接她，她上了车，问他："有烟没?"然后粲然一笑说，"我只是想告诉你，我长大成年了。"

他也笑，是心动啊。

他年纪轻轻就站在了行业金字塔的顶端，这些年没有人跟他开这样的玩笑。她是第一个。

可，自己的人生是老师给的，师母的态度宣告了他和她此生无缘，于是，他精心挑选了笑脸项链，就如那两次微笑带给他的能量将贯穿他的人生。

在Z国再次见到她，埃博拉爆发，战乱区岌岌可危，一切恍如隔世，她忙了三十几个小时未曾休息，两眼充满了红血丝，可看到他时，她还是给了他一个疲惫的微笑。

心细如他，还是在她眼底看到了故事，那是她和别人的故事。

他给修羽做完检查，听到修羽的战友在外面讨论，说："知医生会不会来送你？什么时候吃上你们的喜糖?"

那一瞬间，他竟然感到了窒息。

他还喜欢着她的。但她已经有了爱人，她的笑，属于另外一个人。

今年，他42岁了。从他接触医学开始，他的人生就属于医学研究。从前如此，今后如此。

然而，半年的并肩战斗，看着她冲在第一线，舍生忘死，多少次看她累到坐在隔离病房门口的地上坐着就睡着了。又有多少次，吃着饭就趴在了餐桌上……

累是真的累。

就这样，他们把90%的死亡率，降低到了42%。

如今，病房里的病人越来越少，出院的病人越来越多，病人对他们越来越信任越来越依赖。再过两周，隔离病房可以清空了。

这场战役终于到了尾声，而他与她也即将再次分离，以后相见，不知何年何月了。

今天，知非下班下得有点早。

雨季，太阳像是迷路了，雨一阵一阵地浇下来，空气憋闷，她想透口气，她太累了。她脚步蹒跚地走到了走廊尽头的窗子边，打开窗户，潮湿的风吹了进来，她深吸一口气，将手从窗口伸出去，张开手指，让雨水打在她的手上。

木兰经过这里，问："知医生你想出去走走啊？我拿把雨伞给你吧？"

知非淡淡摇头，说："不用，我就想淋点雨在身上，雨季了。"

木兰笑，说："知医生，雨季都快要结束了呢。"

"是么？"知非这才想起来，已经是九月了，来这里转眼已经十一个月，时间过得真快啊，刚来穆萨城的画面还犹在眼前，就如昨天，修羽面目那么鲜明。不知道修羽过得怎么样？

她趴在窗台上，撸起袖子，把两只手臂都伸出窗外，雨水洒在了她白皙的胳膊上，带来清凉的感觉。

木兰看着她的背影想，知医生有时候简单得像个孩子。

私下里小龙曾跟她议论过，说她虽然名字里虽然有木兰两个字，身上却少了花木兰的坚韧，知医生才是真正的花木兰。

是的。她才是东方的花木兰。

淋了会儿雨，知非感到燥热终于消退了一些。她放下袖子，往办公室走去，快到办公室门口时，一群Z国的小孩跑了过来，差点撞在了她身上，她赶紧将身体一侧贴着墙上站好，看着一群小孩从面前欢快地跑了过去，扭头看到了跟在后面的齐天。

齐天今天格外的精神，身着西服，步伐潇洒，脸上戴着蛤蟆镜，双手背在背后。

角膜移植很成功，齐天的视力基本上已经恢复。

知非问："又来给孩子们发巧克力啊？"

齐天停住脚步，伸手摘下蛤蟆镜，脸上掩饰不住的喜悦："这可不是一般的巧克力。"顺手帮知非推开了办公室的门，一边往里走一边说，"这是我和夏楠的喜糖。告诉你个好消息，夏楠刚刚接受我的求婚了，所以，我是来给你送喜糖的，让你沾沾我们的喜气。"说完，拿出藏在背后的巧克力递给了知非。

知非接过来，微笑着祝福："恭喜你啊，终于得偿所愿。"

"算是如愿以偿吧。"齐天志得意满，"不过我爸妈比我还高兴，我俩还没回国，两边的父母，已经开始研究婚礼的布置了，连孩子今后的名字他们都已经想好了，真是皇帝不急急死……爹妈。我们已经说好了，等她结束了这边的工作任务，回去之后就举行婚礼。夏楠点名要你做伴娘。”

“没问题。”知非笑笑，坐到椅子上，取出一块巧克力，剥去外皮，放进嘴里。

齐天双手撑在桌面，弯腰看她，问：“那我们……什么时候吃上你和修队的喜糖？”

知非无言。

“不对。”齐天说，“现在不能叫他修队了，他已经从部队复员了，应该叫他……修大夫。”

知非突然沉默了。

几个小时没有喝水，嗓子很干，她起身去取烧水壶烧水，烧水壶的线叠得整整齐齐，像是新买的一样，她站在原地愣了几秒，叹了口气，想起自从修羽帮她收拾过一次之后，她就一直按照他的方法在整理物品。

齐天歪着头，问：“想修大夫了？”

知非很淡的语气说：“很久没有他的消息了。”

这半年，知非全身心地扑在病人的治疗上，极少提到修羽。半年前，修羽病愈，宋教授提取了他血液里的抗体之后，他就回了国，那时，埃博拉刚刚在Z国爆发，知非冲在了一线。他走的时候，她在隔离病房照顾病人，来不及见上一面。

他回国的五个月后，一篇介绍中医的文章出现在欧洲和北美的报刊杂志上，引发轰动，西方开始重新认识中医关注中医。

文章的作者是珍妮，她在写自己和乳腺癌的抗争，写中西医结合疗法拯救了她，她现在的身体状况已经有了好转，并且已经回到了欧洲继续从事记者方面的工作。

知非和修羽的名字，出现在了欧洲的报刊杂志上，在珍妮的文章里，他们一个是感性的女西医，一个神秘的男中医，他们是一对情侣。

齐天不明白知非口中的很久没有联系是指多久？放在他和夏楠身上是一台手术的时间。但，知非和修羽不是这样需要密切联系的人。

“多久没联系？”

知非淡淡地笑笑，说：“从他回国……至今。”

齐天愕然，他很难想象一对相爱的人半年没有联系是什么样的感觉。思念？煎熬？他跟知非说：“没他的联系方式？我把他的联系方式给你。不对，我应该把你的联系方式推给他。”

“不用，他想我自然会联系我。”

“万一他也是这么想的呢？”

知非没说话了。

齐天刚想再说点什么，这时有小孩跑来找他要巧克力吃，谈话就此打住。

晚饭后，知非破例很早回了宿舍，夏楠夜里有手术要通宵在手术室里度过，宿舍只有她一个人，她重读了一篇父亲的笔记，抱着笔记睡着了。

夜里，她做了个梦，梦见自己穿着白大褂在手术台上，给一名中弹的军人手术，从打开的手术野里看到平整完美的肌肉纹理，她赶紧去看伤员，发现躺在手术台上的是修羽……

她一惊就醒了。

“砰砰——”远处传来了两声枪响。

她立刻起身，穿好衣服，朝医院跑去。以往听到枪声的时候，修羽在她就不那么害怕了，可这一次，无论如何他都不会出现了。

深夜，医院大厅一个人也没有，她径直进了办公室，做好准备。

但是这一次并没有像以往那样在枪响过后有伤员送过来，一个也没有。

她快要睡着的时候，听到外面走廊里有人在说，马布里死了。她迅速拿出手机，屏幕上跳出马布里被击毙的消息，照片上他瘦骨嶙峋，和几个月前她在基地见到的他判若两人。其实那时候她就觉得马布里顶多只有三个月的生命，能撑到现在已经是奇迹。

她忽然觉得累了，想早点回去好好睡上一觉。

医疗队结束了Z国的工作任务，知非回国前去了一趟维和步兵营，部队已经轮换，江琦、冉毅意、周晨、马丁他们都已经回国。

看着训练场上挥汗如雨的维和官兵，知非想起了以前。

她走到篮球场的时候，一个篮球飞了过来，她捡起来，朝篮球场上看去，全都是她不认识的面孔。一名维和军人跑了过来，朝她立正敬礼，他穿着迷彩T恤和短裤，见知非盯着自己发呆，摸着自己的寸发，笑容灿烂而又腼腆。

她站在黄昏的阳光下，有些出神，迟疑了几秒才把篮球还给了他。

她继续往前走，一切都还是熟悉的模样。快到门口的时候，一辆小货车停了下来，超市老板从车窗探出头，跟她打招呼："知医生，我媳妇儿今天刚做的豌豆黄，正要给你送过去。"

"谢谢啊，还记得我喜欢豌豆黄。"知非接过一盒豌豆黄。

超市老板说："不是我们记得，是有人记得……"

知非以为说的是齐天，便没说话。

石头的车子紧跟着出来，他专程过来感谢维和官兵帮野保队救了一只掉进泥潭里的大象。车子停下，石头打车子上下来，朝知非打了个招呼："知医生，好久不见，你还好吗？"

知非笑笑，点了点头。

"埃博拉爆发之后，野保队遇上了盗猎者，几次正面枪战，总算解决了，之后我跟随动物迁徙，沿途跟踪保护，一直到现在。好消息是设立野生动物保护区终于有了新的进展。"

知非仰着头看着石头，石头又黑了不少，看起来更加精壮了。

"对了，从四月开始，陆陆续续有好几个国内的志愿者加入我们，他们是看到了国内的一本摄影杂志介绍我们野保组织，以及食草动物大迁徙的照片才过来的，我在摄影杂志的内页上看到了你，还有修队的背影。应该就是你们去草原跟我见面的那次拍的吧？"

知非淡淡一笑，掀开饭盒的盖子，取出一块豌豆黄塞进嘴里。

"拍得很不错。还有一件事，我跟莎莉……我们在一起了。"

"恭喜你们。"

石头着急回去，告了别就上了车，车子发动的时候，从车窗递了一本摄影杂志给知非："时间不早了，我先回去了，有机会再见。"

两辆车一前一后地开出了营地大门。

知非看着手里的摄影杂志，愣了几秒，慢慢地翻开。

内页的大幅照片，是一望无际的草原，天上乌云伴随烈日，一束束光从乌云的隙缝倾洒下来，落在白耳赤羚的身上也落在她的身上，她与羚羊群相伴而行……她回眸，发丝在飞，她在笑。

记得当时，她目光看向的地方是他。

她翻开了另一页，终于看到了他的背影。鹰击长空，疾风劲草，他朝着鹰的方向张开手臂，像是逐鹰而去。

她突然开始想他了。

电话就在这时突然响了，是陌生的号码。

电话接起。

“喂？”

“是我。”声音有些喑哑。

是他的声音，知非突然僵立在了风中，眼睛瞬间红了，拿着电话的手微微有些发抖，深吸一口气刚要叫他的名字，电话那头，说道：“我刚到新礼，现在去穆萨城。晚点见。”

“晚点见。”

她站在风里，看着落日，一瞬间天边红透。

三年后，内罗毕。

欢庆的音乐声音，鞭炮飞爆，炸出一地的纸花，青烟袅袅中，修羽身着中式立领的服装跟齐天和内罗毕当地的官员一起动手剪彩。

内罗毕规模最大的中医院，正式挂牌。

门口的病人，已经排起了长龙。

三年来，修羽在齐天的帮助下，在非洲开了两家中医院。如今在Z国每天去看中医的人络绎不绝，修羽收了五名当地人做学生。

石头正在招呼客人，莎莉跟他说了几句话之后，问急匆匆走来的超市老板：“东西都准备好了吧？鲜花、音乐、飞艇……”

“准备好了。”超市老板，问，“不过……这画面我怎么觉着那么熟悉，像大齐的手笔?”

“说对了，就是齐天想的。不愧是我曾经追过的男人，有想法。”

“啊？还真是他啊。这都几年过去，大齐的怎么一点都没进步？换汤不换药……”

“这不重要，重要的是求婚的人。修大夫和知医生本来就很相爱，形式如何根本不重要。就像……”莎莉目光甜蜜地看着石头，“石头当初跟我求婚的时候，用了一颗狮子的乳牙，我就接受了，并且发誓一辈子爱他。”

“也是!”老板点点头，晃了晃手里的高达，“看到没，给大齐儿子的。”

“他知道高达吗？才八个月。”